10|18
12, avenue d'Italie — Paris XIIIᵉ

Sur l'auteur

Elizabeth Eyre est le pseudonyme de Jill Staynes et Margaret Storey. Amies d'enfance, elles ont écrit ensemble leur premier roman (jamais édité) à quinze ans avant de publier séparément des livres pour enfants. Elles ont ensuite créé « à quatre mains » le personnage d'un détective moderne, Robert Bone, puis celui de Sigismondo, cet homme de nulle part, tranquille, énigmatique, fin, à l'époque mouvementée de la Renaissance italienne.

UNE HACHE POUR L'ABBÉ

PAR

ELIZABETH EYRE

Traduit de l'anglais
par Gilles BERTON

10|18

INÉDIT

« Grands Détectives »
dirigé par Jean-Claude Zylberstein

Du même auteur
aux Éditions 10/18

Titre original :
Axe for an Abbot

ISBN 2-264-02838-6

Les personnages du récit

Olivero Pantera, un riche marchand
Lydia, son épouse
Ferondo, son frère
Elisavetta, l'épouse de Ferondo
Bernabo, leur oncle
Donna Costanza, leur grand-mère
Donna Irina, leur tante
Gian, leur cousin
Elena, l'épouse de Gian

À Pietra
Felicia, l'épouse d'un marchand
Agostino Da Sangallo, son mari
Perpetua, sa servante
Nuto, le valet

L'abbé Bonifaccio
Le père Torquato, son secrétaire
Le frère Filippo, son trésorier
Le frère Ieronimo, un visionnaire

À Rocca
Le duc Ludovico
Son épouse la duchesse
Roderigo Ranieri, un courtisan, ami de Gian Pantera
Ugo Bandini, un prince marchand
Le cardinal Pontano

À Rome
Le pape Honorius
Le cardinal Pantera
Le cardinal Tartaruga
Le cardinal Lepre
Le cardinal Bufera
(L'un d'entre eux devenant le pape Felix)
Brunelli, un artiste
Barley, un opportuniste
Gemmata, une prostituée

À Scheggia
Giovanni Falcone, logeur de pèlerins

De passage
Sigismondo, un soldat de fortune
Angelo, son ami
Benno, son serviteur
Biondello, le chien de Benno

CHAPITRE PREMIER

« Il a été assassiné ! »

— Sigismondo ! Je vous reconnaîtrais entre mille !

La claque amicale qu'on lui assena entre les épaules ne parut pas émouvoir l'homme ainsi salué ; il ne s'effondra pas face contre terre, ni même ne trébucha comme la plupart l'auraient fait ; d'ailleurs reconnaître ce personnage ne constituait pas un exploit, vu le crâne rasé qu'il arborait.

— Que faites-vous ici ?

La scène se passait sur la place d'une petite bourgade, qui ce jour-là se trouvait encombrée d'étals, de gens qui bavardaient, marchandaient et s'époumonaient à qui mieux mieux pour annoncer des prix ou proposer des offres alléchantes, et qui échangeaient des nouvelles d'un bout du marché à l'autre. Afin d'expliquer ce qu'il faisait ici, Sigismondo exhiba une pêche dont le soleil avait chauffé la peau duveteuse, puis régla le marchand. Sa voix grave était aisément audible malgré le brouhaha.

— Et vous, Olivero Pantera ? J'imagine que cette ville est trop petite pour que vous y fassiez des affaires ?

Olivero éclata d'un rire sonore.

— J'habite ici, figurez-vous. Juste en dehors des remparts. Avec mon frère Ferondo. Venez dîner avec nous ce soir... ou plutôt, non : allons-y tout de suite. Et pas question que vous refusiez ! Par les ossements des saints !

Vous et moi avons combattu des brigands, vous êtes presque de la famille. Mon frère Ferondo sera enchanté de vous connaître.

Olivero posa sur les épaules de Sigismondo un bras épais comme une patte d'ours et l'entraîna à travers la place. Tenant leurs chevaux par la bride et portant le reste des achats de Sigismondo, un petit individu d'aspect négligé leur emboîta le pas à distance respectueuse, lui-même suivi par un petit chien à une seule oreille qui transportait pour sa part une longue saucisse dont le propriétaire n'avait pas encore constaté la disparition à son étal.

La villa familiale des Pantera se dressait à courte distance de la petite ville, sur le versant d'une colline, parmi quelques demeures groupées à la lisière de la forêt. Le trajet, pas assez long pour fatiguer le petit chien, préleva toutefois sa part sur la saucisse écorchée.

Un portier plein de déférence leur ouvrit. Olivero invita son hôte à entrer. Le serviteur de ce dernier fut dirigé vers l'écurie, d'où il gagna, plein d'espoir, la cuisine, mais ce fut pour constater que l'on servait déjà le dîner, tenu prêt en attendant le retour du maître. Benno n'eut que le temps de passer ses doigts dans ses cheveux et sa barbe avant d'être expédié à l'étage afin de prendre place derrière la chaise de son propre maître attablé.

De l'endroit où Benno se tenait, il put observer à loisir Olivero assis de l'autre côté de la table, et acquit bientôt la conviction qu'au combat il valait sans doute mieux être son allié que son ennemi. Sa courte barbe ne parvenait pas à dissimuler la férocité de la bouche ; ses pupilles se confondaient avec l'iris noir de ses yeux, et sa manière de vous fixer donnait l'impression que son regard était à lui seul une arme.

— Racontez un peu ce combat à Ferondo. Ils nous sont tombés dessus du haut des collines, frère, et cet homme a lancé une hache sur leur chef.

À l'évocation de ce souvenir, il frappa dans ses mains d'un air triomphal, faisant sursauter le serviteur qui lui remplissait sa coupe, tandis que le quatrième convive, un prêtre, baissait les yeux comme pour réprouver cette violence.

— Ah, Ferondo, quel dommage que tu n'aies pas été là !

Ferondo présentait une physionomie moins agressive que son frère. Un peu plus jeune que lui, l'air plus effacé, avec quelque chose de sournois dans l'expression, c'était probablement quelqu'un qui n'était pas toujours obligé de se battre pour obtenir ce qu'il voulait ; ce qui ne l'empêchait pas de regretter son absence dans ce combat qu'Olivero évoquait avec un tel enthousiasme. Benno, à qui l'on venait de passer la carafe de vin et qui servait son maître, vit Olivero jeter un bref coup d'œil à son frère. C'était un regard plein de sous-entendus. Sigismondo, qui l'avait certainement remarqué, savait peut-être même ce qu'il signifiait.

Ferondo tourna la tête vers Sigismondo.

— Vous les avez tous tués ? s'enquit-il d'un ton indifférent au carnage évoqué.

Les brigands, après tout, ne récoltaient que ce qu'ils méritaient ; dans ce cas précis, ç'avait été une hache.

— Jusqu'au dernier, répondit Olivero en se servant un morceau de viande qu'il piqua de la pointe de son couteau. J'ai pendu le dernier à un arbre. Mais tout était joué à partir du moment où notre ami a cueilli leur chef avec sa hache. Buvons à cette hache !

On leva les coupes, sauf le prêtre qui laissa la sienne sur la table. Par principe, l'Église se refuse à porter un toast à une hache. Ferondo leva sa coupe en prononçant de fortes paroles. Olivero vida la sienne sans quitter Sigismondo des yeux.

— Vous la détenez toujours ?

Sigismondo répondit à la question avec le même sérieux dans le ton.

— Bien sûr. Je ne voyagerais pas sans elle. Pourquoi cette question ?

La demande prit Olivero au dépourvu. Son regard sombre se tourna vers Ferondo, qui vint instantanément à sa rescousse.

— Oh, pour rien ! Pour rien. Un homme se doit d'être prêt à toutes les éventualités.

Alors qu'il tendait un plat à un serviteur, Benno remarqua que l'on remplissait à nouveau la coupe d'Olivero. La conversation se poursuivit, mais il devint bientôt évident que le marchand Olivero, qui faisait le commerce de soies précieuses et de tapis, n'avait pas grand-chose à dire. Il s'occupait surtout de manger et de boire, laissant à Ferondo le soin de s'enquérir poliment de ce qu'avait fait Sigismondo depuis qu'il avait vaincu les brigands aux côtés d'Olivero.

— Hé, j'ai voyagé, voilà tout, tout comme je voyageais lorsque j'ai fait la connaissance de votre frère. L'année dernière, j'étais en France. En Bourgogne. Je vais où me mène mon épée.

Sigismondo finissait sans se presser son assiette, où s'empilaient des couches successives de pâtes, de noix, de raisins de Smyrne, de figues séchées et de pommes. Benno s'efforçait de ne pas en baver d'envie tout en espérant qu'il en resterait pour le repas des serviteurs. À ses yeux, la manière dont Sigismondo présentait ses activités manquait singulièrement des détails qui en faisaient tout l'intérêt — ainsi, qu'il ait rendu service à plusieurs ducs et à un prince ou deux. Les gens l'engageaient autant pour son intelligence que pour son épée.

— Et vous ? fit Sigismondo à l'adresse d'Olivero. Nous nous sommes séparés sur la terre des Ottomans. Avez-vous l'intention de repartir en Orient ?

Olivero prit son temps pour répondre, car un serviteur venait de déposer devant lui une platée de pigeons braisés. Un autre tendit à Benno un grand plat en terre où un lièvre baignait dans une sauce au vin. Il le posa à côté de l'assiette de Sigismondo, qui se servit avant de se rencogner contre le dossier de sa chaise. Benno rendit le plat au serviteur, qui s'épongea le visage avec une serviette. La lumière de fin d'après-midi, qui pénétrait presque horizontalement à travers les fenêtres, faisait briller la vaisselle d'or et les tablettes de la crédence. À son tour, le prêtre se servit avec gourmandise. Des traces de repas précédents maculaient le devant de son habit. Sans doute le fait d'être le chapelain des frères Pantera comportait-il certaines compensations.

— Non, je n'ai pas de projets dans l'immédiat, répondit Olivero qui déchiqueta un pigeon dans lequel il mordit tout en jetant un regard au prêtre. Il s'est passé ici des choses qui requièrent ma présence. Je ne suis plus aussi libre de voyager qu'autrefois — j'ai charge de famille depuis la mort de notre père.

— Il est décédé récemment? s'enquit Sigismondo avec toute la sympathie qu'il convenait d'exprimer devant des fils éplorés.

La façon dont Olivero avait prononcé sa remarque interdisait qu'on la laisse passer sans commentaire.

— *Il a été assassiné!* fit Olivero d'un ton féroce.

Le prêtre en lâcha sa cuillère, puis se signa.

— Assassiné par son propre frère voilà à peine un mois. Que dites-vous de cela?

Il n'y avait pas grand-chose à en dire, songea Benno tout en saisissant la carafe pour resservir son maître. Si le père et l'oncle étaient du tempérament d'Olivero, ce qui était arrivé n'était guère surprenant. Sigismondo prit un air choqué.

— Et bien sûr, nous avons dû l'enterrer dans le caveau familial, intervint Ferondo qui semblait tenir à ce que ce détail soit donné, même si la raison n'en parut pas tout de suite claire. Bien que notre oncle Gianmaria y eût été enterré la veille, ajouta-t-il en guise d'explication.

Sigismondo s'immobilisa, la coupe à hauteur de sa bouche, afin de clarifier les choses.

— Ainsi votre oncle est mort, lui aussi.

Le prêtre secoua la tête et marmonna quelque chose à propos d'une malédiction, ce qui lui valut un regard hostile des deux frères.

— Dieu châtie la convoitise et la colère, fit-il.

Croisant alors le regard d'Olivero, il s'empressa d'enfourner un morceau de viande dans sa bouche.

— Mon oncle a été tué par mon père. Il est vrai qu'il n'avait aucune chance face à un homme tel que lui.

Sigismondo s'abstint de demander comment il se faisait, s'il était aussi redoutable, que le père d'Olivero ait lui-même succombé par la suite.

— Quelle terrible chose ! dit-il. Votre mère est-elle encore en vie ?

— Elle est morte en me donnant naissance, fit Ferondo.

Le ton sur lequel il prononça ces mots semblait indiquer qu'à ses yeux, cela était tout à son crédit ; comme si ce malheur rachetait à lui seul une existence autrement sans éclat. Olivero vida sa coupe. Ses yeux étaient humides, sans que l'on puisse déterminer si cela était dû au vin ou à un accès de regret filial.

Benno se demanda si l'oncle, assassiné comme le père, avait laissé une épouse. L'ambiance du dîner s'était considérablement alourdie, toute occasion de propos légers étant à présent aussi épuisée que les malheureux sujets de la conversation. Les derniers rayons du soleil eux-mêmes avaient abandonné les flancs brillants des plats et la pièce s'était assombrie. Le prêtre finit par être le seul à manger, jusqu'à ce que le poids de l'hostilité d'Olivero lui fasse comprendre qu'il était temps pour lui de réciter les bénédictions d'après-dîner.

Olivero se leva et, d'un pas vacillant mais contrôlé, alla aux toilettes. Tandis que l'on débarrassait la table et que l'on descendait les couverts à la cuisine, Olivero réapparut.

— Vous allez rester dormir, Sigismondo. Si, si, nous insistons.

— Oui, nous insistons, enchaîna Ferondo. Restez donc une semaine, un mois si vous le désirez. Vous vous êtes battu aux côtés de mon frère. Cette maison est la vôtre.

— Vous êtes bien aimables, messires. Je serai heureux de passer la nuit chez vous.

Tout en observant les convives rassemblés autour de la table recouverte d'un tapis, Benno se demanda ce que signifiait l'hospitalité cordiale que leur offrait cette étrange demeure. Et lorsqu'il suivit les serviteurs dans l'escalier descendant au rez-de-chaussée, il sentit un vent froid lui balayer la nuque. On n'avait fait qu'évoquer quelques meurtres ce soir, mais Benno éprouva au plus profond de lui-même que son maître et lui auraient de la chance s'ils parvenaient à quitter cette maison sans que quelque malheur les frappe.

CHAPITRE II

« La faute vous incombe ! »

Olivero n'acceptait pas que Sigismondo consente seulement à une aussi brève visite. Il se pencha en travers de la table et lui promit qu'un séjour prolongé dans sa demeure serait amusant.

— Nous pourrions faire venir des jongleurs. Dans quelques jours se déroulera en ville une course de taureaux où il y a toujours quelques tués. Nous pourrions aller chasser. Dans une semaine, il y aura une grande fête juste de l'autre côté de la colline. Un homme ne peut pas passer ses journées à massacrer des brigands.

Occupé à boire son vin et à grignoter des pâtisseries, le chapelain ne leva même pas les yeux en entendant cette remarque. Les bruits de succion et de mâchonnement qu'il produisait allaient désormais accompagner la conversation.

Pour toute réponse, Sigismondo se contenta de sourire d'un air vague. À cette heure, personne n'avait fait appel à ses services, et l'hospitalité des Pantera lui procurerait le meilleur confort qu'il puisse trouver dans un village de la région. Le seul prix qu'il eut à payer pour son souper fut d'écouter les deux frères se quereller au sujet de l'endroit exact où ils avaient acheté le tapis d'Orient qui recouvrait la table, et quant à la somme qu'ils avaient déboursée pour l'acquérir. Puis ils se mirent à évoquer quelques bonnes affaires qu'ils avaient faites. Sigismondo promena son regard autour de la pièce et constata qu'en effet les Pantera pouvaient être satisfaits de la marche de leur commerce.

Les marchands aiment à exhiber ces richesses capables de leur conférer un statut que même les princes sont contraints de respecter, et, de toute évidence, les frères Pantera ne cherchaient pas à les dissimuler. Sur les tablettes de la crédence installée contre un mur lambrissé s'alignait une collection de plats et de coupes en argent doré, de carafes et de saladiers que même un duc n'aurait pas dédaignée. La tapisserie, qui représentait Hercule aux prises avec le lion de Némée, provenait sans doute de Gênes et devait à elle seule coûter le prix d'une petite maison. Mais le regard de Sigismondo fut bientôt attiré par un objet qui brilla de tout son éclat lorsque les serviteurs apportèrent des chandelles avant de fermer les volets pour empêcher les rayons brûlants du couchant d'entrer dans la pièce. Occupant la place d'honneur entre deux portraits accrochés face à la fenêtre était suspendue une croix de Malte de la taille d'une paume d'homme, scintillante de pierres précieuses.

— Notre trésor, fit Olivero en remarquant le regard de Sigismondo. Un bijou de famille.

Le vin lui faisait la voix épaisse et il parlait avec une emphase excessive.

— Notre porte-bonheur, ajouta-t-il. Que nous protégeons de nos vies.

— Certains, renchérit Ferondo, aimeraient bien nous priver de ce talisman...

Il croisa alors le regard d'Olivero et conclut en marmonnant quelques mots inaudibles.

— Je suis sûr, fit Sigismondo en inclinant poliment la tête, que vous êtes tous deux parfaitement capables de protéger vos biens.

Olivero se leva brusquement, faillit tomber lorsque sa main glissa sur l'accoudoir sculpté de son fauteuil et se pencha d'un geste gauche pour saisir le chandelier. Il se retourna ensuite d'un bloc, et Ferondo dut s'écarter pour éviter les gouttelettes de cire fondue qu'il répandit dans sa précipitation.

— Votre lit, mon ami. Je vais vous montrer votre lit. Je vous ai fait préparer la chambre attenante à celle-ci. Nous dormons de l'autre côté, dit-il en se tapotant l'aile du nez, qu'il manqua presque. On n'est jamais trop prudents, de nos jours.

Sans doute faisait-il allusion à la protection de ses trésors, mais à voir la difficulté que son frère et lui avaient à se tenir debout, la vaisselle d'or devrait plutôt compter pour sa sécurité sur la maison elle-même, sur les grilles des fenêtres du rez-de-chaussée et sur la solide porte de chêne renforcée d'une barre.

Le chandelier vacillait dans la main d'Olivero et ses deux flammes dansèrent lorsqu'il ouvrit la porte donnant dans la pièce voisine. Celle-ci comportait également des fenêtres à volets, des murs couverts de panneaux et un lit dont le baldaquin à l'ancienne, suspendu au plafond, était tendu de fins rideaux d'été en lin blanc. Il y avait un coffre, sur lequel Sigismondo reconnut, à côté de pièces d'argenterie dorée disposées sur un napperon de lin bleu, son paquetage, son épée et sa hache à manche court, celle-là même qu'Olivero avait évoquée avec enthousiasme.

— Où est votre serviteur? s'enquit Olivero en regardant autour de lui comme s'il s'attendait à voir Benno surgir du parquet.

— Je n'ai pas besoin de lui, s'empressa de dire Sigismondo en levant la main pour empêcher son hôte de rameuter Benno. Il peut dormir en bas. Je suis un soldat, messire, pas un riche marchand habitué à être servi.

Olivero et Ferondo, qui quant à eux auraient de toute

évidence besoin d'aide pour gagner leur lit, recommandèrent Sigismondo aux saints afin qu'il passe une bonne nuit, puis, à la seconde tentative, trouvèrent la porte et sortirent. On les entendit effectuer à grand-peine la traversée de la *sala*, non sans heurter la crédence dont les plats vibrèrent. Des portes claquèrent ; le duo entonna un chant approximatif qui s'éteignit peu à peu.

Sigismondo ouvrit un volet pour contempler les derniers rougeoiements du soleil couchant. Il respira à pleins poumons en écoutant le coassement des grenouilles et les aboiements lointains d'un chien. Puis il gagna le petit autel érigé dans la chambre, resta quelques minutes la tête baissée devant le crucifix, se signa et, après avoir ôté ses bottes et son pourpoint, s'allongea sur le lit et s'endormit.

Il se réveilla moins d'une heure plus tard et, d'instinct, tourna la tête en direction du bruit qui avait interrompu son sommeil.

Il avait entendu craquer une latte de parquet dans la pièce voisine. Certes, chaque maison émet des sons qui lui sont propres — matériaux qui se détendent après la chaleur du jour, volet grinçant dans l'air nocturne — et il se trouvait dans une bâtisse qu'il ne connaissait pas. Mais il ne s'agissait pas de cela. Le bruit qu'il avait entendu avait été produit furtivement par quelqu'un.

La latte craqua à nouveau, d'un craquement que l'on cherchait visiblement à étouffer. Sigismondo se glissa au bas du lit et ses doigts se refermèrent sur la poignée de son épée. Il avait laissé les volets ouverts et la clarté de la lune pénétrant par les carreaux circulaires parsemait le sol de ronds argentés. Sigismondo les foula en silence.

Le son presque imperceptible qu'il produisit en levant le loquet de sa porte fut quasiment noyé par un nouveau craquement de bois en provenance de la *sala*, ainsi que par les sonores ronflements qu'on entendait au-delà.

Les volets clos du salon ne laissaient entrer qu'un

mince rayon de lune qui perçait à peine l'obscurité. Sigismondo maintint la porte entrebâillée pendant quelques instants tandis qu'il observait ce qui se passait sous ses yeux.

Le long faisceau d'une lanterne sourde posée à terre éclairait un homme qui, le bras tendu, s'apprêtait à décrocher la croix de Malte, le trésor des Pantera, qui luisait juste au-dessus de lui. Sigismondo ouvrit la porte en grand et avança, l'épée à la main.

Alerté par le bruit et le changement de lumière, l'homme fit volte-face, parut ébaucher un geste de protestation en levant la main devant l'épée qui le menaçait puis, de manière inexplicable, se précipita sur Sigismondo. Il se jeta sur lui avec une telle force que la pointe effilée de l'arme, que Sigismondo avait pourtant ramenée à lui, l'embrocha au niveau du sternum.

Se laissant tomber sur un genou, Sigismondo rattrapa l'inconnu par l'épaule tandis qu'il s'effondrait en avant, mais il était trop tard — la lame avait pénétré trop loin. Un flot écarlate s'écoula sur la main qui tenait l'épée; Sigismondo essaya de retirer sa lame mais l'homme cracha du sang et articula un dernier mot :

— Scheggia...

Puis sa tête s'affaissa sur le bras gauche de Sigismondo. Toute précaution était désormais inutile et Sigismondo retira son épée du corps inerte. Il était toujours agenouillé et tenait la tête du mort sur son bras tout en essuyant le sang qui maculait sa barbe lorsque Olivero, les yeux vitreux et la démarche incertaine, arriva, une bougie à la main, pour s'enquérir du bruit qu'il avait fini par entendre.

— Par les ossements des saints ! fit Olivero dont le premier geste fut d'éclairer le visage du cadavre avec sa bougie. *Oncle Bernabo.* Ferondo ! cria-t-il. Ce n'est pas Gian, tout compte fait. C'est l'oncle Bernabo !

Il s'accroupit près de Sigismondo parmi des effluves de

vin aigre, remonta sa chemise de nuit de brocart maculé et fixa l'homme des yeux.

— Il est mort, constata-t-il.

Ferondo, qui venait d'apparaître à la porte en émettant un bâillement sonore, pénétra dans la pièce d'un pas impétueux et se serait étalé au beau milieu du groupe s'il ne s'était au dernier moment retenu à l'épaule d'Olivero.

— De la cire de bougie partout...

Olivero s'empara de l'épée de Sigismondo et l'examina avec détachement.

— Vous l'avez tué avec ça ?

Au ton sur lequel il prononça ces mots, on eût dit qu'il aurait préféré la hache. Sigismondo lui reprit l'arme mais s'abstint de répondre. Il regarda Ferondo s'approcher de la croix, qu'il toucha comme pour bien s'assurer de sa présence.

— Ce vieux renard de Bernabo. Venir fouiner ici quand on ne l'attend pas...

Olivero, qui s'était levé à son tour, fronça les sourcils.

— Tomas ! Je vais le tuer ! C'est lui qui l'aura laissé entrer.

Leurs vêtements de nuit traînant derrière eux, les deux frères sortirent de la pièce et dévalèrent en vociférant l'escalier afin d'interroger et de punir leur portier. C'est Sigismondo qui souleva Bernabo Pantera, le transporta dans la pièce voisine et l'étendit sur le lit qu'il venait de quitter ; ses yeux furent respectueusement fermés, puis une prière récitée à son intention par cet étranger, si l'on peut qualifier ainsi un homme dont l'épée a été en contact aussi intime avec vos poumons.

Lorsque Olivero eut libéré Tomas, qu'il avait retrouvé ligoté, bâillonné et à demi inconscient sur un banc de l'entrée, le tapage avait réveillé la maisonnée et les serviteurs, dont Benno, accoururent au milieu des exclamations pour voir ce qui se passait.

— Imbécile ! Abruti ! Quel démon t'a possédé pour

que tu le laisses entrer ? Tu l'as pourtant bien reconnu, non ?

Les yeux de Tomas avaient encore tendance à partir en arrière, mais la peur lui fit reprendre en partie ses esprits. Pour l'aider à ressusciter, Olivero lui flanqua deux bonnes gifles à la volée, mais il fallut encore attendre quelques instants avant que le malheureux portier puisse raconter une histoire confuse : un grattement à la poterne, des nouvelles de leur grand-mère malade à l'intention des deux frères...

— Elle est malade depuis que Noé a touché terre avec son arche ! s'exclama Olivero en saisissant l'homme à la gorge et en le secouant comme un chien secoue un rat avant de le précipiter à terre. Et tu y as cru ? Tu ne t'es pas douté de ce qu'il mijotait ? Pour quoi te paie-t-on, grands dieux ?

Benno se demandait ce qui était arrivé, quelle était la raison de tout ce raffut et, plus immédiatement, où était son maître, lorsque Sigismondo apparut dans l'escalier, sur les talons du chapelain qui, l'air accusateur, fonça droit sur Olivero.

— Votre oncle ! Que Dieu vous pardonne ! Ne vous avais-je pas dit que la malédiction de Dieu s'abattrait sur le prochain qui aura répandu le sang dans cette famille ? L'évêque tiendra parole : il vous excommuniera pour ce forfait. Que Dieu nous pardonne !

C'était à présent un tout autre homme que l'individu falot qui n'avait pratiquement pas prononcé un mot jusqu'ici. Mais il faut dire qu'il se trouvait là en terrain familier.

— Amen.

La voix grave de Sigismondo coupa court aux bavardages affolés des serviteurs. Il avança dans la lumière de la lanterne. Sa manche droite était couverte de sang.

— C'était mon épée, dit-il.

— Vous ! fit le chapelain sans rien perdre de sa véhémence. J'ai tout de suite compris quel genre d'homme vous étiez. Vous êtes assoiffé de sang ! Vous prétendez être arrivé ici par hasard, mais j'ai vite compris, je vous ai percé à jour. On vous a payé pour commettre ce crime. La faute vous incombe !

CHAPITRE III

Une tempête se prépare

— Non... non ! C'est un accident ! Vous n'avez rien à vous reprocher.

Olivero s'approcha à grands pas de Sigismondo, abattit sa main sur son épaule et l'aurait secoué s'il ne l'avait senti aussi rigide qu'un roc.

— Il est venu pour nous dévaliser... Un voleur dans la nuit — vous avez agi en véritable ami, poursuivit Olivero avant de se tourner vers le chapelain et d'ajouter : Personne ne l'a payé pour ça.

— Votre oncle. Votre parent.

Maintenant qu'il avait pris la parole, le chapelain, qui était resté si longtemps sans mot dire, n'entendait pas se laisser réduire au silence.

— Comment votre grand-mère va-t-elle réagir ? C'est le troisième et dernier de ses fils à être victime de cette malédiction !

Serrant d'un geste protecteur Biondello dans ses bras, Benno se fondit un peu plus dans la foule des serviteurs. Une malédiction pouvait prendre n'importe quelle forme, et celle-ci paraissait être passée des Pantera à son maître, qui se tenait debout, l'air farouche avec sa manche imprégnée de sang. Quel genre d'oncle était-ce donc, à venir ici au milieu de la nuit — pour *voler* ? Pourtant son maître n'aurait jamais tué personne, et surtout pas un inconnu, sans avoir été provoqué ; l'oncle avait donc dû l'attaquer. Pour son malheur, celui-ci avait choisi de commettre son forfait la nuit où justement Sigismondo était là, car ni l'un ni l'autre des deux frères n'avait paru capable de tuer qui que ce fût ce soir-là, sauf à tomber dessus.

Si la mort de leur oncle les avait quelque peu dessoûlés, elle ne semblait pas le moins du monde les avoir abattus.

— Eh bien, quoi, la grand-mère ? fit Olivero. Hé, la grand-mère récolte ce qu'elle a semé. Ce n'est peut-être pas ce qu'elle attendait, mais tant pis pour elle ! Elle verra ce que sa rapacité lui a rapporté. C'est elle qui l'a poussé à faire ça — elle le tenait sous sa coupe depuis le jour de sa naissance.

Sur quoi il écarta sans ménagement le chapelain, et, apercevant un serviteur muni d'une lanterne, il le poussa dans l'escalier.

Ferondo semblait prêter plus d'importance que son frère au rôle joué par Sigismondo dans l'affaire.

— Nous vous sommes reconnaissants, messire, très reconnaissants.

Tandis que les pas sonores d'Olivero résonnaient au-dessus de leurs têtes, Ferondo parut hésiter, comme s'il prenait soudain conscience qu'il avait moins l'air de remercier Sigismondo d'avoir sauvé leur trésor que d'avoir expédié l'oncle *ad patres*.

— Je vous assure que nous ne l'attendions absolument pas. Terrible, en vérité. Un accident regrettable. Il n'aurait jamais dû se trouver là.

Il était clair qu'il déplorait plus l'intrusion nocturne de son oncle que sa mort.

— La nuit, voyez-vous, et de manière aussi furtive...

— Dégagez le chemin !

Précédé du porteur de lanterne, Olivero apparut, chargé de ce qui paraissait un tapis roulé. Scandalisé, le chapelain, qui avait compris de quoi il s'agissait, se porta en avant.

— Vous ne pouvez pas, messire ! Traiter ainsi votre propre parent... N'avez-vous donc aucun respect pour les morts ?

Les yeux opaques d'Olivero ne le gratifièrent que d'un bref regard. Son oncle juché bras ballants sur son épaule — et répandant sur son passage une forte odeur de sang —, Olivero houspilla les serviteurs, toujours sous le choc, afin qu'ils ouvrent la poterne. Elle s'ouvrit en grinçant, laissant entrer un rayon de lune. Olivero enjamba le seuil mais, ayant mal jugé de la place qu'il lui fallait avec son fardeau, la tête de l'oncle heurta violemment le chambranle.

— Hé, toi, là-bas ! Tu étais le serviteur de Bernabo Pantera, n'est-ce pas ?

Il est probable que l'emploi de l'imparfait échappa à l'homme debout sous les arbres de l'autre côté de la route, mais il obtempéra quand même et avança vers la maison en tirant deux chevaux par la bride. Olivero alla à sa rencontre et hissa le cadavre en travers de la selle de la meilleure monture, qui tapa du pied, recula et agita la tête en sentant la posture inhabituelle de sa charge ainsi qu'une odeur qui l'effrayait. Le valet de Bernabo aggrava la situation en lâchant les rênes d'horreur. Olivero dut les rattraper tout en maîtrisant le cheval et en empêchant le cadavre de tomber pendant qu'il criait à ses propres serviteurs de lui apporter une corde. Celui qui la lui apporta attacha si mal le corps inerte de l'oncle qu'Olivero, furieux, dut s'en occuper lui-même. Toute la maisonnée s'était à présent assemblée devant la porte et observait la scène, éclairée par la vive clarté lunaire que ne voilait pas encore le banc menaçant de nuages noirs qui se profilait à l'est.

Finalement, Olivero fut en mesure de communiquer au valet le message destiné à sa grand-mère.

— Dis de ma part à Donna Costanza que je lui renvoie son fils. Et qu'elle ne cherche plus à nous dérober quoi que ce soit, sinon j'irai la tuer moi-même.

Sur quoi il fourra les rênes dans les mains du valet et se tourna en congédiant d'un geste le troupeau de serviteurs. Levant leurs torches, ceux-ci battirent en retraite autour de Sigismondo qui demeura sur place, et disparurent un à un par la poterne, à l'exception de Benno qui resta debout au pied du mur. Ferondo avait suivi son frère dehors ; il prit Sigismondo par la manche, mais la lâcha aussitôt en réalisant pourquoi elle était encroûtée et toute raide.

— Vous ne voulez pas vous recoucher, messire ? Vous êtes notre hôte.

— Non. Benno, les chevaux.

— Frère, dis-lui qu'il ne peut pas partir comme ça, au milieu de la nuit...

Olivero, qui était resté sur la route, rajusta sa robe de chambre autour de lui. Le visage dans l'ombre, il avait suivi le bruit des sabots qui s'éloignaient. Sans paraître avoir entendu son frère, il fit brusquement demi-tour, enjamba le seuil et disparut dans la maison.

— Nous espérions que vous resteriez plus longtemps, reprit Ferondo. Nous avons besoin d'amis tels que vous.

Il attendit quelques instants puis, ne constatant aucun changement dans l'expression de Sigismondo, finit par suivre son frère.

Sigismondo n'avait pas bougé lorsque Benno apparut au coin de la maison en tirant leurs chevaux. Il avait récupéré le paquetage, l'épée et la hache de son maître, et Biondello trottait à ses pieds.

Ferondo se pencha par l'embrasure et fit une ultime tentative :

— Ne pouvons-nous pas attendre le matin pour parler de tout ça, messire ? Nous avons besoin de votre aide. Vous ne pouvez pas nous abandonner ainsi.

Sigismondo monta en selle. « Tu parles que vous avez besoin d'aide, songea Benno en l'imitant. Quoi de mieux que d'inviter un étranger pour qu'il tue votre oncle à votre place ? Ça vous évite des ennuis avec l'Église et en plus vous économisez les gages d'un assassin... » Benno estimait qu'on avait vilainement abusé de son maître, et cette pensée le rendit beaucoup plus amer que si lui-même avait été maltraité. Il n'était pas près d'oublier la vision d'Olivero ficelant le cadavre de son oncle sur un cheval avant de le renvoyer à l'expéditeur. Il était soulagé d'en avoir fini avec les Pantera.

Sigismondo chevauchait en silence, et, du coin de l'œil, Benno constata que son visage sévère reflétait les nuages sombres qui s'accumulaient. Un orage se préparait, et pas seulement dans les cieux.

Ils firent halte sur la place de la petite ville où Olivero avait interpellé Sigismondo quelques heures auparavant.

Ce dernier descendit de cheval près d'un mur où une tête de lion crachait dans un bassin un jet d'eau que la clarté de la lune faisait scintiller comme de l'argent. À part quelques aboiements de chiens, le glouglou de la fontaine était le seul bruit audible dans le silence.

Sigismondo ôta sa chemise, la plongea dans le bassin, puis y immergea son bras jusqu'à l'épaule pour le débarrasser des traces de sang. Le trop-plein du bassin s'écoula en un filet sombre dans le caniveau. Tout en observant son maître à la dérobée, Benno avait fouillé son paquetage pour y trouver une chemise. Sigismondo tordit celle qu'il venait de laver. Benno la secoua avant de l'étendre sur son sac de selle pendant que Sigismondo enfilait le vêtement sec et remontait à cheval. Il n'ouvrit toujours pas la bouche et Benno, jetant un coup d'œil à son visage fermé, ne posa aucune question ni ne fit le moindre commentaire, bien qu'il mourût d'envie de savoir ce qui s'était exactement passé dans la maudite demeure des Pantera.

Lorsqu'ils arrivèrent à une fourche du chemin caillouteux qu'ils suivaient, Sigismondo mit pied à terre et examina le sol avant de décider de prendre à gauche. Benno réalisa brusquement qui les avait précédés sur cette route ce soir-là. Il était fort probable en effet que le valet qui ramenait le corps de Bernabo Pantera fût passé par ici. Sigismondo n'allait tout de même pas rendre visite à la mère de l'homme qu'il venait de tuer ?

CHAPITRE IV

« Scheggia ? »

De l'avis de Benno, le valet qui emportait le cadavre de l'oncle n'avait pas plus d'une demi-heure d'avance sur eux, mais tout dépendait de la vitesse à laquelle il allait. Soit il n'était guère pressé de se présenter devant sa maîtresse avec le cadavre de son fils, soit au contraire, aiguillonné par l'horreur de la chose, avait-il hâte d'en annoncer la nouvelle.

L'aurore ourlait d'or vif les nuages gris ardoise amoncelés à l'est. Ils pénétrèrent dans une nouvelle bourgade, tellement petite qu'elle aurait mérité le nom de village si elle n'avait comporté une place, avec une fontaine en son centre, entourée de plusieurs bâtisses imposantes aux façades austères.

Malgré l'heure matinale, des gens se pressaient déjà autour de la fontaine pour faire provision d'eau, des marchands installaient leurs étals, et des badauds, certains à peine habillés, qui discutaient avec animation en jetant des regards furtifs à l'une des maisons, formaient des groupes qui grossissaient de minute en minute. L'arrivée de Sigismondo détourna leur attention et ils le suivirent des yeux lorsqu'il traversa lentement la place en examinant les façades.

Il n'eut guère de mal à trouver la maison des Pantera. C'était vers elle que se tournaient les regards discrets des badauds. Au-dessus de l'imposante porte en chêne était sculpté un blason de pierre portant les armes de la famille, un félin moucheté courant sur un champ hachuré. Benno, qui n'était guère versé dans l'héraldique, savait que son maître déchiffrait les écussons avec la même facilité qu'il lisait des mots tout aussi incompréhensibles à ses yeux. Tandis que Sigismondo ralentissait le pas devant la maison, deux mains surgirent d'une fenêtre entrebâillée au-dessus des armes, tenant un tissu qu'elles secouèrent pour le déplier et en voiler la panthère de pierre. C'était un tissu noir.

Pendant un moment, un silence total s'abattit sur la place, où l'on n'entendit plus que la fontaine, les pigeons, quelques lointains piaillements d'oiseaux et un roulement de tonnerre à l'horizon. Puis, comme un écho à ce grondement, un murmure s'éleva parmi les badauds.

Pourtant, la vie de la petite agglomération continuait. On ouvrait des volets. Des charrettes passaient en cliquetant devant Sigismondo qui avait mis pied à terre et attaché son cheval ; Benno lâcha Biondello pendant qu'il surveillait les montures et cherchait des yeux à qui il pourrait emprunter un seau pour leur donner à boire. Puis il rejoignit Sigismondo, assis sur une saillie de pierre dépassant du mur de la maison des Pantera.

— Vous croyez que toute la ville est au courant ? s'enquit-il à voix basse. Ce valet n'a pas dû être discret quand il est rentré, on dirait qu'il a réveillé toute la maison.

— Hum.

Sigismondo n'avait toujours pas envie de parler, mais Benno comprit que sa colère était retombée. L'air calme, absorbé dans ses réflexions, il paraissait être parvenu à une décision.

De toute évidence, la nouvelle du malheur frappant Donna Costanza se répandait rapidement parmi les gens qui se rassemblaient devant la maison, serrant dans leurs mains des rameaux de verdure. Ils observaient les deux étrangers assis sur le banc de pierre, puis levaient les yeux vers le ciel qui, de plus en plus noir, semblait s'apprêter à pleurer sur le sort des Pantera.

Peu après, le groupe s'écarta pour laisser le passage à un prêtre d'allure vigoureuse et au visage empreint d'une vive émotion, qui frappa à la porte. Tout en attendant, la soutane flottant autour de ses jambes sous l'effet du vent qui se levait, il examina à son tour les étrangers. Le petit individu malpropre à la barbe graisseuse était, à n'en pas douter, un idiot ; il ne s'attarda pas sur sa personne. Il n'en alla pas de même pour l'autre, avec son crâne rasé et son air de force retenue. On voyait rarement des hommes comme lui dans la région ; la nouvelle du meurtre de Bernabo avait rappelé à tous la puissance du mal qui sévissait ailleurs ; cet étranger avait l'air de quelqu'un qui avait assisté et pris part à des choses terribles.

La porte s'ouvrit devant le visage baigné de larmes et apeuré de la servante de Donna Costanza. Le prêtre entra en lançant d'un ton ferme une bénédiction sonore.

Bientôt d'autres personnes furent admises à l'intérieur. Le ciel était devenu si sombre que les marchands repliaient leurs étals et se réfugiaient sous les arcades qui bordaient un des côtés de la place. Ceux qui attendaient de présenter leurs condoléances se serraient dans l'entrée de la maison ou, s'ils restaient dehors, remontaient châles et capuchons sur leur tête. Le temps passa et les gens quittèrent peu à peu la maison. Lorsque les premières grosses gouttes de pluie commencèrent à tomber, Sigismondo se leva, épousseta son pourpoint de cuir et se joignit à ceux qui attendaient encore à l'extérieur.

Tout en s'essuyant les joues du coin de son tablier, une servante aux yeux gonflés inclinait la tête devant chaque visiteur pour le remercier de sa courtoisie. Elle était trop éperdue pour remarquer dans la foule deux personnes qu'elle ne connaissait pas. La longue file gravissait lentement un escalier aux marches raides menant au *piano nobile*[1].

C'est là, dans une pièce seulement éclairée de chandelles, que reposait sur une longue table le corps de Bernabo. Le tissu de brocart qui le recouvrait disparaissait sous les rameaux de feuilles, les brins de romarin et les bouquets de fleurs. On avait noué sa mâchoire avec un tissu de batiste et placé des pièces d'argent sur ses paupières. On entendait des sanglots et un murmure de prières. Dehors, la pluie tambourinait à présent contre les volets comme si elle aussi voulait une place près du défunt.

Sigismondo s'approcha de l'extrémité de la table ; alors que Benno restait à proximité de la porte en se faisant tout petit, Sigismondo n'essaya pas de passer inaperçu. À l'autre bout de la table se tenait une femme mince vêtue de damas noir, les cheveux dissimulés sous un voile de soie noire. Les visiteurs s'approchaient d'elle et lui adressaient quelques mots à voix basse. Quelques-uns s'enquirent de Donna Costanza. Ils apprirent qu'elle n'était pas en état de les recevoir et que le prêtre était à son côté. La femme se tenait très droite, les mains jointes devant elle, sans faire un seul geste. Les flammes éblouissantes des chandelles disposées de part et d'autre de la tête de Bernabo empêchaient de voir son visage, mais il était impossible qu'elle ne vît pas Sigismondo. Et lorsque le dernier visiteur fut sorti, elle haussa la voix et demanda d'un ton de défi :

— Qui êtes-vous ?

Au lieu de répondre, Sigismondo lui posa une autre question :

— Scheggia ?

1. L'étage noble. *(N.d.T.)*

CHAPITRE V

Une malédiction

— *Scheggia ?*

Elle contourna les chandelles d'un pas rapide et décidé avant de s'arrêter devant Sigismondo.

— Que savez-vous de Scheggia ? Bernabo vous a-t-il parlé ?

Ses yeux aux orbites profondes sous leurs sourcils noirs dévisagèrent l'étranger d'un air farouche. Elle parut satisfaite de voir Sigismondo incliner la tête en réponse à sa question, mais ses doigts se refermèrent sur son bras comme si elle entendait protéger ou taire quelque chose. Durant le silence qui s'instaura, ils regardèrent tous deux la table où était allongé Bernabo, qui ne parlerait plus jamais de rien à quiconque. Adossé au panneau de la porte ouverte, Benno s'employait à se faire invisible au cas où le regard farouche s'arrêterait sur lui. Si son maître recueillait les confidences de cette femme, elle entendait sûrement les faire à lui seul.

— Venez.

Ses yeux avaient repéré Benno et, à l'étonnement de celui-ci, ne l'avaient pas congédié aussitôt en dépit de l'expression particulièrement vide qu'il était parvenu à adopter. Elle se dirigea vers la fenêtre en faisant signe de la tête à Sigismondo de la suivre. Là, dans la lumière spectrale tombant des fenêtres voilées, et parmi le battement de la pluie qui faisait vibrer les volets, elle se retourna vers lui.

— Ainsi, vous savez pourquoi il est allé chez ses neveux ? fit-elle dans un murmure.

Sigismondo écarta les bras et les laissa retomber.

— Avec cet amer résultat.

La voix grave n'était qu'un chuchotis mais on l'entendit parfaitement malgré le fracas de la pluie.

— Pourquoi a-t-il fait une chose pareille ? ajouta-t-il.

Vu le ton sur lequel il formula sa question, elle ne se demanda même pas pourquoi, s'il savait dans quel but Bernabo s'était rendu chez ses neveux, il la lui posait ; elle la considéra en fait comme un désaveu de l'entêtement de Bernabo.

— Il pensait qu'ils seraient trop ivres pour l'entendre !

Ayant haussé le ton pour sa défense véhémente, elle jeta aussitôt un coup d'œil en direction de Benno. Pour la rassurer, Sigismondo se tapota la tempe du bout de l'index, mais elle n'en baissa pas moins la voix pour poursuivre :

— Des assassins ! Ce sont bien les rejetons de leur père ! Que leurs fils à eux, si La Feconda leur en donne, naissent aveugles et difformes !

Sa férocité était d'autant plus perceptible qu'elle était retenue — aucune sorcière n'aurait mis autant de venin dans une malédiction. Sigismondo sentit son haleine brûlante sur son visage.

— Ainsi il vous a dit ce qu'il espérait faire ? Il voulait que le sang ne coule plus, que la haine s'éteigne à jamais !

Il ne paraissait pas que sa propre haine s'apaiserait facilement, mais Sigismondo lui opposa une nouvelle fois un silence évocateur qui, comme prévu, l'incita à continuer.

— Je lui avais dit que c'était inutile. Que cette chose portait avec elle la malédiction, et non la bénédiction ; qu'il fallait la laisser accomplir sa volonté ! Quelle chance nous a-t-elle jamais apportée ? Ma mère, poursuivit-elle en jetant un regard vers la pièce adjacente, a eu des fils, c'est vrai, alors que cette croix était ici. Mais que leur est-il arrivé ? Bernabo était son dernier. Le dernier de ses fils. Et en quoi puis-je lui être utile, moi, sa fille, une veuve sans enfants ? À présent elle est train de mourir, elle ne supportera pas la nouvelle de sa mort.

D'une main fine elle s'essuya brièvement les yeux.

— Il croyait pouvoir lui apporter le repos. Eh bien, elle le trouvera bientôt.

Elle se tut et, les lèvres serrées, renversa la tête. Sigismondo attendit qu'elle se fût ressaisie, puis posa une main sur son bras.

— Et Scheggia, madame ?

— Scheggia ! Comment a-t-il cru qu'il pourrait l'emporter là-bas, avec ces deux-là après lui ? Tôt ou tard ils auraient compris où il allait. Il aurait eu bien de la chance s'il avait réussi à en faire don au sanctuaire sans qu'ils le rattrapent. Des démons. Des assassins ! Et à présent ce sera le tour de Gian, conclut-elle en portant à nouveau la main à ses yeux.

— Gian ?

Elle laissa retomber son bras et, saisie d'un brusque soupçon, le fixa du regard.

— Comment pouvez-vous connaître Bernabo et ignorer qui est Gian ?

Sigismondo haussa les épaules.

— J'ai combattu une seule fois à ses côtés. Il ne m'a pas tout dit.

Le visage de la femme se crispa.

— Les hommes ! Mais c'est vrai, il parlait rarement de sa famille. Il en avait honte, et il avait de bonnes raisons pour cela.

Un répit dans l'averse fit paraître sa voix plus forte qu'elle n'était, mais à ce moment elle avait complètement oublié Benno.

— Vous pouvez penser que Bernabo était un voleur,

pour aller dérober cette croix pendant la nuit, mais ce sont Olivero et Ferondo qui l'ont volée les premiers. L'épouse d'Olivero n'arrive pas à mener une grossesse à terme.

Il y avait du mépris dans sa voix, et Benno se demanda ce qui était arrivé à ses propres enfants.

— Quant à Ferondo ! Sa femme a eu des enfants, mais ils n'ont vécu que quelques semaines. La Feconda peut sans doute vous donner des enfants, mais elle ne garantit pas qu'ils survivront. Leurs maris ont envoyé Elisavetta et Lydia à Rome afin qu'elles prient pour avoir plus de chance, pour qu'elles puissent accoucher d'enfants d'assassins !

— Et Gian ? lui rappela la voix grave.

Quelque chose se modifia dans son attitude et l'expression de son visage changea, adoucissant sa dureté comme la membrane qui recouvre l'œil du faucon.

— Mon neveu. Le fils de Gianmaria. Il est à l'étranger pour l'instant, mais il ne devrait pas tarder à revenir. Et lorsqu'il reviendra... fit-elle en secouant la tête. Il voudra se venger. Il aimait profondément son père, et son oncle Bernabo à peine moins. Et à présent ma mère qui...

À cet instant, comme au théâtre, une servante entra en trottinant, s'immobilisa en serrant les poings sur ses lèvres, explora la pièce du regard et s'élança vers la fenêtre avec un cri presque hystérique.

— Madame, elle va nous quitter ! Donna Costanza est sur le point de nous quitter ! Le père est en train de lui donner l'extrême-onction !

— J'arrive.

Oubliant instantanément l'étranger, la femme gagna la porte dans un bruissement de damas. Sigismondo et Benno se retrouvèrent seuls en compagnie du cadavre, dans une maison qui, semblait-il, allait sous peu en abriter un autre.

Au vu des circonstances, Sigismondo n'attendit pas le retour de son interlocutrice pour prendre congé. Tandis qu'ils débouchaient sous la pluie battante, un long cri aigu leur parvint de la cage de l'escalier ; Donna Costanza venait de trouver le repos que son dernier fils avait voulu lui assurer. Une pensée désagréable traversa l'esprit de Benno qui, le capuchon rabattu bas sur le visage, se débattait avec les rênes humides passées dans l'anneau de fer : son maître avait causé la mort de Bernabo, laquelle avait à son tour provoqué celle de Donna Costanza. À n'en pas douter, cette croix était maudite.

CHAPITRE VI

Un voleur dans la nuit

Ils profitèrent de leur passage dans la petite ville pour effectuer une longue visite chez le forgeron et acheter de la nourriture. Ensuite, courbant la tête contre la pluie, ils longèrent les rues désertes, foulant les pavés détrempés et enjambant les caniveaux, et regagnèrent la route par laquelle ils étaient arrivés. Benno ne l'avait pas aimée la première fois, et ce qui le contrariait cette fois-ci était que Sigismondo n'en empruntait aucune des bifurcations. S'ils continuaient ainsi, ils arriveraient droit à la maison des deux frères. Benno, qui n'avait entendu qu'une partie de la conversation entre Sigismondo et la farouche fille de Donna Costanza, ne comprenait toujours pas pourquoi son maître avait tenu à suivre le corps de Bernabo jusque chez lui. Il était atterré à l'idée qu'ils n'en avaient pas fini avec ces horribles Pantera. Il regarda la pluie dégouliner sur le capuchon et les épaules de son maître et, déplaçant Biondello pour lui trouver une position plus confortable, il plissa les lèvres en une moue d'appréhension.

Il sentit ses espoirs renaître lorsque Sigismondo quitta la route juste avant le village — celui-là même où Olivero avait invité Sigismondo et où ce dernier avait lavé sa chemise au lever du jour — et il chevaucha avec plus d'allégresse jusqu'à ce que son maître fasse halte dans un bois d'où l'on apercevait quelques bâtiments en contrebas.

Benno les reconnut aussitôt : c'était la maison des Pantera.

Sigismondo mit pied à terre. Ils s'enfoncèrent plus avant dans les bois. Parmi le grésillement de la pluie, les sabots des chevaux s'enfonçaient avec un bruit de succion dans le tapis de feuilles mouillées et ils arrivèrent bientôt près d'un arbre abattu. Son tronc puissant formait un abri sous lequel le sol était sec. Sigismondo y déposa son sac et, la hache à la main, disparut au milieu des arbres. Benno s'occupa des chevaux, mit les selles au sec et ramassa de jeunes pousses pour nourrir les bêtes. Lorsque son maître revint avec une brassée de branches, il l'aida à allumer un feu. Il espérait qu'ils ne resteraient pas longtemps ici. La proximité de la villa des Pantera le troublait et les interrogations se bousculaient dans son esprit. Benno était un questionneur invétéré, mais Sigismondo lui opposait généralement un silence si désapprobateur qu'il l'empêchait de formuler la plupart des demandes qui lui brûlaient les lèvres. Et ce jour-là, le silence de Sigismondo forçait Benno lui-même à se taire. Ils s'installèrent sous leur abri improvisé et Benno sortit du pain, du fromage et des pêches, qu'il disposa sur un tapis de feuilles.

D'un geste, Sigismondo lui intima l'ordre de manger. Benno, à qui, aussi loin qu'il s'en souvienne, l'appétit n'avait jamais manqué, mâchait avec ardeur sa troisième bouchée lorsqu'il s'aperçut que Sigismondo ne mangeait pas, mais qu'il avait sorti l'assortiment d'herbes qu'il transportait en permanence avec lui. L'examinant avec soin, il en choisit deux et les disposa sur son morceau de pain. Au bout de quelques instants, Benno reconnut leur odeur amère.

Il n'y avait pas assez de place pour s'allonger. Biondello, installé sous l'arc formé par les genoux de Benno, mordillait le pied de porc que son maître lui avait acheté. Benno, lui, était assis au coude à coude avec Sigismondo, et c'est ainsi qu'il comprit bientôt que quelque chose n'allait pas. En effet, dans le froid humide du soir, non seulement le corps de Sigismondo dégageait une chaleur de feu, mais il était agité de frissons. Ce que Sigismondo voulait faire en revenant à la villa était voué à l'échec. Il était malade.

La pluie cessa avant minuit. Benno, qui avait sombré dans un demi-sommeil inquiet, redressa brusquement la tête en entendant tinter quelque chose à côté de lui. Dans la pâle clarté d'un ciel lavé par l'orage il distingua Sigismondo qui fouillait à nouveau dans sa besace. L'odeur amère des herbes flotta une nouvelle fois autour d'eux, mais l'impression cauchemardesque que son maître était malade s'était dissipée. C'est avec des gestes rapides et assurés que Sigismondo plaça un rouleau de corde sur son épaule et glissa dans sa ceinture la hache au manche luisant.

— Debout, Benno.

Dans la demi-inconscience de l'éveil, la question s'échappa de ses lèvres :

— Qu'allons-nous faire ?

Mais Sigismondo était déjà sorti de leur abri et s'étirait en observant la villa des Pantera au bas de la colline. Les événements qu'ils venaient de vivre surgirent à l'esprit de Benno, qui eut l'horrible pressentiment de ce que son maître avait en tête. L'estomac retourné, il dut se forcer à déglutir. Il se leva, raide dans ses vêtements humides, et alla chercher les chevaux. Il avait beau éprouver confiance et admiration pour Sigismondo, cela ne lui ôtait pas ses appréhensions. Olivero était un adversaire redoutable, et il fallait se méfier de son frère comme de la peste ; et puis, même si Sigismondo paraissait à présent en forme, il n'en restait pas moins que quelques heures plus tôt... Benno sella les bêtes, fixa les paquetages, récupéra un quignon de pain et, tout en le mâchonnant, emmena dans un silence philosophique les chevaux à la suite de Sigismondo.

Ils attachèrent les bêtes juste avant la lisière du bois. Sigismondo s'approcha de la villa à l'endroit où un haut mur de jardin rejoignait le bâtiment d'habitation, qui se découpait en noir contre le ciel. De l'autre côté de la maison, un chien de garde lâcha un aboiement interrogateur, et Sigismondo demeura une longue minute immobile avant de poursuivre.

Jusque-là Benno avait essayé en vain de distinguer ce que son maître transportait, mais à présent il le voyait clairement. C'était un objet métallique muni de trois crochets évasés, un grappin — résultat de leur visite chez le forgeron.

Alors que Benno était tendu comme la corde d'un arc, Sigismondo paraissait se mouvoir avec calme et confiance. Il soupesa le grappin, évalua la hauteur du mur, prit son élan et le balança en l'air.

Le grappin retomba et le bruit de sa chute déclencha une nouvelle fois les aboiements du chien qui gardait la cour, repris par d'autres à l'intérieur de la maison. À nouveau Sigismondo se transforma un long moment en statue pendant que Benno tentait de se persuader qu'il pouvait respirer sans danger, mais son cœur cognait si fort qu'il craignit de rendre sourd Biondello blotti contre sa poitrine. Il adressa aux saints une prière frénétique et décousue afin qu'ils les protègent.

Enfin les chiens se turent. Sigismondo fit une nouvelle tentative ; lorsque le grappin s'accrocha, il en éprouva la solidité et commença l'ascension du mur. Se servant des saillies des grosses pierres d'angle de la maison pour poser ses pieds, il en atteignit bientôt le faîte.

Benno le vit jeter un coup d'œil aux alentours, puis vers le sol, et disparaître. Benno s'accroupit au pied du mur, parmi les buissons, à côté de la corde qui pendait, et dressa l'oreille.

Les sons de la nuit lui paraissaient amplifiés — grenouilles, cri d'un oiseau de nuit, bruissement d'ailes d'un pigeon dérangé ; des chiens au loin ; les chevaux qui remuaient. Le temps s'égrena.

D'une enjambée, Sigismondo était passé du sommet du mur à un toit de tuiles dont il descendit prudemment la faible déclivité, tâtonnant devant lui avant chaque pas, parmi les herbes folles et les lichens, jusqu'à ce qu'il parvienne au bord et aperçoive la cour en contrebas. Il se laissa glisser du toit et, grâce à une colonne sculptée, put prendre pied sur la galerie. La clarté de la lune découpait en noir le carré de la cour. Le silence n'était pas total — de sonores ronflements résonnaient dans la nuit. Mais il ne s'agissait pas du duo dissonant de la veille. Une seule respiration se faisait entendre. Un seul frère dormait pour de bon. L'autre était peut-être absent ce soir, ou bien il dormait en silence — à moins qu'il ne fût éveillé.

La porte entre la galerie et la *sala* était fermée, à clé ou au loquet. Sigismondo gagna la porte suivante, celle de la chambre où il avait passé une partie de la nuit précédente. Il parvint à en soulever sans bruit le loquet, mais la porte elle-même s'ouvrit en émettant un grincement semblable à un cri de détresse. Il se figea, maintenant la porte ouverte, l'oreille aux aguets. Il entendit le chien de garde dans la cour tirer sur sa chaîne, mais ce simple bruit à l'intérieur de la maison ne le fit pas aboyer. Sigismondo entra dans la chambre.

Ses volets ouverts montraient le lit, à présent débarrassé de ses draps, où lui-même, puis Bernabo, avaient reposé. Il traversa la pièce pour aller écouter à la porte donnant sur la *sala*. Ce qu'il entendit n'était guère rassurant : des reniflements de chien et des griffes qui cliquetaient sur le parquet.

À tâtons, Sigismondo sortit une serviette de la besace qu'il portait à la ceinture. Il la déplia et, de l'autre main, entrouvrit la porte. Le chien, un gros chien de meute, se faufila dans l'entrebâillement. Sigismondo tendit le bras et agita la serviette. Le chien se précipita dessus. Sigismondo lui expédia un violent coup de pied par-dessous le tissu. L'animal grogna, tomba sur son arrière-train et s'effondra sur le côté. Sigismondo le rattrapa, le déposa au sol puis dressa à nouveau l'oreille.

Il transporta le chien dans la *sala*, puis avança en répartissant son poids avec soin, veillant à ne pas faire plus de bruit sur les lattes que celui produit par un chien rôdant dans la pièce — en y enfermant l'animal, les frères avaient d'une certaine façon facilité les déplacements de l'intrus. Il s'approcha des deux portraits. Il avait envisagé la possibilité que les frères aient déplacé la croix, pour la mettre par exemple dans la chambre de l'un d'eux, par crainte que Gian tente de la leur dérober. Le scintillement des joyaux dans les reflets lumineux lui montra qu'il n'en était rien.

Les ronflements cessèrent brusquement.

Sigismondo s'immobilisa et tendit l'oreille. Dans la pièce adjacente, le dormeur remua et grogna avant de retomber dans le silence. Sigismondo décrocha la croix du mur et repartit par le chemin qu'il avait emprunté pour venir. Lorsqu'il repassa à côté du chien, il constata que celui-ci commençait à reprendre ses esprits et à agiter les pattes. Si un chien bien vivant sortait de la *sala* au matin, les frères ne songeraient peut-être même pas à vérifier que la croix était toujours là, alors que s'ils découvraient un cadavre, ils s'inquiéteraient aussitôt de la croix et se lanceraient sans délai aux trousses du voleur. C'est pourquoi Sigismondo avait soigneusement ajusté son coup de pied, car le temps allait désormais être son atout le plus précieux.

Benno attendait toujours. La lune s'était déplacée et éclairait en plein le mur, dessinant l'ombre noire et nette de la corde. Sigismondo apparut au sommet du mur. Il descendit sans se presser, en s'aidant de la corde, et rejoignit Benno. Tendant la main, il lui montra brièvement la croix des Pantera qui reposait dans sa paume.

— À présent, en route pour Scheggia !

— Scheggia ? répéta Benno dans un souffle.

— Et nous devons y arriver avant qu'ils nous rattrapent.

CHAPITRE VII

La fouille

La fumée d'encens était si dense dans la petite église qu'elle faisait larmoyer. Pour ceux à qui les larmes ne venaient pas facilement, c'était une bénédiction. Car il y avait sans doute plus de curiosité que de chagrin véritable chez ceux qui se pressaient pour dire un dernier adieu à Donna Costanza et à son fils Bernabo, que l'on devait inhumer ce jour-là dans le caveau familial. Les participants éprouvaient certainement de la sympathie pour Donna Irina, veuve et sans enfants, qui pleurait à la fois sa mère et son frère ; mais la curiosité était générale quant à savoir ce qui allait advenir de la maison et des biens des Pantera. Donna Costanza avait été tenue en assez bonne estime, et la plupart des gens lui pardonnaient son arrogance naturelle en la mettant sur le compte de sa naissance, de son âge et de la succession de tragédies qui l'avaient frappée. L'église était aussi emplie de rumeurs que d'encens : quelle était donc la cause de la mort de son fils, qui avait à son tour précipité la sienne ? Le valet qui avait rapporté le corps de son fils avait raconté avec horreur la façon dont Olivero avait attaché le cadavre de son oncle sur le cheval, et tout le monde supposait que les deux frères préféreraient s'abstenir de paraître aux funérailles. Il serait très intéressant de voir quelle forme la justice allait prendre.

Nombreux étaient ceux qui, tout en se signant et en ployant le genou pendant le déroulement de la messe, se demandaient à quel moment serait prononcée l'excommunication promise par l'évêque au cas où le sang coulerait encore une fois dans cette querelle de famille, et s'il leur serait possible de faire dans la journée l'aller-retour à la cathédrale pour l'y entendre.

En réalité, Olivero et Ferondo étaient plus proches qu'aucun des assistants aux funérailles le supposait. Les rênes de leurs chevaux étaient attachées à l'anneau que Benno avait utilisé la veille pour le sien et celui de Sigismondo. Les deux frères avaient profité de la porte grande ouverte de la maison des Pantera, laissée sans surveillance — car les serviteurs qui n'étaient pas à l'église étaient occupés à préparer, à la hâte et en maugréant, la nourriture qu'on offrirait aux hôtes après la cérémonie. La préparation d'une grande quantité de nourriture est une activité qui suscite toujours des tensions, et le fait que ces serviteurs malchanceux aient été privés d'une petite promenade revigorante à l'église avait accentué leur ressentiment. Les frères eurent donc de la chance : les serviteurs continuèrent à faire bruyamment tinter les casseroles et à se quereller sans se rendre compte de la présence de Pantera survivants dans la maison.

Les frères étaient, pour une fois, sobres tous les deux. Ce qui d'ailleurs ne les rendait pas plus capables de coopération ni d'organisation. Ne prenant que les précautions les plus élémentaires pour ne pas être entendus, ils gravirent quatre à quatre l'escalier jusqu'au *piano nobile*, puis gagnèrent la pièce dont on avait tout récemment enlevé le corps de leur grand-mère et entreprirent, au hasard, de la fouiller.

Ouvrant d'un geste brusque le coffre au pied du lit, Olivero en sortit les vêtements soigneusement pliés et les jeta dans tous les sens. Les pommes placées entre les piles de linge pour le parfumer roulèrent sur le sol où elles furent bientôt écrasées. Ferondo jeta un coup d'œil au petit autel et, n'y trouvant rien d'intéressant, se tourna vers le lit dont il arracha les draps. Olivero sortit son couteau avec lequel il éventra le matelas et les oreillers. Il s'en dégagea un nuage de plumes qui les fit tituber, jurant et éternuant, tandis qu'ils fourrageaient dans la literie. C'est Ferondo qui, la barbe comiquement emplumée, découvrit le coffre dissimulé dans le placard et en força la serrure. Ensemble ils en sortirent les bijoux, cuillères et cure-dents en or, ornements de table en argent doré et les balancèrent sur le lit, où ils soulevèrent en tombant de petites tornades de plumes. Ensuite Olivero entraîna son frère jusqu'à la pièce voisine, dans laquelle Sigismondo s'était entretenu avec Donna Irina près du corps de Bernabo.

Ils n'eurent pas plus de succès dans cette pièce. Ils tranchèrent à coups de couteau les coussins disposés sur les bancs et le coussiège, mirent à sac un autre coffre, vidèrent les boîtes en forme de cercueils rangées sous les sièges de fenêtre d'un bric-à-brac de vieilles appliques murales, de toupies, de bilboquets, de sculptures cassées et d'objets égarés depuis une éternité. Jetant un regard impatient autour de lui, Olivero croisa le regard d'un grand Christ en bois qui semblait le toiser du haut du mur où il était fixé et, saisi d'une idée subite, parvint finalement à le décrocher avec l'aide d'un Ferondo décontenancé. Posant par terre le pied de la croix, il en examina, plein d'espoir, le dos, mais ne décela aucun signe qu'on y eût dissimulé quelque chose. Tandis qu'Olivero se précipitait dans la pièce suivante, Ferondo retourna le crucifix, se signa devant en manière d'excuse et se hâta de rejoindre son frère.

Ils ne trouvèrent rien non plus dans les chambres à coucher vides qu'ils visitèrent, et d'ailleurs les frères ne s'attendaient pas à découvrir ce qu'ils cherchaient dans des pièces inoccupées. Dans les cuisines, une violente altercation déclenchée pour savoir qui était responsable du rôti de porc carbonisé qu'on venait de sortir du four s'apaisa brusquement lorsque les serviteurs entendirent des pieds bottés dévaler sans aucune discrétion l'escalier. C'est un fait établi que des hommes déçus font plus de bruit que des individus encore pleins d'espoir, et il est tout aussi certain que les serviteurs ne se sentent généralement pas qualifiés pour s'occuper de voleurs. De plus, des gens qui restent dans une maison parce qu'ils n'ont pas été autorisés à assister à un enterrement ne souhaitent guère que le prochain soit le leur.

Ainsi les frères Pantera purent quitter sans encombre la maison de leur grand-mère, et ce en partie parce qu'ils en sortirent par la grande porte, comme ils y étaient entrés. S'ils avaient opté pour un moyen plus furtif, comme de passer par la porte de derrière, ils seraient tombés nez à nez avec les participants aux funérailles qui, avec un soudain regain de vitalité, rentraient du cimetière voisin par le jardin pour s'installer autour des tables dressées sur la terrasse à l'abri d'une pergola soutenant une vigne.

Les serviteurs en étaient venus, par consensus, à la conclusion que les pas précipités qu'ils avaient entendus dans l'escalier étaient le fait de parents en retard à la recherche de Donna Irina. Mieux valait n'alarmer personne avec des histoires de voleurs alors qu'on était déjà accablé de chagrin. De surcroît il y avait déjà bien assez à faire pour servir les plats et remplir les carafes qui allaient réconforter les endeuillés sans aller se préoccuper d'autre chose, ou se soucier de jeter un coup d'œil à l'étage.

Or la fortune alternait sourires et froncements de sourcils envers les frères Pantera, tour à tour leur offrant et leur retirant des opportunités. Ils avaient trouvé la porte de la maison ouverte, ils trouvèrent celle du caveau ouverte aussi. Donna Irina ne l'avait pas verrouillée car elle avait l'intention de revenir prier seule sur la tombe une fois qu'elle aurait accompli son devoir d'hospitalité à l'égard de ses hôtes. Olivero, qui était tout disposé à fracasser la serrure, vit un signe du ciel dans le fait que Ferondo puisse tourner sans difficulté la poignée et ouvrir la porte sur l'obscurité glaciale du caveau familial.

Ils hésitèrent quelques instants tandis que la lueur d'une bougie solitaire vacillait à travers la fumée d'encens en faisant danser des ombres immenses sur les murs de marbre. Puis Olivero releva le menton d'un air féroce, franchit le seuil et indiqua à Ferondo de refermer la porte derrière lui. Ce qu'ils allaient accomplir à présent ne devait avoir aucun témoin, sauf les morts.

CHAPITRE VIII

« Qui l'a transpercé d'un coup d'épée ? »

Donna Irina reçut avec dignité les témoignages de sympathie. Elle savait que beaucoup de ses hôtes jetaient des regards discrets autour d'eux, comptant peut-être les fenêtres de la maison visibles de la terrasse, estimant l'air de rien la qualité des grappes de raisin qui pendaient au-dessus de leurs têtes. Le gros homme qui lui prit la main pour la gratifier d'un baiser humide, plus humide que ses yeux, avait, moins d'une semaine auparavant, menacé Donna Costanza de la contraindre à vendre une partie de ses biens pour qu'elle le rembourse de ce qu'elle lui devait. À présent que Bernabo était parti aussi, comment Donna Irina allait-elle pouvoir éviter de vendre ? Dans toute autre famille, elle aurait pu contracter un prêt ou accepter un don afin de conserver intact son patrimoine et de permettre aux Pantera de garder la tête haute. Seul son neveu Gian serait peut-être prêt à l'aider ; mais il était à cette heure parti pour ses affaires à l'étranger et pouvait rentrer trop tard pour être d'une quelconque utilité — et il la blâmerait d'avoir vendu une partie des terres de la famille.

En tout cas, quelle que soit la date de son retour, il serait toujours temps pour lui de venger la mort de son père et de son oncle. Si Dieu lui accordait miséricorde, Donna Irina vivrait assez longtemps pour assister à de nouvelles funérailles, celles d'Olivero et de Ferondo. Elle aurait d'ailleurs été fort surprise d'apprendre qu'ils se trouvaient déjà dans le caveau familial, même si ce n'était pas dans les conditions qu'elle aurait souhaitées.

En fait, ils étaient en train de montrer à quel point ils étaient irrespectueux envers leur grand-mère. Donna Costanza gisait, les bras croisés sur la poitrine, recouverte de la tête aux pieds d'un voile noir, sur une dalle de pierre sculptée, entre celles de son mari et de son fils Bernabo. Une bougie brûlait à hauteur de sa tête, une autre à ses pieds, et leurs flammes vacillaient et tremblotaient sous l'effet des mouvements des deux frères, à qui elles faisaient des ombres de géants, ou allumaient des reflets sinistres dans les coins reculés du caveau, où reposaient d'autres Pantera moins récents. Ferondo veillait à tourner le dos à son autre oncle, Gianmaria, dont le voile mortuaire dissimulait la blessure mortelle que lui avait portée son frère, le père de Ferondo, sur le corps duquel ils jurèrent une fois de plus vengeance. Les querelles de famille emplissent les caveaux de famille. Ferondo s'efforçait de se concentrer sur ce qu'ils étaient venus faire, mais il frissonna lorsque Olivero retira le voile qui couvrait Donna Costanza. Il ne pouvait chasser l'idée qu'elle allait brusquement se redresser et, de sa main osseuse de morte, leur administrer à tous deux une bonne gifle.

— Occupe-toi de lui.

Olivero avait décroisé les mains glaciales, et ne trouvant rien dessous, avait même palpé le cou à la recherche d'un éventuel collier sous le brocart noir. Irrité par le regard pesant de Ferondo, il désigna le corps étendu un peu plus loin, celui de Bernabo, si proprement expédié par le très utile Sigismondo. Ferondo avait moins de scrupules à son égard, et il se tenait penché au-dessus de son oncle, tâtonnant sous ses mains, lorsque les flammes des bougies se couchèrent brusquement tandis que la porte du caveau s'ouvrait.

Donna Irina s'encadra dans l'embrasure, avec des yeux immenses dans son visage livide qui ressemblait tant à celui de leur grand-mère, tenant entre ses doigts un petit bouquet de romarin lié par un ruban noir.

Avant même qu'elle puisse ouvrir la bouche pour exprimer son blâme, Olivero se jeta sur elle, lui enserra la taille d'un bras et lui couvrit la bouche de l'autre main. La bougie près de laquelle il était passé s'éteignit et les ténèbres envahirent un peu plus la tombe.

— *Où est-elle ?*

Alors qu'il serrait ce corps vivant, Olivero, mis en fureur par les frustrations que lui avaient causées les corps inertes, se mit à secouer sa tante comme une poupée de chiffon. Les couinements affolés qui sortaient de sous sa paume lui firent réaliser qu'il était en train d'étouffer les réponses mêmes qu'il sollicitait, de sorte qu'il lâcha sa victime avant de refermer la porte d'un violent coup de pied qui emplit le caveau d'échos sonores et inquiétants.

— Où est *quoi* ?

Donna Irina cracha un bout de la manche souillée d'Olivero et considéra ses deux neveux d'un air méprisant. Son courage interdisait qu'elle se soucie d'être enfermée seule avec ceux qu'elle considérait comme les meurtriers de son frère, en un lieu où personne n'oserait avant un bon moment venir interrompre ses prières.

— La croix, ma tante, la croix ! Dites-nous où elle est et nous partirons aussitôt — nous ne vous importunerons plus.

Donna Irina trouvait depuis longtemps que les manières fourbes de Ferondo étaient plus répugnantes encore que la violence d'Olivero. C'est pourquoi elle l'ignora pour s'adresser à ce dernier.

— Pourquoi ces questions à propos de la croix ? Dieu vous l'aurait-il reprise — pour vous punir, sans doute ?

Olivero fronça les sourcils. Il lui saisit le bras et se

remit à la secouer, lui faisant lâcher le romarin qui tomba à ses pieds.

— Dites-nous où elle l'a mise. Dites-le-nous, sinon...

— Sinon vous me tuerez comme vous avez tué votre oncle. Pourquoi devrais-je renseigner des assassins? Vous êtes excommuniés, sauf pour la messe; et votre présence ici...

— Nous ne l'avons pas tué, ma tante! lança Ferondo.

Il fit un pas en avant, troublé par cette accusation formulée en ce lieu, devant le cadavre de son oncle.

— Je jure que nous sommes innocents de cette mort, ajouta-t-il.

Donna Irina les considéra, lui et Olivero — qui s'était éloigné d'elle —, d'un même regard hostile et incrédule.

— *Innocents?* Qui l'a transpercé d'un coup d'épée? Qui l'a renvoyé chez lui sur un cheval, ficelé comme un vulgaire bagage? Voulez-vous me faire croire qu'il est allé chez vous dans le seul but de se tuer?

— Il est venu chez nous pour nous voler la croix, et vous le savez très bien. Et aujourd'hui, vous avez envoyé quelqu'un d'autre pour nous la subtiliser, fit Olivero qui avança son visage ricanant vers Donna Irina. Vous avez récupéré la croix et l'avez cachée. Mais nous la retrouverons, où qu'elle soit, et nous la reprendrons, vous pouvez en être certaine.

— C'est vrai, dit Ferondo en s'approchant de son frère dont il tapota le bras en tournant un visage soucieux vers Donna Irina, nous sommes innocents, vous savez. Nous pouvons en faire le serment, ici même.

Donna Irina le gratifia d'un regard farouche.

— Ici?

Elle contourna Olivero, couchant la flamme de la bougie au passage, et alla se placer devant la dépouille de son frère Bernabo.

— Très bien. Vous allez prêter serment sur sa blessure. Tous les deux. Et n'oubliez pas que si vous mentez, devant Dieu et devant les morts, son sang se remettra à couler.

Tous tenaient pour vraie cette croyance, plus ancienne que le caveau dans lequel ils se trouvaient, presque aussi ancienne, à vrai dire, que le sol sous leurs pieds. Les deux frères — Olivero en était venu à contrecœur à la conclusion qu'ils n'obtiendraient rien de leur tante tant qu'elle ne serait pas convaincue de leur innocence — s'approchèrent donc du corps inerte. Donna Irina se pencha sur Bernabo et lui baisa tendrement le front. Ensuite ses doigts inexorables défirent son pourpoint et sa chemise et découvrirent la blessure. Ses deux neveux posèrent la main droite sur la poitrine de Bernabo et jurèrent, sur leurs espoirs de paradis, qu'ils n'étaient pas coupables de sa mort ; les ancêtres entendirent leurs voix caverneuses résonner dans l'espace exigu. Les trois vivants observèrent la plaie. Pas la moindre goutte de sang. Toujours sceptique, les yeux étincelants, Donna Irina releva la tête et les dévisagea.

— Qui est-ce, alors ? Si vous ne l'avez pas tué, qui l'a fait ? Vous étiez présents. Était-ce un de vos serviteurs ? Si c'est le cas, vous êtes quand même coupables...

— C'est... un étranger qui... qui l'a tué, dit Ferondo que le soulagement faisait bafouiller.

Peut-être s'était-il attendu à ce que, sentant l'équivoque, le sang de son oncle se mette à couler pour exprimer ses doutes.

— C'était un accident, poursuivit-il. L'étranger dormait dans la chambre voisine et il a pris oncle Bernabo pour un voleur...

— *C'était* un voleur ! s'exclama Olivero en désignant le visage gris cendreux reposant à côté d'eux.

Lassé de se justifier, il n'avait pas oublié le but de leur visite au caveau.

— Sans cet étranger, votre mère aurait réussi, or elle a échoué et elle a envoyé quelqu'un d'autre. *Où l'avez-vous cachée ?*

Donna Irina prit un air songeur. Elle alla ramasser le romarin tombé sur les dalles et le glissa entre les doigts de Donna Costanza croisés sur sa poitrine avant de replacer délicatement le voile sur son visage hagard, tandis qu'Olivero trépignait d'impatience et que Ferondo se signait. La froide humidité du caveau semblait être devenue plus mordante encore, comme si c'était les morts eux-mêmes qui la dégageaient pour en imprégner la chair des vivants.

— Cet étranger. Avait-il le crâne rasé ?

Olivero redressa vivement la tête. Ferondo et lui se regardèrent.

— Est-il passé par ici ? Sigismondo est-il venu ici ?

— Sigismondo... C'est lui qui a tué mon frère ? Dans ce cas je peux vous indiquer où le trouver.

CHAPITRE IX

Le chemin vers la croix

Lorsque Donna Irina s'en revint de ce que chacun croyait être un long moment de prière dans le mausolée de la famille, elle découvrit que les participants aux funérailles, après avoir mangé tout leur saoul et bu de généreuses quantités de vin afin de s'affermir contre le malheur des autres, avaient discrètement quitté les lieux. Elle resta un moment debout, dans la lumière de fin d'après-midi qui mouchetait les tables disposées sous la vigne, à considérer le désordre d'après-banquet, les plats où s'entassaient les os rongés, les taches de vin, de sauce et d'huile sur les nappes, les assiettes et les coupes vides. Deux servantes étaient en train de débarrasser sans hâte, l'une vidant les dernières gouttes d'une coupe, l'autre, les mains sur les hanches, si occupée à raconter les bavardages saisis au vol dans la conversation des convives qu'elle ne remarqua même pas Donna Irina debout derrière elle, jusqu'à ce que la buveuse, en reposant sa coupe, l'aperçoive soudain et lui adresse une rapide révérence.

— Emportez les plats et disparaissez. Non, laissez le reste.

Elle ne voulait pas les sentir s'agiter autour d'elle, même dans un silence compassé. Une fois seule, elle s'installa à l'extrémité de la table, là où elle s'était brièvement assise au début du repas. Elle aperçut une carafe oubliée qui contenait un reste de vin. On avait déjà emporté sa coupe, mais elle en trouva une autre, en vida le fond sur les dalles, en essuya le bord avec la nappe et l'emplit. C'est alors seulement qu'elle réalisa à quel point elle se sentait faible après sa rencontre avec ses misérables neveux.

Pourtant, elle n'en avait pas fini ce jour-là avec les neveux. Tandis qu'elle buvait son vin sous la vigne, elle entendit un grand bruit du côté de la porte de la rue, puis des voix, dont une qu'elle crut reconnaître, et enfin un bruit de pas précipités à travers la maison. Tenant à être prête, elle s'était levée et s'appuyait d'une main sur le dossier de sa chaise lorsque l'homme que tout à la fois elle espérait et redoutait de voir surgit sur la terrasse, renvoyant d'un geste le serviteur qui l'avait accompagné.

— Gian ! Enfin, te voilà...

Tante et neveu se précipitèrent en sanglotant dans les bras l'un de l'autre. Les larmes que Donna Irina s'autorisa seulement alors à verser tombèrent sur la veste poussiéreuse de Gian.

— Pauvre enfant ! Tu as appris les nouvelles ? Nous les avons enterrés tous les deux aujourd'hui, un mois seulement après ton père, que Dieu ait son âme.

Ils restèrent un moment enlacés, Gian encore incapable de prononcer un mot. Puis elle le lâcha, le conduisit jusqu'à une chaise, le fit asseoir, remplit la coupe et la lui tendit. La lumière du soleil éclairait la poussière sur son visage strié de larmes — un beau visage intelligent avec de grands yeux aux longs cils et une bouche pleine. Seuls le menton volontaire et le rapide froncement de sourcils rappelaient à Donna Irina ses neveux moins reluisants. Gian, justement, fronça les sourcils en reposant sa coupe, et la question qu'il posa concernait ses cousins :

— Où sont-ils ? Olivero ! Ferondo ! Je les tuerai ! Je suis rentré à la maison pour apprendre... ce que vous savez.

Il dut pourtant le redire.

— Mon père assassiné... J'ai été chez eux, chez ces vipères, mais je n'y ai trouvé qu'un ramassis de serviteurs qui m'ont dit qu'ils étaient venus ici chercher La Feconda. L'avez-vous ?

Il avait saisi sa main posée sur la table avec autant de violence qu'en avait manifesté Olivero, et Donna Irina resta quelques instants silencieuse avant de répondre, comme pour le calmer.

— Non, finit-elle par dire d'une voix ferme. La croix n'est pas là. Ils ne la trouveront pas.

— C'est donc que vous savez où elle est, fit-il en se penchant avec impatience en avant.

Mais sa tante ne répondit pas.

— Comment l'avez-vous récupérée ? insista-t-il. J'avais cru comprendre qu'oncle Bernabo avait été assassiné alors qu'il tentait de reprendre ce qui nous appartient — le portier m'a dit qu'ils avaient engagé un homme au crâne rasé pour le guetter et le tuer.

Donna Irina secoua la tête.

— Non. Je ne le crois pas. Lui aussi — il s'appelle Sigismondo — est venu ici. Je pense savoir ce qu'il a l'intention de faire.

Gian se leva d'un bond, renversant la coupe qui se fracassa par terre.

— Ce qu'il a l'intention de faire ? Ce *qu'ils ont* l'intention de faire ? Ils ont engagé un tueur pour supprimer notre oncle parce qu'ils ont peur d'être frappés d'excommunication !

Il se pencha vers Donna Irina, approchant son visage aussi près du sien que l'avait fait Olivero tout à l'heure.

— Il est venu ? Où est-il allé ? Est-ce lui qui a la croix ?

C'était un coup d'épée donné à l'aveuglette, mais à voir le visage de Donna Irina, il avait fait mouche. Elle se leva et gagna le bord de la terrasse, où elle s'immobilisa, une main sur une des colonnes de la treille, dont elle caressa de la paume le bois lisse tout en regardant le verger en pente qui s'étendait au pied du mur, le carré de vigne et, au-delà, l'horizon de collines bleutées.

— Ton oncle Bernabo souhaitait mettre un terme à cette querelle sanglante, arrêter ce carnage. Ses deux frères ! Je ne veux pas te perdre aussi.

Sa voix se brisa mais elle ne se retourna pas. Elle ne le regarda pas.

— Il voulait rapporter la croix à ceux à qui elle appartient...

— C'est à nous qu'elle appartient !

— Elle appartient à la Vierge de Scheggia. J'espère que tu ne l'as pas oublié. Mon grand-père l'a prise au pèlerin allemand qui est mort ici même, dans cette maison. Il voulait l'emporter, en offrande, à Scheggia.

— Une action de grâce pour une famille florissante, en pleine prospérité. Il n'en avait plus besoin. Nous, si.

À présent elle se tourna vers lui.

— Nous n'avons pas besoin de la haine et des meurtres qui l'ont accompagnée. Elle procure la richesse et des récoltes abondantes... dit-elle en embrassant d'un geste le verger et la vigne. Mais comme tu le sais, on peut perdre toutes ses richesses sur un coup de dés. Bernabo était un homme bon, mais il aimait le jeu. Il a beaucoup perdu et, en désespoir de cause, il a gagé les terres de ta grand-mère...

— L'oncle a fait ça ?

Elle frappa d'un coup sec sa paume contre le bois du pilier.

— Il a eu peur que nous perdions tout...

— *Parce qu'il n'avait pas la croix.* C'est moi qui l'ai gardée jusqu'à ce que ces brutes me la prennent. Où cet homme, ce tueur, l'a-t-il emportée ?

Elle vint vers lui, le visage toujours sévère mais la voix presque implorante.

— Pour lui ménager du temps, j'ai dit à Olivero et à Ferondo qu'il l'avait emportée en France. Je pense que c'est un homme bon et qu'il entend satisfaire les dernières volontés de Bernabo.

— Un assassin va faire don d'un bijou comme celui-ci à un sanctuaire — alors qu'il pourrait en tirer une coquette somme n'importe où ? Surtout si l'on apprend qu'elle recèle La Feconda, fit Gian en marchant de long en large. Nous devons la récupérer. Et je sais où il l'aura emportée. À Rocca ! La duchesse envisage de partir prochainement en pèlerinage à Scheggia, et le duc a envoyé des offrandes à Rome afin qu'on prie pour qu'il ait un fils. C'est là qu'il va se rendre. Je le rattraperai. Et une fois que j'aurai la croix, je m'occuperai de ces deux démons que sont mes cousins.

Il saisit les mains de sa tante, qu'elle tenait serrées devant elle.

— N'ayez crainte. L'oncle sera vengé. Mon père sera vengé.

Il embrassa une joue froide.

— Vous avez eu une bonne idée de les lancer sur une fausse piste. La prochaine fois qu'ils reviendront ici, ce sera pour leurs funérailles, je vous le promets.

Elle se dégagea de son étreinte.

— Ne me promets rien. Ce matin, j'ai eu du temps et certaines raisons pour réfléchir. Ces cadavres dans la tombe... Quel plaisir tirerais-je d'y voir aussi ceux des fils de mon frère ? Prends garde que les prochaines funérailles ne soient pas les tiennes — ce Sigismondo est un homme qui mérite le respect ; pas un imbécile, même dangereux, comme tes cousins. Pourquoi ne m'écoutes-tu pas ? Quel besoin as-tu de récupérer La Feconda, toi qui as une jeune épouse, un fils nouveau-né...

— Qui est mort. Voilà ce que je retrouve à mon retour de voyage. Mon père assassiné, mon fils décédé d'une fièvre quelques jours avant que je revienne.

Gian ramassa le chapeau qu'il avait jeté sur la table et l'enfonça sur son crâne. On eût dit que sa plume, écarlate, était elle aussi rouge de fureur.

— Je dois récupérer La Feconda, quels que soient les obstacles qui se dresseront sur ma route.

Ces obstacles, Gian n'aurait sans doute jamais imaginé combien proches étaient deux d'entre eux. Pour le malheur de Gian, Olivero et Ferondo jugeaient autrui comme tout le monde le fait : en fonction d'eux-mêmes. Toujours prêts à mentir, ils en avaient par conséquent déduit que leur tante leur avait menti. Ils voulaient la croix, et donc ils imaginaient qu'elle aussi la convoitait. Il était clair, expliqua Olivero à Ferondo, que Sigismondo, quand il avait réalisé le profit qu'il pouvait tirer de la situation, était venu proposer un marché à Donna Irina. Lorsqu'il avait découvert qu'elle n'était pas en mesure de lui payer le prix qu'il escomptait, il avait emporté la croix avec lui — en France, selon les dires de Donna Irina.

Ici, Ferondo fronça les sourcils et interrompit son frère.

— Et lui, n'aurait-il pas menti ?

Olivero but une nouvelle gorgée à la gourde qu'il transportait accrochée à son pommeau de selle. Ils étaient à cheval, à l'ombre d'un taillis proche de la route qui partait de la ville. C'était là tout le trajet vers la France qu'ils avaient accompli.

— Pourquoi prendrait-il cette peine ? Un homme comme Sigismondo ? Non, il lui aura dit où il se rendait, sans se soucier qu'elle lance des hommes à sa poursuite.

— Tu crois qu'elle enverra Gian après lui ?

Olivero reboucha la gourde, puis en frappa le bras de Ferondo tout en tendant le doigt.

Un homme, la tête penchée sur l'encolure de son cheval, venait de quitter la ville au triple galop en soulevant derrière lui un nuage de poussière. Même si son visage était à moitié dissimulé, ils le reconnurent. Avec un sourire carnassier, Olivero éperonna sa propre monture.

— À lui, elle aura dit la vérité. Laissons le cousin Gian nous montrer le chemin vers la croix.

CHAPITRE X

« Il vous faut un cadavre ? »

C'est Benno qui le vit le premier. Depuis quelques minutes, il se disait qu'il y avait quelque chose de familier dans le timbre de la voix, fluette mais pleine, et dotée d'un léger accent étranger, qui chantait une ballade — mélange de sentimentalisme et d'obscénité qui charmait n'importe quelle assistance. L'auberge était bondée. Même petite, une ville située sur un croisement de routes reçoit toujours de nombreux voyageurs. L'aubergiste n'organisait pas lui-même des spectacles, mais il accueillait avec joie musiciens et jongleurs, qui poussaient les clients à boire. Ce jour-là, le chanteur de ballade pouvait compter sur un repas gratuit.

Jusque-là, Benno ne l'avait pas remarqué car les épaules de Sigismondo lui masquaient la vue ; les deux coudes sur la table, le regard plongé dans sa coupe de vin, son maître observait le silence, apparemment sourd aux paroles de la chanson, comme perdu dans un autre monde où Benno hésitait à le déranger. Pourtant, lorsque le chant prit fin et que le groupe rassemblé autour de l'artiste se dispersa au milieu des applaudissements en tapant du pied par terre et en réclamant du vin pour lui et plus encore pour eux-mêmes, et que Benno aperçut le chanteur, il n'eut pas le choix. Il se pencha vers Sigismondo, lui toucha le bras et, avec un hochement de menton, lui dit :

— Regardez qui est là.

Il savait d'expérience qu'il valait mieux ne pas prononcer tout haut le nom du chanteur. Le jeune homme vers lequel Sigismondo tournait à présent la tête voyageait sans doute, comme Sigismondo le faisait lui-même fréquemment, sous plusieurs identités, mais le nom que lui connaissait Benno était celui qui seyait le mieux à son visage — sinon à son caractère. Tandis que, après avoir ôté son chapeau de velours bleu râpé, il se déplaçait de groupe en groupe en le tendant à la ronde pour solliciter quelques pièces, ses longs cheveux blonds brillèrent dans la lumière des torches et seules les dents tordues que découvrait son sourire pouvaient empêcher de penser que Gabriel lui-même était descendu sur terre en chantant une ballade au lieu des messages traditionnels d'En Haut.

Quand il se présenta devant Sigismondo, son expression ne changea pas. Benno se dit que quelqu'un en train de les observer n'aurait jamais pu comprendre qu'ils se connaissaient et que, d'une première rencontre qui avait failli tourner au drame, ils en étaient venus à une collaboration aussi fructueuse pour l'un que pour l'autre[1]. Cette entente était régie par des motifs purement financiers car, en dépit de son allure qui le faisait ressembler à un visiteur des cieux, Angelo était un homme extrêmement pratique. Benno espérait qu'il serait disposé à leur prêter main-forte pendant quelque temps car son maître, qu'il l'admît ou pas, avait besoin d'aide.

— Merci, mon bon messire, fit Angelo en découvrant ses dents douteuses.

Puis il ramassa au fond de son chapeau une menue monnaie dont Benno était certain que ce n'était pas Sigismondo qui l'y avait jetée, et, la tête penchée de côté, l'examina.

— Si c'est là tout ce que vous pouvez faire, fit-il à voix haute, vous me devez une coupe de vin.

1. Voir *Mort d'une duchesse*, 10/18, n° 3115.

Puis il se laissa tomber sur le banc à côté de Sigismondo, qui se poussa et commanda une nouvelle carafe.

— Vous allez donc loin, messire? À garder votre argent pour vous payer des putains une fois arrivé?

Lorsque retomba l'éclat de rire général qui accueillit sa remarque, Angelo baissa la voix et, d'un ton désinvolte, s'enquit :

— Alors, quoi de neuf? Il vous faut un cadavre?

Sigismondo émit un fredonnement appréciateur.

— La vie de chacun pourrait être rendue plus agréable par la mort de quelques ennemis, fit-il.

À cet instant, on lui tendit par-dessus son épaule une carafe et une coupe. Il s'en saisit, les posa sur la table et servit Angelo, qui l'observait avec attention.

— Souhaitez-vous m'en parler, ou ces ennemis sont-ils trop nombreux? demanda ce dernier.

Il était occupé à transvaser les pièces de son chapeau à divers endroits de sa personne d'où, comme le savait Benno, personne ne pourrait les retirer sans autorisation expresse de leur propriétaire.

De sa manche, Sigismondo s'épongea la nuque, le crâne et le visage; certes, la soirée était chaude, mais il était rare que Sigismondo transpire, et Benno s'en inquiéta. Lorsque son maître avait versé le vin, Benno avait vu que sa main tremblait et il était à peu près sûr qu'Angelo l'avait aussi remarqué.

— Trop, en tout cas, pour notre tranquillité d'esprit, Angelo.

Des cris se firent entendre à la porte de l'auberge. Un cheval poussa un furieux hennissement et des bruits de coups se mêlèrent à de véhémentes protestations. Sigismondo tendit l'oreille et, pendant que l'aubergiste descendait les quelques marches menant de la terrasse à la cour, il s'empara du chapeau à présent vide d'Angelo et en couvrit son crâne rasé.

— D'ailleurs, je crois bien qu'il y en a deux qui viennent d'arriver, ajouta-t-il.

Angelo se leva et rejoignit les clients qui, attirés par ce nouveau divertissement, se pressaient au bord de la terrasse où, écartant les épaules de ceux qui étaient devant eux, ils encourageaient à grands cris la bagarre qui se déroulait en bas. Un client qui n'avait pas apprécié qu'un nouveau venu balance un valet d'écurie sur sa table s'en était pris au malotru. L'aubergiste, qui ne tenait pas à perdre deux de ses clients, tentait de s'interposer mais le nouveau venu se rua sur le malheureux valet, à qui il fit faire le tour de la cour à grands coups de pied dans le derrière, dispersant les buveurs attablés et affolant les chevaux attachés à la porte, qui se cabraient et piétinaient le sol. Des chiens se joignirent avec enthousiasme au concert.

Lorsque Angelo les rejoignit, Sigismondo s'était levé et Benno avait ramassé Biondello, qui furetait sous les tables en quête de détritus, et l'avait fourré sous son justaucorps. Sigismondo se pencha pour chuchoter quelques mots à l'oreille d'Angelo. Celui-ci acquiesça et récupéra son chapeau, au fond duquel brillait, plus intensément que toutes celles qui y étaient auparavant, une grosse pièce.

N'ayant plus besoin du déguisement procuré par le chapeau d'Angelo, Sigismondo prit son pourpoint et entraîna Benno à travers la cuisine. Une grosse femme tenant une louche lui barra le chemin, mais Sigismondo l'enlaça d'une main en fredonnant comme une abeille emplie d'allégresse, puis l'embrassa, ce qui lui valut un coup de louche sur le bras, un sourire minaudier et... la voie libre. Passant devant un gros quartier de viande chaude qu'un garçon de cuisine était en train de trancher, Benno sentit Biondello frétiller de gourmandise, et il se hâta à la suite de Sigismondo afin d'empêcher le petit chien de sauter à terre pour en prélever une part. En approchant des écuries, Sigismondo enfila son pourpoint et, après avoir glissé, dans l'obscurité odorante, une pièce au valet d'écurie qui se plaignait d'avoir à faire le travail de deux personnes, ils firent sortir leurs chevaux par la porte de derrière, où l'on chargeait des tonneaux de vin vides sur une charrette.

— C'était les Pantera, n'est-ce pas ? fit Benno en attachant les sacoches de selle. Comment vous ont-ils retrouvé ?

— Peut-être ne le savent-ils pas. S'ils cherchaient à me surprendre, ils n'auraient pas attiré l'attention sur eux en déclenchant une bagarre, répondit Sigismondo qui, bien qu'il ne soufflât pas la moindre petite brise, s'emmitoufla dans son manteau. Nous devons faire vite. Angelo va essayer de les retarder un moment, ajouta-t-il après quelques instants de silence.

Ils emmenèrent leurs chevaux le long d'une étroite ruelle, traversèrent une petite place où des enfants jouaient à pierre-feuille-ciseaux, puis montèrent en selle lorsqu'ils eurent rejoint une route qui quittait la ville. Tandis qu'ils s'éloignaient, Benno s'efforça de faire taire son inquiétude. Ce n'était guère dans les habitudes de son maître de fuir les ennuis. Même s'ils étaient dangereux, n'était-il pas en mesure d'avoir le dessus sur les deux frères ? C'était certainement pour préserver la croix qu'il prenait toute cette peine. Et pourtant Benno ne pouvait s'empêcher de souhaiter qu'Angelo, à qui l'on pouvait faire confiance pour retarder Olivero et Ferondo — en les suspendant au besoin au bout d'une corde —, voyage à leur côté. Du coin de l'œil, il observa le profil de Sigismondo, avec son nez busqué et sa bouche pleine dont les lèvres, pour l'instant, et Benno en connaissait la raison, restaient serrées.

La fièvre avait de nouveau saisi Sigismondo et, quoi qu'ils entreprissent désormais, ils le feraient en position de faiblesse.

CHAPITRE XI

Un logis pour la nuit

Le messager porteur de la lettre ne fut pas admis au-delà du secrétaire. On le salua, on échangea avec lui les courtoisies d'usage, puis on l'emmena afin de lui faire goûter l'excellent vin de l'abbaye. Quant à la lettre, elle poursuivit son périple jusqu'au cœur de l'abbaye, où elle fut enfin remise à son destinataire.

Le père Bonifaccio était un homme doté d'une forte présence. Même l'innocent tremblait devant lui ; aucun de ceux qui frappaient à la porte de son bureau privé et entendaient sa voix aigre les inviter à entrer ne le faisait sans un instant d'hésitation, même s'il comptait parmi ses familiers. C'est pourquoi le secrétaire qui lui apporta la lettre se signa avant de pénétrer dans le bureau.

— De la part du duc, monseigneur.

La précision était inutile. Le sceau rouge portant les armes de Rocca qui pendouillait au bas du document parlait pour lui-même. Le père abbé prit la lettre en silence, en brisa le sceau à l'aide du couteau en argent que lui tendit le secrétaire et déplia le vélin lisse et craquant. Il le parcourut d'un visage impassible puis, soudain, le jeta avec violence dans un coin de la pièce. Le secrétaire sursauta mais ne fit aucun geste pour aller le ramasser ; il occupait sa fonction depuis un certain temps et connaissait bien l'abbé.

— *Aucun droit*. Le duc m'annonce que je n'ai *aucun droit*. Aucun droit sur mes propres terres ? Le duc met *mes actes* en question ? Aurait-il l'intention de se dresser contre notre sainte mère l'Église ?

Ces interrogations n'escomptaient certainement aucune réponse. Même émettre des bruits apaisants pouvait être dangereux. Le secrétaire resta immobile, la tête inclinée et les mains serrées sous le scapulaire, jetant du coin de l'œil des regards furtifs afin de savoir quand il deviendrait impératif de dire quelque chose.

Le père abbé se leva, ce qui était en soi une opération effrayante. Assis, sa robe blanche tombait majestueusement autour de lui, recouvrant son fauteuil ; mais lorsqu'il se mit à arpenter la pièce, on put constater que ce n'était pas sa robe qui donnait cette impression massive. Le père abbé était un gros homme dont la corpulence ne plaidait pas pour une vie austère. Ce que le père Bonifaccio maîtrisait à la perfection, c'est l'austérité de la discipline — appliquée aux autres. Son secrétaire ne prononça pas un mot jusqu'à ce que, cessant d'aller et venir, il se plante devant lui.

— Eh bien ? Que ferais-tu à ma place ?

La question était particulièrement piquante car le secrétaire, dévoré d'ambition, convoitait le genre d'autorité dont disposait l'abbé. Mais sous le regard de celui-ci, il inclina un peu plus la tête et parla avec humilité.

— En vérité, monseigneur, vous n'avez pas à faire quoi que ce soit. Les marchandises de Son Altesse sont enfermées dans vos magasins. Le duc a besoin de ces marchandises s'il ne veut pas mettre en danger son commerce. Il a surtout besoin de ces articles de luxe qu'il a importés en vue des célébrations qu'il prépare, de sorte qu'il finira par payer les taxes, même augmentées, et ainsi vous aurez créé un précédent. La prochaine fois, vous appliquerez les nouveaux tarifs et lui rappellerez son règlement comme preuve qu'il les a acceptés.

— Mon fils, fit l'abbé en posant une main sur l'épaule du jeune homme à qui il adressa un très bref sourire. Tu iras loin. Nous avons la même façon de raisonner.

Sur quoi il regagna son fauteuil, qui craqua sous son poids. Désignant d'un hochement de tête le vélin gisant dans un coin, il ajouta :

— Il refuse de payer, et pourtant il me demande de prier pour lui. Me prendrait-il pour un imbécile ?

Parmi ceux qui connaissaient l'abbé, personne n'aurait commis cette erreur, mais aux yeux du secrétaire, le problème était que le duc n'était pas stupide non plus. Il refusait les prix fixés par l'abbé, et pourtant il sollicitait ses faveurs. Celles-ci étaient peut-être d'ordre purement formel, mais le duc ne gardait-il pas un atout dans sa manche ? Le cardinal Pontano de Rocca ne serait-il pas devenu plus proche du pape depuis son dernier voyage à Rome ? Le cardinal était-il aux côtés du duc dans cette affaire de tarifs ?

Un coup frappé à la porte interrompit les réflexions du secrétaire et mit fin à l'indignation de l'abbé. Avant même d'avoir reçu la permission d'entrer, un moine s'était glissé dans la pièce, aussi discret qu'une ombre, et, dans un souffle, dit à l'abbé :

— Pardonnez-moi, monseigneur, mais vous avez demandé à être informé. Frère Ieronimo a eu une nouvelle vision.

Pietra plaisait beaucoup à Benno. Il s'y passait tant de choses qu'il en oublia presque ses craintes au sujet de son maître. C'était d'une certaine manière réconfortant d'être de retour dans le duché de Rocca, où il était né et où il avait passé toute sa vie jusqu'à sa rencontre avec Sigismondo. La plupart des gens parlaient avec un accent qui lui était familier, puisque Pietra n'était qu'à cinq lieues de Rocca, la capitale. Bien entendu, dans un port, on entendait toutes sortes de langues étrangères ; il se demanda si son goût des voyages ne lui venait pas de son père, qui était marin. Il ne le saurait jamais, puisque sa mère l'avait abandonné dès sa naissance sur les marches d'une église où il avait aussitôt commencé sa carrière en débaroulant jusque dans le caniveau le plus proche. Et pour l'instant, après l'orage que son maître et lui avaient essuyé quelques nuits auparavant, et sa chute dans la boue de Pietra, on aurait pu avoir l'impression qu'il n'en était jamais sorti. Son maître, enveloppé dans son manteau noir en dépit du soleil de midi, et coiffé d'un chapeau semblable à un oiseau mort afin de dissimuler son crâne, semblait quant à lui ne pas mériter plus qu'un tel serviteur.

Et comme si le destin les jugeait sur leur apparence, la chance paraissait les fuir. Aucun bateau ne partait pour Scheggia ce jour-là; et aucun ne sortirait en mer avant plusieurs jours. Le fait que Sigismondo exhibât une pièce qui démentait son allure n'avait pas été de la moindre utilité — on aurait pourtant pu penser qu'à sa vue, n'importe quel marin aurait saisi la première rame à portée de main et se serait mis à souquer ferme. Le capitaine rencontré dans la petite taverne bruyante qui s'ouvrait sur les quais avait été très clair : c'est Dieu, et non l'or, qui décidait du temps qu'il faisait. D'autres pèlerins lui avaient proposé autant d'argent que lui, mais aucun bateau ne pouvait rallier Scheggia contre le vent du large qui soufflait sans faiblir depuis des jours. La Vierge de Scheggia prenait du repos; elle ne voulait pas être dérangée. Qu'ils aillent donc à l'abbaye prier pour qu'elle leur accorde un vent favorable, et ensuite ils pourraient chercher un bateau.

Lorsqu'ils ressortirent sur le quai, parmi les cris des mouettes au-dessus de leurs têtes et le bruit des vagues s'écrasant contre les pierres, Benno leva les yeux vers les murailles de l'abbaye qui dominaient la ville et opposaient leur immobilité massive à la surface dansante de l'eau. La dernière abbaye qu'il avait vue était celle de Borgo, dont l'abbé entretenait des liens d'amitié avec

Sigismondo. S'ils parvenaient à convaincre l'abbé de Pietra de joindre ses prières aux leurs, sans aucun doute parviendraient-ils sous peu à Scheggia. Pourtant, Sigismondo ne manifesta pas la moindre intention de requérir l'aide de l'abbé. Il resta de sombre humeur tandis qu'ils longeaient les ruelles populeuses. Peut-être se demande-t-il, songea Benno, combien de temps il faudrait à Olivero et à Ferondo pour se tirer du piège qu'Angelo leur avait tendu. C'était vraiment dommage que Sigismondo ne se montrât pas plus impitoyable. Benno connaissait Angelo, et il savait que si son maître avait ajouté une autre pièce semblable à celle qu'il lui avait donnée, les Pantera auraient été mis définitivement hors d'état de nuire.

Et puis il y avait un autre Pantera, du nom de Gian, qui devait, d'après Sigismondo, revenir de l'étranger d'un jour à l'autre et qui était susceptible lui aussi de leur causer des ennuis. Que les deux frères soient lancés à la poursuite de Sigismondo ou pas, Benno les sentait beaucoup trop proches, tandis que Sigismondo et lui étaient contraints d'attendre à Pietra. Tôt ou tard, des gens viendraient tourner autour de son maître, attirés par la croix qu'il transportait. Benno savait où elle se trouvait, non pas autour du cou de Sigismondo comme chacun pouvait s'y attendre, mais nouée bas autour de son ventre, là où seule une personne s'intéressant à lui de façon intime pourrait la trouver. Mais Benno estimait que son maître, même en proie à la fièvre, ne se laisserait pas aussi facilement approcher.

Ce en quoi, comme il allait le constater, il se trompait.

Ils se promenaient sur le marché, Biondello sur leurs talons et Benno captivé par les marchandises exposées : une rangée de gâteaux d'un beau brun luisant, des piles de fruits éclatants, l'odeur des pommes dorées ou rouges, les petits melons jaunes, les pêches duveteuses. Sigismondo s'immobilisa si brusquement que Benno faillit le percuter. Tout d'abord alarmé, Benno chercha autour d'eux d'éventuels visages de Pantera, mais n'en vit aucun. En fait, Sigismondo s'était arrêté pour saisir une pomme, qu'il reniflait sous le regard paresseux de la marchande.

— Tu vois cette femme, là-bas, en train d'acheter des soieries ?

Benno jeta autour de lui un regard absent. Une boutique de drapier occupait le rez-de-chaussée d'une maison qui leur faisait face, et une femme, sa servante à son côté, examinait le splendide brocart rouge qu'on lui présentait. Benno observa son profil qui se découpait contre un carré de velours mauve foncé, suspendu à une perche au-dessus du comptoir de la boutique ouverte sur la rue. Elle avait des cheveux blonds d'un éclat suspect, tressés avec des rubans sous son chapeau de gaze lilas, de longs cils, un nez retroussé, une bouche rose et un menton qui, avec le temps, finirait par s'empâter. Quoiqu'elle affectât de froncer les sourcils devant le brocart, c'était un visage qui préférait sans aucun doute le rire, et non dépourvu d'intelligence.

— Hum, Benno, nous avons trouvé un logis pour la nuit.

CHAPITRE XII

Deux visions

Benno tourna un regard vide vers le visage de son maître, mais Sigismondo se contenta de mordre dans la pomme en posant une pièce sur l'étal. Il tendit une pomme à Benno puis traversa lentement la place. Son chapeau noir avachi lui donnait un air que Benno trouvait déconcertant.

La femme acheta le brocart, le fit mesurer puis prit sans hâte le chemin de sa maison. Si elle avait l'impression d'être suivie, elle n'en montra rien. C'est plutôt sa servante qui parut consciente de cette éventualité ; elle se retourna plusieurs fois pour jeter des regards mutins à Sigismondo par-dessus le rouleau de brocart qu'elle portait ; Benno se dit qu'il devait lui plaire. Elle avait un gros visage sans charme, et il est douteux qu'elle plaise souvent à ceux qu'elle reluquait. L'idée ne traversa pas l'esprit de Benno qu'elle puisse avoir reconnu son maître, car il n'envisageait encore que l'hypothèse selon laquelle Sigismondo avait l'intention de s'offrir une nuit d'intimité avec une courtisane de haut rang plutôt que de risquer de se faire à nouveau remarquer dans une taverne pleine de Pantera. Il ne songea pas un seul instant qu'ils étaient en train de suivre une femme parfaitement respectable jusqu'au domicile de son époux.

Il commença à avoir quelques doutes lorsqu'ils pénétrèrent dans une partie lugubre de la ville, parmi des maisons auxquelles leurs fenêtres de rez-de-chaussée munies de barreaux donnaient l'air de prisons. Aucune fille joliment fardée ne se penchait au balcon pour attirer le regard des passants ; il n'y avait de toute façon aucun passant en vue lorsque la servante s'immobilisa, produisit une clé digne d'un geôlier et ouvrit l'une des portes les plus sévères d'une rue étroite. Sa maîtresse franchit le seuil sans un regard en arrière, mais la servante se retourna et, d'un ton abrupt, demanda :

— Que cherches-tu donc, coquin, à rôder de la sorte ?

Benno en fut décontenancé. Habitué lui-même à être traité de manière cavalière, il comprit, en voyant la servante enfoncer un doigt dans la poitrine de Sigismondo, que la question s'adressait bien à son maître.

— Faites le tour jusqu'à la porte de derrière. J'ai du travail pour vous, si c'est ce que vous cherchez.

Elle en avait fini avec les minauderies. En vérité, celles-ci seyaient moins bien à son long visage rustique que la sévérité qu'elle montrait à présent.

— Toi aussi, fripon.

Son doigt, qui avait buté sur la poitrine inébranlable de Sigismondo, s'enfonça cette fois dans celle de Benno, mais il rencontra les côtes de Biondello dissimulé sous le justaucorps de Benno, et le petit chien émit l'un de ses rares aboiements. La servante poussa à son tour un petit cri de surprise, entra dans la maison et ferma la porte. Ils durent trouver seuls la porte de service, qui s'ouvrait dans une ruelle à peine assez large pour le passage d'une charrette.

D'ailleurs une charrette l'obstruait. Deux hommes venaient de décharger des tonneaux de vin dans la cave. Lorsque Sigismondo et Benno se présentèrent devant la porte, ils étaient en train de remettre en place les panneaux de la trappe menant à la cave, et, depuis le seuil, un serviteur fit signe à Sigismondo de repartir.

— Vous arrivez trop tard. Si vous voulez du travail, vous feriez mieux de vous présenter quand il y en a, et pas quand tout est...

Soudain le visage oblong de la servante apparut derrière l'épaule de l'homme, qu'elle écarta sans ménagement.

— Tais-toi. Tu n'y connais rien. Allons, entre, coquin, au lieu de perdre ton temps sur le seuil.

Quant à elle, elle n'en perdit pas. Elle prit Sigismondo par le bras et le tira dans l'immense cuisine dont le sol dallé de pierre préservait la fraîcheur. La main enfouie dans un poulet à la peau dénudée, son tablier disparaissant sous une avalanche de plumes, une jeune fille regarda Benno courir après son maître que la servante entraînait à toute allure dans la pénombre qui succédait à la cuisine. Une volée de marches en marbre usé les conduisit au *piano nobile*, où ils arrivèrent bientôt devant une nouvelle porte, que la servante ouvrit devant Sigismondo et referma aussitôt au nez de Benno. Les bras croisés, elle considéra ce dernier avec une désapprobation croissante.

— Tu n'étais pas avec lui avant. Un bain ne te ferait pas de mal. Un bain ou deux, même. C'est un chien que tu as là ? Grouillant de puces tous les deux, je parie, fit-elle avant de se rapprocher. Montre-le-moi.

Comme s'il avait compris la demande, Biondello pointa le museau hors du justaucorps de Benno et pencha la tête pour examiner la femme.

— Oh, oh ! Qu'est-il arrivé à son oreille ? s'enquit-elle avec un visage de lave refroidie.

Elle tendit prudemment un doigt, que Biondello se mit à lécher.

— Ah, il a faim, le pauvre petit. Viens un peu par ici.

Biondello avait été une source permanente d'inquiétude pour Benno depuis qu'une dame de la cour le lui avait enlevé[1], mais aujourd'hui comme alors, il n'avait guère le choix. Tiré de son nid douillet à l'intérieur du vêtement de son maître, il fut emporté par la servante qui pressait sa joue contre son poil laineux en le couvrant de caresses. Parvenue à mi-hauteur de l'escalier, elle s'écria :

— Et toi, tu ne veux donc rien manger ?

Elle avait une chambre à elle, une sorte de vaste placard dans lequel Biondello et Benno se serrèrent, et où elle leur apporta un grand bol de bouillon. Benno fut autorisé à le goûter avant Biondello, et il y trempa du pain encore chaud qu'on venait de sortir du four. La servante lui apprit qu'elle s'appelait Perpetua ; les bras à nouveau croisés, elle les regarda manger tous deux avec une expression maternelle.

— C'est bien. Mangez ! Votre maître aura bientôt son repas. Je vous apporterai autre chose.

Elle caressa Biondello, dont la queue frétilla tandis qu'il nettoyait une nouvelle fois l'intérieur du bol.

— C'est une chance que ton maître soit arrivé à Pietra un jour où mon maître à moi n'est pas là, sinon il y aurait eu un meurtre. Quand ma maîtresse a rencontré ton maître — il y a des années de ça —, son époux se trouvait dans un pays lointain, c'était bien moins dangereux. Encore un peu de pain ?

Benno accepta le pain et, tout en mâchant, se demanda si le maître de maison était suffisamment loin. Il espérait que Sigismondo avait bien choisi le refuge le plus sûr.

— Et maintenant, mon fils, dites-moi, et avec vos propres mots, ce que vous avez vu cette fois-ci.

Même sous le regard scrutateur du père Bonifaccio, que la plupart des frères préféraient éviter, le frère Ieronimo ne montrait ni peur ni appréhension. Grand, le dos

1. Cf. *Du poison pour le prince,* 10/18, n° 3301.

légèrement voûté, il se tenait debout, la tête inclinée, prêtant l'oreille à quelque chose que lui seul pouvait entendre, la bouche fendue d'un demi-sourire comme si le message qu'il percevait était joyeux.

— Oh, je le ferai avec mes propres mots, monseigneur. Je n'en connais pas d'autres, à part ceux des offices et des psaumes. Voyez-vous, elle ne m'a rien dit cette fois-ci.

L'abbé appuya l'extrémité de ses doigts sur le rebord de sa table jusqu'à ce que les ongles blanchissent. Il ne fallait surtout pas presser ce vieux lourdaud ; mieux valait s'efforcer de garder à l'esprit que Dieu choisit souvent les instruments les plus inattendus pour faire connaître Sa volonté. Au moins le frère Ieronimo était-il un serviteur de l'abbaye et, à ce titre, soumis au contrôle personnel de l'abbé.

— Notre-Dame vous est à nouveau apparue, mon fils, et pourtant elle ne vous a rien dit ?

Au nom du Ciel, qu'est-ce qui faisait donc sourire cette face de lune, comme s'il avait joui d'une faveur spéciale ?

— Sous quelle forme vous est-elle apparue ?

— Oh, sous sa propre forme ! s'empressa de le rassurer le frère Ieronimo dont le sourire s'épanouit gaiement. Vêtue de bleu, avec un voile blanc sur la tête, comme son image dans la chapelle. Les mains tendues, comme cela.

Il avança ses longues mains décharnées vers l'abbé et prit une pose extatique, la tête inclinée et le sourire figé.

— Les mains tendues ? Voulait-elle donner quelque chose ? Avez-vous vu de quoi il s'agissait ?

Le frère Ieronimo cessa d'imiter la Vierge et réfléchit, les mains à présent ballantes le long des flancs.

— Non. Rien. N'était-ce pas plutôt qu'elle demandait quelque chose ?

L'abbé fronça les sourcils. C'était à lui d'interpréter. Une vision pouvait bien apparaître à un être aussi simple que le frère Ieronimo, mais son interprétation devait être laissée à un esprit intelligent.

— Très bien, mon fils. Ne parlez de cela à personne. Et priez pour que Notre-Dame vous accorde à nouveau ses faveurs. Vous pouvez partir.

Frère Ieronimo obéit. Arrivé à la porte, il se retourna, le visage à nouveau illuminé par son sourire d'idiot.

— J'allais oublier, monseigneur. Elle arrivait par la mer. Les vagues roulaient sous ses pieds. Je crois qu'on entendait le tonnerre.

Aussi incroyable que cela paraisse, son sourire s'élargit encore, puis le frère sortit de la pièce et referma la porte avec une douceur qu'on aurait crue impossible de la part de mains semblant si maladroites.

Ses dernières paroles avaient fait froncer les sourcils à l'abbé. La Vierge arrivant par la mer? De Scheggia et de son sanctuaire, à n'en pas douter. Qu'avait donc l'intention de donner à l'abbaye la Vierge de Scheggia? Les besoins étaient multiples, certes, après les récoltes désastreuses que même les augmentations des taxes perçues sur les importations du duc ne suffiraient pas à compenser; à supposer que le duc accepte de s'en acquitter. Il était clair que la Vierge était consciente des difficultés frappant l'abbaye et que celle-ci pouvait compter sur son aide, quelle que soit la forme qu'elle vienne à prendre. À cet instant, l'idée vint au père Bonifaccio que transférer son sanctuaire de Scheggia dans l'abbaye serait une opération brillante. Il lui faudrait y réfléchir.

Une cloche retentit, claire et sonore, dans la chapelle de l'abbaye. Non sans mal, l'abbé se leva et alla jusqu'au petit autel ménagé dans le mur près de la fenêtre. Il se signa devant l'image sainte et commença à prier. L'avenir ne le prendrait pas de court.

CHAPITRE XIII

« Effondré — comme s'il avait reçu un coup de hache »

Dans une autre partie de la ville, et tard dans la nuit, c'est au passé que s'intéressaient Sigismondo et Donna Felicia en buvant du vin dans la chambre de celle-ci. La pluie battait la balustrade de la loggia et inondait son sol de marbre, mais, à l'abri dans la pièce éclairée par une lampe à huile, ils évoquaient le passé tout en profitant du présent. Les cheveux dorés de Donna Felicia, peut-être plus dorés encore que ne les avait vus Sigismondo lors de leur dernière rencontre, retombaient librement sur ses épaules. Il tendit la main pour les caresser tandis qu'elle remplissait leurs coupes en souriant.

— Tu es à Pietra pour longtemps ?

— Jusqu'à ce que le temps change.

Elle jeta un coup d'œil à la fenêtre juste au moment où un éclair illuminait l'averse d'une lumière blanche.

— Mais va-t-il changer ? fit-elle. Quel vent et quelle pluie nous avons eus ! Le père abbé dit que les récoltes de l'abbaye sont fichues.

— Tu connais l'abbé ?

Elle haussa ses opulentes épaules de neige.

— Comme j'avais fait don à l'abbaye d'un drap d'autel brodé qu'il avait beaucoup admiré, il m'a demandé une tapisserie pour sa chambre. Et ainsi qu'il me l'a laissé entendre, j'aurais pu lui faire plaisir de bien d'autres façons. Mais je connaissais sa réputation, bien entendu.

Sigismondo attendit qu'un lointain grondement de tonnerre s'apaise avant de dire :

— Ce n'est pas moi qui lui jetterai la pierre. T'es-tu réfugiée derrière ton époux et ton honneur ?

— Je lui ai dit la vérité, à savoir qu'Agostino est d'une jalousie maladive et que rien ne l'arrêterait s'il pensait que je l'avais affublé d'une paire de cornes ; que très probablement il me tuerait et trouverait un moyen de le tuer aussi...

— Madame ! Madame !

Terriblement agitée, Perpetua surgit dans la chambre au moment même où éclatait un formidable coup de tonnerre.

— Le maître ! Il est en bas, en train d'ôter ses vêtements mouillés...

Sigismondo bondit sur ses pieds. Donna Felicia lui fourra son manteau entre les mains et donna sa coupe à Perpetua.

— Fais-le sortir par-derrière. Vite ! lui intima-t-elle.

Sous l'effet d'un nouveau coup de vent, un rideau de pluie balaya la terrasse pendant que Perpetua propulsait Sigismondo à travers une antichambre puis dans l'escalier en spirale proche de la pièce servant de garde-robe. Il remit son manteau et en remonta le capuchon tout en traversant la cuisine, puis déboucha dans la rue, où une rafale rabattit son capuchon et, gonflant le manteau, lui fit une silhouette énorme.

Dans le débarras qui servait de chambre à Perpetua, Benno se réveilla à moitié en entendant un coup de tonnerre, puis se pelotonna tout près de Biondello, que les orages rendaient nerveux, et se rendormit. Sa dernière pensée consciente fut pour son maître, qui sans nul doute était en train de réconforter quelque chose de plus blanc et de plus beau que Biondello. Benno aurait été épouvanté d'apprendre qu'à ce même instant Sigismondo l'attendait sous une arcade, trempé jusqu'aux os et secoué de frissons.

Le bruit de la pluie sur les tuiles est l'un des sons les plus apaisants à l'oreille de ceux qui savent que leur toiture est en bon état et qui n'ont aucune obligation de sortir. Benno se moquait de savoir si le toit était étanche et n'avait aucune raison de penser qu'il aurait dû sortir. Rassasié, bien au chaud, blotti contre Biondello, il dormit du sommeil du juste jusqu'à l'aube, où Perpetua ouvrit la porte et, le découvrant, poussa une exclamation horrifiée.

— Sainte Marie Mère de Dieu ! Je vous avais complètement oubliés.

Benno découvrit avec stupéfaction que le visage rond de la servante était orné d'un œil au beurre noir. Sans explication, et sans petit déjeuner, elle le tira hors du débarras tandis qu'il étreignait Biondello, et, elle le tançant et lui la suppliant, elle le propulsa à travers la cuisine et le jeta à la rue, où il percuta violemment une vieille femme portant un panier en osier plein de pommes, qui s'égaillèrent par terre. Benno les ramassa avec l'aide d'un gamin assis dans le caniveau. Il donna les fruits qu'il avait récupérés à la femme, qui lui balança une claque mais accepta la pièce qu'il lui proposa.

Il se sentait meurtri autant qu'apeuré. De ce que lui avait dit Perpetua, il avait réussi à comprendre que le maître de maison était rentré la veille au soir. Il siffla Biondello et partit à la recherche de Sigismondo dans une ville encore luisante de l'orage de la nuit.

Bien que de petite taille — Pietra devait être moitié moins étendue que la capitale, Rocca —, la ville comptait d'innombrables venelles et rues étroites. Benno ne possédait pas le sens de l'orientation de Sigismondo. Celui-ci l'attendrait, selon l'arrangement qu'ils avaient conclu depuis longtemps en prévision d'une telle situation, sur la grande place du marché, où l'on pouvait flâner sans se faire remarquer. Apercevant au-dessus des toits la tour de l'abbaye, du haut de laquelle, croyait-il se souvenir, on apercevait le marché, Benno partit dans cette direction, mais une fois qu'il y arriva, il s'aperçut que la tour donnait en fait sur une place beaucoup plus élégante qui comportait une fontaine où quelques femmes tiraient de l'eau et bavardaient. En se guidant sur un lointain brouhaha, Benno atteignit bientôt la place du marché, un peu plus bas sur la colline. Il fut retardé par des charrettes tirées par des bœufs qui ahanaient dans la côte et qu'il était impossible de dépasser.

Sigismondo n'était pas sur la place. Benno le chercha avec toute la discrétion possible, mais sans pouvoir réprimer une panique croissante. Les Pantera l'avaient-ils retrouvé ? Se remémorant l'œil au beurre noir de Perpetua, Benno eut la vision de Sigismondo surpris et agressé par un époux furieux, jeté à la rue comme il l'avait lui-même été, et ensuite attaqué par des Pantera tout aussi furieux. Il dut se convaincre que même si Sigismondo, par compassion à l'égard de Donna Felicia, s'était abstenu de tuer son époux, il était de taille à affronter n'importe quel Pantera, aussi enragé fût-il ; et puis l'on ne pouvait raisonnablement imaginer qu'Olivero et Ferondo patrouillaient de nuit les rues de Pietra. Alors Benno songea que Sigismondo était sans doute sorti discrètement de la maison pour trouver refuge dans quelque taverne. À l'heure qu'il était, il devait être en train de régler sa nuit et arriverait sous peu sur la place du marché, d'où ils iraient prendre un petit déjeuner. Un peu rassuré, Benno trouva dans sa poche une nouvelle pièce avec laquelle il acheta une poignée de châtaignes grillées ainsi qu'un morceau de saucisse qu'il partagerait avec Biondello.

Il s'assit sur un rebord de pierre chauffé par le soleil matinal, et écouta les marchands qui bavardaient tout en installant leurs étals.

— Il s'est effondré — comme s'il avait reçu un coup de hache.

— Je croyais qu'une flèche l'avait transpercé. C'est un homme solide. Pas le genre à se faire renverser par une chiquenaude. Pouvait même pas parler quand on l'a trouvé — il était brûlant de fièvre et délirait.

— Heureusement que ces deux frères passaient par là. Ils n'ont pas été de trop à deux pour l'emporter...

— Il était déjà presque inconscient.

« *Deux frères* », se répéta Benno que l'appréhension paralysait.

— Il sera bien soigné. L'infirmerie de l'abbaye a tout ce qu'il faut. Il n'y a pas meilleurs médecins que les frères. Au début je croyais qu'il était l'un d'eux, avec ses habits noirs et son crâne rasé...

Benno lâcha ses châtaignes et sa mâchoire s'affaissa. Biondello en mangea aussitôt quelques-unes puis, levant le museau vers son maître, se mit à aboyer avec véhémence.

CHAPITRE XIV

« Justice, Votre Altesse ! »

Le duc de Rocca n'était pas un homme patient. Incapable de supporter les imbéciles, il avait presque autant de mal à tolérer les individus intelligents. Le fait que le jeune homme agenouillé devant lui parût loin d'être dépourvu d'esprit n'était donc pas propre à le recommander à ses yeux.

Le duc venait juste de rentrer de la chasse. Il était fatigué et avait soif. Avant d'accorder une audience, il aimait se laver et se détendre en buvant une coupe de vin. Son chambellan, qui en était parfaitement conscient, essayait donc de relever le jeune homme, mais celui-ci s'y opposait avec détermination.

— Justice, Votre Altesse ! Justice au nom de tous les saints !

Le visage n'était pas seulement intelligent. Il était séduisant, avec un menton volontaire et des yeux sombres aux cils fournis ; les vêtements étaient de bonne qualité, le velours brun encore neuf et la chemise de lin fin brodée à l'encolure. Peut-être sa supplique était-elle motivée par une histoire intéressante, et le duc Ludovico était aussi curieux qu'impatient. Il leva un doigt et le chambellan lâcha les épaules du jeune homme.

— Ton nom ?

La question, prononcée de la voix éraillée du duc, n'était guère encourageante.

— Gian Pantera, Votre Altesse. De Montesacro.

— Montesacro ? Pourquoi viens-tu ici demander justice ? Adresse-toi à ton duc.

— Il s'agit d'une question qui intéresse Votre Altesse et son honneur. Je vous supplie de m'entendre en privé.

L'honneur d'un duc est, par nature, un bien fort public ; il est préférable que tout affront dont il peut faire l'objet soit entendu par le moins d'oreilles possible. Un geste de Ludovico, et les courtisans qui avaient chassé avec lui se retirèrent avant que le chambellan ferme les grandes portes et se plante devant. Alors il n'y eut plus que les gardes avec leurs piques, et la célèbre rapidité du duc avec une dague pour le protéger de l'inconnu au cas où celui-ci projetait un meurtre.

Le jeune homme avait bien un meurtre en tête, mais il ne songeait pas à celui du duc. Il apparut, au fil de son récit — qu'il fit avec un genou posé sur les dalles de l'antichambre —, qu'un nombre impressionnant de ses parents étaient morts. Ludovico prit une coupe de vin en or des mains d'un page qui attendait et alla s'asseoir sur les coussins de brocart d'un banc de fenêtre. À présent qu'il avait accepté d'entendre l'histoire, il l'écouterait jusqu'au bout. Il but son vin sans cesser de considérer le jeune homme de ses yeux d'un bleu déconcertant. Il l'interrompit pour lui poser une question pertinente.

— Il s'agit d'une querelle de famille. Nous en avons plus que notre lot à Rocca. Que me veux-tu ?

— Je suis venu mettre en garde Votre Altesse contre un homme du nom de Sigismondo.

Les yeux bleus s'étrécirent brusquement.

— *Sigismondo ?* A-t-il un autre nom ?

— Je n'en ai pas entendu d'autre, et je ne l'ai jamais vu. On m'a dit qu'il était grand et bien bâti, et qu'il avait le crâne entièrement rasé, à la manière des lutteurs.

— Je connais cet homme. Il m'a rendu certains services dans le passé. Pour quelle raison lui en veux-tu et pourquoi me mettre en garde contre lui plutôt qu'un autre ?

Sous le regard désapprobateur du chambellan, Gian se leva et s'approcha du duc afin de donner plus de poids à son argument.

— Il pourrait chercher à vous vendre un objet qu'il a volé, un objet pour lequel il a tué mon oncle.

Gian avait prévu de présenter son récit de manière plus dramatique, mais il était décontenancé par la force du regard de Ludovico. Celui-ci, de surcroît, fronçait à présent les sourcils.

— Sigismondo a volé quelque chose pour me le revendre ?

Le duc s'abstint de préciser que quelques années auparavant[1], il avait lui-même donné à Sigismondo une chaîne en or d'une telle valeur qu'il eût fallu que son propriétaire fût dissipé à l'excès pour avoir besoin pendant le reste de sa vie de plus d'argent que sa vente lui en aurait procuré.

— Quel est cet objet ?

— Une croix qui appartient à notre famille ; une croix de grande valeur et dotée de pouvoirs divins.

— De pouvoirs divins, répéta le duc qui, de façon caractéristique, avait aussitôt reconnu le point important. Quels pouvoirs divins, et pourquoi Sigismondo supposerait-il que j'en ai besoin ?

Pour la première fois, Gian hésita. Comment exactement annonce-t-on à un duc qu'il a besoin d'une intervention divine s'il veut des enfants ? Certes, sa précédente épouse lui avait donné un héritier, mais le garçon était de santé fragile ; et même à l'extérieur de Rocca on savait

1. À l'époque où se déroule *Mort d'une duchesse, op. cit.*

que la duchesse actuelle n'avait pour l'instant donné aucun enfant à Ludovico, ni garçon ni fille, en dépit des offrandes déposées dans différents sanctuaires. On entendait même des rumeurs selon lesquelles c'était là un châtiment divin dont était victime le duc pour avoir tué sa première épouse. Il est vrai qu'un autre que lui avait été accusé et puni à l'époque, mais qui sait ? Il n'était guère surprenant que la population préférât laisser à Dieu le soin de punir les ducs.

Mais l'inspiration vint bientôt à Gian.

— Votre Altesse, ses pouvoirs divins proviennent d'une pierre précieuse sertie au centre de la croix. On l'appelle La Feconda, celle qui apporte la fécondité.

Le regard du duc montra qu'il avait compris. Il se redressa brusquement et, le dos contre l'embrasure de pierre, fixa Gian et, à la grande surprise de ce dernier, se mit à sourire.

— Voilà donc ce que tu voulais me dire. Ce Sigismondo, un homme à qui je confierais ma vie, qui a sauvé mon duché, qui a épargné la mort et le déshonneur à ma fille bien-aimée, cet homme aurait donc assassiné — tu as bien parlé d'assassinat, n'est-ce pas ? — ton oncle — si je ne me trompe pas — afin de dérober un bien appartenant à ta famille et qui se trouve être un objet sacré, afin de venir m'en extorquer un bon prix pour me permettre d'avoir un fils ?

Sur quoi il se pencha si soudainement en avant que Gian fit la grimace. Le sourire se transforma en feulement.

— Je peux te dire que si Sigismondo a mis la main sur cette croix et estime que j'en ai besoin, il m'en fera *cadeau*. Qu'as-tu à répondre à cela ?

Gian déglutit. Il avait entendu dire que Ludovico de Rocca était un homme à qui l'on pouvait faire confiance pour défendre la justice dans un monde où abondaient les seigneurs corrompus ou cruels. Mais personne n'avait songé à lui préciser que la justice ducale n'était pas toujours douce, et que le duc pouvait à l'occasion se voir contraint d'être impartial à l'égard de certains ennemis de ses sujets. En venant, Gian pensait que son récit serait convaincant, que la passion qui l'animait lui-même impressionnerait le duc par sa vérité, et que ce maudit Sigismondo serait arrêté et contraint de restituer la croix. À présent un horrible soupçon l'envahissait. Et si le duc avait fait mine de tout ignorer alors qu'il connaissait l'histoire depuis le début ? S'il avait entendu parler de La Feconda ? Cet assassin et voleur de Sigismondo ne jouissait-il pas en réalité d'une telle estime de la part du duc que celui-ci lui avait confié cette mission ? Dans ce cas, le duc s'était joué de lui, Gian... Celui-ci, tout d'un coup, eut l'impression que Rocca n'était plus un lieu sûr pour lui...

CHAPITRE XV

Un espion

— Prenez garde. Cet homme est peut-être un voleur.

On l'avait allongé, non sans mal car il n'était ni léger ni mince, dans un des lits en forme de cercueil de l'infirmerie et, comme on connaissait bien les symptômes de la fièvre, on lui avait passé une éponge humide sur le visage et la poitrine avant d'essayer de lui faire ingurgiter une potion que le frère infirmier préparait pour ce genre de cas. Mais le patient s'agitait et se débattait trop pour eux, et lorsqu'ils essayèrent, comme on le leur avait appris, de le maintenir couché et de lui verser le médicament dans la bouche, ils s'aperçurent que la fièvre ne l'avait pas suffisamment affaibli. Il écarta d'un geste brusque la main du frère Marco, éclaboussant son habit, et marmonna soudain ce qui, à leurs oreilles étonnées, apparut comme de l'excellent latin : « *Abstineas manum !* » Quelques instants plus tard, il recommençait toutefois à prononcer des paroles inintelligibles. Le frère Marco, qui n'était pas le moine le plus éduqué de la communauté, ne comprit pas que c'était du grec.

C'est le mouvement violent qui accompagna son baragouin qui les étonna le plus. Il fut si brusque qu'il déchira la chemise que les frères lui avaient laissée, découvrant une bande de lin enroulée autour de son corps. Croyant à une blessure, ils la défirent, et, les yeux écarquillés, restèrent cois.

Une croix d'une facture exquise, sertie de rubis et de diamants qui scintillaient à chaque respiration... Ils n'étaient pas des experts mais savaient reconnaître un objet de grande valeur.

— Il n'a pas pu entrer en possession de cette croix de manière honnête.

— Frère, nous le soupçonnons peut-être à tort. Il faudra que nous l'interrogions avant de parvenir à une conclusion.

Les difficultés que représentait l'interrogatoire d'un homme marmonnant du charabia les réduisirent tous deux au silence.

— Si la croix était à lui, il la porterait autour du cou.

Le frère Marco secoua la tête.

— Lui aussi a peut-être peur des voleurs. Exhiber un tel objet pourrait susciter des convoitises.

— Qui se risquerait à attaquer un homme qui semble si apte à se défendre ? N'oublie pas qu'il porte une épée et une hache. Non, frère, cet homme est un voleur. Nous devons faire voir cette croix au père Bonifaccio.

La seule évocation de l'abbé faillit les faire renoncer. Ni l'un ni l'autre ne souhaitait se présenter devant lui. Tandis qu'ils hésitaient, une troisième ombre se projeta en travers du corps tressautant sur le lit.

— Pourquoi est-ce si long ? Serait-il lépreux ?

Le frère infirmier, qui était un peu myope, faisait plus confiance à son odorat et à son sens du toucher qu'à sa vue pour établir ses diagnostics. Il se pencha au-dessus du patient jusqu'à ce que son nez touche presque la croix puis, l'ayant examinée, il se redressa avec une telle brusquerie qu'on eût dit qu'elle était chauffée au rouge.

— Nous devons avertir l'abbé. Cette croix vaut une fortune.

Lorsque le frère infirmier lui demanda à être reçu de

toute urgence, le père abbé était en entretien avec le trésorier de l'abbaye et son propre secrétaire. À cet instant, rien ne paraissait plus urgent à l'abbé que l'état déplorable des finances de l'abbaye que venait de lui exposer, avec force chiffres et faits, le frère Filippo. L'abbé faillit donc faire attendre l'infirmier lorsqu'il se souvint qu'une mauvaise nouvelle était toujours possible.

La peste avait été tenue à distance et épargnait Pietra depuis plusieurs années, mais un port est toujours vulnérable. Dans les chroniques de l'abbaye, un récit datant du siècle précédent racontait qu'en voyant un jour un bateau dont les rames étaient actionnées par des morts accoster à Pietra, ses habitants avaient compris que c'était la Mort elle-même qui venait leur rendre visite. Après ce récit, les chroniques de l'abbaye avaient connu un long silence. Le moine qui l'avait rédigé était mort. La plupart des moines étaient morts. Le père abbé de l'époque était mort. Un tiers des habitants de la ville avaient péri. On les avait enterrés à la hâte dans une fosse creusée tout exprès pour les victimes du fléau, et il n'y avait pas toujours un prêtre pour réciter les dernières prières.

— Faites entrer l'infirmier.

— Pardonnez-moi, monseigneur. Je savais que vous étiez occupé, mais il m'a semblé que vous deviez voir ceci.

L'infirmier savait ménager ses effets. Tendant un bras au-dessus de la table de l'abbé, il laissa la croix glisser de l'obscurité de sa manche sur la surface de châtaignier poli, telle une étoile tombant du ciel nocturne. Le joyau se mit à scintiller paisiblement, hypnotisant presque les hommes qui le contemplaient. Ce fut l'abbé qui rompit le silence extasié qui s'était instauré.

— Qu'est-ce là ? Serait-ce un don au bénéfice de l'abbaye ?

La voix épaisse avait perdu sa raucité. Elle était presque révérencieuse. Il arrivait que des fidèles fassent de tels dons, abandonnent leurs biens, des coffres pleins de pièces, par désir de se gagner des avantages spirituels. Cette croix valait sans doute une vie entière de messes.

— Elle était dissimulée sur un patient saisi de fièvre qu'on nous a amené. Je crains qu'il l'ait volée, ajouta-t-il.

Les doigts blancs et lisses de l'abbé caressèrent la croix, la soulevèrent, l'orientèrent à la lumière, projetant de petits arcs-en-ciel au plafond et ravivant l'éclat du rubis serti au centre du bijou.

— Quel magnifique travail... Avez-vous interrogé ce malade ?

— Monseigneur, ses paroles n'avaient aucun sens. La fièvre... il est peut-être étranger.

Le père Bonifaccio laissa retomber la croix sur la table. Le secrétaire et le trésorier échangèrent un regard au-dessus de la silhouette penchée de l'abbé.

— La fièvre ? A-t-il débarqué d'un navire ?

— Monseigneur, il ne présente ni pustules, ni noircissement de la peau, ni démangeaisons. Bien entendu, nous l'avons fouillé, c'est ainsi que nous avons trouvé ce bijou. J'ai tendance à penser qu'il a le mal des marais, la fièvre tierce. L'homme est vigoureux et dans la fleur de l'âge. Je pense qu'il en est à son deuxième ou troisième jour de maladie, et qu'il se rétablira rapidement lorsque la potion que je lui ai administrée fera son effet. Une préparation à base d'*achillea millefolium*, de *trigonella foenum graecum* bien sûr, et peut-être d'*agrimonia eupatoria*, régie par Jupiter lorsqu'il...

— Amenez-le ici.

Décontenancé, l'infirmier regarda l'abbé sans comprendre.

— Il est malade, monseigneur. Il est couché et, lorsque je l'ai quitté pour venir, il était en proie au délire. On ne peut pas le transporter.

L'abbé croisa placidement les mains sur son estomac et considéra l'infirmier de sous ses épais sourcils.

— Il y a des frères et des convers qui travaillent sous vos ordres. Qu'ils l'amènent. Je dois savoir comment il est entré en possession de cette croix. Si c'est un voleur, il sera pendu. Pourquoi prendrions-nous des précautions avec le corps de quelqu'un qui risque de finir sur le gibet? C'est de son âme que nous devons nous préoccuper.

L'infirmier s'inclina et se retira. Seul un imbécile aurait insisté, or il était loin d'en être un. Il ne pensait pas que l'homme succomberait à ce bref transport, mais c'était la croix qui le préoccupait; l'homme avait peut-être de bonnes raisons pour transporter discrètement un objet aussi précieux. Il était clair que l'abbé convoitait cette croix et qu'il avait d'ores et déjà jugé l'homme coupable. L'infirmier se signa : il agissait par devoir d'obéissance et on ne pouvait lui imputer le péché de convoitise.

Dans le bureau de l'abbé, le secrétaire et le trésorier s'étaient vus autorisés à manipuler et à admirer la croix, que l'abbé considérait déjà comme appartenant à l'abbaye, et qu'il envisageait même de s'approprier personnellement. Le trésorier, frère Filippo, se montrait le plus enthousiaste.

— Une pièce d'une beauté exceptionnelle. Sûrement exécutée pour un prince de l'Église. Nous devons nous renseigner afin de savoir si un cardinal ne se l'est pas fait voler.

Dans le silence qui suivit, le secrétaire réprima un sourire. Le frère Filippo commençait à revenir sur sa propre suggestion lorsqu'il fut interrompu par un grattement à la porte. Sur un grognement de l'abbé, celle-ci s'ouvrit devant deux frères lais soutenant le malade. Faire agenouiller l'homme ne posa aucun problème car ses jambes cédèrent sous lui au moment où l'abbé esquissait un geste.

— Je connais cet homme ! fit le secrétaire en pointant un doigt sur le nouveau venu.

Son visage, à l'expression d'habitude cauteleuse mais soumise, avait blanchi et ses traits s'étaient tendus. La remarque intéressa vivement l'abbé, qui considérait le crâne rasé incliné vers lui entre les deux frères lais. Cet homme était-il un prêtre renégat ? Dans ce cas, la pendaison serait un châtiment trop doux pour lui.

— Qui est-ce ?

— Un agent du duc Ludovico. *Un espion.*

CHAPITRE XVI

Le cadeau de la Vierge

Un sourire affreux fendit la large figure de l'abbé. C'était encore mieux de pendre un espion qu'un voleur. Il posa sur la croix une lourde main qui éclipsa son scintillement.

— À qui avez-vous volé ceci ?

Sans mot dire, l'homme releva lentement la tête. Alors qu'il s'apprêtait à répéter sa question de manière plus menaçante, l'abbé se ravisa. Ce n'était pas là le visage d'un vulgaire criminel ni d'un homme qui se laisserait facilement intimider. Malgré la pâleur des traits, le regard des yeux sombres était ferme. L'abbé en ressentit toute la puissance retenue ; rien ne déciderait cet homme à parler s'il était résolu à se taire, et l'abbé ne possédait ni tortionnaires ni culs-de-basse-fosse. La diplomatie serait sans doute plus rapide. L'abbé esquissa un sourire tout de bienveillance lorsque l'homme ouvrit la bouche pour répondre.

— Mon père, un agonisant m'a chargé de remettre cette croix à son propriétaire légitime.

L'homme avait recouvré l'usage de sa langue et s'exprimait avec un léger accent étranger. Ce qu'il disait était toutefois spécieux.

— Cet... agonisant. C'est donc lui qui avait volé la croix ?

Le regard des yeux sombres ne cilla pas.

— La croix ne lui appartenait pas. Elle avait déjà été volée.

— Je n'aime pas les devinettes, mon ami. Je ne suis pas homme à m'en laisser conter.

Chacun dans la pièce perçut la menace qu'exprimait la voix lente de l'abbé, mais l'homme ne parut pas en être affecté.

— Monseigneur, c'est la vérité.

L'homme parut chanceler et les deux frères lais durent raffermir leur étreinte. L'abbé saisit la croix et la tendit, comme pour en exorciser le mal, en direction du malade.

— Sur ce symbole sacré des souffrances de Notre-Seigneur, je vous conjure de me révéler qui est son propriétaire légitime.

L'homme baissa la tête d'un air respectueux.

— Monseigneur, je vais vous le dire. Sa légitime propriétaire est la Vierge de Scheggia.

Les lèvres de l'abbé s'entrouvrirent mais aucun son n'en sortit. Il ne s'attendait certainement pas à cette réponse. Si la croix devait être restituée à la Vierge de Scheggia, la confisquer serait aussi odieux que de dévaliser un pèlerin. Et comme il était regrettable que ceux qui étaient présents dans la pièce aient entendu cette affirmation absurde ! Mais le sarcasme n'en demeurait pas moins une bonne arme.

— La Vierge de... Scheggia? fit l'abbé avec un petit sourire. Est-ce la Vierge elle-même qui vous l'a dit?

L'homme ne se laissa pas démonter.

— Notre-Dame ne m'a pas fait un tel honneur. C'est le mourant dont je vous ai parlé qui, dans son dernier souffle, a souhaité que la croix lui soit restituée.

L'abbé se pencha par-dessus son bureau et posa ses mains de part et d'autre de la croix.

— Notre-Dame ne vous a pas fait cet honneur, l'ami, mais celui qu'elle a élu pour cela est un des frères de l'abbaye. Elle lui a fait part de son souhait.

La fixité du sombre regard était presque déconcertante. Les mains de l'abbé se joignirent au-dessus de la croix.

— Elle est apparue à l'un de nos moines.

La soudaine attention que prêtèrent le frère Filippo et les deux frères lais confirma que le frère Ieronimo avait, comme on le lui avait enjoint, gardé le silence. D'un côté, le frère Filippo respirait par la bouche. De l'autre, le secrétaire était figé comme une statue. L'abbé tendit ses mains, paumes tournées vers le haut, et mit dans sa voix toute la solennité que son expérience lui avait apprise.

— Dans cette vision, la Vierge arrivait par la mer en direction de ses humbles serviteurs réunis en cette abbaye, tendant les mains comme ceci, et portant un présent. Ce qu'était ce cadeau, nous l'ignorions jusqu'alors, mais vos paroles nous ont éclairés. Elle désire nous donner cette croix.

Si la scène s'était passée au théâtre, tout le monde eût applaudi. Dans les circonstances, les témoins se contentèrent de faire entendre un murmure de gratitude respectueuse. Le seul à ne pas être impressionné était l'homme détenteur de la croix, dont le visage se durcit de manière indéfinissable. Le secrétaire, qui observait avec attention le malade depuis qu'il l'avait identifié, s'aventura à parler.

— Et le voleur, monseigneur? Que fait-on de lui?

Pour la première fois, les yeux du prisonnier se tournèrent vers le secrétaire, puis revinrent à l'abbé, qui avait sa réponse toute prête.

— Notre-Dame nous a envoyé la croix, mais elle ne nous a rien dit au sujet de cet homme. Il a cherché à nous égarer avec son histoire d'agonisant, mais nous devons garder à l'esprit la miséricorde dont Notre-Seigneur a fait preuve à l'égard du voleur repentant, fit-il avant de s'interrompre quelques instants. Mais la véritable pénitence ne saurait se passer de souffrance. Je le remettrai entre les mains du maréchal de Pietra afin qu'il soit fouetté. Après quoi le maréchal décidera si cet homme mérite d'être pendu.

Les mains lisses et blanches esquissèrent un geste de congédiement. Les frères lais resserrèrent leur étreinte et remirent Sigismondo debout. Le secrétaire s'était approché de l'abbé, à qui il parlait à voix basse, et au moment où les deux frères allaient faire franchir la porte à leur prisonnier, la voix du père Bonifaccio s'éleva à nouveau :

— On vient de me rappeler que vous étiez un agent du duc Ludovico. Vous ne nous avez pas tout dit au sujet de cette croix. Le maréchal a sous ses ordres des hommes qui vous feront parler avant de vous pendre. Laissez la vérité purifier votre âme avant de mourir, mon fils, conclut-il avec des accents solennels.

La porte ne s'était pas encore refermée sur Sigismondo que l'abbé avait déjà ôté sa croix pectorale d'or damasquiné et d'améthyste et en passait la chaîne à travers la boucle fixée au dos de la croix de la Vierge de Scheggia. Il la suspendit à son cou. Un tel cadeau doit bénéficier d'un reposoir digne de lui.

CHAPITRE XVII

Panique

Benno fut reçu à la porte des aumônes de l'abbaye avec plus de charité qu'il n'en attendait. Il avait oublié que les moines avaient affaire à des personnes dont l'allure était bien plus repoussante que la sienne. Cependant, quoiqu'on lui eût aussitôt donné une tranche de pain et un gobelet de vin râpeux coupé d'eau, le souhait qu'il exprima de rendre visite à un patient hébergé à l'infirmerie suscita la stupéfaction. Ayant commis l'erreur de dire que son maître avait la fièvre, il perdit toute chance de voir Sigismondo. Les patients atteints de fièvre étaient gardés à part jusqu'à ce que la cause en ait été déterminée.

Benno avait envie de se donner des coups de pied dans le derrière, et lorsqu'il insista pour avoir gain de cause, il comprit que le frère portier était tout prêt à lui rendre ce service.

— Va-t'en ! Reviens dans trois jours. Si ton maître est encore en vie, tu seras peut-être autorisé à le voir. Remercie le ciel qu'il soit en de bonnes mains. D'ailleurs, s'il venait à mourir, il sera certain de recevoir ici les derniers sacrements.

Benno ne fut en rien rassuré par cette remarque. Il fourra un morceau de pain sous son justaucorps, d'où sortit un jappement montrant que Biondello appréciait la charité des moines. Mais Benno n'avait désormais aucun endroit où aller qui soit meilleur qu'un autre.

Il était tourmenté par l'idée qu'il avait abandonné Sigismondo à son sort; il se disait que s'il s'était réveillé lorsque Perpetua avait fait sortir Sigismondo de la maison, s'il avait été présent sur la place au moment où son maître s'était effondré, il aurait pu empêcher les moines de l'emmener.

Mais il aurait pu mourir s'ils ne l'avaient pas recueilli.

Et il pouvait mourir malgré cela.

De façon presque instinctive, Benno entretenait une profonde défiance envers les médecins. Et il en allait de même pour les moines médecins. De plus, enfermé entre ces murs, incapable de communiquer avec Benno, son maître était comme dans une prison.

Tout en errant aux alentours de l'abbaye, Benno ne se doutait pas à quel point il était proche de la vérité. C'est par un pur hasard qu'il passait en traînant les pieds devant une des nombreuses portes du bâtiment lorsqu'il aperçut quatre hommes, vêtus de manière identique et portant la même marque sur le devant et dans le dos de leur tunique, qu'il reconnut être des hommes du maréchal. Fatigué et désorienté, Benno s'appuya contre un arbre et attendit de voir s'ils allaient réapparaître. Il n'eut pas à patienter longtemps.

Deux d'entre eux sortirent du portillon et se retournèrent pour prêter main-forte aux deux autres, qui aidaient un homme à franchir la haute pierre de seuil.

L'homme n'était autre que Sigismondo, et ses poignets étaient ligotés.

— Et moi qui allais te demander où il était passé.

Ce ne fut qu'un souffle à ses oreilles, mais Benno comprit tout de suite à qui il appartenait. Seul Angelo pouvait ainsi surgir de nulle part comme le conspirateur qu'il était. Et jamais sa magie ne fut accueillie avec plus de soulagement. Choqué de voir son maître aussi pâle, enchaîné et bousculé de la sorte, Benno faillit se tourner vers Angelo pour s'assurer de sa présence réconfortante. Mais il sentit aussitôt une main de fer lui enserrer le bras et, se souvenant de ce que Sigismondo lui avait appris, s'appliqua à observer d'un œil vide la scène terrible qui se déroulait devant lui.

— Heureusement que je suis arrivé à temps. Il faut organiser quelque chose. Pars devant eux.

Tout en se mettant en route d'un pas chancelant, Benno ne put esquisser qu'un sourire idiot de soulagement. Il ne lui fut pas difficile de garder son avance sur le groupe, car les gardes avaient du mal avec leur prisonnier. Apparemment incapable de marcher seul, il leur fallait le soutenir, le pousser, moitié le tirer et moitié le porter. En observant la foule attirée par ce spectacle amusant, Benno espéra qu'Angelo avait pris en compte l'extrême faiblesse de Sigismondo. Comment secourir un homme incapable de marcher ?

En revanche on peut sans difficulté obliger du bétail à courir. Angelo avait à nouveau disparu, mais Benno aperçut bientôt sa mince silhouette sur le marché aux bestiaux, au moment où les gardes et leur prisonnier commençaient à le traverser. Au bout de la place, à l'entrée d'une étroite ruelle où alternaient murs aveugles et fenêtres munies de barreaux, l'escorte s'arrêta pour disperser la foule des badauds, et Benno s'enfonça dans la ruelle. Il n'en avait pas parcouru la moitié, et les gardes n'étaient qu'à une dizaine de pas derrière lui lorsque deux choses se produisirent de façon simultanée.

Angelo surgit d'une ruelle transversale et marcha en direction des gardes tandis que derrière eux s'élevait un piétinement de sabots et des meuglements contrariés. Benno se retourna. Les hommes de l'escorte firent de même.

La ruelle était envahie de bêtes qui accéléraient le pas en fonçant devant elles. L'un des gardes, probablement originaire de la campagne, tenta de rester sur place. Il brandit sa pique en hurlant. Les premières vaches eurent un instant d'hésitation, mais la presse était trop grande derrière elles. Entraînant Sigismondo qui paraissait prêt à tomber à chaque pas, les gardes détalèrent. Angelo se mit à courir, ainsi que Benno. Biondello, chassé du justaucorps par un mouvement brusque de son maître, se mit à courir aussi. Angelo s'engouffra dans la ruelle transversale. Benno et Biondello le suivirent. Voulant profiter du même refuge, l'escorte s'y précipita à son tour. Un garde rencontra Angelo, émit un borborygme et s'écroula. S'emparant d'une pierre qui traînait par là, Benno frappa un deuxième garde. Angelo expédia son pied dans l'aine d'un troisième pendant que Sigismondo levait les bras et abattait ses poignets entravés sur la nuque du dernier. À distance prudente, Biondello s'époumonait en aboiements.

On voyait à l'entrée de la ruelle les bêtes filer à toute allure dans la rue. Leur odeur envahit la ruelle, mais leurs yeux fixes ne regardaient que devant elles.

Angelo fouilla les gardes étendus. Il découvrit un trousseau de clés dont la deuxième qu'il essaya ouvrit les menottes de Sigismondo. Benno fut ébahi de voir son maître debout et apparemment en bonne forme. Biondello lui tournait autour en agitant le postérieur pour marquer sa joie devant ces retrouvailles. Remarquant qu'un garde commençait à remuer, Angelo le sonna d'un coup de pied et demanda :

— Pouvez-vous courir ?

— Pas encore. Tu connais la ville ?

— Assez bien.

Sur quoi Angelo les entraîna au bout de la ruelle, où ils traversèrent une cour avant de s'engager dans un long passage voûté. À mi-chemin, il descendit quelques marches et poussa une porte ouvrant sur une petite pièce obscure sentant le vin et les vêtements imprégnés de sueur, et résonnant d'une conversation animée suscitée par une partie de dés qui se déroulait sous l'unique fenêtre. Angelo désigna à Sigismondo un banc contre un des murs. Il s'y assit et, le dos appuyé contre la paroi, observa ses deux compagnons. Seules sa respiration courte et sa pâleur trahissaient sa récente fièvre.

— Hum. Je suis ton débiteur, Angelo; et le bétail coûte cher. Et on m'a dévalisé.

Croisant le regard de son maître, Benno comprit avec consternation ce qu'il voulait dire : la croix aussi était envolée.

Angelo commanda du vin et revint s'asseoir à côté de Sigismondo.

— Je suis venu à Pietra vous annoncer que les frères Pantera étaient sortis de prison. Ils n'ont plus d'argent non plus. Je leur ai tout volé.

— Pourquoi étaient-ils en prison si c'est toi qui les as volés ? voulut savoir Benno.

— Une coupe en or appartenant à un autre voyageur avait disparu, fit Angelo avant de hausser les épaules. On l'a retrouvée dans leurs bagages. Et ils n'avaient pas d'argent pour soudoyer quelqu'un et convaincre de leur honnêteté.

Sigismondo posa son gobelet.

— J'ai un autre travail pour toi.

CHAPITRE XVIII

Du sang attend à Rocca

Comme ce n'est pas tous les jours que des anges descendent sur terre pour délivrer un message aux hommes, il n'est pas surprenant que la domestique qui balayait la cour à l'arrière de la maison d'Agostino Da Sangallo ait été tout d'abord trop abasourdie pour comprendre ce qu'on lui disait. Serrant son balai entre ses mains, elle fixa son regard dans les yeux gris perle de l'ange jusqu'à ce qu'il réitère avec brusquerie sa demande : il voulait voir Perpetua. À contrecœur, et sans quitter l'ange des yeux, ce qui fait qu'elle marchait de côté, la domestique rentra dans la cuisine... et dans Perpetua. Un hochement de tête, un chuchotis à la fois craintif et respectueux, et, l'air important, Perpetua s'approcha du beau messager. Sa nature lui sembla moins céleste qu'elle avait paru à la fille de cuisine. Perpetua remarqua que le velours bleu du chapeau qu'il avait poliment ôté à son approche était râpé, et que les dents découvertes par son sourire étaient tordues. Elle douta même que l'or des cheveux fût naturel — combien de fois avait-elle essayé d'obtenir cette blondeur éclatante en teignant les cheveux de sa maîtresse ! Elle croisa les mains sur son estomac et se tint prête à défier toute tentative de séduction.

Après avoir écouté le jeune homme quelques instants, elle comprit qu'il n'avait aucune intention de la séduire.

L'homme qu'elle avait discrètement fait sortir de la maison la nuit dernière s'enquérait avec quelque anxiété de sa maîtresse et de ce qu'elle avait subi de son époux. Perpetua elle-même avait écopé d'un œil au beurre noir qui avait viré à une sinistre teinte aubergine, mais les nouvelles concernant Donna Felicia étaient pires. Il était hors de question que l'on prît à nouveau un tel risque. Sa maîtresse n'avait pas seulement le visage enflé, mais son dos était strié d'ecchymoses et elle avait dû garder le lit. Pendant un certain temps elle ne serait pas autorisée à sortir, sauf en compagnie de son époux. Dieu seul sait comment Agostino Da Sangallo avait acquis la certitude que Donna Felicia se trouvait la veille avec un amant. Perpetua avait soutenu mordicus que l'homme qu'il avait aperçu en train de sortir de la cuisine et de filer dans la rue était un marchand de brocart chauve venu livrer des coupons que sa maîtresse avait achetés durant la journée. Mais, pour elle ne savait quelle raison, maître Agostino n'avait pas paru convaincu. Il convenait de se tenir éloigné de la maison et de ne pas en approcher avant que le maître reparte en voyage.

Quelques mots du bel étranger, et Perpetua hocha la tête. Bien sûr qu'elle connaissait des logements où personne ne leur poserait de questions indiscrètes. Et où seraient-ils mieux que chez son propre cousin, dans la Via Condotti ? Son établissement était bien tenu, il savait tenir sa langue et ils pourraient se recommander d'elle.

Perpetua rentra en pouffant dans la maison sous les regards curieux de la domestique et de la cuisinière. Ses joues rosies par le baiser qu'y avait déposé l'ange en partant avaient ravivé l'éclat du coquard mauve qu'elle avait à l'œil. Il est possible de succomber au charme même quand on en décèle les imperfections.

Impossible de questionner Perpetua sur ce qui s'était passé ou sur son étrange comportement lorsque, ignorant le rafraîchissement qu'elle était descendue chercher pour

Donna Felicia, elle remonta à l'étage pour en revenir porteuse d'un ballot serré sous son bras. Elle traversa la cour et disparut dans la ruelle qui la bordait à son extrémité. Elle revint quelques instants plus tard, sans son ballot, les joues encore plus rouges et sur les lèvres un sourire idiot qui se transforma en grimace de contrariété quand elle croisa les regards de la cuisinière et de la domestique, qu'elle réprimanda sévèrement pour bayer aux corneilles. Un ange ne peut apporter le bonheur à tout le monde.

Ce fut peu de temps plus tard que ledit ange, jouant à présent le fils tendre et attentionné, accompagna sa mère souffrante à l'auberge de la Via Condotti. Celle-ci semblait bien grosse pour avoir donné naissance à un rejeton aussi mince, et le chapeau de paille à large bord qu'elle portait sur la tête, enveloppé d'une guimpe et d'un fichu de lin, la grossissait encore. Le cousin de Perpetua, aussi discret et obligeant qu'elle avait promis, se déclara tout disposé à fournir une chambre et un repas à des pèlerins qui attendaient que le temps s'améliore pour pouvoir prendre un bateau pour Scheggia. Il donna même au serviteur malpropre un os pour son petit chien à une seule oreille. Il savait que sa cousine Perpetua s'assurerait qu'il avait fait tout son possible pour les servir.

— Que comptez-vous faire au sujet de la croix ?

Alors qu'il regardait Biondello se battre avec un os presque aussi grand que lui, Benno se félicita une nouvelle fois de ce qu'Angelo ne montrait aucune hésitation à poser à Sigismondo les questions que lui-même n'aurait jamais osé formuler. Sigismondo avait ôté son chapeau, mais le visage qu'il tourna vers Angelo était curieusement transformé par la féminité que lui conférait le voile de lin, lequel faisait ressortir le noir des yeux et la courbe de la bouche d'une façon propre à abuser quiconque était habitué aux traits rudes des matrones toscanes. Seule sa pâleur inquiétait Benno, mais il fut soulagé de constater que même s'il parlait doucement, la voix de Sigismondo avait retrouvé une part de son énergie.

— Je dois attendre. Que puis-je faire d'autre ? Voler l'abbé comme j'ai volé Olivero et Ferondo ? Je crois qu'il vaut mieux ne pas y songer pour l'instant.

— Je pourrais m'en charger, dit Angelo avec une assurance qui fit sourire Sigismondo.

— Tu pourrais dérober son halo à un saint et même le diable n'y verrait que du feu. Mais je ne te confierais pas une tâche que je ne pourrais pas accomplir. Nous en reparlerons quand j'aurai recouvré mes forces.

— Avez-vous déjà eu ce genre de fièvre ?

— Trop souvent. Cela ressemble à la fièvre des marais qui sévit à Rome, mais c'est en Égypte — à quelques lieues d'ici, Benno, et de l'autre côté de la mer — que j'en ai été atteint la première fois, enfin elle ne m'a pas encore tué. Être trempé par un orage peut la faire revenir, mais un bon vin comme celui-ci me remettra d'aplomb en un rien de temps.

Il avait déroulé la bande de tissu dans lequel il gardait ses herbes et choisit celles qu'il allait mettre dans sa coupe. Le vin seul ne pouvait le guérir.

Angelo avala avec gourmandise une cuillerée de ragoût.

— Il vaudrait mieux que vous soyez rétabli demain, dit-il. L'abbé doit se rendre à Rocca pour y rencontrer le duc. Je suppose qu'il ne laissera pas la croix ici s'il y est aussi attaché que vous le dites.

Sigismondo hocha la tête et but une gorgée.

— Nous irons donc à Rocca. Je pense que je pourrai monter en selle demain. As-tu de l'argent pour nos dépenses ?

Angelo se tapota la poitrine, où la plus grosse partie de son argent devait être dissimulée. Il avait pour habitude de cacher les pièces en différents endroits de sa personne afin de s'assurer contre le vol.

— Olivero et Ferondo ont été très généreux. Ils avaient emporté une grosse somme, cela suffira pour nous procurer des chevaux. Et d'après ce que vous dites, la croix est une cause qui leur tient beaucoup à cœur.

Sigismondo commença à manger son ragoût.

— Elle tient au cœur de trop de monde, en ce moment.

Il ne pouvait savoir combien sa remarque était littéralement vraie.

— Reste à voir si le duc Ludovico se souviendra des services que je lui ai rendus dans le passé.

L'abbé de Pietra allait rendre visite au duc Ludovico. Il s'agissait donc d'un voyage officiel, entrepris avec toute la pompe que l'abbé était capable de déployer, car il était absolument impératif de convaincre le duc que l'abbé était quelqu'un avec qui il fallait compter et qu'il importait d'écouter. Depuis des jours, l'abbaye faisait le nécessaire pour que son abbé paraisse tout à son avantage.

La ville entière savait que la raison du désaccord entre le duc et l'abbé provenait de l'augmentation des taxes portuaires. Il était pourtant tout à fait normal que l'abbé les augmente : les récoltes sur les terres de l'abbaye avaient été catastrophiques et ses célèbres vignes avaient subi durant l'été des pluies désastreuses au plus mauvais moment. Observant les préparatifs somptueux précédant la visite à Rocca, certains estimèrent qu'un peu de sainte pauvreté eût été plus convaincante que cette débauche de mules resplendissantes et de glands d'or ; mais les autres pensaient que le cœur du duc n'aurait pas été plus touché, ni sa bourse plus déliée si l'abbé s'était présenté à lui couvert de cendres et vêtu de toile grossière. De plus, l'abbé n'avait pas besoin d'émouvoir pour faire valoir sa position : son atout résidait dans la présence d'une grande quantité de marchandises appartenant au duc dans les entrepôts de l'abbaye, et qui ne seraient pas livrées avant que le duc ait payé.

Certains pourtant soutenaient que le simple fait que l'abbé se rende à Rocca trahissait son manque de confiance dans la volonté du duc de le régler — bref, que ce voyage était en lui-même un aveu de faiblesse. Quoiqu'ils ne fussent guère épris de leur abbé — qui pouvait trouver aimable un tel homme ? —, les habitants de Pietra auraient été navrés qu'il ait le dessous dans sa querelle avec le duc. C'était leur abbaye. Sa prospérité était liée à celle du port tout entier.

Et du fait que Pietra était un port, il y avait beaucoup d'étrangers — marins, marchands, voyageurs ou pèlerins en route pour Scheggia — dans la foule qui se rassembla pour assister au départ de l'abbé, et les autochtones étaient fiers de fournir des explications à ceux qui s'étonnaient du spectacle.

Pour commencer, l'abbé lui-même ne voyageait pas à dos de mule. Il aurait certes été possible de trouver un cheval capable de supporter son poids, mais il était exclu qu'un homme d'Église se déplace sur une telle monture. Quant à choisir une mule, celle dont les jambes n'auraient pas cédé sous un tel fardeau n'était pas encore née. Le problème avait donc été résolu avec astuce — et non sans une certaine flamboyance — par le choix d'une *carretta*, sorte de chariot couvert, une chambre sur roues, équipée d'un divan, d'un placard et même d'un coffre sur lequel pouvait prendre place, face à lui, un assistant de l'abbé. Le véhicule était protégé du soleil par des arceaux recouverts d'un tissu de soie blanche, sur lequel figuraient, brodées en or et en écarlate, les armes de l'abbaye et celles de l'abbé Bonifaccio, qui avait pris soin de faire figurer sur les siennes les écartelures des relations familiales l'ayant aidé à devenir abbé. Sous les yeux de la foule, on empila sur le divan des coussins de soie blanche, ornés de glands et de broderies au fil d'or, afin d'amortir les cahots de la route. Un attelage de mules harnachées d'argent et de cuir pourpre fut amené, et les palefreniers en vérifièrent les attaches.

Benno se trouvait parmi la foule, la bouche grande ouverte pour se rassasier du spectacle. Lui-même allait entreprendre sous peu le même voyage, mais certainement pas dans un tel confort, et par un itinéraire différent. Angelo était justement en train de louer des chevaux, et Sigismondo, presque rétabli, avait réglé le cousin de Perpetua grâce à l'argent si généreusement fourni par les frères Pantera. Benno, qui devait retrouver ses compagnons une heure plus tard à la porte est, était venu voir cet abbé qui avait voulu faire pendre son maître. Les hommes du maréchal s'étaient répandus à travers la ville à la recherche d'un homme malade au crâne rasé, quoiqu'ils s'interrogeassent sur la gravité de son état, puisque aussi bien il avait poignardé un des quatre hommes chargés de l'amener en prison et sérieusement bousculé les autres. Benno ne craignait pas d'être reconnu comme l'un des participants de la bagarre, car ceux qui auraient été susceptibles de l'identifier devaient être en ce moment même en train de gémir sur une paillasse — s'ils n'attendaient pas leurs funérailles. Quant à Angelo, fidèle à sa nature de magicien, il est à douter qu'il ait été même vu par quiconque ; le seul homme qui aurait pu l'identifier avec certitude était très certainement mort.

— Le voilà ! C'est lui !

Cela ne faisait aucun doute. L'abbé venait d'émerger d'un portique ombragé, un dais de soie blanche maintenu au-dessus de sa tête par quatre moines, sa silhouette corpulente avançant avec une lenteur majestueuse qui laissa à la foule tout le temps d'apprécier sa dignité. On n'applaudit pas un abbé comme on le ferait pour un personnage séculier, mais cela n'empêcha pas un grondement confus de s'élever. L'abbé y réagit avec plaisir et bénit la foule de sa main potelée. Quelques-unes des nombreuses prostituées que Pietra entretenait à l'intention des marins de passage s'étaient glissées au premier rang et, avec leurs voyantes robes écarlates, roses et pourpres, avançaient à genoux en tentant d'embrasser l'habit de l'abbé, ce que son escorte laissait faire avec indulgence.

Lorsque, une chaussure de velours déjà posée sur le marchepied de la *carretta*, il se retourna pour bénir une dernière fois la foule, l'œil de Benno fut attiré par un éclat lumineux qui scintilla sur la poitrine de l'abbé. Impossible, même à cette distance, de ne pas reconnaître la croix des Pantera et la sourde lueur de La Feconda en son centre.

Benno se dit qu'à présent il pourrait annoncer à Sigismondo qu'il serait fort utile de suivre l'abbé à Rocca, puisqu'il ne laissait pas la croix derrière lui. Soudain, l'attention générale se trouva détournée de l'abbé. Derrière lui se pressaient les moines, ceux qui l'accompagnaient comme ceux qui restaient. L'un d'eux, grand et maigre, les cheveux blancs en désordre et les yeux hallucinés, venait de tomber à genoux et, les bras levés vers le ciel, proférait des paroles que Benno était incapable de saisir. Comme une grande partie de la foule enchantée, Benno se porta en avant afin de mieux entendre, même si les commentaires de chacun rendaient le monologue inaudible.

— Il a une crise...

— Il prie.

— ... il demande à Dieu de protéger l'abbé.

— De qui ? Du duc ? Non, c'est une crise.

— Une crise, j'vous dis. Il va pas tarder à se rouler par terre.

À cet instant le moine se jeta obligeamment en avant, les bras écartés, et forma une croix humaine à même la poussière du sol.

L'abbé était monté dans la *carretta* mais il retarda l'instant du départ afin de suivre la scène. Benno remarqua qu'aucun des autres moines ne tentait de relever leur compagnon étendu ni de l'empêcher de se singulariser ainsi en public. Quoi qu'il fît, les autres semblaient lui marquer du respect.

La foule avait cessé d'avancer et tout le monde observait le silence devant l'homme allongé. Il se releva bientôt sur les genoux et prononça des paroles indistinctes mais audibles.

— Du sang ! Du sang ! Ne partez pas, mon père ! Du sang vous attend à Rocca !

C'est ainsi que le frère Ieronimo prononça les auspices sous lesquels se déroulerait le voyage de l'abbé Bonifaccio.

CHAPITRE XIX

Saint Antoine s'exécute

Le père Bonifaccio n'était pas le seul voyageur à se rendre à Rocca. Pour sa part, l'abbé se trouvait déjà à mi-chemin de la capitale, entouré de son équipage auquel on avait prudemment adjoint le frère Ieronimo. Si celui-ci persistait à avoir d'étranges visions, mieux valait qu'il les ait en présence de l'abbé — qui, sans se démonter, avait interprété la pluie de sang, malheureusement prédite devant de nombreux témoins, comme un présage concernant ses ennemis et non lui-même. Au fond de lui, l'abbé pensait que cette pluie sanglante symbolisait ses propres sentiments à l'égard du duc et de son indocilité fiscale. La Bible n'évoquait-elle pas des pluies de sang, et ne s'abattaient-elles pas sur les ennemis de Dieu ? Le représentant de Dieu sur terre n'était-il pas Sa sainte Église, et l'abbé n'était-il pas le représentant de l'Église à Pietra ? Le plus probable n'était-il donc pas que le Seigneur avait l'intention de punir le duc pour refuser à l'abbaye des revenus légitimes ?

Brinquebalé dans sa *carretta* sur la route poussiéreuse, l'abbé, qu'un serviteur assidu éventait derrière un rideau de soie, envisageait la possibilité de mentionner cette pluie de sang devant le duc au cas où il se montrerait récalcitrant. Peut-être que le duc songerait, par association d'idées, à d'autres fléaux possibles. Une invasion de grenouilles n'était pas à exclure en cette époque de l'année ; en vérité, si tel était le désir de Dieu, tout pouvait arriver... Le duc se souviendrait peut-être de la façon dont Dieu avait infligé à l'intraitable pharaon d'Égypte la perte de son aîné. Le fils de Ludovico était souffrant... L'abbé sourit tandis que l'air mû par l'éventail séchait la sueur sur ses joues adipeuses.

Mais Rocca était aussi la destination d'une veuve, de son fils et de son serviteur, qui, empêchés par des vents contraires d'accomplir pour l'instant leur pèlerinage à Scheggia, avaient décidé de profiter de cette occasion pour visiter la capitale du duché. Sans être marqué par aucun événement particulier, leur voyage fut agrémenté par la charmante voix de ténor du fils de la veuve, qui connaissait un répertoire fort divertissant de ballades, lesquelles n'étaient certes pas toutes appréciées des personnes ayant une tournure d'esprit dévote, mais dont le serviteur malpropre de ladite veuve reprenait tous les refrains avec enthousiasme.

S'ils les avaient rencontrés et avaient pu les reconnaître, certains individus déjà arrivés à Rocca auraient été très intéressés par ce trio de pèlerins. Considérons cette veuve imposante dont les traits puissants étaient adoucis par la guimpe de deuil à l'ancienne, la tête enveloppée de lin et coiffée d'un chapeau de paille : où était le vaillant guerrier qui les avait si utilement débarrassés de leur oncle ? Et voici le fils de la veuve, d'allure tout ce qu'il y a de respectable dans son habit de toile brune, mais qu'ils avaient aperçu pour la dernière fois en train de chanter dans une auberge, attifé d'un drôle d'habit bleu et jaune. Ils n'auraient jamais pu penser que c'était ce même chanteur qui leur avait offert leur dernier séjour en prison, ni qu'il avait payé ses habits neufs avec le contenu de la bourse qu'ils avaient perdue.

Angelo était également responsable de l'humeur maussade qui avait saisi Olivero et Ferondo tandis qu'ils cherchaient un logement à Rocca. Il leur était très pénible de devoir de l'argent au marchand qui les avait fait sortir de prison après s'être porté garant d'eux auprès des autorités. Il leur était encore plus pénible d'avoir eu à emprunter une grosse somme afin de remplacer ce qui leur avait été volé. Mais le pire était que cet incident les avait tant retardés qu'ils étaient désormais à peu près certains de ne pas retrouver Sigismondo avant qu'il ait vendu la croix. Une fois sortis de prison, ils avaient suivi sans difficulté Gian jusqu'à Rocca; celui-ci avait trop hâte de s'y rendre pour songer à se cacher.

Dès le départ, ils avaient douté de la capacité de Gian à reprendre la croix à Sigismondo; au cours d'une de leurs conversations, ils avaient évoqué l'éventualité savoureuse qu'à cette occasion Gian apprenne quelque chose qu'il ignorait au sujet de la hache de Sigismondo. Dans cette chasse, leur cousin s'était mis en travers de leur chemin, et ils trouvaient que ce serait obligeant à Sigismondo de faire avec le cousin ce qu'il avait fait avec l'oncle et de l'éliminer.

Mais en attendant, qui était en possession de la croix? En sillonnant Rocca à la recherche d'un logement, ils n'avaient pas aperçu la moindre trace ni entendu la moindre allusion à Gian ou à Sigismondo, mais cela ne voulait rien dire. Si la croix était déjà entre les mains du duc, Sigismondo avait reçu son argent et, sans nul doute, quitté la ville. Quant à Gian, peu importait où il demeurait, même si bien entendu il eût été plaisant qu'il ait rencontré Sigismondo, lequel l'aurait expédié sans délai dans le caveau de famille.

Olivero se trouvait depuis un certain temps dans une des tavernes de la grand-place, où il se rinçait le gosier de toute la poussière du voyage, et l'esprit du souvenir encore vif de son séjour en prison. La seule distraction qu'il y avait connue, et qui lui avait procuré un amusement bien éphémère, avait été le jour où un rat avait dévoré la plus grande partie du chapeau à plume de Ferondo. C'est donc coiffé d'un couvre-chef tout neuf que Ferondo fit son entrée dans la taverne et lui annonça l'arrivée en ville de l'abbé de Pietra. Tout d'abord, la nouvelle n'intéressa pas vraiment les deux frères, mais en entendant la rumeur qui grandissait dans la foule assemblée sur la place, ils jetèrent des regards par les fenêtres de la taverne avant de sortir et de se frayer un chemin parmi les badauds.

Ils ne regrettèrent pas leurs efforts. Les hommes de la fanfare du duc, avec les bannières vert et blanc de Rocca flottant sur leurs trompettes, étaient déployés sur les marches du palais en attendant le signal d'emboucher leurs instruments. La foule bruissait de spéculations et de paris au sujet de la rencontre entre le duc et l'abbé. Le duc descendrait-il les marches à la rencontre de l'abbé ? Baiserait-il son anneau pour montrer sa déférence envers l'Église ? L'opinion générale penchait plutôt en faveur de cette hypothèse. Du moment que leur duc était dans son droit en refusant de payer des taxes augmentées de façon arbitraire, ses sujets estimaient qu'il pouvait se montrer magnanime.

— Baise son anneau et embrasse-lui le cul ! lança à côté d'Olivero un petit homme au visage en lame de couteau qui but une gorgée de vin en observant la scène. Fais cadeau d'un seul sou à ce gros moine et il n'aura de cesse de te sucer jusqu'à ton dernier ducat et de te facturer les prières qu'il dira pour t'éviter l'enfer. Botte-lui le cul, plutôt ! Tu ne peux pas le rater.

Olivero vida sa coupe. Les abbés ne l'intéressaient pas. En vérité, son seul souci à l'égard de l'Église était de rester aussi longtemps que possible hors de sa portée. Pourtant, la remarque du petit homme lui déplut. Sa propre attitude avait toujours été de ne pas se dresser contre l'Église, qui avait à sa disposition des armes redoutables telles que l'excommunication. Aucun de leurs amis ni de leurs associés n'avait jamais décrit les frères Pantera comme des individus religieux, mais le fait est, comme le démontrait leur violent désir de récupérer la croix, qu'ils étaient très superstitieux. Tous deux étaient donc prêts à ployer le genou aussitôt que l'abbé Bonifaccio ferait mine de vouloir bénir la foule.

Le toit blanc de la *carretta* oscillant au-dessus des têtes, la procession fendit la foule et l'abbé mit pied à terre. Le duc apparut au seuil du palais et les musiciens entonnèrent une fanfare qui fit s'envoler tous les pigeons de la place. Le duc commença à descendre lentement les marches, sa cape de brocart d'or bordée d'hermine traînant à cinq pas derrière lui. L'abbé s'apprêta à bénir la foule, comme aveugle à la concession du duc, et tandis que la populace tombait à genoux, le soleil à son tour bénit l'abbé, son crâne tonsuré, son habit blanc et cet objet sur sa poitrine qui brillait d'un arc-en-ciel de feu. Abasourdis, les Pantera s'agenouillèrent comme des automates et contemplèrent fixement leur croix, sur laquelle La Feconda semblait clignoter comme pour leur envoyer quelque signal.

S'ils avaient pu détacher leur regard de la croix, ils auraient pu remarquer autre chose — le visage de leur cousin. Troublé et inquiet après son échec auprès du duc, Gian Pantera n'avait eu aucune nouvelle de la croix, ni obtenu l'assurance qu'elle lui serait restituée au cas où l'infâme Sigismondo tenterait de la vendre au duc. Il avait donc décidé ce matin-là d'exposer son problème à une autorité plus prestigieuse encore que le duc. Il s'était rendu à la cathédrale, belle bâtisse de marbre vert et blanc dédiée à sainte Agnès, où il pria devant l'autel et le reliquaire contenant les ossements de la sainte. Il lui était venu à l'esprit que vu l'histoire de la croix, ce serait peut-être manquer de tact que d'adresser ses prières à la Sainte Vierge, puisque le joyau était à l'origine destiné à son sanctuaire de Scheggia. En songeant aux difficultés de son entreprise, Gian se tourna donc vers saint Antoine et saint Jude. Si l'on retrouvait la croix, Gian leur promit à chacun un cierge de l'épaisseur d'un poignet d'homme.

À présent, debout sur les marches de la cathédrale, clignant des paupières en raison de l'aveuglante clarté du soleil, il aperçut lui aussi un éclat lumineux sur la poitrine de l'abbé lorsque celui-ci se retourna pour faire profiter tout le monde de sa bénédiction.

Saint Antoine et saint Jude s'étaient exécutés.

CHAPITRE XX

« C'est La Feconda ! »

— On dit que l'abbé Bonifaccio apprécie la compagnie des femmes, Votre Altesse.

La duchesse grimaça à son propre reflet dans le miroir ; il lui renvoyait l'image d'un petit visage fin, plein de relief et de caractère.

— C'est dégoûtant. S'il s'aventure à me faire les yeux doux, je lui cracherai dessus !

Ses deux dames d'honneur eurent un rire approbateur. Elles savaient bien qu'une duchesse ne pouvait exprimer ses véritables sentiments en public, surtout lorsqu'ils étaient hostiles. Sa seule chance était que son époux prenne les devants. Personne à la cour ne pouvait ignorer où en étaient les rapports entre le duc et l'abbé, mais il fallait laisser sa chance à la diplomatie.

Les longs rangs de perles furent enfin tressés avec les longs cheveux bruns brillants de la duchesse, et la dame chargée de sa coiffure fixa le tout avec une pince en or.

— Votre Altesse mettra-t-elle la bleu et argent ?

La dame qui soumettait la robe à l'appréciation de la duchesse était une fille bien bâtie, et la taille mince du vêtement qu'elle présentait devant son corps enveloppé accentuait l'allure menue de la duchesse, qui, en examinant l'habit, fut frappée de cette différence et fronça les sourcils. Jamais auparavant elle n'avait eu d'objection à être mince et élancée, mais désormais cette taille de guêpe lui rappelait à chaque fois son échec. Elle échouait dans le seul domaine où il était vital pour elle de réussir. Le duc avait certes un fils, mais la maladie qui avait frappé le jeune seigneur Domenico cet été-là avait agité l'État entier, sans parler du duc lui-même. Si elle pouvait donner naissance à un héritier... Si même elle pouvait donner naissance à un enfant, tout Rocca se sentirait soulagé. Cela faisait plus d'un an à présent ! Elle écarta la robe d'un geste impatient.

— Non ! La rose et or.

Tandis que la fille se détournait en repliant le vêtement avec un bruissement de fils métalliques, la duchesse poursuivit :

— Cet abbé. Je ne serais pas obligée de le voir si j'allais à Scheggia, n'est-ce pas ?

— Dans ce cas, je crois que Votre Altesse devra rester quelques jours à Pietra avant de pouvoir prendre un bateau pour l'île. Aviez-vous l'intention de vous y rendre ?

La duchesse adressa une nouvelle grimace à son miroir.

— Que faire d'autre ? Je ne veux pas aller à Rome et quitter mon époux en cette saison. J'ai dû faire des offrandes à tous les sanctuaires du pays, je suppose donc qu'il ne me reste plus qu'à affronter la mer. Ne faut-il pas également gravir une montagne ?

La grosse dame de compagnie revint chargée d'une brassée d'or et d'argent, mais elle apporta aussi un certain réconfort à la duchesse.

— Cela en vaudra la peine, Votre Altesse. La Vierge de Scheggia a la faculté d'accorder de grandes faveurs. Vous pourriez vous faire transporter en litière — même si certains paysans montent jusqu'à elle en marchant sur les genoux.

À cette idée, la duchesse examina ses genoux sous le jupon de soie et les frotta.

— Si cela devait me donner un fils, je le ferais.

— Si Votre Altesse désire vraiment que ce vœu soit satisfait, il faudrait vous procurer La Feconda.

La femme qui prononça ces mots était une femme au teint basané et à l'expression réservée dont les formidables talents de coiffeuse et de couturière l'avaient jusqu'ici emporté sur le sentiment de malaise que la duchesse éprouvait en sa présence. Marina connaissait d'innombrables petites formules à prononcer dans des cas allant d'un doigt coupé à un amant indifférent, et le pire était que bien souvent ces sortilèges fonctionnaient.

— La Feconda? fit la duchesse en se retournant. Cela paraît en effet approprié. De quoi s'agit-il?

— Avant de venir à la cour, Votre Altesse, j'habitais à Montesacro. Dans la région vivait une certaine famille Pantera, propriétaire d'une croix qui lui assurait la prospérité — et des enfants.

La duchesse enfila ses bras dans les manches de la robe sans quitter Marina du regard.

— *Des enfants?*

— La croix comporte un joyau qu'on l'appelle La Feconda pour cette raison. C'est le nom sous lequel on désigne la croix, mais d'après ce que je sais, c'est surtout à cause de ce joyau. Celui qui la possède est assuré de la fécondité de son épouse et de la fertilité de ses terres.

— Ils doivent me la vendre. Ils le doivent. Pantera, dis-tu? Il faut qu'on les amène au palais.

La duchesse aurait été intéressée d'apprendre que plusieurs Pantera, ainsi que la croix dont ils avaient été dépossédés, se trouvaient à ce moment-là dans les murs de Rocca.

Les cuisiniers du duc tenaient à impressionner l'abbé. Ils avaient sué sang et eau sur leurs plats avant d'être satisfaits de leurs mets. Il avait été décidé que comme Pietra était un port, l'abbé devait manger du poisson non seulement les jours maigres mais toute la semaine, et par conséquent les cuisiniers avaient résolu de lui montrer ce que l'on pouvait faire avec toutes les sortes de gibier à poil et à plume. On avait donc préparé des boulettes de porc aux groseilles, clous de girofle et amandes pilées, qu'on avait fait frire avant de les saupoudrer de sucre et de les décorer de minuscules fleurs d'origan. Les poulets farcis de persil et de bacon et saupoudrés de safran avaient mijoté dans une sauce au vin blanc. Des faisans avaient été rôtis et seraient servis avec de la sauce au gingembre, des oies avaient cuit à petit feu dans du vin rouge, puis leur chair avait été frite avec des oignons émincés, qu'on accompagnerait d'une sauce à l'ail et aux pommes sauvages. Comme *pièce de résistance*[1], un paon avait été tout d'abord rôti, puis on lui avait replacé ses plumes et il avait été disposé, en majesté, sur un plat d'or, prêt à être apporté au son des trompettes et à donner à chacun une indigestion. On avait cueilli, avec sa permission, des roses blanches dans le jardin de la duchesse afin d'en faire des gâteaux — avec les pétales qu'on avait blanchis, pressés avec des poids pesants et mélangés à de la crème, des dattes hachées et des pignons de pin. Une tourte aux cerises avait été composée avec du vin, du sucre, du beurre et de la chapelure, puis décorée avec des têtes d'œillet dont les bords avaient été dorés.

Pour l'occasion l'abbé Bonifaccio s'était paré d'une cape au fil d'or qui chatoyait sur ses vastes épaules et, comme il l'avait voulu, mettait d'autant plus en valeur l'austérité de la robe blanche qu'il portait dessous. Pourtant, quand on contemplait sa corpulente carrure, il ne pouvait venir à l'idée de personne que le bon père menait une vie de jeûne, de privations et de dévotion aux affaires spirituelles.

Le duc Ludovico avait l'allure de l'homme qu'il était :

1. En français dans le texte. *(N.d.T.)*

difficile à dérider et dangereux à provoquer. Ses habits de brocart blanc et vert, généreusement brodés de perles et d'émeraudes, entendaient traduire la même idée que celle ayant présidé au repas : ce n'était pas d'argent que manquait Rocca pour régler les taxes de l'abbé, mais de bonne volonté.

Comme toujours, la duchesse était superbe dans sa robe rose et or dont les soufflets de manche laissaient échapper des volutes de gaze de soie mettant en valeur la minceur de sa silhouette. Pourtant, il n'y avait pas un seul des habitants de Rocca présents autour de la table qui n'eût préféré la voir alourdie, les traits tirés et enceinte. Les trois personnages prirent place autour de la table d'honneur installée sur une estrade et, après une nouvelle fanfare sonnée par des trompettes décidément beaucoup mises à contribution, le festin commença.

Il était tacitement entendu que le dîner ne devait en aucun cas être assombri par une discussion sur les raisons qui avaient amené l'abbé à Rocca. Une telle marque d'incivilité aurait d'ailleurs été déconseillée par tout médecin soucieux de la bonne digestion de ses patients. Ces questions seraient abordées plus tard, en privé, en présence des conseillers du duc et du trésorier de l'abbé, le frère Filippo. On pouvait espérer que la munificence de la nourriture et de la boisson, que l'abbé appréciait visiblement l'une et l'autre, parviendrait à assouplir sa position sur les taxes. Le duc mangeait beaucoup moins que son hôte, quoique peut-être plus que ce que l'on pouvait attendre d'un homme aussi mince ; mais il buvait tout autant. La duchesse grignotait ses mets et sirotait son vin à petites gorgées. Là encore, les convives auraient préféré la voir avaler goulûment et exiger des mets bizarres pour lesquels le duc aurait été prêt à mettre à sac le monde entier afin de les lui procurer.

Elle répondit également avec parcimonie aux compliments fleuris de l'abbé, compliments soulignés, comme l'avaient prédit ses dames de compagnie, par un regard concupiscent qui lui fit baisser les yeux, non par modestie, mais pour réprimer l'envie d'écraser sa patte de poulet sur le visage de son voisin. Par bonheur, le duc ne remarqua pas le regard lubrique de l'abbé et orienta la conversation sur un sujet qui pourrait flatter son hôte tout en suggérant qu'il n'avait aucun besoin de revenus supplémentaires.

— Quelle magnifique croix, monseigneur ! Un des trésors de Pietra ?

Le père Bonifaccio engloutit d'une seule bouchée une boulette de viande et, à l'aide d'une serviette en damas, essuya la traînée de sauce qui lui maculait le menton.

— Une offrande à l'abbaye, Votre Altesse, répondit l'abbé en souriant de ses lèvres luisantes de graisse. C'est Notre-Dame qui nous en a fait don.

Le duc haussa les sourcils.

— Serait-elle apparue un beau matin sur l'autel ?

Le ton de sa voix, qui trahissait une foi médiocre, irrita l'abbé.

— Elle nous l'a fait parvenir par l'intermédiaire d'un voleur.

Le duc releva vivement la tête. Une histoire de croix et de voleurs lui avait été contée tout récemment par le jeune Gian Pantera, qui avait cherché à lui faire croire que Sigismondo, à qui il devait la vie, n'était qu'un vulgaire assassin.

— Un voleur ? À quoi ressemblait-il ?

L'abbé, qui était en train de piquer de sa fourchette un morceau de nourriture, ne décela aucun sous-entendu particulier dans la question.

— Un coquin au crâne rasé comme un lutteur. J'aurais ordonné à mon maréchal de le pendre haut et court, mais il s'est échappé pendant qu'on l'emmenait en prison. Vos hommes devraient ouvrir l'œil au cas où il viendrait à Rocca.

Le regard posé sur les pierres précieuses qui scintillaient sur la croix, le duc Ludovico hocha la tête puis, à la surprise de l'abbé, éclata d'un rire éraillé.

— Oh, il viendra, il viendra ! J'en suis certain. Il viendra à Rocca. Ainsi c'est la fameuse croix des Pantera.

L'abbé Bonifaccio était occupé à déchirer de ses dents un blanc de faisan, mais son regard se reporta prestement vers le duc tandis que son esprit lui signalait que la nouvelle n'était pas à son avantage. Si la croix pendue à son cou était réputée appartenir à quelqu'un d'autre, alors il lui fallait réfléchir vite pour éviter d'avoir à la rendre. Si le mot « Pantera » avait des résonances désagréables pour l'abbé, il produisit une réaction étonnante chez la duchesse. Elle se pencha soudain en avant, le regard fixe.

— Mais, c'est La Feconda !

CHAPITRE XXI

« Il me faut la croix ! »

— La Feconda ?

Écartant la perdrix qu'il tenait d'une main, l'abbé baissa les yeux sur le joyau pendu à son cou, ce qui gonfla les chairs de ses mentons. Le duc observa avec attention son épouse, mais celle-ci se redressa aussitôt et prit un air vague.

— Non. Je me trompe. Ce joyau ressemble à un bijou dont j'avais entendu parler à la cour de mon père, mais en fait ils sont très différents. La Feconda était un saphir.

Or ce qui scintillait au centre de la croix de l'abbé était sans conteste un rubis. Le père Bonifaccio se détendit avec un sourire, persuadé qu'un nouveau prétendant à la croix venait de se retirer. Il désossa la perdrix avec gourmandise. Le duc, toutefois, demeura pensif. Loin d'être lui-même un imbécile, il n'avait pas non plus épousé une idiote. Il résolut d'en savoir plus au sujet de cette croix sitôt le banquet terminé.

Bien entendu il dut attendre plus longtemps. Les affaires passent avant tout. Ses conseillers et lui se retirèrent dans le cabinet de travail privé du duc, une pièce magnifique dallée de marbre noir et blanc, avec en son centre, sur fond blanc et vert, les armes de Rocca soutenues par deux petits léopards enthousiastes dont la langue et les griffes étaient bien en évidence.

Les conseillers du duc montrèrent eux aussi leurs griffes et menacèrent, avec beaucoup de tact et de discrétion, de priver Pietra de toute opération commerciale en raison de ces taxes excessives. Ce fut ensuite le tour du frère Filippo de proférer des menaces polies en s'interrogeant sur les possibilités géographiques d'appliquer une telle mesure. Un nouveau port allait-il apparaître spontanément sur le littoral du duché de Rocca ? Si le duc envisageait de négocier avec son voisin le duc Gioffredo de Vallebruna, il s'apercevrait vite que les taxes y étaient encore plus lourdes qu'à Pietra, sans compter les frais supplémentaires de transport que ce choix entraînerait. Le frère Filippo avait un long visage pâle et légèrement asymétrique, et son sourire aux lèvres pincées n'adoucissait en rien le regard de ses yeux froids et attentifs. Il avait esquissé un tel sourire en s'interrogeant sur l'éventualité toute fantaisiste de voir Dieu créer un nouveau port sur la côte rocheuse de Rocca. Tout en tripotant un gland pendouillant à l'accoudoir de son fauteuil, le duc imagina à quel point il serait agréable d'effacer ce sourire d'un coup de poing bien appliqué — fantaisie hélas aussi peu envisageable que la création d'un nouveau débouché portuaire. Il jeta un coup d'œil à l'abbé qui somnolait, les mains croisées sur un estomac qui se reposait de la lourde tâche à laquelle il avait été soumis durant le banquet. Il serait intéressant, songea le duc, de consulter Sigismondo, que ce glouton venimeux avait failli pendre. S'il n'apprenait pas tout de la duchesse au sujet de cette croix qui paraissait obséder tant de monde, Sigismondo, lui, saurait le renseigner.

Il avait raison. La discussion concernant les taxes se termina sans qu'aucune des parties ait fait de concessions, et l'on se promit de reprendre dès le lendemain ce petit ballet diplomatique, en espérant que chacun ferait un pas en avant afin de parvenir à un compromis. L'abbé s'extirpa de son fauteuil avec l'aide du frère Filippo, dont les frêles épaules ne paraissaient pas de taille à accomplir la tâche, et de son secrétaire, Torquato, au beau visage sournois. La bénédiction qu'accorda l'abbé au duc avant que les deux hommes se séparent fut quelque peu gâchée par le sourd grondement qui monta de l'estomac du saint homme, et dont l'écho sonore résonna dans la pièce, faisant naître un sourire vite réprimé aux lèvres de son secrétaire.

Lorsque l'abbé et sa suite de moines obséquieux furent partis, et que le duc eut congédié ses conseillers, les vrais problèmes se posèrent à lui. Appuyé au rebord de la fenêtre, il regarda les gens passer sur la place dans la lumière du crépuscule et apaisa son esprit en s'interrogeant sur le sujet de leurs conversations ou le but de leurs allées et venues. Soudain il entendit grincer les anneaux du rideau de la porte et un page annonça en s'inclinant l'arrivée de la duchesse. Il vint à sa rencontre et l'embrassa sur la joue ; elle s'écarta avec un air qu'il lui connaissait bien. La duchesse était dotée d'une détermination sans rapport avec sa petite taille, ct cette détermination était braquée sur ce que Dieu seul pouvait accorder.

— Cette croix, Ludovico. Il me la faut ! Saviez-vous que c'est un joyau qui procure la fécondité ? Il me la faut ! Donnez à l'abbé ce qu'il veut, mais je dois avoir cette croix !

Elle s'empara d'un de ses bras et leva vers lui deux immenses yeux noirs, la tête inclinée, la bouche entrouverte laissant apparaître des dents aussi petites que celles d'un enfant. Lorsqu'il l'avait épousée, il avait imaginé qu'elle était fragile. Aujourd'hui il s'était ravisé. Il eût été plus facile de tordre une barre de fer que de la faire changer d'idée.

— *Carissima*, vous savez bien que ce vieux renard ne lâchera jamais rien. C'est un homme cupide. Croyez-vous qu'il puisse renoncer à cette croix ?

Elle fit la moue et posa son index sur les lèvres de son époux.

— Et vous? Laisserez-vous passer la chance d'avoir un fils?

Ludovico se tut. Avant le banquet, il était allé voir son fils, il avait examiné son visage pâlichon et écouté l'avis du médecin qui, quoique formulé avec tact et de manière prudemment ambiguë, n'en était pas moins clair. À tout instant, si la fièvre revenait ou si le petit garçon ne recouvrait pas l'appétit, Rocca risquait de se retrouver privée d'héritier.

— Je ne paierai pas les taxes qu'il exige, ma mie. On se gausserait de moi après tout ce qui s'est passé.

— Si vous lui proposez assez pour la croix, il vous fera grâce des taxes, fit-elle en lui caressant la joue d'un bout du doigt.

— N'y comptez pas! s'exclama le duc en reniflant. Il ne se séparera jamais de cette croix, à moins de lui en proposer plus que ce que Rocca pourrait se permettre de payer — *plus* les taxes. Cet homme est insensible à la raison. Manifester le désir de lui acheter la croix ne fera qu'exciter sa cupidité.

La duchesse retira brusquement sa main. Elle serra les lèvres avant de déclarer :

— À quoi servira donc tout l'argent de Rocca s'il n'y a pas d'héritier à qui le transmettre!

Ludovico la regarda faire demi-tour et s'éloigner dans un chuintement de robes. Le page eut juste le temps de soulever le rideau avant qu'elle atteigne la porte. Si elle avait croisé l'abbé à cet instant, se dit le duc, elle lui aurait arraché la croix sans lui en donner un liard. Si seulement Sigismondo avait pu la voler!

CHAPITRE XXII

Au meurtre !

Enchanté d'être de retour à Rocca, Benno se disait qu'après un long voyage à l'étranger, c'était bien agréable de rentrer chez soi. En disant « chez soi », il entendait la ville et ses environs, car il n'avait jamais connu de véritable foyer, pas même une masure de paysan, et aucun parent aimant n'était là pour le serrer dans ses bras quand il revenait, mais tout cela ne l'empêchait pas à chaque fois de retrouver Rocca avec une profonde satisfaction. Il espérait apercevoir la fille de l'homme qui l'avait autrefois employé dans ses écuries. La jeune dame devait avoir à présent une vingtaine d'années, c'était une riche épouse et, d'après ce qu'il savait, la mère de deux garçons.

Il parvint même à dissimuler sa respectueuse appréhension en revoyant son duc. Il avait rencontré quelques ducs depuis qu'il avait quitté Rocca, ainsi que des princes, mais aucun ne lui avait tout à fait inspiré les mêmes sentiments que le duc Ludovico. Il fut soulagé de constater que le regard ducal — si bleu qu'il en était presque troublant — l'avait ignoré pour se fixer sur son maître.

— On m'a dit, Sigismondo, que vous étiez un voleur et un assassin.

Quoique le ton de la question fût péremptoire, Sigismondo commença par rejeter l'affirmation en émettant un long fredonnement désapprobateur.

— En vérité, Votre Altesse, il arrive parfois qu'on lance de telles accusations contre des princes.

— Nous ne parlons pas ici de faire la guerre, de tuer des soldats et de s'emparer de territoires, mais de l'assassinat d'innocents et du vol de leurs biens, fit le duc par-dessus son épaule en s'éloignant dans la pièce. Qu'avez-vous à répondre à cela ?

Le coude gauche reposant sur la paume de sa main droite, Sigismondo se passa d'un air pensif un doigt sur les lèvres.

— Puis-je savoir qui m'accuse, Votre Altesse ? Qui ai-je assassiné et qu'ai-je volé ?

Le duc fit demi-tour et se laissa tomber dans son fauteuil ducal, toujours poussé contre la table où avait eu lieu la discussion avec l'abbé sur les taxes. Le tapis turc qui recouvrait la table, avec ses losanges ambre et or chatoyant à la lueur des bougies, était plissé à l'endroit où la cordelière de l'abbé l'avait accroché lorsqu'il s'était levé. Le duc se pencha en avant.

— Connaissez-vous Gian Pantera ?

— J'ai seulement entendu parler de lui. Est-ce lui qui m'accuse ?

Le silence retomba pendant quelques instants. Appuyé contre la tapisserie proche de la porte, Benno se dit que son maître et lui allaient avoir des ennuis. Car même si Sigismondo avait rendu de fiers services à Ludovico, les ducs ont toujours une fâcheuse tendance à pendre ceux qui tuent, même par accident. Et il était inutile de nier que son maître s'était emparé de la croix. Qui, pourtant, croirait qu'il l'avait fait dans un noble but ?

— Le jeune homme a parlé d'un oncle à lui que vous auriez tué, et d'une croix, un trésor de famille, que vous auriez volée. Est-ce vrai ?

— J'ai en effet tué Bernabo Pantera, mais de façon

involontaire. Son dernier vœu était d'offrir la croix familiale à la Vierge de Scheggia. Le souhait de sa famille est de garder cette croix, qui lui apporte la prospérité et des enfants mâles.

— C'est en effet le pouvoir que l'on prête à La Feconda. Croyez-vous à ce pouvoir?

Le regard du duc était si intense qu'on s'attendait presque à le sentir physiquement sur sa propre peau.

— Votre Altesse, je pense que seul Dieu a le pouvoir d'accorder de pareilles choses. Un objet qui génère la haine et l'avidité peut certes apporter la réussite en ce monde, mais certainement pas dans l'autre.

Le duc se tut quelques instants avant de reprendre la parole.

— Ce qui veut dire que sans haine et sans avidité, un tel objet, s'il est révéré comme devrait l'être n'importe quelle croix, pourrait receler le même pouvoir que des reliques...

Sigismondo s'inclina en écartant les mains pour exprimer son acquiescement. Le fauteuil du duc grinça lorsqu'il se leva. Il l'écarta d'un geste brusque et se dirigea à grands pas vers une fenêtre devant laquelle il se planta avant de se retourner d'un bloc.

— Je dois avoir des fils.

Sigismondo resta silencieux. « Il ne s'attend tout de même pas à ce que mon maître lui explique comment on fait? » songea Benno.

D'un geste impérieux, le duc fit signe à Sigismondo d'approcher. Lorsque celui-ci l'eut rejoint, Ludovico posa une main sur son épaule et, d'un ton cassant, lui parla à voix basse tandis que sa main resserrait son étreinte jusqu'à blanchir ses phalanges. « Je ne sais pas ce qu'il est en train de lui dire, songea Benno, mais ce qu'il y a de sûr, c'est que mon maître va devoir lui obéir. » Lorsqu'ils quittèrent le cabinet de travail, le visage de Sigismondo n'apprit rien à Benno, qui de toute façon n'avait que vaguement espéré bénéficier d'une confidence. Dans l'antichambre, Sigismondo s'arrêta pour parler à Durgan, un des nains les plus âgés du duc. Benno s'immobilisa près d'un banc où un page avait laissé un plat contenant des reliefs de nourriture, et lorsque son maître et lui se remirent en route, le plat était vide. Biondello commença à s'agiter de manière frénétique sous la chemise de Benno, qui dut le poser à terre, et il lui colla aux talons tandis que Sigismondo les guidait hors du labyrinthe du palais.

On n'avait pas eu la place, dans la citadelle de Rocca, de construire un palais moderne distinct de l'ancienne forteresse, de sorte que les deux bâtiments coexistaient et s'interpénétraient en plusieurs endroits. Sigismondo marchait avec son habituelle expression de savoir où il se trouvait, et Benno le suivait aveuglément. Ils traversèrent quelques pièces, descendirent de larges escaliers de marbre et émergèrent sur une terrasse pavée, pourvue d'arcades à son extrémité, qui dominait légèrement le jardin. Il faisait sombre et, quoiqu'il y eût des gens dans le jardin, Benno percevait leur vague présence plutôt qu'il ne les voyait vraiment. Au-delà des arcades, les pièces baignaient dans la clarté de nombreuses bougies.

— Benno, saurais-tu retrouver notre chambre à partir d'ici ?

— Non.

— Tu montes l'escalier en colimaçon sur lequel donne cette petite porte, puis tu tournes à droite. Rapporte-moi ma besace.

Dans l'escalier, les effluves de cire des bougies et ceux des lampes à huile laissaient place à une suffocante odeur de poix, et la seule lumière provenait d'une torche brûlant sur une applique fixée dans une courbe du mur. Le demi-poulet que Benno transportait sous sa chemise était gluant de sauce et Benno fut heureux de s'en débarrasser et de le ranger sur l'étagère de leur petite chambre. Il trouva la besace sur le lit et allait rejoindre la terrasse quand il entendit un cri, un hurlement presque surnaturel. Après quoi résonna le piétinement précipité de pieds chaussés de sandales, et l'air s'emplit d'une clameur qui résonna distinctement dans la cage d'escalier :

— *Au meurtre !* Le père abbé a été assassiné !

CHAPITRE XXIII

« C'est lui l'assassin ! »

Benno dévala l'escalier et déboucha sur la terrasse. Les cris provenaient de la gauche, mais à droite un moine se tenait dans l'embrasure d'une porte, les mains posées sur les tempes, fixant du regard l'intérieur d'une pièce éclairée par des bougies. Sigismondo le contourna pour y entrer et Benno se plaça derrière le moine pour regarder. Tout ce qu'il put distinguer fut le dos d'un autre moine qui semblait aux prises avec quelque chose. Une forte odeur de sang flottait sur la scène. Benno ramassa Biondello qui voulait se faufiler à l'intérieur pour voir ce qui se passait.

Ensuite le moine se retourna en abandonnant ses efforts, et les témoins découvrirent un individu dégingandé aux cheveux blancs ébouriffés, qui souriait comme pour s'excuser. C'était le frère prophète de Pietra, et ce avec quoi il se débattait était le manche — court, noir et incurvé — d'une hache restée fichée entre les omoplates de l'abbé Bonifaccio, qui avait basculé en avant sur son prie-Dieu. Le riche habit de l'abbé et la robe grossière du moine étaient tachés de sang et, en guise d'explication, le moine leva ses mains, paumes ouvertes, en direction des témoins.

— Le Diable. Le Diable est venu ici !

Tandis qu'il prononçait ces paroles, plusieurs choses se

produisirent. Une grande agitation se fit entendre au bout de la terrasse, où, d'un rapide coup d'œil, Benno vit que quelques porteurs de torches descendaient l'escalier; le corps de l'abbé, qui se trouva déséquilibré lorsque le moine lâcha la hache, s'effondra de côté avec une lenteur grotesque, entraînant le prie-Dieu dans sa chute; enfin un moine écarta Benno et le frère cataleptique debout sur le seuil et s'exclama :

— Frère Ieronimo, qu'as-tu fait?

Le moine sanguinolent écarta les bras avant de les laisser retomber le long de ses flancs.

— Je suis venu dire au père abbé que le Diable était ici, répondit-il sans cesser de sourire.

Benno, qui connaissait le nouveau venu, s'effaça dans un coin d'ombre. Il avait déjà eu l'occasion de rencontrer le père Torquato, qui lui avait paru particulièrement sournois et qui avait d'excellentes raisons de ne pas porter Sigismondo dans son cœur.

— Vous! J'aurais dû m'attendre à vous trouver ici.

Sigismondo avait jusqu'ici observé la scène en silence et, contrairement à ce qu'aurait fait le premier venu, n'avait cherché ni à s'approcher du corps de l'abbé ni à interroger le frère Ieronimo.

— Père Torquato, fit-il en s'inclinant légèrement.

Si Sigismondo avait eu l'intention d'ajouter quelque chose, il en fut empêché par l'irruption d'un autre moine qui passa devant Benno, pointa le doigt sur Sigismondo et s'écria :

— Le voleur! C'est lui qui a volé la croix! C'est lui l'assassin!

La pièce était à présent envahie par une petite foule. Benno se rencogna contre le mur proche de la porte tandis que des courtisans qui s'étaient déjà retirés pour la nuit arrivaient, en chemise de nuit de brocart ou de velours doublé de fourrure, avides de voir ce qui promettait d'être le meurtre le plus passionnant depuis que la deuxième épouse du duc avait été retrouvée le corps transpercé d'un poignard. Il y avait des pages dont le service n'était pas terminé et qu'on avait envoyés vérifier si la nouvelle de la mort de l'abbé, qui se répandait à grands cris dans le palais, était exacte, et qui avaient pour ordre de rapporter l'événement dans le moindre détail. Il y avait aussi des gardes qui, ayant appris qu'un meurtre avait été commis, se disaient qu'il y aurait sans doute quelqu'un à arrêter.

Cette idée était également venue à l'esprit du secrétaire et du trésorier de l'abbé. Ignorant toutefois qui désigner comme coupable, ils hésitaient. D'une part, ils avaient devant eux le frère Ieronimo, les mains couvertes du sang de l'abbé, qui paraissait vivement intéressé par un événement devant lequel, s'il en était à l'origine, il aurait dû être saisi de culpabilité et se jeter à genoux en implorant pardon. D'autre part, il y avait Sigismondo qui, comme ils le savaient, avait été arrêté pour le vol de la croix et qui aurait dû être mort à l'heure qu'il était s'il n'avait pas eu l'audace de s'échapper. À présent l'abbé était mort, et il était inutile de chercher un autre assassin que ce scélérat au crâne rasé. Le frère Filippo trouvait une logique imparable à son raisonnement.

— Emparez-vous de cet homme. C'est un criminel en fuite.

À tout le moins, si Sigismondo n'avait pas assassiné l'abbé, et certes il était étonnant, au cas où il serait reconnu coupable, qu'il ne porte aucune tache de sang sur lui, le frère Filippo avait la conviction que ce qu'il énonçait était un fait, de sorte qu'il prononça avec assurance l'ordre d'arrestation.

Ce qu'il n'avait pas prévu était que les gardes du palais manifesteraient de la réticence à lui obéir. Il ne pouvait pas savoir que certains d'entre eux se souvenaient de l'époque pas si lointaine où Sigismondo était le confident favori et l'agent du duc Ludovico. Certes, il arrivait parfois des choses curieuses aux anciens favoris, mais aucun des gardes ne souhaitait attirer sur lui la colère du duc en posant ne serait-ce qu'un doigt sur le criminel supposé. Jouait aussi le fait que s'il s'opposait à son arrestation, l'homme ne serait pas facile à maîtriser.

— Que se passe-t-il ici ?

C'était la voix éraillée du duc en personne, toujours revêtu de son brocart vert et pas du tout ensommeillé. Tous les présents reculèrent en s'inclinant tandis qu'il avançait vers le cadavre qui, avachi en un monticule répugnant sur le sol de marbre vert, semblait encore plus énorme mort que vivant. Benno se demanda si le saint homme était à présent un pur esprit, soulagé d'être délivré de son propre poids, ou s'il serait condamné à porter le fardeau de son corps dans l'autre monde. Cette réflexion métaphysique fut interrompue par le duc Ludovico, qui pivota sur lui-même en balayant du regard la foule des témoins avant de demander, d'une voix posée qui ne parvenait pas à dissimuler la menace qu'elle recelait :

— Qui a fait cela ?

Le secrétaire et le trésorier avaient chacun leur propre réponse à la question. Torquato saisit le frère Ieronimo par sa manche maculée de sang, que le moine lui abandonna volontiers. Le frère Filippo, quant à lui, s'empara du bras de Sigismondo, qui ne se montra pas aussi coopératif. Le duc les dévisagea tour à tour, puis ses sourcils se joignirent au-dessus de ses féroces yeux bleus.

— *Deux* assassins. Ont-ils frappé ensemble ?

Benno eut la brève et horrible vision du frère Ieronimo, son sourire innocent aux lèvres, en train de maintenir l'abbé sur le prie-Dieu pendant que Sigismondo abattait sa hache entre ses épaules. Il chassa cette image mais sentit la sueur perler à son front. Cela pouvait être en partie vrai. Ayant vu le duc glisser à voix basse quelques mots à son maître, il était en droit de penser que cela concernait la croix. Sigismondo l'avait déjà volée une fois. Or l'abbé Bonifaccio, fort commodément présent au palais, était désormais tout aussi commodément mort. L'une des armes préférées de Sigismondo était la hache de combat, et quoique Benno ne distinguât pas très bien celle qui venait d'être utilisée pour le meurtre, il ne se souvenait pas avoir vu au cours des derniers jours celle que Sigismondo avait l'habitude de transporter. En vérité, lors de leur arrivée à Rocca, Angelo avait même dû lui procurer une épée, dont Sigismondo n'avait pas cherché à savoir s'il l'avait achetée ou dérobée. Ce qui ne voulait pas dire que Sigismondo ne gardait pas une seconde hache dissimulée dans les nombreuses affaires mystérieuses qu'il emportait dans ses voyages. Cependant, s'il avait tué l'abbé...

Personne ne répondit à la question du duc. Personne, semblait-il, n'avait été témoin du meurtre. Le frère Filippo présenta toutefois une preuve qui valait témoignage oculaire. Il s'approcha du tas volumineux d'habits ensanglantés et, tendant le doigt, déclara :

— Regardez, Votre Altesse. La hache. Elle appartient à cet homme. Il la portait au moment où il a été présenté à l'abbé à la suite du vol de la croix. C'est lui l'assassin.

Benno étira le cou pour regarder. Tout le monde regarda. C'était une arme singulière, en raison de son court manche noir incurvé présentant à son extrémité une mince bande de métal incrusté. Benno se souvenait parfaitement avoir interrogé à ce sujet Sigismondo, qui lui avait répondu que cela améliorait l'équilibre de l'arme quand on la lançait.

Si l'abbé n'avait peut-être pas été tué par Sigismondo, c'est en tout cas sa hache qui lui avait porté un coup fatal.

CHAPITRE XXIV

Prières pour les morts

— Est-ce votre hache, Sigismondo? s'enquit le duc d'une voix plus grinçante que jamais.

Tout en prononçant ces paroles, il se tourna face à Sigismondo avec une brusquerie qui fit tressaillir les deux courtisans debout près de lui. Il préférerait que ce ne soit pas le cas, songea Benno, car cela paraîtrait suspect lorsqu'on apprendrait qu'il convoitait la croix; et cela se saurait très vite : à la cour, ce genre de rumeur se répandait comme une traînée de poudre.

Le duc regarda Sigismondo se diriger sans hâte vers le corps inerte de l'abbé et examiner la hache.

— En effet, Votre Altesse. C'est la hache qui m'a été dérobée à Pietra alors que j'étais malade.

Le duc s'approcha du tas peu ragoûtant qu'était le père Bonifaccio et se pencha à son tour sur le manche ensanglanté de l'arme, dont personne ne pouvait dire qui avait fiché sa lame entre les omoplates de l'abbé.

— Comment se fait-il qu'elle se trouve ici?

Le frère Filippo s'avança, jeta à Sigismondo un regard venimeux et déclara :

— Elle est ici parce que cet homme l'a apportée. Qui peut croire que l'abbé ait fait transporter cette hache de Pietra à Rocca? Pourquoi le père Bonifaccio aurait-il gardé un tel objet dans sa chambre?

Sigismondo secoua la tête.

— Bonne question, fit-il. Avec la permission de Votre Altesse, je crois qu'il conviendrait d'interroger à ce sujet ceux qui étaient responsables des bagages et du mobilier de voyage du père Bonifaccio.

Benno constata que, dans les cercles où évoluaient les ducs et les princes de l'Église, les hôtes n'étaient pas en mesure de fournir à leurs invités tout ce dont ceux-ci pouvaient avoir besoin. Il fallait apporter avec vous des objets religieux, livres de prières ou habits de messe. Le prie-Dieu, gisant tout seul dans un coin, avait peut-être été fabriqué sur mesure pour le poids de l'abbé, et peut-être pour l'aider à se remettre debout lorsqu'il était à genoux, genoux qu'il ne pouvait d'ailleurs plus voir depuis des années.

Torquato rejoignit le frère Filippo.

— Votre Altesse a-t-elle songé que cet homme, qui a déjà été accusé de vol, a peut-être voulu se venger du père abbé ?

La suggestion fut formulée avec une douceur onctueuse tandis que Torquato glissait un regard de côté à Sigismondo.

Mais, d'un mouvement simultané, le frère Filippo et Torquato reculèrent d'un pas lorsque le duc Ludovico se tourna vers eux en les enveloppant d'un regard assassin.

— Ce Sigismondo, que vous accusez de vol et de meurtre, je lui dois ma vie et mon État. Devrais-je croire qu'il ment ? Si l'assassin avait prévu de tuer le père abbé ici, n'a-t-il pas pu voler la hache de Sigismondo en pensant que cela dirigerait les soupçons sur lui ?

« Personne, songea Benno, n'avait jamais prétendu que le duc Ludovico était un imbécile. Espérons qu'il ne se trompe pas ; et que ni lui ni mon maître ne sont impliqués dans cette affaire. Il a drôlement remis en place Torquato et cet horrible moine — ils ne pouvaient pas savoir en quelle estime le duc tenait mon maître. Quand vous vous enfermez dans une abbaye, loin du monde, vous ne pouvez être au courant de tout ce qui se passe... » Benno apprécia le ton obséquieux du père Torquato lorsqu'il répondit :

— Votre Altesse, nous ne parlions que de ce que le père abbé pensait. Il est possible que, sur le moment, le père ait mal interprété la situation.

— Cette mauvaise interprétation, intervint Sigismondo d'une voix à la fois calme et ferme, aurait pu avoir les conséquences les plus regrettables sur ma respiration. Mais si l'on m'avait pendu, on n'aurait pas utilisé ma hache.

Un murmure s'éleva tandis que les présents s'interrogeaient sur le sens de cette remarque. Sigismondo reconnaissait-il sa culpabilité, ou voulait-il seulement dire que dans ce cas celui qui voulait l'impliquer n'en aurait pas eu l'occasion ?

Le duc, lui, saisit aussitôt l'allusion.

— C'est donc que le scélérat qui a fait ça avait échafaudé son plan à Pietra.

Il leva la main à l'adresse d'un page qui s'était faufilé à travers la foule pour venir s'incliner devant lui, puis se tourna vers la silhouette immobile de Sigismondo.

— Nous vous investissons de tous les pouvoirs, Sigismondo, afin de procéder aux recherches nécessaires, là où il vous plaira et auprès de qui il le faudra.

Il ôta de son doigt une lourde bague portant une intaille de sardoine gravée aux armes de Rocca, bague qui avait déjà été confiée à Sigismondo par le passé. Tandis que celui-ci s'inclinait en la portant à ses lèvres, le duc jeta un brusque regard de dégoût sur ce qui avait été l'abbé Bonifaccio.

— Qu'on emporte cela et que l'on fasse ce qu'il y a à faire.

Puis il se pencha vers le page qui lui glissa quelques mots à l'oreille.

— Dis à madame la duchesse que tout va bien et que je la rejoins dans un instant.

Tout en gagnant la porte à grandes enjambées à travers le groupe de courtisans qui s'écartèrent devant lui, l'idée lui vint que la première partie de son message était discutable. Il s'arrêta sur le seuil et, son beau visage aux traits tirés encadré par les rideaux relevés derrière lui, il promena son regard sur la petite foule.

— Soyez assurés que tout ira bien. Le meurtre de mon hôte est une tache portée à mon honneur et à celui de Rocca. Le meurtrier m'a atteint tout autant qu'il a atteint l'abbé. Il sera traduit devant ma justice et endurera le châtiment le plus sévère que l'on puisse imaginer. En confiant cette tâche à Sigismondo, je suis certain que, comme je vous l'ai dit, tout ira bien.

Après un dernier regard de ses yeux bleus, il disparut pour aller rassurer la duchesse. La foule qui se pressait dans la pièce se porta en avant afin de regarder de près la conjonction fascinante que formaient la hache et l'abbé. Aidés de quelques moines, Torquato et le frère Filippo tentaient de faire sortir tout le monde afin de pouvoir soulever le défunt et procéder à sa toilette. Ils eurent la surprise d'entendre Sigismondo demander, d'une voix courtoise parfaitement audible dans le brouhaha, que l'on évacue la pièce. Peut-être en raison de l'autorité dont le duc l'avait publiquement investi, il fut obéi. Ce qui, à voir le regard torve qu'il eut, déplut au plus haut point à Torquato. Puis, alors que la pièce se vidait peu à peu, quelqu'un — était-ce Sigismondo ? — commença à réciter les prières pour les morts.

CHAPITRE XXV

La mort venue du ciel

— Votre place n'est pas ici pour le moment.

Bien que Sigismondo ait débarrassé la pièce de la foule de courtisans et de serviteurs qui s'y pressaient peu auparavant, Torquato et le frère Filippo souhaitaient le voir lui aussi partir. Sans doute pour ménager les sentiments des moines qui l'avaient connu, pour empêcher l'horreur de leur brouiller l'esprit et de les détourner des prières dont l'abbé avait sans nul doute grand besoin, on avait, avant de le soulever, étendu un grand drap de lin sur son cadavre. Sigismondo avait mis à contribution sa force physique pour aider au difficile transport de l'abbé sur le lit. Le cadavre était non seulement pesant en raison de l'inertie de la mort, mais ses membres paraissaient vouloir échapper à l'étreinte des porteurs, comme si l'abbé Bonifaccio entendait refuser sa toilette mortuaire et ce qu'elle signifiait.

L'abbé reposait à présent sur le lit, recouvert du linceul maculé de taches de sang qui épousait les vastes formes de son corps. Le *maestro di casa* du duc avait apporté d'immenses bougies en cire d'abeille qu'on avait fichées dans des chandeliers en fer à la tête et au pied du lit. Des moines agenouillés récitaient une litanie ininterrompue de prières tandis que deux autres, munis d'un panier, d'une cuvette et de tissus de lin, se faufilèrent parmi leurs frères afin de retirer le drap et d'accomplir ce qu'ils avaient à faire. Il ne convenait pas qu'un étranger assistât à la scène.

Poussé sans ménagement vers la porte par le frère Filippo, Sigismondo n'opposa pas de résistance. Il tenait la hache qu'il avait retirée du dos de l'abbé sous le regard des moines fascinés récitant par intermittence des bribes de prières. Bien qu'il en eût essuyé la lame, certains regards paraissaient incapables de s'en détacher. Benno s'apprêtait à suivre Sigismondo dehors lorsqu'une exclamation proférée d'une voix étouffée les arrêta tous les deux.

— La croix... la croix a disparu !

C'est un des moines occupés à laver le corps qui venait de faire cette constatation. Le frère Filippo se précipita et, penché en avant, fouilla dans les habits sanguinolents qu'on venait d'ôter au défunt.

Sigismondo, qui s'était aussitôt retourné, fut intercepté avec une grandiloquence inutile par Torquato, qui écarta les bras en lui présentant un visage plein d'hostilité.

— Peut-être, messire, que c'est vous que nous devrions mettre à nu. Car vous avez déjà volé la croix une fois, n'est-ce pas ?

À cet instant, il parut se remémorer les paroles du duc, car son expression changea brusquement, et c'est d'un ton radouci qu'il ajouta :

— Il conviendrait d'en informer Son Altesse. Voulez-vous vous en charger, messire ?

Sigismondo ne répondit pas. Tandis que Torquato s'effaçait, il avança et baissa la tête vers le cou et la poitrine dénudés de l'abbé, d'où chaîne et croix avaient en effet disparu. Malgré les protestations, il souleva le cadavre par les épaules ; la tête, qui, même avec la mâchoire attachée et les yeux clos, paraissait moins morte que réduite à l'impuissance, roula sur le côté. Benno eut l'impression que l'abbé allait ouvrir les yeux d'un instant à l'autre, arracher la bande de tissu qui l'entravait et demander aux présents ce qui leur prenait de le manipuler de la sorte.

— La hache a tranché les maillons de la chaîne. Elle a même enfoncé un fragment dans l'os, regardez.

Plissant les yeux, le frère Filippo leva vers Sigismondo un regard mêlé de répulsion et même d'angoisse.

— Ce serait donc l'assassin qui a emporté la croix ? Le père abbé serait mort parce qu'un voleur convoitait l'objet sacré ? Les tourments de l'Enfer sont trop doux pour un tel homme, conclut-il d'unc voix méprisante.

— Le Diable reprend ce qui lui appartient. Le Diable reviendra.

Le frère Ieronimo, dont personne n'avait remarqué qu'il s'était agenouillé avec les autres pour prier, leva ses mains ensanglantées devant lui. Il avait parlé avec une lugubre certitude qui attira sur lui tous les regards. Le frère Filippo alla se planter devant lui — c'est le frère Ieronimo, après tout, qu'on avait retrouvé avec les mains sur le manche de la hache, et c'est seulement la présence de Sigismondo, suspect plus probable, qui avait détourné l'attention de sa personne.

— Si vous permettez, frère, intervint Sigismondo. Je m'entretiendrai sous peu avec le frère Ieronimo. Mais en attendant, que personne ne lui parle.

Le trésorier faillit protester. C'était là une affaire concernant l'Église... Mais la vue de l'anneau du duc luisant au doigt de Sigismondo lui rappela que ses frères et lui, privés de leur supérieur, se trouvaient au palais ducal. Il était sur le point de parler lorsqu'un brouhaha s'éleva parmi la foule restée à l'extérieur, puis le rideau de la porte s'écarta et un homme de forte carrure, vêtu de cuir et de velours lie-de-vin clouté d'acier, s'encadra sur le seuil. Il promena un regard dédaigneux sur les moines agenouillés, mais son expression changea lorsqu'il aperçut Sigismondo. Les hommes de guerre se reconnaissent aussitôt. Sa voix s'éleva au-dessus du marmonnement lugubre.

— Messire. Vous êtes demandé.

Une fois qu'ils furent sortis sur la terrasse, l'homme se présenta comme étant le capitaine de la garde ducale. Il déclara qu'il connaissait Sigismondo, mais de réputation seulement, vu qu'il était absent de Rocca lors de son dernier passage dans la ville. Il ressentait naturellement le meurtre de l'abbé comme donnant une image douteuse des mesures de sécurité qu'il avait prises.

— On vient de m'annoncer qu'un des gardes en faction au palais a été retrouvé mort dans le jardin au pied de cette terrasse. Son Altesse vous ayant chargé des investigations, j'ai donc donné l'ordre à mes hommes de ne rien toucher avant que vous arriviez.

Il se tapota l'aile du nez du bout d'un index couturé de cicatrices.

— Un bon chasseur étudie toujours la disposition du terrain, pas vrai ?

Tout en suivant les deux hommes dans l'escalier en colimaçon, Benno se souvint que Sigismondo insistait toujours pour regarder avant de toucher, parce que, disait-il, briser un fil minuscule pouvait détruire une pelote de preuves. Benno considérait ces éléments comme d'invisibles fils d'araignée liant les criminels à leurs crimes.

Ils sortirent dans le jardin obscur. L'un des gardes tenait une torche à la flamme crachotante.

Sigismondo s'agenouilla auprès de la longue forme étendue sur le sol, et, bien inspiré, le porteur de torche vint aussitôt s'accroupir à son côté. Le mort paraissait avoir commencé à creuser sa propre tombe, car il était à demi enfoncé dans la terre entre deux buissons de myrte taillés. Sigismondo fit courir sa main sur le cadavre, l'effleurant ici, appuyant plus fortement à d'autres endroits. Le fait que le corps parût étrangement mou, cédant de manière inhabituelle sous la main de Sigismondo, retourna l'estomac de Benno. Sigismondo leva la tête vers la balustrade de la terrasse, puis observa le jardin autour de lui. Il se leva, prit la torche, contourna le cadavre et se pencha au pied du mur.

— Est-ce l'épée de votre homme ?

Le capitaine le rejoignit.

— Oui, en effet, fit-il en montrant la poignée identique de la sienne. C'est donc qu'il l'a dégainée.

— Et qu'il a défié un adversaire.

— Le meurtrier de l'abbé ?

— Peut-être, répliqua Sigismondo en ramassant l'épée.

Il retourna près du cadavre, rendit la torche au garde et s'agenouilla. Il retourna le corps qui lui parut étrangement flasque, même pour un mort. Il plaça l'épée sur le torse, referma les mains du défunt sur la poignée et les maintint serrées.

— Il est possible que l'homme qu'il a affronté l'ait tué, mais je pense que sa mort vient d'en haut.

CHAPITRE XXVI

« Mes mains sur la hache ! »

— De... ? fit le capitaine d'un air stupéfait en levant le visage vers les étoiles.

— De la terrasse. Pendant qu'il faisait face à un adversaire, un autre homme s'est laissé tomber sur son dos. S'il avait levé la tête et vu l'homme qui chutait, il aurait été renversé en arrière. Il nous a dit tout ce qu'il pouvait nous dire.

Les hommes du capitaine soulevèrent le corps et l'emportèrent. Benno posa Biondello à terre afin de le laisser explorer le jardin plongé dans le noir. Les ténèbres n'étaient dissipées que par une torche brûlant en haut de l'escalier et par une lanterne disposée sur la terrasse. Une légère brise nocturne charriait une odeur de plantes et de terre remuée.

— Est-il aisé, capitaine, de pénétrer dans ce jardin depuis la ville ?

— Trop aisé, messire. Ce palais est un vrai labyrinthe et quoique j'aie renforcé la discipline, certains gardes acceptent encore de l'argent à ses portes et à ses grilles.

Sigismondo en savait quelque chose : il avait lui-même profité de cette opportunité lors de sa dernière visite à Rocca.

— Et dans la ville elle-même ? En ferme-t-on les portes au crépuscule ? Sont-elles bien gardées ?

— Elles le sont, messire, répondit le capitaine.

— Le maréchal de la ville a un travail plus facile que le vôtre, fit Sigismondo en secouant la tête avec un sourire.

Puis il se dirigea vers l'escalier, où Benno le suivit. Le duc est dans un drôle de pétrin, à présent, songea ce dernier. Son hôte a été assassiné alors que toute la ville saura bientôt que l'abbé et lui étaient loin d'être les meilleurs amis du monde. Benno ne voulait même pas se demander si Sigismondo était impliqué dans ce meurtre, mais le père Torquato et le frère Filippo ne seraient certainement pas les seuls à le traiter de criminel, même si c'était ce moine aux yeux hallucinés qu'on avait surpris près du cadavre de l'abbé.

C'est justement avec ce moine que Sigismondo s'entretenait sur la terrasse. On avait fait sortir le frère Ieronimo de la pièce où priaient ses frères et on l'avait envoyé là, parmi les ombres mouvantes et les lumières vacillantes. Sigismondo était appuyé avec décontraction à la balustrade de pierre, le dos au jardin qui s'étendait plus bas, tandis que le frère Ieronimo se tenait debout, les mains croisées devant lui, un vague sourire aux lèvres, comme si la question dont on débattait n'était qu'un point épineux des Écritures.

— Vous dites avoir vu le Diable ce soir, mon frère. Où était-il quand vous l'avez vu ?

Le ton de Sigismondo était si détaché qu'on eût dit que pour lui les démons étaient aussi communs que les ânes, et le frère Ieronimo lui répondit avec la même désinvolture.

— Je suis venu ici pour voir si je pouvais parler au père abbé.

— Ici ? Quand était-ce ?

Le frère Ieronimo vivait au rythme des offices religieux. Il n'avait pas besoin de réfléchir au temps, on le mesurait pour lui.

— Avant vêpres, fit-il avec un petit sourire penaud.

Il avait de grandes dents et son léger zézaiement laissait à penser qu'elles l'encombraient un peu.

— Pourquoi l'abbé vous a-t-il fait venir à Rocca?

— Il voulait être prévenu aussitôt au cas où la Vierge me parlerait à nouveau.

— Que vous a déjà dit la Sainte Vierge?

Le moine secoua la tête.

— Je ne dois en parler à personne.

— Le Diable vous était-il déjà apparu?

— Jamais. Notre-Dame m'avait averti que des choses terribles devaient arriver, mais je ne m'attendais pas à voir le Diable, répondit le frère sur un ton vivement intéressé.

— Où se tenait-il? s'enquit Sigismondo en désignant d'un geste la terrasse autour d'eux.

Le frère Ieronimo se retourna et tendit le doigt.

— Là-bas. J'arrivais de nos appartements et soudain je l'ai vu. Il se découpait en noir contre le ciel... c'était encore le crépuscule... il était immense, et ses ailes déployées battaient l'air!

Sentant un frisson glacial lui balayer la nuque, Benno se signa. Il imaginait ces ailes...

— Qu'avez-vous fait en le voyant?

— J'ai tracé le signe de la croix face à lui, expliqua le moine en mimant la scène d'un geste solennel du bras, et j'ai demandé à la Sainte Vierge de nous accorder sa protection.

— Et le Diable?

— Il a reculé en proférant des menaces...

Pour illustrer l'attitude du démon, le frère Ieronimo leva les mains au-dessus de sa tête sans songer qu'elles étaient encore maculées du sang de l'abbé.

— ... puis il a poussé un cri terrible et s'est envolé, poursuivit le frère qui, modeste dans sa victoire sur Satan, ajouta : Grâce à Dieu.

— Amen ! fit Sigismondo d'un air jovial.

Benno se laissa entraîner par ses pensées : le frère Ieronimo avait beau accuser le Diable — que l'on pouvait d'ailleurs accuser de tout ce qui allait mal dans le monde —, c'était tout de même lui qu'on avait retrouvé tenant le manche de la hache.

Le frère reprit son récit au moment où il avait mis en fuite le Diable.

— Je me suis rendu en toute hâte dans la chambre du père abbé afin de le mettre en garde contre le Diable.

Il se tut, grogna et se frappa le front avec une telle force qu'il en vacilla.

— Et hélas, vous savez ce qui s'est passé à ce moment-là.

— Redites-le-moi, insista Sigismondo, interrompant la prière dans laquelle s'était lancé le frère Ieronimo en oscillant d'avant en arrière.

— Le Diable ! C'est le Diable qui est responsable de tout !

— Il venait de s'enfuir.

— Oui, mais avant il était entré en moi... et je me suis retrouvé dans la chambre de l'abbé avec mes mains...

Le frère Ieronimo les examina alors, de toute évidence pour la première fois depuis le drame, et vit qu'elles étaient noircies de sang séché.

— ... avec mes mains sur la hache ! Pour mes péchés et pour les siens, le Diable m'a fait tuer le père abbé ! *O mea culpa, mea culpa, mea maxima culpa !*

CHAPITRE XXVII

Le Diable était-il satisfait ?

Le frère Ieronimo se frappa la poitrine en se lamentant. Benno se sentit saisi de nervosité. Si le Diable rôdait et pouvait investir le corps d'un religieux d'allure si innocente, il n'hésiterait sans doute pas à jeter son dévolu sur une âme moins pure.

— Mon frère, comment le Diable vous a-t-il obligé à frapper ? Montrez-moi, fit Sigismondo en tendant sa hache au religieux.

Le frère Ieronimo eut d'abord un mouvement de recul puis, avec un visible effort, il en saisit le manche d'un air indécis.

— Montrez-moi, répéta Sigismondo. Ici se tient l'abbé, fit-il en désignant un point situé à un pas devant le moine. Il vous tourne le dos. Approchez-vous et frappez-le.

Le frère Ieronimo obtempéra. Il avança un pied, brandit la hache et fendit l'air. Tandis qu'il abattait l'arme, il faillit lâcher prise et Sigismondo récupéra la hache avant qu'elle ne heurte les dalles de pierre.

— Messire, le duc nous demande d'enfermer cet homme dans une cellule.

Un garde vêtu de la livrée vert et blanc du duc venait d'arriver avec trois autres hommes, la pique prête à parer à toute éventualité. Ils furent surpris de se trouver face à un grand moine d'allure dégingandée qui inclina humblement la tête de côté en tendant ses poignets pour qu'on les ligote. Comme la plupart des sujets du duc, ces gardes avaient été scandalisés par les exigences de l'abbé au sujet des marchandises de leur seigneur. L'homme qui les avait débarrassés de l'abbé était dès lors pour eux un bienfaiteur. Ils lui attachèrent donc les mains, mais de façon à ne pas lui faire mal, et l'emmenèrent.

Sigismondo considéra d'un regard songeur la hache qu'il tenait.

— Dommage qu'elle ne puisse pas parler pour nous fournir une preuve, se hasarda à dire Benno.

Il ne parvenait pas à chasser tout à fait l'idée selon laquelle Sigismondo, par loyauté envers le duc Ludovico, voire même sur son ordre, avait tué lui-même l'abbé. Rien de ce qu'il connaissait de son maître ne pouvait inciter Benno à penser qu'il en était capable ; il savait bien sûr que Sigismondo pouvait se montrer impitoyable, mais cela était différent ; avoir causé la mort de Bernabo Pantera l'avait mis en colère et dégoûté. Pourtant, s'il y avait une chose dont Benno était sûr à propos de son maître, c'était son caractère imprévisible.

Et si Sigismondo avait tué l'abbé — quand bien même cette hypothèse était absurde —, lui avait-il aussi volé la croix ? Se contentait-il de protéger le duc ? L'abbé défunt, qui avait tenté d'extorquer de l'argent au duc, se trouvait également en possession d'un objet que la duchesse souhaitait ardemment faire sien. Sigismondo aurait-il donc rechigné à accomplir la sale besogne pour le compte des Pantera, et accepté de l'accomplir au profit du duc ?

— Tu rêvasses ? fit Sigismondo qui posa sa main sur la nuque de Benno et le poussa en avant.

Benno trébucha et un jappement surpris de Biondello s'échappa de son justaucorps.

Dans la chapelle du palais, en habit doré et au milieu des volutes d'encens, l'abbé reposait entre les moines qui chantaient de part et d'autre de sa bière. Il était à présent empreint de dignité — même la courbe de son ventre avait une certaine grandeur; pourtant son visage n'était pas tout à fait détendu. Il n'exprimait pas la paix, mais la stupéfaction et le choc de voir sa vie interrompue de manière si inattendue. Benno ne pouvait s'empêcher de penser à l'affreuse blessure à présent hors de vue.

— Mon père. Je dois vous parler.

Torquato, qui était en train de se signer, termina son geste avant de tourner vers l'importun un visage empreint de colère.

— N'oubliez pas que vous vous trouvez ici en présence de la mort. Ce n'est pas le moment, messire.

— Au contraire, mon père. Je viens vous voir au sujet de cette mort. Le duc me demande de vous interroger, le frère Filippo et vous-même.

Une fois de plus, le nom du duc produisit son effet. Il modifia sur-le-champ l'attitude de Torquato; son mince et triste visage se força à l'amabilité.

— Vous comprenez, nous sommes si bouleversés...

— Il serait étrange que vous ne le soyez pas, fit Sigismondo en inclinant la tête comme par compassion. Si vous voulez bien demander au frère Filippo de nous accompagner, je connais un endroit où nous pourrons parler.

L'endroit était une pièce adjacente à la chapelle, qui avait peut-être été autrefois un oratoire privé, mais qui aujourd'hui servait au rangement. Sigismondo ferma le couvercle d'un long coffre où étaient pliés des habits sacerdotaux, puis s'assit dessus. Son crâne rasé luisait à la lumière d'une bougie que Benno avait empruntée dans la chapelle. Debout devant Sigismondo, Torquato et le frère Filippo affichaient des figures contrariées : voilà que des religieux étaient soumis à l'inquisition d'un laïque. Le père Torquato exprima le sentiment que tous deux partageaient.

— Pourquoi sommes-nous ici ? Le frère Ieronimo, que Dieu lui pardonne, a avoué. Que pouvons-nous ajouter à cela, à part prier pour une pénitence qui le sauvera des tourments de l'Enfer qu'il mérite si amplement ?

— Que Dieu ait pitié de nos âmes à tous.

Sigismondo les prit au dépourvu, et ils furent obligés de l'imiter et de se signer à leur tour, ce qui leur coupa l'herbe sous le pied.

— Vous pouvez ajouter, mon père, ce qui pourrait m'aider dans le rapport que je dois faire au duc. Qui a été chargé de préparer les bagages de l'abbé en vue de son voyage à Rocca ?

— Moi, répondit le frère Filippo. Pourquoi cette question ?

— À qui avez-vous confié la tâche d'empaqueter les affaires provenant du cabinet de travail de l'abbé ?

Le frère Filippo agita une main comme si la trivialité de la question l'agaçait au même titre qu'une mouche insistante.

— Où voulez-vous en venir ?

La tête penchée de côté, Sigismondo lui adressa un large sourire.

— À ma hache, mon frère. Quand on m'a amené devant l'abbé pour m'interroger, la hache était posée sur sa table afin de prouver que je n'étais pas un marchand inoffensif. Peut-être y est-elle restée sans que personne ne songe à la ranger. Si vous avez donné l'ordre que tout ce qui se trouvait dans cette pièce soit emballé, il est possible que le moine qui en était chargé ne se soit pas posé la question de savoir ce que l'abbé pourrait bien faire d'une hache, et qu'il l'ait mise avec le reste.

Benno s'imagina le moine, habitué à obéir et à s'abstenir de tout jugement personnel, empaquetant la mort de l'abbé...

— Qui ai-je chargé de... ? fit le frère Filippo en fronçant les sourcils.

Son visage s'illumina et il sortit une main de sa manche pour claquer des doigts, ce qui lui valut un regard réprobateur de Torquato.

— Le frère Ieronimo. Le père abbé, Dieu ait son âme, m'avait demandé de lui trouver des occupations...

— Comme quoi on ne peut s'opposer au Diable. Il avait une tâche à accomplir ici à Rocca.

Torquato saisit aussitôt ce que cela impliquait : c'est à Pietra que le Diable avait préparé la mort de l'abbé. Benno, à cet instant, se représenta le frère Ieronimo rassemblant gaiement les bagages de l'abbé en prenant tout ce qui lui tombait sous la main, chandelles et encriers, hache et prie-Dieu, l'esprit transporté par quelque sainte vision, loin de se douter que le Diable avait porté son choix sur deux de ces objets.

— Pourquoi, père Torquato, êtes-vous venu ce soir rendre visite à l'abbé ?

Benno surprit le bref regard qu'échangèrent les deux hommes, et que Sigismondo aussi avait sans nul doute remarqué.

— Nous voulions nous entretenir avec lui au sujet de sa rencontre avec Son Altesse qui était prévue demain.

— Aujourd'hui, rectifia le frère Filippo d'une voix douce tandis que la sonnerie des cloches de la cathédrale leur parvenait par-dessus les toits du château. Il est minuit passé. Nous allons devoir nous rendre à matines.

— L'abbé était seul quand vous êtes arrivés. Le frère Ieronimo n'était pas avec lui.

— Peut-être s'est-il caché en nous entendant venir.

— Quand nous sommes arrivés, le père abbé était mort, dit le frère Filippo en se composant le masque de celui qui fait une telle découverte. Je n'ai pas pu toucher la hache.

— Notre première pensée a été d'informer Son Altesse de l'abominable forfait commis sous son toit. Quand nous sommes revenus, le frère Marco nous a appris qu'il avait vu le frère Ieronimo serrant le manche de la hache...

— Pourquoi, à votre avis, le frère Ieronimo aurait-il pris le risque de se trahir alors qu'il avait tué l'abbé et était parvenu à disparaître sans qu'on le voie ?

— Sait-on ce qui se passe dans l'esprit d'un dément ?

— Le frère Ieronimo lui-même avait prédit une pluie de sang avant notre départ de Pietra. Il avait pressé le père abbé de ne pas aller à Rocca, fit le frère Filippo en secouant la tête avec tristesse. Peut-être qu'à ce moment-là, un ange tentait déjà de le détourner de son projet. Le Diable essaie sans cesse de nous perdre, et en particulier d'entraîner dans le mal ceux d'entre nous qui paraissent bénéficier des faveurs divines, comme le frère Ieronimo bénéficiait des faveurs de la Vierge.

Sigismondo se leva brusquement et les deux moines eurent un mouvement de recul. Il pencha la tête vers eux.

— Je vous remercie de m'avoir consacré un peu de votre temps. À présent je dois vous laisser à vos occupations. Ne privons pas plus longtemps l'abbé de vos prières.

Torquato et le frère Filippo parurent déconcertés par ce soudain congédiement. Dans le froid glacial de la petite pièce, parmi l'odeur de moisi des vieilles tapisseries et des herbes séchées flottant sur les vêtements sacerdotaux et à la clarté vacillante des bougies, Benno se sentit vaguement inquiet lorsque les trois hommes se saluèrent en s'inclinant. Le Diable était-il satisfait de son œuvre ? Rôdait-il dans les parages en quête de nouveaux forfaits ? De qui allait-il prendre possession, si la Vierge elle-même ne suffisait pas à protéger un moine à qui elle était apparue ? Benno frissonna. Sigismondo en personne n'était peut-être pas à l'abri.

CHAPITRE XXVIII

Un Pantera disparaît

— Il doit être encore dans la ville, messire. Les portes étaient fermées et j'ai toute confiance en mes gardes.

Sigismondo considéra le maréchal. Avec sa silhouette trapue et son nez cassé, il était clair qu'il avait vécu de nombreux combats et ne manquait ni d'astuce ni de courage. S'il disait avoir confiance dans les gardes en faction aux portes, c'est qu'il avait dû éprouver leur honnêteté. Au palais se répandait la rumeur selon laquelle le Diable était arrivé par la voie des airs et s'était emparé de l'âme de l'abbé en raison de sa regrettable cupidité concernant les taxes sur les marchandises du duc. Le maréchal avait fréquenté la mort de près et quand on faisait usage d'une hache, il n'était guère enclin, en dépit du garde retrouvé écrasé au pied de la terrasse, à accuser le Diable. Le capitaine du duc lui avait montré les empreintes de pas autour du cadavre, et même la trace des deux mains de quelqu'un qui se relève — ce qui prouvait qu'il était dépourvu d'ailes.

— Avez-vous une liste des étrangers logeant en ville, maréchal ?

— Tout de suite.

Le maréchal envoya un greffier malpropre aux mains maculées d'encre quérir le document. L'homme paraissait prêt à tuer tous les abbés qu'on voudrait à la seule condition qu'on le laisse regagner sa paillasse.

La liste, très détaillée, avait été établie à partir des déclarations de chaque tenancier d'établissement, qui indiquait le nom des personnes qu'il hébergeait, la ville d'où elles provenaient — ou prétendaient venir —, leur destination et leur activité. Le maréchal tendit un second papier à Sigismondo.

— Son Altesse exige que les familles hébergeant des parents ou des connaissances en fassent également état. Le danger peut être partout.

— Je cherche un nom, maréchal... fit Sigismondo en parcourant du doigt les lignes tracées d'une écriture précise. Ah, voilà! Résidant chez les Bandini; des marchands logés chez un marchand, Olivero et Ferondo Pantera. Et la liste des établissements, si vous permettez... Encore un Pantera. Au *Dauphin* de la Via Corsa, Gian Pantera, de passage la semaine dernière. Voilà les hommes qu'il faut aller voir, maréchal.

Benno suivit Sigismondo et le maréchal à travers la ville jusqu'au Palazzo Bandini. Benno connaissait bien le chemin. Il avait grandi et vécu à Rocca jusqu'au jour où Sigismondo était entré dans sa vie, et il s'était bien souvent vu engagé dans des galopades effrénées lors des bagarres impliquant les serviteurs des Bandini et ceux du maître de Benno, qui reprenaient à leur compte la querelle opposant les deux familles. Il était justement en train de se souvenir du jour où il avait poussé un valet des Bandini dans un tas de purin juste avant qu'il atteigne le sanctuaire des grilles de la demeure de son maître, lorsque ces mêmes grilles lui apparurent à la clarté des torches brandies par les hommes du maréchal. Deux statues de guerriers musclés tenant chacun un bouclier aux armes des Bandini penchaient vers eux une tête à l'expression menaçante; à la lueur vacillante des torches, les gardiens de pierre semblaient grimacer devant cette intrusion dans l'intimité des Bandini.

Mais leur contrariété n'était rien par rapport à celle qu'afficha Bandini lui-même. Drapé d'une robe de chambre de velours doublée de fourrure, chaque pli de son visage de limier tremblant d'indignation, il fixait le maréchal d'un regard noir.

— Pourquoi me dérange-t-on à une heure aussi indue ?

« Il n'a vraiment pas changé », se dit Benno pendant que Sigismondo lui répondait.

— Peut-être vous souvenez-vous de moi, seigneur[1]. Son Altesse désire que vos hôtes, Olivero et Ferondo Pantera, soient interrogés. L'abbé Bonifaccio a été assassiné.

Le changement d'attitude de Bandini fut aussi rapide que ridicule. Il avait sursauté en reconnaissant Sigismondo ; bien que choqué par l'annonce de la mort de l'abbé, il était à présent tout sourire, et ordonna à des serviteurs ensommeillés d'apporter du vin et des sièges.

— Je vais les faire réveiller, messire. Ce sont de simples collègues, je ne les connais pas plus que cela, et ce sont eux qui m'ont demandé de loger ici. Ils ne m'ont pas dit ce qu'ils avaient à faire dans notre ville — pour tout dire, j'ai très peu parlé avec eux. Ils sont arrivés tard ce soir et m'ont demandé l'hospitalité. Ils étaient si épuisés qu'ils n'ont accepté qu'un peu de vin et un souper léger avant de se retirer.

— D'où venaient-ils ? s'enquit Sigismondo.

Benno se dit qu'au moins en ce qui concernait Olivero, on pouvait prendre chez lui les signes de l'ivresse pour de la fatigue, mais dans ce cas, comment aurait-il pu se rendre au palais et y tuer l'abbé ?

— De Pietra, m'ont-ils dit. Ils sont en route pour Rome afin d'y rejoindre leurs épouses.

— Que se passe-t-il ?

Maussades et ébouriffés, Olivero et Ferondo firent leur apparition en arborant des mines stupéfaites — ou alors

1. Voir *Mort d'une duchesse, op. cit.*

c'est qu'ils feignaient habilement la stupéfaction. Le brocart lie-de-vin d'Olivero et la tenue de soie grise de Ferondo traduisaient leur richesse de gros marchands, mais leurs habits s'accordaient étrangement bien avec leur visage respectif, puisque Olivero portait une ecchymose au menton tandis que Ferondo présentait une pâleur de cendre. Ils découvrirent Sigismondo sans aucun plaisir.

— Messires, fit le maréchal. L'abbé de Pietra a été assassiné ce soir. Où étiez-vous il y a trois heures ?

— Par les ossements des saints ! L'abbé de Pietra ? Il y a trois heures ? Nous étions ici même, dans notre lit ; pourquoi venir nous poser la question ?

— Vous n'êtes pas surpris par son assassinat ?

— Pas plus que vous, messire. Un homme peut avoir des ennemis partout.

« Et il sait de quoi il parle, songea Benno — sa propre famille en recèle des tas. Mais mon maître ne pense tout de même pas prendre cet Olivero au dépourvu. »

— Comment vous êtes-vous fait cette blessure au menton ? demanda Sigismondo d'un ton presque amical.

Olivero toucha avec tendresse le bleu violacé qui transparaissait sous sa courte barbe. Il jeta un bref coup d'œil à Ferondo, qui se contentait depuis son arrivée de serrer sa robe de chambre autour de lui d'un air embarrassé et craintif.

— Une dispute. Une divergence d'opinion entre frères.

La bouche d'Olivero souriait, mais pas ses yeux. Il donna un coup de coude à son frère, qui à son tour s'empressa de tordre ses lèvres en un sourire forcé. Benno douta que Ferondo ait pu blesser ainsi son frère sans se faire aussitôt assommer, et sans que ses mains pâles en portent la moindre trace.

— Ainsi, messires, reprit le maréchal, vous êtes prêts à jurer que vous ignorez tout de ce forfait et que vous n'êtes pas sortis en ville ce soir ?

— Mon frère et moi sommes innocents de cet acte. Nous le jurerons sur toute relique que vous jugerez bon de nous présenter.

Sigismondo murmura quelques mots à l'oreille du maréchal, qui fit signe à ses gardes d'approcher. Bandini toussota comme pour se plaindre de la fraîcheur de l'air nocturne.

— Seigneur, lui dit le maréchal, le duc désire que les bagages et la chambre de vos hôtes soient fouillés.

Le toussotement de Bandini faillit l'étouffer. Benno s'aventura à des conjectures : Bandini se demandait-il si les Pantera, non contents d'avoir tué l'abbé, ne l'avaient pas démembré pour en rapporter les morceaux chez lui ? Benno avait entendu l'histoire d'un homme qu'on avait haché menu pour en faire un gâteau, et qu'on avait ensuite par ruse fait manger à sa famille. L'abbé aurait d'ailleurs fourni plusieurs gâteaux, et un solide rôti en prime. Bandini considérait à présent les Pantera comme s'ils étaient les hôtes les moins recommandables qu'il ait jamais accueillis chez lui.

— Les désirs du duc sont des ordres, s'empressa-t-il de répondre. Fouillez la chambre !

Sur quoi il fit un grand geste qui faillit le dépouiller de sa robe de chambre. La remontant sur ses épaules, il ajouta :

— Fouillez toute la maison si vous le souhaitez.

— Ce sera peut-être nécessaire. Nous allons en tout cas fouiller les serviteurs et les bagages de vos invités, rétorqua le maréchal d'un ton anodin dépourvu de menace.

Bandini jeta un nouveau regard furieux à ces hôtes qui étaient la cause d'un tel désordre. Les deux frères semblaient ne pas très bien savoir comment réagir. Olivero grommelait d'un air indigné mais presque timide. Ferondo, lui, avait opté pour la dignité outragée. S'ils avaient la croix, se dit Benno, ils devaient être certains qu'on ne la trouverait pas. À cet instant, il fut distrait par un serviteur de Bandini qui, tandis qu'il passait devant lui avec un chandelier afin d'éclairer le chemin jusqu'à la chambre des Pantera, reconnut Benno et lui pinça fortement le gras de la hanche.

Entendant le petit cri que poussa Benno, Sigismondo se tourna vers lui et sourit, ce qui mit Olivero en rage. Il s'avança soudain vers Sigismondo et approcha son visage tout près du sien.

— Vous paierez pour cela ! fit-il. Je ne l'oublierai pas !

Il était peut-être malavisé de menacer un homme qui jouissait de la faveur du duc, mais comme d'un autre côté cela sonnait comme la réaction de quelqu'un qui se sait innocent et croit qu'il est persécuté pour des raisons personnelles, cela pouvait être tout compte fait une initiative astucieuse. Sigismondo ne cessa pas de sourire et ne recula pas. Ce fut Ferondo qui saisit le velours lie-de-vin et tira son frère en arrière.

Bandini buvait du vin, du vin qu'on avait également offert à Sigismondo et au maréchal, mais pas aux Pantera, ce qui était éloquent. Personne n'est plus rapide à saisir l'état d'esprit du maître que ses propres serviteurs.

Au bout d'un moment les hommes du maréchal réapparurent. On n'avait rien trouvé de suspect chez les deux frères, et la petite troupe quitta le Palazzo Bandini et son propriétaire, qui avait visiblement hâte de se débarrasser d'invités aussi encombrants. Benno était le seul à être satisfait de la visite, car il avait pu expédier un solide coup de pied dans le tibia du serviteur qui l'avait pincé — celui-là même, réalisait-il à présent, qu'il avait poussé dans le purin quelques années auparavant. Certains souvenirs sont impérissables.

— À présent, maréchal, en route pour la Via Corsa. Nous allons rendre visite à un troisième Pantera.

La Via Corsa était située dans un quartier élégant de la ville, et le *Dauphin* était le genre d'auberge où un riche marchand appréciait probablement de descendre, une auberge qui n'avait pas pour habitude de voir le maréchal du duc tambouriner à sa porte aux alentours de minuit. L'aubergiste, toutefois, les conduisit à la chambre que Gian Pantera avait louée. Il frappa à la porte, mais le maréchal l'écarta et l'ouvrit à la volée.

La chambre était déserte.

C'était une petite pièce, pourvue d'un grand lit — Gian avait sans doute payé pour ne pas avoir à le partager avec un autre client, mais visiblement personne n'y avait dormi. Sigismondo désigna quelques bagages posés dans un coin. Le maréchal ordonna à ses hommes de les vider sur le lit, puis il les fouilla tandis que l'aubergiste se tenait en retrait et observait la scène en secouant la tête. Sigismondo palpa l'ourlet d'un pourpoint pendant que le maréchal éprouvait minutieusement la doublure en soie d'un bagage. Il semblait que Gian Pantera voyageât léger, car la fouille ne prit pas longtemps. Le maréchal se redressa et fronça les sourcils.

— Eh bien, c'est qu'il est dans la ville. Quelque part.

Si Gian avait tué l'abbé et volé la croix, il ne serait bien entendu pas revenu au *Dauphin* ensuite. Où pouvait-il bien se terrer dans une ville close pour la nuit ?

Benno eut soudain l'espoir qu'ils allaient peut-être devoir le chercher dans les bordels.

CHAPITRE XXIX

Toujours introuvable...

Malheureusement il ne fut pas nécessaire de procéder à la tournée des bordels. Le tenancier du *Dauphin* informa ses visiteurs que Gian Pantera avait à la cour un ami grâce auquel il avait obtenu une audience avec le duc ce même jour. Fut-ce grâce à la pièce que Sigismondo produisit, ou à la nécessité de se ménager les bonnes grâces du maréchal ? Toujours est-il que comme par miracle l'aubergiste se souvenait même du nom de cet ami, un nom que Gian Pantera avait mentionné en passant dans le but, peut-être, de l'impressionner : Roderigo Ranieri ; le maréchal, qui connaissait tout le monde au palais, n'en fut guère impressionné.

— Au moins nous savons où orienter nos recherches, remarqua-t-il.

Les rues désertes étaient plongées dans l'obscurité. Les seules personnes qu'ils rencontrèrent étaient de bruyants fêtards que la vue du maréchal suffisait à dégriser. Le palais, lui, bruissait d'activité. Tous ceux qui n'avaient pas pu prendre part à l'excitation générale consécutive au meurtre de l'abbé avaient été obligeamment réveillés et mis au courant par ceux qui, ayant eu cette chance, étaient impatients de leur décrire la drôle d'allure qu'avait l'abbé avec une hache entre les deux épaules. Ils avaient rapporté en détail les propos du duc et la façon dont le mystérieux Sigismondo, que la plupart avaient connu quelques années auparavant, avait une nouvelle fois surgi de nulle part pour se voir confier la tâche de laver l'honneur ducal.

Les colporteurs les plus empressés de la nouvelle la plus sensationnelle qu'on ait connue depuis des années étaient les nains du palais, legs laissé au duc Ludovico par son père, qui avait écumé les terres environnantes à la recherche de tout ce qui était humain et de taille réduite. Des potentats relativement éloignés lui avaient, si l'on ose dire, envoyé des nains en cadeau par caisse diplomatique. Cette élite du palais avait été comme toujours la première au courant de la nouvelle, en raison de l'habitude propre à ses membres de se faufiler partout, évoluant à hauteur de ceinture et bien souvent sans que personne les remarque. Gambadant sur les dalles de marbre de la vaste entrée, l'un d'eux accueillit le maréchal lorsqu'il rentra au palais avec son petit groupe.

— Est-ce qu'on va pouvoir assister à une pendaison, maréchal ? Vous avez un cadeau pour nous ?

Comme c'était de la pure effronterie, car il était clair qu'il ne ramenait aucun prisonnier, le maréchal poursuivit son chemin en ignorant la remarque. Sigismondo, pourtant, s'arrêta pour poser une question. Ravi de pouvoir les renseigner, le nain prit la tête de la petite troupe et l'emmena jusqu'à la chambre de Roderigo Ranieri. Le nain gratta à la porte et, sans attendre, l'ouvrit. La pièce n'était pas plus grande qu'un placard ajouré d'une fenêtre, et juste assez large pour abriter un lit sur lequel deux hommes étaient en conversation. Ils considérèrent le maréchal d'un air ahuri.

— Messire, est-ce Gian Pantera ?

Ranieri avait un visage mou et l'expression outragée d'un petit chien de salon irascible.

— Pourquoi, maréchal ? Que se passe-t-il ? s'enquit-il d'une voix aiguë et geignarde.

Son compagnon se leva et, rejetant la tête en arrière, déclara :

— Je suis Gian Pantera et n'ai rien à me reprocher. Le duc m'enverrait-il chercher pour me restituer mon bien ?

La réponse du maréchal fut coupée net par Sigismondo qui intervint d'une voix douce :

— Avec votre permission, maréchal, j'aimerais interroger seul ces deux-là.

S'enfermant donc dans le placard avec Gian et un Ranieri soucieux, Sigismondo laissa dehors le maréchal impassible, ses gardes, un nain déçu et enfin Benno, qui du moins pouvait caresser l'espoir d'apprendre bientôt ce qui s'était dit.

Il s'avéra que ce fut le cas pas plus d'une demi-heure plus tard, alors que son maître et lui avaient regagné leur petite chambre où un page ensommeillé leur apporta du poulet froid, des olives, des prunes et du vin. Lorsque enfin on les laissa seuls, Benno put poser la question qui lui brûlait les lèvres :

— Alors, c'est lui ?

Sigismondo, qui se versait du vin dans une coupe d'argent ornée des armes ducales de Rocca, eut un rire bref et but une gorgée avant de répondre.

— Hum. Comme tu le sais, j'ai laissé le maréchal fouiller ces deux oiseaux et la chambre. Ranieri pourrait succomber à une attaque à la seule idée d'être impliqué. Il s'est dit prêt non seulement à jurer de son innocence sur la tête de sa mère, mais à la lui trancher si nous l'estimions nécessaire.

Constatant que sa question n'avait pas reçu de réponse, Benno modifia son approche :

— Est-ce possible qu'il ait tué l'abbé ?

— Hum... Il avait en tout cas une raison pour le faire. Il a admis avoir vu la croix cet après-midi lorsque l'abbé est arrivé à Rocca. Son Altesse m'a dit que Gian avait plaidé pour qu'on la lui restitue au cas où quelqu'un, comme ce scélérat de Sigismondo, l'offrirait au duc, mais cela se passait avant l'arrivée de l'abbé.

Benno ne parvenait vraiment pas à imaginer l'abbé, encore de ce monde, en train de rendre la croix à quiconque, même si le demandeur s'était traîné à genoux devant lui.

— Ranieri lui a obtenu une audience avec le duc hier. Il semble qu'ils soient des amis d'enfance et que Gian soit venu le trouver pour lui demander d'intercéder en sa faveur.

— Mais pourquoi n'était-il pas au *Dauphin* ?

— Après avoir constaté que l'abbé était en possession de la croix, Gian voulait lui proposer de la lui racheter. L'argent n'est apparemment pas un problème pour lui — il attribue d'ailleurs cette aisance au fait que son père possédait la croix —, alors que comme chacun le sait, l'abbé en manquait cruellement cette année. C'est pourquoi Gian pensait avoir une chance.

— Pas si l'abbé connaissait les pouvoirs de La Feconda.

— Non. Mais Ranieri a offert à Gian de passer la nuit dans sa chambre de façon que Gian puisse parler au père Bonifaccio lorsqu'il se rendrait à prime demain matin.

— Ce Ranieri se trouvait donc avec lui quand l'abbé a été tué ?

— Ai-je dit cela ? fit Sigismondo en tendant un morceau de poulet à Biondello, assis entre les deux hommes et dévorant des yeux chacun de leurs gestes. Ranieri était avec le duc lorsque Torquato et le frère Filippo sont venus annoncer que le père Bonifaccio avait été tué.

— Et où se trouvait Gian Pantera ?

— D'après ses dires, il priait la Vierge pour que l'abbé accepte son offre. Dans la chapelle du palais.

— Juste à côté de la chambre de l'abbé. Vous voulez dire qu'il aurait pu commettre le meurtre, dit Benno en baissant imprudemment sa main, d'où disparut aussitôt le morceau de poulet qu'elle tenait.

— Hé, moi aussi j'aurais pu le tuer, et beaucoup de gens pensent que c'est le cas. Son Altesse elle-même espérait peut-être que c'était moi. Mais jusqu'à présent, je n'ai pu satisfaire la duchesse en lui remettant la croix, et à mon avis le duc ne pense pas que j'aie pu la vendre ailleurs, déclara Sigismondo avant de recracher un noyau d'olive dans sa paume. Mais il est un fait que Gian n'est pas lavé de tout soupçon. Il affirme qu'un prêtre peut témoigner de sa présence dans la chapelle, mais un prêtre dans une chapelle, c'est comme une femme dans une maison ; il a toujours une foule de choses à y faire : remplacer les cierges, balayer, ranger, réciter des prières. Aucun prêtre n'ira observer un homme priant dans une chapelle ; Gian aurait très bien pu s'absenter un moment et revenir.

— Dans ce cas, n'y aurait-il pas eu du sang sur ses habits ? s'interrogea Benno en se remémorant avec révulsion la flaque qui s'était formée au pied du prie-Dieu comme pour exprimer l'horreur dont celui-ci venait d'être témoin. Les vêtements des Pantera étaient-ils ensanglantés ?

Sigismondo fendit l'air de sa main tendue, effarouchant Biondello.

— Quand tu tranches la colonne vertébrale, le sang ne jaillit pas forcément. Il y en avait seulement sur la lame de la hache, et un peu sur le frère Ieronimo. La robe de l'abbé en a absorbé la plus grande partie. C'est la croix que cherche à présent le maréchal — même si cela ne prouve pas à coup sûr que son détenteur est l'assassin.

Benno digéra ces explications en même temps qu'il avala le dernier morceau de poulet.

— Quelqu'un a tué l'abbé, et quelqu'un d'autre a emporté la croix...

Sigismondo haussa les épaules.

— Si le frère Ieronimo a tué l'abbé sous l'influence du Diable, crois-tu qu'il ait pris la croix ?

— Même si le Diable est capable de faire faire ce qu'il

veut à un homme, je ne pense pas qu'il s'embarrasserait d'une croix. Parce que tout de même, si l'abbé n'était pas exactement un saint homme, une croix reste une croix.

Benno était troublé. Il avait toujours estimé que si le Diable s'encanaillait au point de lui apparaître, il lui suffirait d'esquisser un simple signe de croix pour bénéficier d'une protection infaillible. On était certes supposé lui dire quelque chose en latin pour qu'il disparaisse derrière vous, mais Benno n'en avait jamais compris l'intérêt — mieux valait que le Diable se trouve là où vous pouviez le voir plutôt qu'il rôde dans votre dos sans que vous sachiez ce qu'il mijote.

— Une croix que le sang a déjà souillée une fois, remarqua Sigismondo d'un air sombre. Je n'oublie pas la raison pour laquelle Bernabo Pantera voulait que la croix soit offerte à la Vierge de Scheggia. Deux de ses frères étaient déjà morts pour elle avant qu'il périsse à son tour.

Benno essuya ses mains humides de jus de prune sur son justaucorps, où les nouvelles taches se fondirent avec les précédentes, puis, par tact, observa le silence. Il était persuadé que son maître entendait satisfaire la dernière volonté de Bernabo mais, maintenant que la croix avait disparu et que le duc exigeait l'arrestation de l'assassin du père Bonifaccio, il ne voyait pas comment Sigismondo lui-même y parviendrait.

Et si l'on retrouvait la croix sur la personne de Gian Pantera, ou parmi ses affaires, on verrait sous peu des morceaux de la chair de ce beau jeune homme cloués aux quatre portes de Rocca après avoir été soigneusement découpés, et sa tête réservée à la porte du palais, afin que le monde voie le traitement que réservait le duc Ludovico à ceux qui attentaient à son honneur en assassinant ses hôtes.

Mais dans ce cas, malheureusement, le duc garderait la croix.

CHAPITRE XXX

Permission de se rendre à Rome

Le duc envoya mander Sigismondo tôt le lendemain matin, alors qu'il venait de terminer son rasage, une longue opération dont son crâne brun émergea luisant comme du cuir huilé. Benno l'aida à s'habiller en hâte d'une splendide chemise de batiste au col orné de broderies, sur laquelle il passa un simple pourpoint de velours noir; désireux de ne pas être en reste, Benno passa son meilleur justaucorps, une frusque d'un indéfinissable tissu brun, qu'il enfila par-dessus son vieux pourpoint avant de se peigner avec les doigts tout en pressant le pas pour rattraper Sigismondo. Biondello, qui aurait sans doute souhaité arborer une seconde oreille pour l'occasion, trottina à leur suite d'un air innocent.

Il faisait déjà chaud et la journée promettait d'être torride. Le duc était sorti sur la loggia de sa chambre et, accoudé à la balustrade, promenait son regard sur sa ville et, au-delà, sur les collines que le soleil levant teintait de rose tandis qu'une épaisse brume masquait les vallons. Le duc Ludovico était vêtu d'une tenue de brocart vert bordé de blanc, les couleurs de Rocca. La duchesse, qui arpentait avec nervosité la loggia, était encore en vêtement de nuit, les cheveux réunis en une tresse qui pendait dans son dos. Elle se tourna et, tandis que Sigismondo s'inclinait devant eux, l'enveloppa d'un long regard qui lui apprit pourquoi son époux faisait confiance à cet homme.

Pour sa part, Sigismondo vit une jeune fille qui devait avoir à peine plus de quinze printemps, assez jolie pour que l'on comprenne pourquoi le duc, même sans le souci d'avoir un héritier, souhaitait lui faire plaisir en lui offrant La Feconda. Comme le savait Sigismondo, le fils actuel du duc avait suscité une immense anxiété dans le palais en raison de la fièvre qui l'avait saisi au printemps et dont il ne s'était pas encore tout à fait remis. Si elle prodiguait les bienfaits dont la créditaient les frères Pantera, Rocca avait en effet grand besoin de La Feconda.

— Votre Altesse.

Le duc posa son inquiétant regard bleu sur Sigismondo et lui tendit sa main à baiser.

— Qu'avez-vous découvert ?

— Ni la croix ni l'assassin, pour l'instant, Altesse. Les trois Pantera ont été fouillés, ainsi que leurs chambres, leurs bagages et même leurs hôtes, expliqua Sigismondo en écartant les bras.

Le pas léger des chaussons de la duchesse se rapprocha.

— Dans ce cas, que conseillez-vous ? La torture ?

— Hum. Elle ne nous mènera à rien. La douleur fait aussi bien mentir que dire la vérité. Mon conseil est de les laisser partir.

— Les laisser partir ! s'exclama la duchesse d'un ton furieux en projetant en avant son mince buste. Alors que nous les tenons ?

— Votre Altesse. Si nous les laissons partir, soit ils fileront en hâte, soit ils attendront leur heure. En les faisant suivre, nous pourrions savoir où ils vont, ce qui pourrait être intéressant. S'ils restent ici, ce sera peut-être pour attendre l'occasion de récupérer la croix dans une cachette à laquelle nous n'avons pas songé. Ainsi Votre Altesse les aura, eux et la croix, entre ses mains.

Les yeux de la duchesse étincelèrent.

— Qu'ils s'en aillent ! Qu'ils s'en aillent ! s'écria-t-elle.

Elle courut alors vers le duc, lui saisit le bras et leva vers lui un visage jubilant.

— Ordonnez à vos hommes de les pister.

Le duc posa la main sur la sienne, mais il ne partageait visiblement pas son enthousiasme. Il devait prendre en considération un autre aspect de l'affaire.

— Comment puis-je laisser partir des hommes qui ont peut-être assassiné mon invité ? Que dira-t-on de moi ?

Sigismondo allait répondre lorsqu'un page vint s'incliner devant le duc et lui murmurer quelques mots à l'oreille. Ludovico le congédia avant de se tourner vers Sigismondo.

— Le trésorier et le secrétaire de l'abbé demandent audience. J'allais oublier que nous tenions un suspect. Pensez-vous que ce moine fou ait commis ce forfait ?

— Votre Altesse, pour l'instant nous n'avons aucune certitude. Il prétend que le Diable l'a poussé à ce crime, mais j'ai pu constater qu'il était incapable de porter un coup de hache assez violent pour tuer un moucheron, sans parler de briser la colonne vertébrale de l'abbé Bonifaccio.

— Ce pourrait être une ruse.

La duchesse était satisfaite d'apprendre que son époux avait quand même un bouc émissaire sous la main, même si ledit bouc était un religieux à l'esprit fragile. Si la question de l'honneur du duc était réglée, il pourrait s'occuper, entre autres choses, d'assurer la perpétuation de sa lignée avec l'aide de La Feconda.

— Hum... Je n'ai pas l'impression, madame, qu'il soit capable de ruse. En revanche il est sujet à des visions et il n'est sans doute pas toujours très conscient de ce qui se passe en ce monde.

La duchesse ne savait que penser d'un moine si peu

ancré dans la réalité qu'il puisse massacrer son supérieur à coups de hache. Elle ouvrait la bouche pour parler lorsque le page revint en compagnie du père Torquato et du frère Filippo. Les considérant avec dédain, elle se dit qu'ils ressemblaient à des corbeaux dans leurs longues robes noires. Elle surprit le regard de côté que Torquato glissa au frère Filippo pour voir s'il allait parler le premier; même un moine pouvait exprimer la ruse. Le frère Filippo lui rappela son confesseur à la cour de son père, un homme qu'elle avait empêché par tous les moyens de la suivre ici — un de ces individus qui pensent que le simple fait de respirer est un péché; son visage avait la même intensité tourmentée.

Le duc les autorisa à parler.

— Votre Altesse, nous sommes venus solliciter l'autorisation de partir immédiatement pour Rome. Nous devons informer en personne le Saint-Père de ce qui s'est passé, et décider d'un châtiment pour notre frère égaré.

— Où est-il en ce moment?

— Sous nos pieds. Les hommes de votre maréchal l'ont enfermé dans une cellule.

La duchesse prit brusquement conscience des différents niveaux du palais où elle vivait : ici les chambres, comme celle de son époux, lumineuses, spacieuses et élégantes, tout en marbre et dorures; mais dans les sous-sols, aussi ténébreux que ses cauchemars, s'ouvraient les culs-de-basse-fosse, où tant de malheureux avaient croupi et péri, oubliés de tous. Elle resserra ses mains autour du bras du duc.

— Et les obsèques de l'abbé? N'avez-vous pas l'intention d'y assister?

— Votre Altesse, répondit cette fois Torquato, il serait préférable que l'abbé soit inhumé dans sa propre chapelle de Pietra. Le père prieur présidera au chapitre. Quant à nous, des tâches urgentes — en premier lieu le sort de l'âme du frère Ieronimo — nous empêcheront d'y assister, mais nous sommes sûrs que le père abbé, qui nous regarde du haut du ciel, nous comprendra et nous accordera sa bénédiction.

Cette déclaration, fondée sur des suppositions pour le moins hasardeuses concernant l'actuelle position de l'âme de l'abbé, et sur une bienveillance pour laquelle il n'avait jamais été réputé en ce monde, sonna faux même à des oreilles accoutumées aux mensonges des courtisans. Le duc fronça les sourcils. Si ces moines se rendaient à Rome, quelle version des événements présenteraient-ils au pape ? Il était peu probable qu'ils taisent la querelle entre le duc et l'abbé ; dès lors, quel poison n'allaient-ils pas déverser sur Rocca ? Ludovico n'avait pas encore réglé les taxes sur ses marchandises entreposées à Pietra, et ces deux moines, non contents d'appuyer la position de l'abbé sans possibilité d'être démentis, étaient fort capables d'insinuer que le duc avait poussé ce fou de Ieronimo à résoudre son problème dans l'espoir que le successeur du père Bonifaccio se montrerait plus souple. Il passa mentalement en revue sa cour pour y trouver un homme doté à la fois de présence et de diplomatie, puis jeta un coup d'œil à Sigismondo, qui se tenait debout près d'un pilier de jaspe.

— Nous vous accordons cette autorisation, mon père, mais stipulons que vous devrez vous rendre à Rome sous escorte. Voici l'homme, poursuivit le duc en faisant signe à Sigismondo d'avancer, qui assurera votre sécurité ainsi que celle de votre prisonnier. Il informera le Saint-Père des événements d'hier soir, et lui fera part de mon chagrin devant ce crime contre l'Église, chagrin d'autant plus profond que ce crime a eu lieu sous mon propre toit.

Seule l'expression de Sigismondo ne se modifia pas à l'annonce de ce changement de programme. Torquato et le frère Filippo, en revanche, parurent abasourdis. Pour avoir connu et détesté Sigismondo autrefois, Torquato arbora avant de se ressaisir une expression si contrariée qu'elle en était presque comique. Quoique la duchesse fît la grimace, elle ne pouvait paraître autrement que jolie ; elle avait en tout cas appris à l'occasion de leur brève entrevue que cet homme posé était le mieux à même de lui procurer La Feconda, qu'elle voulait à tout prix posséder. Or si les Pantera étaient les premiers sur la liste des voleurs possibles (car même s'ils la détenaient depuis longtemps, la croix ne leur appartenait pas) et que Sigismondo accompagnait ces moines à Rome, comment allait-il procéder pour surveiller cette famille et soustraire la croix aux Pantera afin de la lui offrir ?

Des vivats lointains se firent alors entendre et le duc posa la main sur le rebord de la fenêtre pour regarder dans la direction d'où ils provenaient.

— Le cardinal Pontano est de retour. Je lui ai adressé hier soir un message à Colleverde lui demandant s'il accepterait d'écourter sa retraite pour venir nous prodiguer son aide et ses conseils. Il a dû voyager de nuit, au clair de lune, fit le duc avant de se retourner vers ses interlocuteurs et d'ajouter : Il saura nous indiquer quels sont les souhaits de notre sainte mère l'Église.

Ainsi sont faits les voies et les désirs du cœur humain : les moines ne montrèrent aucune reconnaissance à voir leurs propres souhaits soumis à l'approbation d'une autorité supérieure. On ne demanda pas à Sigismondo quels étaient ses propres souhaits. Ceux qui proposent leurs services aux grands de ce monde doivent faire passer leur honneur après celui de leur employeur.

CHAPITRE XXXI

Qui va où

Bien qu'il n'eût pas dormi la nuit précédente, le cardinal Pontano ne montra pas le moindre signe de fatigue lorsqu'il prit en main la situation. Le meurtre d'un prêtre est sacrilège ; celui d'un abbé ne l'est en principe pas davantage mais, en pratique, le châtiment tiendra compte du rang de la victime. Dans tous les cas, le moine qui avait avoué le forfait devait se rendre à Rome. Le pape serait informé de cet acte épouvantable et déciderait lui-même du châtiment.

Assis dans son fauteuil à côté du duc, le dos droit, le cardinal approuva également l'idée de faire accompagner le frère Ieronimo par le secrétaire et le trésorier de l'abbé. L'importance de leur fonction s'accordait à la gravité de l'événement, et le fait qu'ils aient découvert le cadavre conférait à leur présence une signification supplémentaire, même si elle était macabre. En ce qui concernait les obsèques du père Bonifaccio, le cardinal annonça qu'il se rendrait en personne à Pietra afin de les organiser.

Après avoir questionné le frère Ieronimo et s'être fait décrire ses visions par les autres moines, le cardinal fut contrarié de constater que le meurtrier n'était pas écrasé de remords comme il aurait dû l'être. Le frère Ieronimo reportait toute la faute sur le Diable, et non sur lui-même, et avait de surcroît une certaine tendance à excuser le

Malin d'agir selon sa propre nature diabolique. Aussi, loin d'être étouffé par les larmes et le remords, le frère Ieronimo attendait avec impatience sa première visite à Rome — le fait qu'elle serait sa dernière ne semblait pas le troubler. La Vierge, assura-t-il au cardinal, était venue à lui ce matin même, très tôt, juste après laudes, et lui avait dit d'être joyeux — que tout irait bien.

Quant au choix de Sigismondo pour escorter la petite troupe et remettre au pape le message de condoléances du duc, le cardinal l'approuva sans hésitation. Il avait rencontré Sigismondo quelques années auparavant, et ce jour-là, tout en lui tendant la main afin qu'il baise son anneau, il lui adressa sa bénédiction pour le voyage. Tandis que Sigismondo se levait, il promit de dicter dans l'heure quelques lettres qui leur assureraient un bon accueil à Rome, ainsi que l'aide de ses amis à la curie afin d'obtenir sans délai une audience du Saint-Père.

Personne bien entendu ne sollicita l'opinion de Benno sur ce voyage mais, alors qu'il sellait l'énorme rouan que Sigismondo monterait, il sifflotait entre ses dents le refrain de la chanson paillarde qu'Angelo chantait lorsqu'ils s'étaient rencontrés à la taverne proche du croisement des chemins. Jamais il n'aurait cru qu'il aurait l'occasion d'aller à Rome ! Et quoique Benno sût parfaitement que même les prières les plus ferventes, même récitées devant le grand autel de Saint-Pierre, ne pouvaient restituer son oreille manquante à Biondello, elles protégeraient sans aucun doute celle qui lui restait. Et si Benno parvenait à faire voir le pape à Biondello dissimulé dans son justaucorps, ce dernier ne s'en porterait que mieux.

Le fait de siffloter la chanson d'Angelo eut semble-t-il le pouvoir de le faire apparaître. Lorsque Benno se détourna du rouan, il vit une main aux doigts minces tendre un chapeau de velours râpé et le secouer sous son nez.

— Un ducat du duc ? On a donc oublié mes frais de voyage ? Moi aussi, j'aurai besoin d'un cheval tant que le Diable ne m'aura pas appris à voler.

Alarmé, Benno repoussa le chapeau en jetant des regards autour de lui.

— Tais-toi ! Tu n'as donc pas entendu parler du Diable volant qui a pris possession du moine et l'a poussé à tuer l'abbé ? Ne va pas donner des idées aux gens.

— C'est pourtant mon métier, rétorqua Angelo en reposant son chapeau de guingois sur ses cheveux blonds. Les gens sont terriblement dépourvus d'idées et sont tout disposés à payer les miennes. Quant au Diable et au moine, Rocca ne parle de rien d'autre depuis l'aube. Et voilà que j'apprends que vous allez voir le pape à Rome et vous ne m'en dites rien.

— On ne t'en a rien dit, intervint dans l'ombre la voix grave et amusée de Sigismondo, parce que je sais que tu as des oreilles aussi affûtées que tes couteaux. Que raconte-t-on en ville ?

Angelo lui décocha son sourire tordu.

— On dit que le meilleur endroit où mettre l'abbé, c'est dans la rivière, avec quelques moines attachés à ses chevilles pour l'empêcher de flotter. On voudrait que le duc s'enferme avec la croix en compagnie de la duchesse jusqu'à ce qu'elle exige des nèfles en dehors de la saison et se mette à mâcher du charbon de bois.

— Les gens croient que Son Altesse est en possession de la croix ?

— Pour quelle autre raison, fit Angelo d'une voix douce, auriez-vous planté votre hache dans le dos de l'abbé ?

Sigismondo secoua la tête.

— Hum. Il y avait aussi le problème des taxes en suspens. Hé, quand on me paie, on en a pour son argent.

— Allez dire ça aux Pantera. Ils envisagent de demander une compensation au duc pour avoir été fouillés alors qu'ils étaient innocents. Mais je crois que Ferondo estime que ce serait jouer avec le feu. Je les ai vus discuter devant le Palazzo Bandini et Olivero se retenait à la bride de son cheval pour ne pas tomber assis dans la rue — au milieu de la matinée. Si Bandini n'était pas en affaires avec la banque Pantera à Rome, m'a dit son portier, il les aurait chassés de chez lui hier soir sitôt après la visite du maréchal.

— Au même moment, Gian a perdu son lit au palais. Et un ami d'enfance par la même occasion. Tous les parfums de la cour ne suffisent pas à masquer l'odeur de la disgrâce. Tiens.

Sigismondo envoya une pièce d'or à Angelo, qui la rattrapa au vol.

— Pour acheter des vêtements neufs et un cheval. Je veux connaître les faits et gestes des Pantera mais je ne peux les surveiller moi-même.

Angelo fit tinter la pièce puis haussa les sourcils tel un séraphin stupéfait.

— *Tous* les Pantera ? Dois-je suggérer à Gian de monter en croupe derrière Olivero de façon que je puisse les avoir tous les trois à l'œil ?

— Dans ce cas tu auras accompli ce que l'Église n'a pas pu faire, dit Sigismondo en lançant une nouvelle pièce à Angelo. Il te faudra peut-être engager quelqu'un. Débrouille-toi.

Angelo hocha la tête et se fondit dans l'ombre tandis qu'un palefrenier traversait la cour des écuries dans leur direction, menant par la bride un gris drapé d'un caparaçon vert et blanc bordé d'une frange de cannetille dorée. L'homme s'inclina en apercevant Sigismondo — il n'y avait désormais plus personne au palais qui ignorât le nom de l'homme aux habits noirs et au crâne rasé, ni que sa hache, même si ce n'était peut-être pas lui qui l'avait brandie, avait débarrassé le monde de l'abbé. Sigismondo tendit la main pour flatter l'encolure au poil soyeux.

— Le duc part en promenade ?

— Il va escorter madame la duchesse jusqu'aux portes d'la ville.

— Son Altesse la duchesse s'en va aujourd'hui ?

— Elle a décidé brusquement de se rendre à Pietra. Elle accompagnera le cardinal.

Sigismondo s'empara de la bride en voyant le gris secouer la tête et taper du pied par terre, irrité par le contact rugueux de la cannetille.

— C'est un honneur pour l'abbé, remarqua-t-il.

C'est drôle, songea Benno, que la duchesse se rende aux funérailles de l'abbé et que le duc n'y aille pas, mais peut-être ce dernier ne pouvait-il pas se dégager de ses obligations. Il faut dire aussi qu'il était toujours délicat de quitter sa capitale quand on était le seigneur d'un État — en votre absence, les gens avaient la détestable habitude de fomenter des émeutes, et même des révolutions.

Le palefrenier, toutefois, connaissait la vraie raison et il était tout disposé à la leur exposer, mais comme il s'agissait de ragots, il baissa la voix et, tout en parlant, ne cessa de jeter des coups d'œil alentour.

— Il y a eu une dispute, messire. Je le tiens d'une des servantes de la duchesse. Madame est furieuse parce qu'on n'a pas encore retrouvé la croix porte-bonheur. Et puisqu'elle ne peut avoir cette croix, elle va se rendre à Scheggia pour prier la Vierge de lui donner des fils. Son Altesse le duc est opposé à ce voyage, mais... ajouta-t-il en haussant les épaules, ce que femme veut...

— Hé, c'est aux hommes de faire en sorte qu'elle l'obtienne ! fit Sigismondo en abattant joyeusement sa paume sur l'encolure du gris.

Il se tourna alors vers Benno.

— Prépare-toi. Le duc nous envoie des soldats pour nous protéger des brigands sur la route de Rome, et il attend de signer la lettre à l'intention de Sa Sainteté que son secrétaire est en train de rédiger. Dès que tu seras prêt, emmène les chevaux à la piazza.

Sigismondo rentra dans le palais où régnait une grande agitation. D'habitude, plusieurs jours étaient nécessaires à la préparation d'un voyage comme celui que la duchesse avait subitement décidé d'entreprendre. Partout on perdait patience, on égarait des bagages. On avait bien ordonné aux dames de compagnie d'empaqueter des tenues appropriées à un pèlerinage, mais malheureusement personne n'avait songé à une telle occasion lors de la constitution de sa garde-robe. Excédée, une des dames, qui avait encore à préparer ses robes et ses affaires personnelles, suggéra que l'on pourrait se procurer de la toile à sac auprès de l'abbaye de Pietra, et des cendres auprès du premier individu que le duc carboniserait du regard.

Dans les palais, les querelles ont tendance à faire tache d'huile et rares étaient les dames de compagnie qui n'étaient pas fâchées entre elles quand les coffres furent enfin prêts à être cordés et transportés jusqu'aux mules. Après tout, pèlerinage ou pas, Son Altesse la duchesse ferait excellente impression à Pietra, et la majorité des dames estimait que du velours noir brodé de perles exprimerait dignement son chagrin devant le sort de l'abbé. On laisserait à Son Altesse le soin de décider ce qu'elle porterait pour la suite du voyage, mais si la traversée jusqu'à Scheggia était aussi agitée que ce que l'on en disait, personne ne s'en préoccuperait beaucoup.

Sur la piazza, le désordre était aussi grand qu'au palais. On chargeait les bagages de la duchesse sur la file de mules, les chevaux et litières de ses dames se mêlaient à ceux de la suite du cardinal, les moines de Pietra se fourraient dans les pattes de chacun, et les soldats qui devaient escorter Sigismondo et celui que la population avait baptisé le « moine fou » s'efforçaient de se mettre en ordre de marche. Le tohu-bohu était général et chacun était convaincu de l'extrême importance de sa propre activité. Presque tout Rocca était accouru pour assister au spectacle. Juché sur son maigre cheval noir, Benno menait par la bride le rouan de son maître tout en se demandant si Angelo était présent dans la foule. Cela, se dit-il, dépendait de l'endroit où se trouvaient les Pantera.

Il s'avéra qu'eux aussi étaient là. Les frères étaient venus prendre congé du duc ; peut-être s'imaginaient-ils démontrer encore plus fermement leur innocence en se jetant pour la seconde fois dans la gueule du lion. Hélas, le lion les dédaigna. Le duc Ludovico était avant tout préoccupé de prouver sa propre innocence à une ville tranquillement convaincue qu'il avait ordonné l'assassinat de l'abbé. Personne n'aurait su dire ni ne se souciait de se demander quel était alors le rôle du moine fou dans ce scénario. D'ailleurs, se retrouver dans une cellule n'avait rien d'inédit pour un moine, et il était grand temps que les religieux endurent à leur tour quelques pénitences au lieu de toujours les imposer aux autres.

Chaque fois que le duc se présentait devant une foule, il se trouvait toujours quelques individus pour solliciter une faveur, laquelle ne leur était pas plus accordée qu'elle ne l'avait été aux Pantera. Plus entêté sans doute que les autres, et grâce peut-être à son allure respectable, pour ne pas dire aisée, un homme réussit pourtant à saisir la bride de la monture du duc et, avant que le bâton du maréchal lui fasse lâcher prise, à formuler une requête que le duc, d'un ton impatient, lui accorda aussitôt : un riche marchand venait d'obtenir l'autorisation de se rendre à Rome avec son épouse sous la protection des soldats du duc. Sigismondo ne connaissait pas cet homme, mais il aurait sans aucun doute reconnu son épouse Felicia pour avoir récemment passé quelques heures entre ses bras dans sa ville de Pietra.

CHAPITRE XXXII

Départs

Agostino Da Sangallo avait une grande passion dans la vie : la cupidité. Alors qu'il était encore tout petit, sa nourrice avait remarqué que lorsqu'il avait réussi à s'emparer de quelque objet — un caillou dont le miroitement lui plaisait, ou la balle avec laquelle jouait un autre enfant —, il était très difficile de le lui faire lâcher.

Au fil des années, les choses sur lesquelles il jetait son dévolu — propriétés ou bijoux — devinrent plus grosses et plus coûteuses, mais, son caractère s'étant affirmé, il était désormais tout à fait impossible de les lui reprendre.

Son père lui avait laissé une maison à Pietra, une villa à la campagne, une affaire et beaucoup d'argent. Du fait que l'argent attire l'argent, il fut en mesure de conclure un excellent mariage avec une jeune et riche veuve qui lui apporta de nouvelles propriétés ainsi qu'une collection de pièces de monnaie antiques et de pierres gravées rassemblée par feu son époux. La raison pour laquelle il se rendait présentement à Rome sous la protection des gardes du duc Ludovico était de proposer, à un prix judicieux, quelques belles pièces de cette collection au pape qui, entre autres choses, était animé d'un enthousiasme inextinguible pour les antiquités.

Et s'il emmenait son épouse avec lui, c'est qu'il ne pouvait lui faire confiance. Durant ce voyage, elle serait privée de toute possibilité de fixer rendez-vous à quiconque, et, afin qu'aucun homme ne pût se la représenter dans ses rêveries, il entendait veiller à ce qu'elle reste derrière les rideaux de sa litière plutôt que sur son cheval. Quant aux rêveries de la belle, il savait qu'il était vain de prétendre exercer le moindre contrôle sur la perversité du cœur d'une femme ; en tout cas, plus il détaillait les traits de ce Sigismondo qui commandait la petite troupe à laquelle Agostino Da Sangallo avait demandé de se joindre — ce qui lui avait permis d'économiser les frais qu'aurait entraînés l'engagement d'une escorte armée —, plus il examinait son nez d'empereur romain, son cou massif et, pire encore, son vilain crâne rasé de lutteur s'apprêtant au combat, plus il se disait qu'il eût été parfaitement grotesque de songer un seul instant que le regard de Felicia pût s'attarder au-delà d'une seconde sur sa personne.

Pendant qu'Agostino se félicitait de la manière dont il avait combiné son voyage, les Pantera entamaient le leur en toute hâte. Lorsque Olivero et Ferondo se mirent en route, ils furent aussitôt ralentis par la foule venue assister au départ du cardinal, de la duchesse et de l'abbé ; ce dernier était à présent dans un état beaucoup plus satisfaisant que la veille, lorsqu'il était arrivé, tout gonflé de son importance et persuadé qu'il parviendrait à faire plier leur duc. Il eût certes été impie d'applaudir son cercueil, surtout sous le regard sévère du cardinal Pontano, mais ce fut entre deux rangées de visages souriants que la dépouille de l'abbé quitta la ville. Désolés de voir partir leur duchesse, les habitants ne se privèrent pas de pousser des vivats à son passage, mais ils se dirent qu'elle serait de retour sous peu et que la Vierge de Scheggia, prenant pitié de Rocca, lui donnerait des fils.

Olivero et Ferondo tentaient de se frayer un chemin à travers le flot des citadins rentrant chez eux lorsqu'ils durent se mettre momentanément sur le côté. En effet le duc, de fort méchante humeur, regagnait le palais avec son escorte qui formait un torrent vert et blanc coulant dans le ravin de la rue. Les frères faillirent passer inaperçus, car l'esprit de Ludovico était tout entier absorbé par le regret devant le départ de sa jeune et jolie épouse et par sa colère devant l'approbation muette de la foule à l'égard d'un meurtre qu'elle pensait avoir été perpétré sur son ordre. Le maréchal, toutefois, attira d'un air renfrogné son attention sur les deux frères, ce qui rappela au duc que Sigismondo avait recommandé de les placer sous surveillance. Le plus facile aurait été de les mettre derrière des barreaux, mais la simplicité n'était pas la considération prioritaire : en plus d'être des marchands, les Pantera étaient les agents de la banque Pantera, qui disposait de filiales à Florence, Venise, Gênes et Rome ; or les ducs ayant rarement assez d'argent pour financer ne serait-ce que des mariages et des guerres, les Pantera pouvaient se révéler fort utiles à Rocca. Autre argument de poids, ces deux drôles, qui soulevaient à présent leur chapeau devant lui — même si l'un d'eux le faisait visiblement à contrecœur —, étaient parents du cardinal Pantera, réputé pour avoir l'oreille du pape.

Ces différents facteurs adoucirent le regard du duc tandis qu'Olivero se redressait sur sa selle après s'être incliné devant lui. De plus, connaissant son maréchal, il se dit que ces Pantera devaient déjà avoir quelques-uns de ses hommes collés à leurs semelles. C'est donc presque gracieusement qu'il inclina la tête dans leur direction.

— Je vois que vous nous quittez. Vous retournez auprès de vos épouses ?

Tout en posant la question, il se demanda s'ils rentraient avec ou sans le joyau censé leur garantir richesse et héritiers. La réponse, cependant, le surprit.

— Votre Altesse a deviné juste. Nous allons à Rome retrouver nos épouses.

Ferondo présentait un visage plus conciliant que son frère et, l'air narquois, souhaitait impressionner le duc.

— Elles logent chez notre cousin, le cardinal Pantera.

Réagissant à un geste de son cavalier, le cheval du duc secoua la tête, faisant scintiller au soleil les reflets dorés de la cannetille. Ludovico souriait, et son sourire pouvait être charmeur.

— Eh bien, messires, vous devez vous hâter si vous voulez profiter de la protection de nos gardes qui vont à Rome avec Sigismondo. Les routes sont dangereuses. Nous souhaitons que vous arriviez sains et saufs et présentiez nos salutations à Son Éminence. Notre maréchal va vous accompagner jusqu'à ce que vous ayez rattrapé l'escorte — elle vient juste de partir.

Pendant que le maréchal manœuvrait son cheval pour venir se placer à leur côté, Olivero et Ferondo furent contraints d'improviser des remerciements, puis remirent leur chapeau et s'en furent rejoindre une troupe dirigée par un homme dont ils se méfiaient plus que de tout autre au monde. Le plus surprenant fut pourtant la sinistre expression de satisfaction qui se peignit sur les traits d'Olivero tandis qu'ils s'éloignaient.

Un autre Pantera quitta Rocca peu après ses cousins. Lui aussi voulait se rendre à Rome et, comme tous les voyageurs sensés craignant de tomber aux mains de ces brigands — hommes désœuvrés, soldats démobilisés, bandes de mendiants — qui s'attaquaient à tout le monde, en particulier sur la route de Rome, il avait engagé quelques solides gaillards pour le protéger. Bien entendu, il eût été plus sûr de voyager à plusieurs, mais Gian n'avait aucune envie de se retrouver parmi un groupe de pèlerins qui s'arrêteraient à chaque église rencontrée ; il fut donc heureux d'être accosté, à la porte de la ville, par un jeune homme qui lui demanda s'il pouvait se placer sous la protection de son escorte armée. Il avait lui aussi l'intention de se rendre à Rome, et son beau visage sérieux rappela à Gian l'archange Gabriel dans un tableau représentant l'Annonciation qu'il avait eu l'occasion d'admirer récemment à Florence. Il ne donnait cependant pas l'impression d'un homme pieux au point d'en être ennuyeux, et il pourrait peut-être même se révéler utile au cas où des bandits les attaqueraient.

Gian ne devait jamais savoir le nombre exact de couteaux, dissimulés sur sa personne, que le jeune homme aurait pu sortir en une telle occasion.

CHAPITRE XXXIII

« Nous faisons tous des erreurs »

Benno fut à la fois surpris et enchanté de découvrir un visage connu parmi les trois personnes et le palefrenier que le duc avait autorisés à se joindre à leur groupe. C'était la première fois qu'il voyait Agostino Da Sangallo, mais il n'eut aucun plaisir à découvrir son visage, avec ses yeux si rapprochés qu'on eût dit qu'ils ne se faisaient pas confiance, et des lèvres si minces qu'elles semblaient être réduites à un trait. Il était vêtu d'habits sobres mais de bonne qualité, et le brocart de son épouse paraissait familier à Benno sans qu'il sût pourquoi. Le visage de la femme était dissimulé sous un voile derrière lequel la malheureuse devait suffoquer, mais sa façon de se mouvoir, ainsi que le fait que son époux la cachait avec un tel soin, convainquit Benno qu'il serait intéressant de découvrir ses traits.

C'est alors qu'il aperçut le visage qu'il connaissait. Parfaitement dépourvu de séduction, il ressemblait à une longue tranche de gâteau avec des raisins de Corinthe à la place des yeux, et sa propriétaire fit mine de ne pas reconnaître Benno. Il se souvint aussitôt de l'endroit où il l'avait vue, dans cette maison de Pietra, quand elle l'avait brusquement réveillé et jeté dans la rue où il allait passer une matinée affreuse à errer à la recherche de son maître. C'était en effet Perpetua, assise en croupe derrière un palefrenier d'allure fruste, et leur maîtresse devait être la femme avec qui Sigismondo avait passé la nuit, et ce brocart était l'étoffe qu'ils l'avaient vue acheter, et cet homme devait donc être le mari jaloux. Benno, qui avait failli parler à Perpetua, comprit que c'eût été la dernière chose à faire. Il continua donc à afficher son expression habituelle d'insondable stupidité et sut dans l'instant que ce voyage ne donnerait lieu à aucun badinage, car Da Sangallo allait surveiller tout le monde avec la suspicion amère qui était la sienne.

À un quart de lieue de Rocca, le maréchal les rattrapa et, plus comme on livre des prisonniers que comme on présente des compagnons de route, leur remit les frères Pantera.

Tous deux paraissaient très satisfaits de cet arrangement ; peut-être, se dit Benno, que Sigismondo lui-même n'était pas mécontent de pouvoir les tenir à l'œil ; en revanche, Agostino Da Sangallo se déclara extrêmement contrarié. Prêtant à peine attention aux présentations que fit Sigismondo, il saisit aussitôt par la bride la jument de son épouse et l'emmena dans le groupe des moines.

Sigismondo avait obtenu des soldats qu'ils remplacent les cordes qui entravaient les poignets du frère Ieronimo par des tresses de lin ; les cordes avaient déjà irrité la peau et une semaine de voyage aurait transformé les ecchymoses en plaies suppurantes. Benno entendit le moine illuminé chanter un psaume de pénitence qu'il aurait sans doute été plus approprié d'entonner avec moins d'allégresse.

Sigismondo chevauchait en tête de colonne, seul ou accompagné du sergent commandant les gardes. Derrière venaient le valet des Pantera, et enfin les quatre autres hommes de l'escorte.

Ils purent accélérer un peu l'allure une fois qu'ils eurent quitté la vallée, où la boue creusée d'ornières et piquetée de traces de sabots de la large route était devenue en séchant dure comme de la pierre. L'étendue pelée qui couvrait le flanc de la colline procurait un bien meilleur terrain, même aux endroits où la roche affleurait. Pourtant, lorsque le crépuscule tomba, ils étaient encore loin de tout relais. Ils dressèrent donc leur campement au bord d'un large ruisseau traversé par un gué, allumèrent un feu, et le sergent plaça une sentinelle au sommet d'une colline rocheuse toute proche.

Les Da Sangallo et leurs serviteurs maintinrent une distance bien peu sociable, mangeant et buvant seuls. Le palefrenier tenta de se rapprocher petit à petit de Perpetua, qui, au fur et à mesure, dut s'éloigner de lui jusqu'au moment où elle buta contre son maître, qui la rabroua vertement. Benno se demanda combien de temps il faudrait au quatuor pour rejoindre le gros de la troupe au cas où un danger soudain se présenterait.

Olivero sortit une bouteille de vin, qu'il commença par proposer aux soldats avant de la passer brusquement à Sigismondo, comme s'il venait de prendre une décision.

— Remplissez votre coupe, l'ami. C'est du bon. Ça noiera nos différends, pas vrai ? J'vous en veux pas d'avoir tué mon oncle ! fit Olivero qui, voyant quelque chose passer sur le visage de Sigismondo, s'empressa d'ajouter : Tout ça n'était qu'un malentendu. Après tout, il a eu ce qu'il cherchait. Quant à la fouille qu'on nous a infligée au Palazzo Bandini, c'était la volonté du duc, pas la vôtre. Vous et moi, nous avons combattu ensemble contre des brigands. Si nous devons recommencer, que ce soit en bons camarades.

Sigismondo inclina la tête. Aux yeux de Benno, l'expression de son maître à ce moment-là était plus démoniaque qu'approbatrice, mais cela n'arrêta pas Olivero. Il se pencha devant le frère Filippo, qui buvait son vin à petites gorgées comme s'il s'infligeait une pénitence et, prenant la bouteille des mains de Ferondo, se redressa et emplit la coupe de Sigismondo.

— Buvez, buvez ! J'en ai emporté une bonne provision.

Malgré sa bonne humeur, ou peut-être à cause d'elle, Olivero, dans son rôle de généreux fournisseur de vin, semblait boire moins que d'habitude. Le frère Ieronimo but sa coupe avec une simplicité parfaite. Sans tenter de prendre part à la conversation, il resta assis à observer la tombée du soir avec l'air de quelqu'un qui est enchanté par tout ce qu'il voit. Soudain il tendit le doigt.

— Qu'est-ce qu'il y a en haut de cette colline ?

Chacun se tourna pour regarder, et Benno ne fut pas le seul à imaginer une bande de brigands les guettant avant de se ruer à la curée. La silhouette dentelée d'une ruine se découpait sur le vert pâle du ciel. Un des gardes satisfit la curiosité de tous.

— C'était un ermitage. Ma tante m'a raconté qu'elle y montait pour porter à manger à l'ermite, jusqu'à ce qu'il meure. C'était un saint homme, les gens venaient le voir de la région entière.

— J'aimerais aller prier là-bas, déclara le frère Ieronimo en se levant.

D'un coup sec sur sa manche, Torquato le fit rasseoir.

— Il n'en est pas question. Tu diras la messe avec nous avant que nous allions dormir.

Le moine ne protesta pas, mais il resta les yeux fixés sur le sommet de la colline pendant que chacun se préparait pour la nuit. Agostino édifia une barricade de sacs et d'effets divers autour de son épouse. Elle avait dû relever son voile afin de pouvoir manger, mais il l'avait obligée à se détourner de la lumière du feu, alors qu'elle en était pourtant éloignée, et avait envoyé Perpetua intercepter Olivero qui leur apportait la bouteille de vin avant qu'il atteigne leur petit groupe et puisse le polluer de son regard inquisiteur. Agostino semblait redouter les intrusions issues de sa propre troupe presque autant qu'une attaque de brigands, et Benno s'aperçut que son comportement ne faisait qu'alimenter les spéculations des Pantera au sujet de son épouse, à tel point que le frère Filippo, dégoûté, se retira.

Les soldats s'étaient déployés en cercle autour du campement, et celui qu'un lien rattachait au frère Ieronimo fut chargé de la première faction. Sous le regard sévère du sergent, il n'avait accepté qu'une demi-coupe du vin d'Olivero mais, comme pour le consoler, Olivero s'attarda pour bavarder avec lui, un bras amicalement posé sur ses épaules, avant de rejoindre Ferondo et leur valet dans le bivouac confortable qu'ils s'étaient aménagé près du feu. Benno s'occupa de son cheval et de celui de Sigismondo, puis porta leurs selles au pied de la colline, où son maître avait choisi un endroit où dormir. Le vin d'Olivero était fort et épais, d'une qualité à laquelle Benno n'était pas habitué, et qui le fit bâiller tandis qu'il étendait par terre le manteau de Sigismondo. Biondello tournicota plusieurs fois sur celui de Benno, puis, enroulé sur lui-même, le nez posé sur la queue, roula des yeux pour voir ce qui retenait sa couverture de venir se coucher.

— Est-ce que... fit Benno avant de bâiller à s'en décrocher la mâchoire. Est-ce que Rome est encore loin ? Y arriverons-nous bientôt ?

Sigismondo lui avait expliqué que le monde était immense, et Benno imaginait vaguement qu'il s'étendait sur de nombreuses lieues au-delà de l'horizon, dont certaines étaient couvertes de neige toute l'année, ou encore de sable ; mais du moment que Rome n'était pas située de l'autre côté de la mer, il imaginait qu'il ne faudrait pas plus d'un jour ou deux pour y arriver. Lorsqu'il s'était rendu en France avec Sigismondo l'année précédente, il leur avait fallu plusieurs semaines pour y parvenir, mais il s'agissait là d'un pays étranger. Son maître s'allongea.

— Trop tôt pour certains, répondit-il en s'enveloppant de son manteau.

Et sur cette remarque ambiguë, il ferma les yeux et, presque aussitôt, émit une respiration profonde et régulière. Benno se pelotonna autour de Biondello afin de le protéger de la brise nocturne, puis prêta l'oreille aux bruits de la campagne environnante, au doux murmure de la rivière, au crépitement du feu que quelqu'un alimentait; il se demanda si le « certains » de la réponse de Sigismondo était une allusion au malheureux frère Ieronimo qui, en dépit de son manque total d'appréhension, allait sans doute à la rencontre d'un sort terrible. On avait beau mettre ce qui s'était passé sur le dos du Diable, ce n'est pas lui qui en subirait le châtiment.

Le visage du frère Ieronimo flotta dans les rêves de Benno, puis il le vit gambader en chantant à tue-tête tandis qu'il brandissait une hache parmi des monstres volants drapés de voiles. Un des monstres s'immobilisa au-dessus de Benno, et de ses griffes s'apprêta à écarter son voile et à découvrir, savait Benno, quelque chose dont la vue le tuerait. Il se réveilla brusquement, le corps en sueur, prêt à pousser un hurlement, et découvrit devant lui, à la clarté de la lune, le visage du frère Ieronimo.

— Que Dieu soit avec toi, mon fils. Que se passe-t-il?

Que se passait-il, en effet? se demanda Benno en se redressant. Derrière le frère Ieronimo, deux silhouettes, se découpant en noir sur le ciel nocturne, luttaient dans le même silence que dans les rêves. L'instant d'après, une hache atterrit aux pieds de Benno, faisant exécuter à Biondello un saut arrière digne d'un véritable acrobate.

Apparemment ignorant de ce qui se passait dans son dos, le frère Ieronimo ramassa la hache et l'examina au clair de lune. Il était en train de formuler un commentaire à son sujet lorsqu'un des deux protagonistes poussa un cri et tomba à genoux, le bras tordu dans le dos par son adversaire, en qui Benno, qui s'était à présent ressaisi, reconnut Sigismondo.

La hache à la main, le frère Ieronimo se précipita pour intervenir.

— Ce n'est pas un brigand, mon fils. C'est ton ami.

À ce moment, l'homme agenouillé releva la tête, et l'on put reconnaître en lui Olivero, ce qui ôta beaucoup de crédit à la remarque. Pourtant, non seulement Sigismondo lâcha Olivero, mais il l'aida à se remettre debout puis — non sans une certaine brusquerie — l'épousseta.

— Une erreur ! dit-il. Nous faisons tous des erreurs...

Olivero désigna la hache que tenait toujours le frère Ieronimo, et que Sigismondo lui reprit promptement.

— Je l'ai surpris avec ça alors qu'il était en train de s'approcher de vous sur la pointe des pieds, et je venais juste de la lui arracher quand vous vous êtes réveillé. Idiot que j'étais ! J'avais presque eu pitié de lui. Je l'ai emmené jusqu'à cet ermitage où il voulait prier, et il s'est mis à chanter. Il ne voulait plus s'arrêter et j'ai fini par m'endormir... Il devait avoir la hache dissimulée sur lui... Quand je me suis réveillé, je l'ai vu en train de se faufiler dans l'obscurité, prêt à tuer la première personne qui lui tomberait sous la main !

Curieux que le frère ait préféré s'éclipser dans le noir, songea Benno, plutôt que de fendre le crâne d'Olivero endormi près de lui. Peut-être le Diable était-il suffisamment malin pour lui désigner comme cible l'homme chargé de l'emmener devant la justice papale. Les cheveux dressés sur la tête, le frère Ieronimo, pour sa part, n'avait pas l'air très malin. Il considérait Olivero comme si c'était lui le plus fou des deux, et n'opposa aucune résistance quand ce dernier, le saisissant par les poignets, voulut l'entraîner. À ce moment-là, leurs compagnons commençaient à se réveiller. Benno se prit à espérer qu'ils auraient été plus rapides au cas où des brigands les auraient attaqués.

— Attendez, fit Sigismondo d'une voix aussi impressionnante que le chuintement d'une épée qu'on dégaine. Où est le garde qui était chargé de le surveiller ?

Comme d'autres soldats de l'escorte, celui-ci venait

justement de les rejoindre en toute hâte. Le reste de la troupe était à présent sur pied. Des armes luisaient sous la lune. Olivero saisit le ruban de lin qui pendouillait au poignet du garde et entreprit de ligoter avec brutalité les poignets du frère Ieronimo. Centre de l'attention générale, Sigismondo resta immobile à observer la scène, et c'est à lui, et non au sergent qui tentait furieusement d'intervenir, que le garde, qui tressautait à cause des mouvements brusques d'Olivero, s'adressa pour s'excuser.

— Je l'ai détaché parce que le Signor Pantera m'a promis de rester avec lui et de veiller à ce qu'il ne s'échappe pas. J'ai pensé qu'il n'y avait pas de mal à ça.

D'après la peur qui imprégnait sa voix, il avait changé d'avis à ce sujet. Sigismondo se contenta d'adresser un hochement de tête au sergent, qui emmena l'homme, lui-même suivi du frère Ieronimo auquel il était à nouveau lié. Benno se demanda si l'on détacherait le frère pour administrer au garde la volée de coups dont il allait écoper, ou si le sergent déferait les liens approximatifs d'Olivero afin de le confier à un gardien plus fiable.

Sigismondo, pendant ce temps, étreignait Olivero et lui parlait avec une affabilité si fausse qu'elle en était offensante.

— Je dois *absolument* vous remercier de m'avoir sauvé la vie, messire. Ma dette envers les Pantera est énorme ! Mais je m'en acquitterai, n'ayez crainte. Je ne suis pas homme qui oublie d'honorer très vite ses dettes.

Quand Sigismondo desserra son étreinte, Olivero avait l'air d'un homme qui a besoin de compter ses côtes pour s'assurer qu'elles sont encore toutes là. Il avait sans doute compris la véritable signification des propos de Sigismondo. Benno trouva qu'avoir facilité la libération du frère Ieronimo afin de lui imputer la responsabilité d'une attaque contre Sigismondo était une manœuvre très astucieuse. Olivero devait avoir emporté jusqu'à l'ermitage une des haches dont on se servait pour débiter le bois pour le feu, avant de faire redescendre le frère Ieronimo au bas de la colline, du côté où dormait Sigismondo.

Des cris étouffés s'élevèrent en aval de la rivière, là où on était en train de battre le garde, et ils se mêlèrent à la voix sonore de quelqu'un en train de prier. Benno ramassa Biondello et le serra contre lui tout en regardant Sigismondo se recoucher. On entendit les grommellements de ceux que les événements avaient contrariés — comme Ferondo, déçu par le récit que lui faisait son frère —, mais la lune, du haut du ciel, brillait sur un Sigismondo serein.

— L'a essayé de vous tuer, pas vrai ? chuchota Benno.

— Hé, voilà une question qu'il était inutile de poser. Et il réessayera, n'en doute pas. Mais pas cette nuit.

Benno espérait ardemment que Rome n'était plus très loin.

CHAPITRE XXXIV

« Il vivra, si Dieu le permet »

La nouvelle leur parvint vers midi. Il faisait tellement chaud qu'on aurait pu se brûler les doigts rien qu'en touchant une pierre, mais tous savaient depuis longtemps qu'il ne fallait jamais faire une chose aussi stupide. Ce savoir leur avait peut-être été soufflé par la nature elle-même, car ils vivaient en étroite communion avec elle. Comme elle, ils étaient impitoyables. Les récoltes sont parfois perdues, le bétail périt, les hommes meurent de faim. Pour survivre, il fallait tirer profit de tout ce qui se présentait.

Ce qui se présenta ce jour-là, et que leur rapporta un enfant qui faisait le guet, était une troupe prometteuse de voyageurs chevauchant sur la piste qui serpentait en dessous d'eux. Elle était prometteuse parce qu'elle n'était pas très importante et que seuls deux ou trois hommes armés en assuraient la protection. Le chef de la bande de paysans, le visage ombragé par son chapeau de paille, échafauda un plan tout en observant le petit groupe entre deux rochers. L'un des cavaliers au moins était richement vêtu, il devait posséder des bagues et une chaîne qu'ils pourraient revendre, sans compter ses habits, bien entendu. L'homme était jeune, il savait probablement se servir de son épée, donc il convenait de s'en débarrasser en premier. L'autre, qui devait être son compagnon, ne leur poserait assurément aucun problème. C'était un individu mince, joli comme une fille, qui était sans doute plus enclin à pousser des cris d'orfraie qu'à combattre, et on tirerait un bon prix de ses cheveux blonds auprès d'un fabricant de perruques.

Le chef de bande se remit debout sans bruit, plaça une pierre dans sa fronde et leva la main pour donner le signal à ses comparses. De bons repas les attendaient sous peu.

La première et la seule chose qui fit comprendre à Gian Pantera qu'ils étaient tombés dans une embuscade fut le coup violent qui l'atteignit sur le côté du crâne. Il aurait peut-être pu s'en remettre si son cheval ne s'était pas emballé, ce qui était aussi bien car il l'emmena loin du lieu de l'attaque. Lorsqu'il n'eut plus la force de tenir les rênes, sa monture le précipita à terre avant de tourner en rond, agitée de frissons. Ensuite elle se mit à brouter un buisson voisin.

Des cris et un piétinement confus de sabots s'élevaient du défilé rocheux où avait eu lieu l'attaque. Les pierres que les agresseurs lançaient et les rochers qu'ils précipitaient au bas de la pente avaient atteint plusieurs des voyageurs. L'effet de surprise était à présent perdu et il fallait faire vite avant que du sang ne tache les beaux habits. On s'occuperait ensuite de rattraper le fuyard.

Dévalant le flanc de la colline, deux hommes se jetèrent sur un soldat, trois sur un autre. Ils s'emparaient des brides des chevaux, frappaient à coups de gourdin les bras qui brandissaient une épée, essayaient de retirer les pieds des étriers. On jugea qu'un seul suffirait à maîtriser le jeune homme frêle. Le brigand saisit la bride de sa monture : ce fut une erreur. Tandis que ses doigts sectionnés serraient encore la bride, il fut renversé et succomba, piétiné par de lourds sabots. Un couteau fila en une trajectoire argentée et se ficha dans le cou d'un des paysans ; un autre, tenu en main par Angelo, s'enfonça profondément dans le bras armé d'un gourdin qui tentait de le frapper. Le chef des attaquants, voyant que la situation se retournait contre eux, donna le signal de la retraite avec la même rapidité qu'il avait engagé l'attaque et, alors qu'il escaladait les rochers, reçut un couteau entre les omoplates, partit en arrière et débaroula au bas de la pente où il s'immobilisa, le chapeau sur le visage, comme s'il dormait.

Un soldat de l'escorte gisait au sol, mort, un paysan à qui un des cavaliers avait donné un coup de pied sous le menton était allé s'étaler en croix sur un rocher où il remuait faiblement. Un brigand avait succombé à un coup d'épée, un autre qui tentait de rattraper le cheval emballé écopa d'un nouveau poignard volant, un autre encore s'enfuit à toutes jambes le long de la piste. Le soldat qui restait en selle fit faire demi-tour à son cheval, piqua des deux et le renversa. Le dernier des brigands, à genoux à côté du cadavre de leur chef, joignit les mains et, les tendant vers l'ange blond, implora pitié. Au même moment il se souvint d'un voyageur qui avait fait la même chose devant lui, et dont il portait le pourpoint ensanglanté. Il n'en fut pas moins étonné de voir l'ange se pencher calmement sur sa selle et le poignarder en plein cœur.

Angelo récupéra les trois poignards qui avaient fait mouche et les deux qui, parce qu'ils visaient des cibles se déplaçant parmi des chevaux qu'il importait de ne pas toucher, avaient raté leur coup. Il regardait un des attaquants qui, accroupi, tentait d'arrêter le flot de sang qui s'écoulait de son bras droit lorsque le soldat revint, courbé sur le pommeau de sa selle et se tenant les côtes.

— Je ne peux pas attendre, fit Angelo. Je dois rejoindre Pantera.

Le garde lui jeta un coup d'œil et constata qu'il ne changerait pas d'avis.

— Aide-moi à mettre mon camarade en travers de son cheval, dit-il. Les femmes de ces scélérats vont venir et tu sais ce qu'elles feront à son cadavre.

— Si tu traînes, elles te feront la même chose sans attendre que tu sois mort. Laisse-le et essaie de sauver ta peau.

Et sur ce sinistre conseil, Angelo enfonça ses éperons dans les flancs de sa monture et fila, projetant un nuage de poussière au visage du brigand dont le sang coulait sur les pierres. Lui, en tout cas, se félicitait qu'Angelo n'ait pas plus de temps à perdre.

Le sergent qui commandait l'escorte de Sigismondo fut le premier à entendre derrière eux un martèlement de sabots. Il avait pris la tête de l'arrière-garde tandis que Sigismondo ouvrait la route, et même s'ils avaient eu jusqu'ici de la chance, tous savaient qu'en cette dernière étape de leur voyage, juste avant l'arrivée à Rome, les probabilités de subir une attaque étaient grandes. Chez les nombreux voleurs et assassins habitant la grande ville, il était d'usage, afin d'agrémenter un peu la routine, d'effectuer des sorties hors des remparts et, enrichis de quelque butin, d'en regagner la protection avant le crépuscule. Ces brigands s'avéraient beaucoup plus redoutables que les bandes de paysans car, en professionnels qu'ils étaient, ils n'avaient pas peur de s'attaquer à forte partie.

Après avoir averti la petite troupe qui le précédait, le sergent fit demi-tour et dégaina son épée. Les deux hommes qui l'accompagnaient l'imitèrent. Les poursuivants, qu'on entendait mais qu'un pan de colline dissimulait encore à la vue, avaient dû repérer leurs traces et apercevoir le nuage de poussière qu'ils soulevaient, et paraissaient, pour on ignorait quelle raison, pressés de les rejoindre.

Lorsque les gardes découvrirent qui les suivait, ils abaissèrent leurs épées. Il s'agissait de deux chevaux, l'un monté par un jeune homme blond, vêtu d'habits simples mais de bonne qualité, tandis que l'autre, qu'il menait par la bride, transportait un jeune homme à la tête enveloppée de bandes de tissu qui vacillait sur sa selle, à laquelle il était attaché. Apercevant l'escorte, le jeune homme blond ralentit l'allure et avança vers eux au petit trot. L'autre avait les yeux clos et, même si le sergent n'ignorait pas qu'une ruse fût toujours possible, il savait aussi d'expérience qu'il était difficile d'imiter la pâleur verdâtre du visage bandé. Sans rengainer son arme, il alla à la rencontre des cavaliers.

— Nous avons besoin de protection jusqu'à Rome. Je peux vous payer.

Le sergent comprit qu'il avait affaire à un homme qui ne perdait pas son temps.

— C'est à lui qu'il faut demander, répondit-il en hochant la tête en direction de Sigismondo qui les rejoignait. C'est lui qui commande.

Sigismondo arriva. Il avait en effet l'allure de quelqu'un qui commande.

Tandis qu'il immobilisait son cheval et inclinait avec courtoisie la tête à l'adresse d'Angelo, il était impossible de deviner que celui-ci travaillait sous ses instructions. L'explication que fournit Angelo fut brève :

— Des voleurs nous ont attaqués. Nous avons besoin d'aide.

Sigismondo s'approcha de Gian Pantera, saisit la bride de son cheval et examina le cavalier.

— Cet homme doit être allongé tout de suite. Il n'est pas en état de monter. Il faut soigner sa blessure le plus vite possible si on veut le sauver.

— Eh bien, il peut... il doit aller s'allonger dans ma litière. C'est là qu'il sera le mieux, le pauvre.

C'était une voix féminine, une voix que personne, à part Sigismondo, qui la connaissait bien, n'avait jusqu'alors entendue parmi le groupe de voyageurs. Les autres cavaliers avaient fait demi-tour et s'étaient rassemblés aussi près des nouveaux venus que la largeur de la piste et son encombrement le permettaient. D'une voix furieuse, Agostino Da Sangallo coupa court au murmure approbateur qui s'éleva.

— Non ! Non ! Mon épouse a besoin de sa litière. Elle ne doit pas chevaucher par cette chaleur.

— Laissons cette dame en décider, dit Sigismondo en descendant de cheval.

Jusqu'alors, et en dépit des exhortations de son époux, ladite dame avait refusé d'utiliser sa litière dont les rideaux l'auraient dissimulée bien plus efficacement que les voiles qui masquaient son visage. Mais les valets amenaient déjà la voiture, qu'ils arrêtèrent près du blessé.

— C'est très aimable à vous, madame, fit Sigismondo d'une voix impersonnelle tout en défaisant les liens qui retenaient Gian au pommeau de sa selle.

Puis il souleva Gian comme un bébé et le porta jusqu'à la litière où il l'allongea sur le matelas de soie verte et les coussins. Sigismondo commença par soulever le méchant bandage et, parmi les cheveux englués de sang séché, découvrit une bosse de la taille d'un œuf de poule. Puis il écarta les paupières du jeune homme pour examiner ses yeux, que le soleil éblouit un instant avant que Sigismondo les laisse se refermer.

Deux des voyageurs se frayèrent alors un chemin parmi le groupe et demandèrent si on allait encore traîner longtemps ainsi. Sigismondo faisait faire demi-tour à son cheval lorsque quelqu'un s'écria :

— Par les ossements des saints, c'est Gian ! Est-il mort ?

Le vif espoir que trahissait la voix d'Olivero n'échappa à personne. Sigismondo tira les rideaux pour protéger le blessé du soleil et des regards inquisiteurs.

— Il vivra, si Dieu le permet et si nous arrivons suffisamment vite à Rome pour lui procurer un bon lit.

Il remonta sur son grand rouan et, d'un geste du bras, donna à la petite troupe l'ordre de reprendre sa route. Cette fois, le sergent se plaça en tête tandis que Sigismondo chevauchait à hauteur de la litière. Agostino posa à Angelo la question d'un éventuel dédommagement pour l'utilisation du véhicule, mais devant le refus glacial qu'il essuya, il s'éloigna en marmonnant avec son épouse ; le visage de celle-ci était toujours voilé, mais une épaisse tresse de ses cheveux retenus par des rubans pendait dans son dos et bondissait au rythme de sa monture. Olivero et Ferondo éperonnèrent leurs chevaux et, penchés l'un vers l'autre, échangèrent quelques mots.

Benno, qui cheminait à hauteur du second cheval tirant la litière, regarda son maître parler avec Angelo et se demanda s'il le remerciait de leur avoir amené Gian Pantera. Si le groupe avec lequel Angelo voyageait avait été attaqué par des brigands, il ne devait pas en rester beaucoup pour se lamenter sur leur erreur. Peut-être qu'après tout la fortune avait décidé de leur sourire. En supposant que malgré les recherches du maréchal, l'un ou l'autre des Pantera détenait la croix, ils étaient désormais sous la surveillance directe de Sigismondo.

Mais d'un autre côté, Sigismondo pouvait difficilement les fouiller une nouvelle fois, et lorsqu'ils auraient atteint Rome, il ne pourrait plus les tenir à l'œil. Sa première tâche serait de présenter le frère Ieronimo à la justice et de remettre au pape la lettre du duc Ludovico. Les Pantera se fondraient dans l'immense cité — que Benno, pour avoir vu Paris, essayait d'imaginer — et seraient libres, dans l'éventualité où ils aient récupéré la croix, d'en faire ce qu'ils voudraient. Benno avait passé de mauvaises nuits depuis qu'Olivero avait agressé son maître. À présent, Gian représentait un nouveau fardeau pour Sigismondo car il devrait le protéger contre ses cousins. Le père d'Olivero avait été tué par celui de Gian à l'issue du combat auquel ils avaient tous deux succombé, et, en songeant au regard fixe et inexpressif d'Olivero, Benno se dit que celui-ci n'aurait aucun scrupule à tuer un homme inconscient. Il soupira.

À l'avant de la colonne, le frère Ieronimo entonna gaiement un psaume.

CHAPITRE XXXV

Rome

Rome était terrifiante.

Benno la sentit et l'entendit avant de la voir. Ils avaient dépassé des petits groupes de masures délabrées et il s'attendait à ce que les maisons deviennent de plus en plus denses à mesure qu'ils approchaient de la ville, c'est pourquoi ce qu'il découvrit l'étonna. Lorsqu'ils franchirent enfin un des ponts menant à la cité, il sentit son estomac se retourner. Le cours d'eau qu'ils traversèrent, loin d'être une rivière turbulente à l'image de celle qu'il voyait à Rocca, coulait paresseusement comme si elle devait franchir d'innommables obstacles. L'eau était basse et ses rives malpropres, et les gens qui paraissaient en fouiller la vase semblaient eux aussi faits de boue. Au bout du pont, une rangée de têtes empalées sur des piques leur souhaita la bienvenue à Rome. C'étaient des visages que leurs propriétaires avaient depuis longtemps cessé d'utiliser, et même l'oiseau qui picorait les orbites vides de l'un d'eux semblait mécontent. Lorsqu'ils passèrent devant, la puanteur qui s'en dégageait fit toussoter même les soldats, tandis que, sous son voile, dame Felicia émettait une exclamation étouffée en portant un flacon de parfum à ses narines. Perpetua, qui ne disposait pas de ce genre de réconfort, mit une main devant sa bouche et ferma les yeux. Le valet d'Agostino, Nuto, que les rebuffades répétées de la servante n'avaient pas découragé, saisit la bride de sa mule et la mena avec tendresse. Les moines commencèrent à psalmodier une prière à voix basse. Le museau en éveil, Biondello sortit la tête du justaucorps de Benno avant de se réfugier sous son aisselle. Seul l'homme allongé dans la litière pénétra dans Rome sans réagir au puissant stimulant olfactif.

Au-delà du pont, ils s'engagèrent dans un lacis de rues étroites au sol de terre et de pierre jonché de détritus, et emplies d'une population vociférante. Les ruelles étaient bordées de hautes maisons percées de fenêtres obscures d'où leur parvenaient d'autres bruits, et d'où jaillit même, à un moment, une pluie de déchets de légumes. Les passants tiraient sur les brides des chevaux, des individus louches à l'accent extravagant proposaient des choses incompréhensibles — même si le message délivré par deux filles vêtues de rose et d'écarlate, avec des rubans jaunes dans les cheveux, qui soulevèrent leurs jupes au passage de frère Filippo en hurlant de joie, était dépourvu de toute ambiguïté.

Agostino Da Sangallo fut le premier à annoncer son intention de quitter le groupe. Il serait sans doute parti sans dire au revoir s'il n'avait tenu, en dépit des protestations de son épouse, à réclamer sa litière.

— Nous voici à Rome. Il y aura bien un couvent pour accueillir le jeune homme et s'occuper de lui, fit Agostino en écartant le rideau de la litière, dans laquelle Gian Pantera tentait de se hisser sur un coude et de comprendre où il se trouvait. Vous voyez, il est suffisamment rétabli pour pouvoir remonter à cheval.

— Ne bougez pas, fit Sigismondo d'une voix qui commandait obéissance. Gian Pantera reste avec moi et il a encore besoin de la litière. Je vous la ferai parvenir là où vous logerez et je suis sûr qu'une fois remis sur pied, ce jeune homme vous dédommagera pour le prêt.

Puis, avec un large sourire, il ajouta :

— Votre charité chrétienne n'aura pas été prodiguée en vain, messire : nous vous joindrons à nos prières.

— Il vous faut notre permission, Sigismondo, intervint alors Olivero en obligeant Agostino à s'écarter devant son gros cheval noir.

De la litière, Gian Pantera fixa son cousin avec une expression incrédule.

— Vous devez solliciter notre permission pour soustraire un Pantera aux soins de ses parents. Il a besoin d'être entouré de sa famille dans ce genre de circonstances.

Afin de s'assurer qu'il ne se rétablira pas, supposa Benno, qui fut alors stupéfait de voir Sigismondo incliner la tête en signe d'assentiment.

— Tout homme a le droit de bénéficier de l'attention familiale, et je veillerai à ce qu'il en soit ainsi. Mais d'abord... fit Sigismondo en commandant volte-face à son rouan, ce qui empêcha Olivero de s'emparer de la bride du cheval d'attelage de la litière. D'abord nous devons nous acquitter de notre mission. Mon père, où voulez-vous emmener le frère Ieronimo ?

Torquato désigna au bout de la rue un bâtiment dont même le soleil romain ne parvenait pas à égayer la masse sombre.

— Nos frères nous accueilleront là-bas. Le frère Ieronimo sera gardé nuit et jour jusqu'à ce que Sa Sainteté prononce un jugement à son égard.

Le frère Filippo acquiesça d'un hochement de tête sévère et le frère Ieronimo, rappelé au présent par la prononciation de son nom, reporta sur le père Torquato le sourire béat qu'il promenait sur la foule alentour. Attendrie par son air paisible, une aimable matrone revenant du marché lui avait donné une pomme, dans laquelle il mordit avec enthousiasme tout en écoutant les projets le concernant. Autour de leur groupe qui bloquait l'entrée de la rue, une petite foule s'était assemblée, parmi laquelle quelques inévitables mendiants. Le frère Ieronimo déposa soudain dans la main tendue de l'un d'eux la pomme qu'il venait à peine d'entamer. Trois autres jeunes filles avec des rubans jaunes dans les cheveux s'étaient également approchées, et Benno constata qu'il avait eu en quelque sorte raison de penser que deux d'entre elles, qui arboraient des rubans identiques, étaient sœurs. Il se souvint que quelques jours plus tôt, Olivero avait annoncé au frère Filippo, qui en avait été révulsé, que Rome comptait quatorze mille prostituées, mais Benno s'était demandé comment il le savait.

Sigismondo et le sergent des gardes se consultèrent pendant que les frères Pantera s'efforçaient de récupérer leur cousin. Celui-ci, livide, s'était rallongé sur les coussins et avait fermé les yeux. Reprendre conscience, de toute évidence, ne lui avait pas été agréable. S'apercevant que la litière était à présent réclamée par Olivero, Da Sangallo essaya de discuter avec lui jusqu'à ce que son inquiétant regard fixe le réduise au silence. Derrière lui, sa servante Perpetua observait les prostituées avec une curiosité mitigée, comme si elle se disait qu'attacher un ruban jaune dans ses propres cheveux pourrait transformer considérablement son allure et sa vie. Non loin d'elle, Angelo observait la scène avec indifférence. On aurait pu croire qu'il avait passé toute sa vie à Rome, et chacun remarqua qu'aucun mendiant ne lui demandait l'aumône.

Il s'avéra que les soldats avaient pour mission d'escorter les moines et leur prisonnier jusqu'au monastère de leur ordre que Torquato leur avait indiqué. Sigismondo remit au sergent une bourse que lui avait confiée le duc afin de payer le logis et les frais de voyage de ses hommes. Quand Benno entendit qu'ils devaient reprendre dès le lendemain le chemin de Rocca, il regretta de ne pouvoir partir avec eux. Rome était si peuplée et si étrange qu'en dépit de l'envie qu'il avait eue de la voir, elle lui faisait peur. Lorsqu'il était allé en France, il s'était attendu à ne rien comprendre de ce qu'il y verrait, mais c'était un choc de se sentir aussi dépaysé dans une ville où les gens étaient censés parler la même langue que lui. Où Sigismondo avait-il l'intention de passer la nuit dans ce lieu déroutant ? Son maître était justement en train de donner des ordres aux valets accompagnant la litière.

— Au Palazzo Pantera. C'est bien cela, n'est-ce pas ? fit-il en se tournant vers Olivero. Vous logez chez le cardinal ?

— Bien entendu, répliqua Olivero en adressant à Sigismondo un de ces sourires à la fausseté consternante dont il avait le secret. Et vous, messire, où allez-vous ?

— Moi, messire ? Oh, je vous suis. Le duc m'a confié des lettres à remettre au cardinal Pantera.

CHAPITRE XXXVI

« Vous avez une histoire à me raconter »

— De la pacotille. Du travail d'amateur.

La pierre en intaille roula sur le marbre de la table avec un son aigu qui fit écho au dédain de l'homme qui parlait ainsi. Il appuya sur la table l'extrémité de ses gros doigts cisaillés de cicatrices et souffla entre ses lèvres d'un air définitif.

— Ce sont des pièces antiques, vous savez.

— Peu importe l'époque où elles ont été faites, Votre Éminence. C'est quand même de la pacotille. De la pacotille antique.

Le cardinal Pantera soupira. Être un protecteur des arts s'avérait parfois bien difficile, en particulier lorsque vous aviez choisi quelqu'un comme Brunelli. Comme de plus en plus d'artistes à cette époque, Brunelli savait à peu près tout faire ; il pouvait vous tracer les plans d'un palais, superviser sa construction — si vous étiez prêt à affronter certaines frictions avec l'équipe chargée de la construction —, en décorer l'intérieur, exécuter les fresques, dessiner et fabriquer des couverts en or et en argent, et, lorsqu'il avait produit assez d'objets pour susciter l'admiration de vos amis et la vôtre, et l'envie de vos rivaux, il pouvait couler votre statue de bronze afin de rappeler à la postérité que vous aviez eu à la fois les moyens et l'intelligence de vous assurer les services d'un génie. Et c'est précisément ce que Brunelli s'apprêtait à faire pour le cardinal.

À l'instar de la plupart des génies, Brunelli ne se préoccupait absolument pas du travail d'autrui, car son extrême assurance lui soufflait que si une chose n'était pas faite à *sa* façon — ce qu'il était le seul à pouvoir accomplir —, alors elle ne valait même pas la peine qu'on s'y arrête. Il balaya du regard la splendide salle de réception du cardinal, ajourée de hautes fenêtres donnant sur la cour. Les murs étaient ornés de fresques de nymphes et de satyres jouant dans un paysage romantique. Il croisa les bras sur son torse puissant et eut un reniflement de mépris.

— C'est signé Leconti. Ça se voit du premier coup d'œil. De la bouillie insipide.

Le cardinal Pantera, qui examinait l'intaille refusée, releva la tête et balaya à son tour les fresques du regard, mais d'un air plutôt approbateur.

— Non, je les trouve très charmantes. Cependant, s'empressa-t-il d'ajouter en remarquant un léger mais inquiétant gonflement des traits de Brunelli, je ne vous ai pas fait venir ici pour parler de fresques. Son Éminence le cardinal Sforza m'a montré le magnifique bronze que vous avez fait de lui au printemps. J'aimerais...

Un martèlement de sabots accompagné d'exclamations sonores en provenance de la cour lui interdit de formuler son souhait. Il s'approcha de la fenêtre la plus proche tandis que la soie rigide de sa robe produisait un chuchotement en traînant sur le sol de marbre. Il observa avec intérêt l'homme à la tête du groupe qui venait d'entrer au palais, un homme qu'il n'avait jamais vu mais qu'on ne pouvait oublier une fois qu'on l'avait rencontré. Il avait la carrure d'un soldat, avec des épaules capables de porter l'armure et d'encaisser les coups, mais un visage d'une intelligence paisible qu'on rencontrait plus rarement chez un homme de guerre. Avec son air d'autorité, de retenue et de réflexion, il rappela au cardinal le buste de quelque empereur romain.

C'est l'homme qui l'accompagnait qui faisait le plus de bruit, et le cardinal Pantera le connaissait. Il se tourna vers Brunelli, qui, du bout d'un ongle, grattait le plâtre d'une des fresques, ce qui lui confirma la mauvaise qualité du support préparé par Leconti, et endommagea sans le vouloir le délicat sourire d'une nymphe.

— Je crains que vous ayez à revenir un autre jour, lui dit le cardinal d'un ton où l'excuse l'emportait sur l'irritation. Des parents à moi viennent d'arriver et je dois aller les accueillir.

Brunelli en fut contrarié, mais il était conquis par le visage du cardinal et avait déjà commencé à modeler en esprit ses traits. Un tel bronze serait par ailleurs généreusement payé, et Brunelli, qui avait pour habitude de garder dans des paniers d'osier l'argent qu'il gagnait afin que ceux qui visitaient son atelier puissent se servir, manquait toujours de moyens bien qu'il vécût de manière aussi frugale qu'un paysan. Il devait rémunérer ses assistants, acheter ses couleurs et son matériel, et il fallait bien manger. La grimace qu'il esquissa n'était pas dépourvue d'amabilité, et il se laissa reconduire par le serviteur qui répondit à l'appel de la petite cloche d'or posée sur la table parmi les intailles.

Ce n'était pas la première fois que Benno voyait un cardinal de près. À Rocca, le cardinal Pontano l'avait toujours beaucoup impressionné, et il s'était imaginé celui-ci — vision inquiétante — sous la forme d'un Olivero vêtu d'écarlate. À présent, alors qu'il suivait de si près Sigismondo, dont il portait le manteau et les lettres, qu'il fut autorisé à pénétrer dans la salle de réception, il comprit qu'il s'était trompé. Par certains aspects, le cardinal ressemblait certes à Olivero. Il avait les mêmes sourcils noirs et épais, mais les siens se relevaient en leur milieu comme en une expression plaintive. Il avait la même bouche large et, quand il parlait, il montrait de petites dents serrées de carnassier, mais sa voix était aussi douce que celle d'Olivero était rugueuse. En dépit d'un visage qui semblait indiquer que la vie ne l'avait pas ménagé, le cardinal Pantera était d'une courtoisie pleine de gentillesse. Lorsque Sigismondo mentionna les lettres du duc Ludovico et du cardinal Pontano, Benno les tendit à son maître, qui s'agenouilla et les présenta au cardinal.

Le cardinal examina avec attention Sigismondo tandis que celui-ci se relevait. Il brisa le gros sceau sur son ruban vert et déclara :

— Vous êtes le bienvenu, mon fils, et je vous prie d'accepter mon hospitalité. Mes cousins, je suppose, sont allés rejoindre leurs épouses, qui sont chez moi depuis quelques semaines... Vous avez sans doute l'intention de rester à Rome pendant que nous examinons cette terrible affaire concernant l'abbé Bonifaccio. Sa Sainteté souhaitera probablement que vous lui racontiez vous-même ce qui s'est passé. Dans son courrier, dit-il en tapotant du doigt le parchemin, Son Altesse me demande d'user de toute mon influence...

Les yeux noirs se firent modestes.

— ... pour veiller à ce que Sa Sainteté vous accorde très vite audience. Bien entendu, Sa Sainteté a déjà appris la nouvelle par le message que lui a adressé le duc, et elle est très choquée. Très choquée.

À cet instant, Olivero apparut brusquement à la porte, suivi de Ferondo. Peut-être avaient-ils rendu une brève visite à leurs épouses — le col d'Olivero était retourné d'un côté, les cheveux de Ferondo ébouriffés — mais ils paraissaient à présent impatients de saluer leur hôte. Il les examina d'un regard scrutateur tandis qu'ils s'inclinaient devant lui, et il dévoila à leur intention sa rangée de dents inférieure en une brève grimace qui tenait moins du sourire que du grondement d'un chat en colère.

— Ainsi vous êtes autant à Rome pour affaires, mes cousins, que pour venir chercher vos épouses ? Nous devons absolument, poursuivit-il en coupant court à la réplique d'Olivero, nous devons absolument parler tous les trois, très vite, à propos de certaines questions familiales, n'est-ce pas ?

Son regard se reporta sur Sigismondo et ses sourcils se firent encore plus plaintifs.

— Mon fils, le duc Ludovico vous recommande à moi parce que vous l'avez servi, lui et d'autres, en des circonstances délicates. Nous allons à présent boire ensemble une coupe de vin et vous allez me dire ce que je dois rapporter à Sa Sainteté.

Le cardinal agita la petite cloche posée sur la table.

Benno apprécia de voir le cardinal donner son anneau à baiser à Olivero puis à Ferondo, et leur dévoiler à nouveau, mais cette fois avec une expression attristée, ses dents du bas. Des serviteurs entourèrent les deux frères et les entraînèrent hors de la pièce. Une nouvelle fois, Olivero tenta de parler, mais le cardinal l'en dissuada en se détournant de lui pour faire signe à un serviteur d'emplir deux coupes de vin.

— Votre Éminence, commença Sigismondo d'un ton dont la gravité contrastait avec la voix voilée du cardinal, il y a en bas un autre parent à vous, étendu dans une litière, qu'il faudrait soigner pour une blessure à la tête. Gian Pantera.

— Vraiment ? fit le cardinal en haussant ses noirs sourcils. Nous allons nous en occuper.

Il adressa un hochement de tête à un serviteur qui venait d'apporter un tabouret doré recouvert de velours brun et de le poser à côté du bureau. Tandis que le serviteur ressortait en hâte et que l'on refermait la porte, le cardinal invita Sigismondo à y prendre place.

— Asseyez-vous. Vous avez une histoire à me raconter.

CHAPITRE XXXVII

On peut s'y faire absoudre de n'importe quoi

Ce soir-là, dans une chambre dont les nobles proportions convenaient à un envoyé du duc de Rocca, Sigismondo eut enfin l'occasion de se détendre. Il buvait l'excellent vin que lui avait procuré le majordome du cardinal, et que lui servait Benno dans une coupe en argent doré ornée des armes des Pantera surmontées d'un chapeau de cardinal. Benno, toujours aussi incorrigiblement négligé, constituait une incongruité dans ce décor, mais comme d'habitude il paraissait très à l'aise.

— Supposons que vous mettiez cette coupe parmi vos bagages, fit Benno en repensant à la méthode employée quelques semaines auparavant par Angelo pour retarder Olivero et Ferondo, tout le monde saurait où vous l'avez dérobée.

Il hésita et considéra Sigismondo. Était-il d'humeur à répondre à des questions ? Il sortit sa propre coupe en étain de ses bagages, se servit un peu de vin qu'il but à petites gorgées avant de se risquer à une nouvelle question. Sigismondo éclata de rire.

— Tu veux savoir ce que je pense, hein, Benno ? Hé, je l'ignore moi-même. Avec de la chance, nous devrions connaître sous peu l'opinion de Sa Sainteté.

— Est-ce que l'on va pendre le frère Ieronimo ?

— Tu sais aussi bien que moi que notre sainte mère

l'Église ne tue jamais. Le frère Ieronimo sera remis au bras séculier si le pape le juge coupable, et après ça, poursuivit-il en haussant les épaules et en écartant les doigts de sa main, il sera sans doute plus prêt que beaucoup à affronter la mort.

— Le croyez-vous coupable ?

— Il a eu la possibilité matérielle de commettre le crime ; il affirme l'avoir commis. Cela suffira à convaincre la plupart des gens.

— Beaucoup d'autres ont eu la possibilité de tuer l'abbé, non ? En premier lieu, les trois Pantera. Gian était au palais et personne ne sait où il se trouvait au moment où l'abbé a été tué. Olivero et Ferondo aussi étaient à Rocca, et vous avez dit que si c'est le Diable qui est effectivement tombé sur ce pauvre garde qu'on a retrouvé écrasé dans le jardin, c'est qu'il avait le poids d'un homme. Alors, ne pourrait-ce pas être Olivero ou Ferondo... ?

— Hum.

Sigismondo était en train de goûter une friandise faite de sucre cristallisé à l'eau de rose et recouverte d'une mince et luisante feuille d'or.

— Ce sont les meilleures *manus Christi* que j'aie eu l'occasion de manger. S'il était présent, c'est sans doute Olivero qui a manié la hache. Pendant que Ferondo, à mon avis, faisait le guet en bas.

— Mais il ne pouvait prévoir qu'il trouverait une hache. Comment pouvait-il savoir que la vôtre serait là ? Il aurait probablement utilisé sa dague plutôt qu'une hache, même s'il en traînait une dans les parages.

— Dis-moi, crois-tu qu'un homme qui craint tellement la sainte Église qu'il n'ose pas tuer par peur de se faire excommunier par l'évêque irait assassiner un abbé ?

Benno se gratta furieusement la tête.

— Ma foi... s'il est sûr que personne ne l'apprendra.

Aux pieds de Benno, Biondello s'étira avec volupté.

Sigismondo s'appuya contre le traversin de brocart rouge du lit, masquant la broderie au fil d'or représentant les armes de Pantera. Le blason figurait également sur la tête du lit, les glands du chapeau de cardinal encadrant une souple panthère dorée.

— Tu dis que n'importe lequel des Pantera aurait pu tuer l'abbé afin de récupérer la croix. Réfléchis : ils auraient pu tuer l'abbé et ne pas retrouver la croix. Tous trois ont été fouillés avec soin, ainsi que leurs affaires, et pendant que je soignais la blessure de Gian, je l'ai à nouveau fouillé.

Sigismondo offrit une friandise à Biondello, qui s'assit pour la manger, mais avec une expression de dédain pour les vanités de ce monde qui seyait à la perfection à l'hôte d'un cardinal. Il avala donc la feuille d'or sans faire montre de plus d'avidité qu'il l'eût fait pour manger un déchet de table. Sigismondo se rallongea et poursuivit :

— Souviens-toi, le coup qui a brisé la colonne vertébrale de l'abbé a également tranché la chaîne qui retenait la croix. J'imagine qu'elle a dû rester accrochée dans sa robe ou qu'elle est tombée par terre. Supposons que le meurtrier ait été en train de la chercher quand il a entendu le frère Ieronimo arriver en chantant...

Benno demeura silencieux. Quand le Diable était apparu au frère Ieronimo, il sortait de chez l'abbé, puis il avait bondi sur le parapet et, agitant ses grandes ailes, avait disparu dans les cieux. Benno avait été grandement rassuré par l'autre hypothèse, beaucoup plus humaine, à savoir que c'est Olivero qui, enveloppé de son grand manteau noir, et juché en équilibre précaire sur la balustrade, s'était laissé tomber sur le malheureux garde en faction dans le jardin. Mais si ce n'était pas le Diable, qui donc avait poussé le frère Ieronimo à tuer ? Le moine paraissait abriter une âme remarquablement pacifique, il était toujours prêt à voir le Bien partout — et n'était certainement pas du genre à lever le petit doigt, et encore moins une hache, à l'encontre d'un supérieur, aussi tyrannique et corrompu soit-il...

— Bon, mais si c'est Olivero ou Gian qui a tué l'abbé et que ni l'un ni l'autre n'est en possession de la croix, qui à votre avis la détient ?

Voyant le visage de Sigismondo se fendre d'un large sourire, Benno abattit brusquement le poing sur son genou.

— Je comprends ! Voilà la raison pour laquelle Olivero vous a attaqué. Ce n'était pas seulement parce qu'il ne peut pas vous sentir. Il pense que c'est vous qui avez pris la croix. Mais Gian ?

— Il avait peut-être l'intention de tuer le père Bonifaccio, mais quand il est arrivé l'abbé était mort et la croix avait disparu. Supposons qu'il ait vu Olivero, comme Ieronimo, mais qu'il l'ait reconnu et en ait déduit qu'il avait pris la croix. Il a quitté Rocca après nous ; il est possible qu'il ait eu l'espoir, en voyageant léger, d'atteindre Rome avant nous et de convaincre notre hôte de prendre son parti contre les deux frères. Devant une menace d'excommunication, ils auraient pu décider de rendre la croix.

Benno essaya en vain de se représenter le cardinal Pantera en train de menacer Olivero ; pourtant le cardinal n'avait pas hésité à remettre les deux frères à leur place dès leur arrivée.

— Si ce sont les deux frères qui ont la croix, ils sont venus ici pour rejoindre leurs épouses. Je veux dire...

Son hochement de tête suggestif fut mal interprété par Biondello, qui, croyant qu'une nouvelle feuille d'or était tombée à son intention, explora du museau le sol autour de lui. Sigismondo éclata une nouvelle fois de rire.

— Hum... Tu n'as pas tort. Procréer sous le toit d'un cardinal pourrait bénéficier de la sanctification d'une croix, mais d'autre part si le remords leur déchire la conscience... fit-il en tendant la main paume en l'air.

Vois-tu une autre raison que le désir d'avoir des héritiers, qui ait pu faire venir l'assassin à Rome ?

Benno était à court d'inspiration.

— Non. À quoi pensez-vous ?

— Benno, Benno, Rome est l'endroit où, en payant, on peut se faire absoudre de n'importe quoi, d'absolument n'importe quoi.

CHAPITRE XXXVIII

« Votre fin est proche ! »

— Nous comptons sur vous, mon fils, pour nous expliquer cette situation.

Le pluriel de majesté n'échappa pas à Sigismondo. L'anneau qu'il baisa, à genoux devant le Saint-Père, était l'anneau du Pêcheur. Il avait bénéficié de cette faveur spéciale après qu'il eut d'abord embrassé le pied papal dans sa mule de brocart blanc reposant sur un coussin de velours rouge frangé d'or.

Le cardinal Pantera avait évoqué avec une modestie excessive l'influence dont il disposait ; le pape avait en effet accordé très vite une audience à l'envoyé du duc de Rocca. Vêtu d'un pourpoint de velours noir brodé d'argent, Sigismondo demeura le genou à terre, la tête respectueusement inclinée, pendant que le pape l'examinait. Sa Sainteté avait à peine accordé un regard aux autres personnes admises en sa présence, dont les robes noires se confondaient avec la tapisserie sombre fixée au mur ; il y avait là Torquato et le frère Filippo, tous deux pâles et anxieux, ainsi que le criminel lui-même, le frère Ieronimo, qui souriait avec sérénité. Pour passer outre le bâton doré avec lequel le chambellan papal entendait lui barrer le chemin, Benno avait dû lui montrer les sceaux de Rocca et du cardinal Pontano apposés sur les lettres qu'il portait. À présent que son maître les lui avait prises pour les remettre au pape, Benno n'avait plus rien à faire qu'à regarder.

Et le pape valait la peine qu'on le regarde. Tout d'abord on avait de quoi se mettre sous les yeux, puisque, à l'instar du père Bonifaccio, Sa Sainteté était d'une vaste corpulence, et que celle-ci était encore augmentée par la cape de velours pourpre bordé d'hermine qu'il portait par-dessus sa robe de soie côtelée blanche. Coiffé d'une barrette pourpre bordée de la même fourrure, le visage avait pu autrefois présenter une certaine beauté rubiconde, mais l'inclination de son propriétaire à jouir de façon sans doute immodérée des bonnes choses de la vie avait empâté la mâchoire et les joues et brouillé les traits. La bouche, toutefois, était d'une plénitude généreuse, et l'expression générale du visage traduisait la bonne humeur.

Debout entre le pape et Sigismondo, le cardinal Pantera avait pris les lettres et les avait placées entre les mains de Sa Sainteté ; on les passa au chambellan afin qu'il en brise les sceaux et les déplie, après quoi le pape reprit la lettre du duc sans, apparemment, lui prêter un grand intérêt. Son attention était accaparée par l'homme toujours agenouillé devant lui.

— Une chose terrible, ce meurtre. Terrible, déclara le pape en secouant la tête tandis que ses bajoues suivaient docilement le mouvement.

Il savait de quoi il parlait. Rome était une ville où les meurtres florissaient, avec une moyenne de quatorze par jour. Pourtant, l'assassin dont il parlait suscitait une horreur éclipsant celle qu'inspiraient les meurtres habituels. La victime était en effet un ecclésiastique, un religieux d'un rang suffisamment élevé pour diriger une grande abbaye ; le meurtre, de surcroît, était le fait d'un homme qui avait fait vœu d'obéissance, lui-même membre de l'Église.

Tout en parcourant la lettre, le pape tendit la main et

son chambellan y déposa quelque chose, une chose qui s'avéra, lorsque le Saint-Père l'éleva à hauteur de ses yeux, une grosse émeraude évidée qui scintillait comme un fragment de mer estivale.

— Son Altesse dit là qu'elle souhaite laver son honneur de tout soupçon concernant son implication dans la mort de son hôte. Mais personne, bien entendu, poursuivit-il en abaissant l'émeraude pour s'adresser à Sigismondo, personne ne soupçonne Son Altesse, n'est-ce pas ? Nous avons entendu parler de ses différends avec l'abbé Bonifaccio, mais comment Son Altesse pourrait-elle être soupçonnée d'un crime aussi horrible alors que le meurtrier a avoué ? Pense-t-on qu'elle a suborné l'assassin ?

Le pape eut alors un geste brusque qui fit se relever Sigismondo.

— Votre Sainteté, dit-il, l'affaire n'est peut-être pas aussi simple qu'elle paraît.

Le fond du problème, songea Benno, serait de déterminer si le frère Ieronimo était aussi simple qu'il paraissait. Sur un signe du pape, on fit avancer le moine, tenu aux bras par deux gardes papaux, comme si l'on craignait qu'un homme qui a tué un père abbé puisse se découvrir l'ambition de supprimer un pape. Le frère Ieronimo, à genoux, eut un large sourire lorsque le pape le considéra. Sur un nouveau geste brusque de la part du Saint-Père, on remit le moine debout.

— Est-ce vous qui avez commis ce terrible forfait ? Comment est-ce possible ?

— Le Diable s'est emparé de moi, Saint-Père. C'est son œuvre.

— Tous les criminels pourraient dire la même chose. Pourtant on les pend et ils vont rejoindre leur maître en Enfer.

— Je n'irai pas en Enfer, répliqua le frère Ieronimo avec une assurance intacte. La Sainte Vierge me l'a promis.

Les sourcils du pape, qui dessinaient deux minces lignes au-dessus des lourdes paupières, remontèrent sur le front ridé.

— La Sainte Vierge ? Vous prétendez que la Vierge vous a fait cette promesse ?

— Avec votre permission... intervint Sigismondo.

D'un vague geste de la main, le pape l'autorisa à poursuivre.

— Le frère Ieronimo a eu des visions de la Vierge de Scheggia. L'abbé Bonifaccio était au courant.

— La Vierge de Scheggia ! s'exclama le pape.

Il tendit à nouveau la main, et le chambellan y plaça un gobelet d'or dans lequel le Saint-Père but tout en observant le frère Ieronimo par-dessus son rebord.

— Aurions-nous affaire à un fou ? Le Diable est capable de revêtir les apparences les plus sacrées. Ne vous êtes-vous pas demandé si ce n'est pas le Malin qui vous procurait vos visions afin de vous pousser à tuer ?

Les gardes durent resserrer leur étreinte lorsque le frère Ieronimo voulut lever ses bras, comme il le fit avec son visage, vers le ciel, ou plutôt vers le plafond peint, où un groupe de *putti* folâtres, ailés comme des chérubins, le considéraient d'un regard scrutateur. Le frère Ieronimo se jeta soudain à genoux, prenant ses gardes au dépourvu et les entraînant avec lui.

— Ô Sainte Vierge, Mère de Dieu pleine de miséricorde, priez pour nous... Elle est ici ! Elle est ici ! Ô Mère de Dieu, priez pour nous !

C'était là une invocation que tous les présents avaient l'habitude de pratiquer, et un murmure machinal s'éleva tandis que plusieurs paires d'yeux exploraient le plafond d'un air incertain. L'air de béatitude du frère Ieronimo s'estompa pourtant peu à peu. Lorsque les gardes finirent par le remettre debout, il avait les larmes aux yeux et marmonnait de manière incompréhensible.

Le pape haussa ses épaules massives et tendit le doigt

vers les portes, que des pages ouvrirent aussitôt. On emmena le frère Ieronimo, à moitié porté par les gardes, les pieds touchant à peine le sol, mais alors qu'il allait sortir, il se dégagea des gardes avec une force irrésistible et, les bras tendus, se tourna vers le pape.

— Notre-Dame vous met en garde ! Repentez-vous ! Votre fin est proche !

CHAPITRE XXXIX

Le nouvel évêque

« Eh bien, c'est le bouquet, songea Benno. Ça a commencé avec le frère Ieronimo, qui a eu la vision d'une pluie de sang au moment où l'abbé quittait Pietra, et qui l'a déclenchée lui-même à l'aide d'une hache. Et voilà qu'il prédit un même avenir au Saint-Père. Les gens n'apprécient guère qu'on leur annonce leur fin imminente. Le problème, c'est que ça leur ôte tout espoir. On peut vivre d'espérance quand il ne reste rien d'autre. Mais quel espoir reste-t-il à un homme dont la mort a été annoncée par la Vierge en personne ? »

— Emmenez cet homme, fit le pape. Il est fou.

L'injonction était inutile. Les gardes avaient déjà maîtrisé le frère Ieronimo et ils l'entraînèrent dehors tandis que les pages refermaient les portes. Des murmures outrés s'étaient élevés parmi le petit groupe debout près des tapisseries. Le visage du cardinal Pantera, qui exprimait généralement un dédain aristocratique des événements, demeura impassible, et le pape lui-même ne parut guère troublé. En fait, il riait, ce qui faisait tressauter ses bourrelets de chair et crépiter le tissu de sa robe.

— Un fou, un fou ! Un peu plus, dit-il à Sigismondo, et la Vierge de Scheggia lui soufflait de m'étrangler...

Le rire se transforma en pouffements amusés.

— Quand on fait des prophéties, il faut bien veiller à

ce qu'elles se réalisent, n'est-ce pas ? Bah, le monde ne se portera pas plus mal avec un moine fou en moins. Nous le ferons juger demain par le consistoire, aussitôt après nous le remettrons à la justice séculière et le lendemain il sera pendu. Le Diable sera ravi de voir son serviteur lui être livré si vite — parions qu'il lui réservera un accueil brûlant, pas vrai ?

Des rires et de brefs applaudissements saluèrent la plaisanterie du Saint-Père tandis que Benno ressentait un haut-le-cœur. Il n'avait pas réalisé à quel point il aimait ce malheureux frère Ieronimo, qui allait être expédié sous peu dans l'éternité avec la même promptitude qu'on l'avait expulsé de cette pièce. Sigismondo avait pourtant indiqué à demi-mot que le pauvre homme n'était peut-être pas coupable, qu'il avait seulement l'esprit troublé. C'est plutôt au cou d'Olivero qu'on aurait dû passer la corde, mais ce genre d'individu, qui possédait beaucoup d'argent et avait un cardinal pour cousin, mourait le plus souvent dans son lit, de vieillesse ou, au pire, d'indigestion.

Il était impossible de deviner ce que Sigismondo pensait des événements. D'un geste de la main, le pape lui avait demandé de s'approcher tandis qu'il faisait signe aux autres de s'éloigner. Personne n'entendit leurs propos, et Benno se demanda s'il apprendrait jamais ce qu'ils s'étaient dit. Il laissa vagabonder son imagination. Et si Sa Sainteté, impressionnée par ce que lui avait écrit le duc Ludovico, était en train d'offrir à Sigismondo une position dans l'Église ? Sigismondo avait parlé à Benno de ces hommes qui, pour s'être attiré les faveurs du pape ou compter parmi ses relations, avaient été consacrés prêtres un jour, faits évêques le lendemain et élevés au cardinalat le surlendemain. Ce serait bien entendu un immense honneur et Sigismondo aurait une allure splendide dans ses habits sacerdotaux, et pourtant Benno espérait que cela n'arriverait jamais.

La conversation fut très courte. À nouveau le pape tendit son anneau à baiser. Si Sigismondo venait de refuser un titre d'évêque, le pape ne lui en tenait apparemment aucune rigueur. Celui-ci, sans le congédier, lui fit toutefois signe de reculer un peu. Sigismondo obtempéra, et ses larges épaules dissimulèrent bientôt le trône papal aux yeux de Benno. À leur tour, le père Torquato et le frère Filippo parlaient avec le pape en entretien privé, bien que chacun ait entendu le pape dire :

— Le nouvel abbé de Pietra.

Benno tendit le cou. Il remarqua une agitation inhabituelle sur le visage de Torquato, et un intérêt marqué sur celui du pape. Peut-être Torquato et le frère Filippo auraient-ils souhaité chacun devenir le prochain abbé ?

Lorsqu'elle fut faite, l'annonce provoqua la surprise. Tout en tendant la main en direction de Torquato pour qu'il la baise, le pape promena sur la petite assemblée un sourire avenant.

— Le nouvel évêque de Canigallia ! Il sera consacré la semaine prochaine, après les funérailles de l'évêque Odo.

De nouveaux applaudissements polis se firent entendre puis soudain, sans qu'il cherchât à le dissimuler, le pape parut s'ennuyer. Sa main eut quelques gestes rapides de congédiement et son chambellan commença à faire évacuer la pièce. L'audience était close.

Benno et son maître longèrent un couloir entre deux rangées de bronzes représentant des centaures, des faunes, des martyrs et des guerriers.

— Que vous a-t-il dit ? souffla Benno entre ses dents. Vous a-t-il demandé de devenir évêque ?

Sigismondo eut un large sourire. Il répondit d'une voix si faible que même le saint Sébastien devant lequel ils passaient ne put l'entendre.

— Il m'a demandé si je tuerais quelqu'un pour lui.

— Sa Sainteté vous a demandé ça ?

— Ne t'étrangle pas, Benno. Il semble que le Saint-

Père ait senti qu'il pouvait me faire confiance. J'en ai été flatté.

— Qui voulait-il...

— Des questions, Benno ? Ne t'ai-je pas entendu poser des questions ? Je me souviens d'un homme qui se proposait comme serviteur parce qu'il ne posait jamais de questions. Tu devrais plutôt te préoccuper de l'évêque Torquato de Canigallia.

— Je pensais qu'il allait demander à devenir le père abbé de Pietra.

— Non, c'est trop loin de Rome, où tout se passe. Canigallia est fort proche de Rome ; Torquato n'aura même pas besoin de passer du temps dans son évêché. Je suis certain qu'il n'a aucune intention de rester longtemps sur le même barreau de l'échelle. As-tu songé, Benno, à la raison pour laquelle le Saint-Père a fait de Torquato un évêque, alors que d'après ce que je sais, il n'a même pas les moyens de payer cet avancement ; et qu'il n'a aucun contact, sinon il aurait abandonné depuis longtemps sa charge de secrétaire de l'abbé Bonifaccio ? Le titre d'évêque se négocie très cher, à ce qu'il me semble.

— Dans ce cas comment va-t-il faire, si le pape veut de l'argent ?

— Comme tous les souverains, les papes veulent sans cesse de l'argent. Mais ce qu'ils préfèrent, c'est mettre la main sur quelque chose susceptible de rapporter de l'argent.

Benno s'immobilisa brusquement et Biondello, qui avait été si impressionné par son entrevue avec le pape qu'il s'était endormi à l'intérieur du justaucorps de son maître, se réveilla et pointa la tête avec curiosité. Sigismondo le caressa.

— Vous voulez dire...

— Je veux dire que si Torquato a été nommé évêque, c'est que la croix est en sa possession. Jusqu'à ce qu'il la donne au pape.

CHAPITRE XL

Un éclair

— Voulez-vous connaître votre avenir, messire ? Votre visage me dit que vous êtes chanceux. Voyons si le Destin vous a accordé aussi de bonnes cartes.

Alors que le début de soirée commençait à faire tomber la température torride qui avait régné tout le jour, sous un ciel livide annonçant l'orage, la foule allait et venait sur la place. La main fine qui se tendit vers Sigismondo portait une cicatrice sur le dessus ; Benno se disait parfois que celui qui avait blessé Angelo n'avait sans doute pas savouré longtemps son triomphe. Une question, par ailleurs, avait trouvé sa réponse : après la dispersion de leur groupe, comment Sigismondo allait-il donc faire pour retrouver Angelo dans cette fourmilière géante qu'était Rome ?

Ces derniers temps, Angelo avait pris les traits d'un chanteur de ballades dans une taverne, puis d'un pèlerin accompagnant sa mère veuve (Sigismondo était toujours formidable lorsqu'il se grimait en femme), puis d'un jeune marchand respectable ; à présent il jouait un rôle qui lui avait longtemps été familier, dans un pourpoint fait de pièces bleues et vertes, coiffé d'un chapeau plat en velours écarlate passé. C'était là tout ce qu'il lui fallait pour travailler. Le simple rebord en pierre d'une fontaine lui servait de siège, et sa clientèle était constituée de la foule romaine, toujours curieuse, toujours sceptique, mais toujours prête à être amusée.

Cette fois il n'utilisait pas de paquet de cartes. Les clients s'asseyaient auprès de lui et tendaient leur paume afin qu'il en suive les lignes de son long doigt. Il venait d'en terminer avec un client lorsqu'il interpella Sigismondo, éveillant aussitôt l'intérêt des badauds. Un homme attirait également leur attention sur le diseur de bonne aventure en frappant par intermittence sur un tambourin. C'était un individu de forte carrure doté d'une barbe aux reflets roux, que Benno, qui l'observa avec son air de stupidité habituelle, reconnut aussi.

— Hé, j'ai besoin de toute la chance que tu pourras me prédire. Ma croix à moi, c'est ma fiancée — elle a été enlevée et je n'ai pas l'argent pour la convaincre de revenir. Est-ce que tu appelles ça de la chance ?

Cette réplique plut à la foule ; une fille se proposa aussitôt comme remplaçante, mais son compagnon l'entraîna. En manches de chemise à cause de la chaleur, Sigismondo s'assit à côté d'Angelo et lui présenta sa paume.

— Une chance de tous les diables ! s'exclama Angelo tandis que ses cheveux balayaient la manche de son client. Vous retrouverez votre fiancée... Je vois aussi des richesses. Vous devez être béni des dieux, messire, pour avoir Vénus comme gouvernante...

Il palpa la base du pouce de Sigismondo.

— Et ici, le trident de Neptune comme trésor, dit-il avant de lever son regard gris vers les yeux sombres de Sigismondo et de poursuivre : Mais je vois aussi du danger, des épées vous guettent dans le noir. Je dois vous dire quelque chose en privé, car vous avez des ennemis à qui même un oiseau pourrait le répéter.

En entendant la mise en garde d'Angelo, la foule exigea d'en savoir un peu plus sur cette prédiction, mais dès que Sigismondo se leva pour avoir avec Angelo une consultation privée, plus personne n'eut envie d'insister.

Benno serra contre lui le pourpoint de son maître, qu'il avait retourné avant de le plier afin d'en protéger le velours, car il se doutait bien que les voleurs romains n'étaient pas moins habiles ni moins rapides qu'ailleurs, puis il s'engagea sur les talons de Sigismondo et d'Angelo, tandis que l'homme au tambourin fermait la marche d'un pas traînant tout en s'assurant discrètement que personne ne les suivait ni ne manifestait d'intérêt particulier. Biondello trottinait à hauteur de son maître.

La clarté de cette fin d'après-midi, juste avant la tombée de la nuit, rendait lumineuses les couleurs pâles comme le blanc de la chemise de Sigismondo. Un panier plein de fleurs suspendu à un balcon semblait presque briller. Benno fut frappé de voir que d'élégantes demeures jouxtaient de méchants immeubles de logement. Ce fut bien entendu dans une de ces maisons à la façade peu engageante qu'Angelo les fit entrer. Sur le mur était accrochée une cage en osier contenant une linotte, qui ne chantait pas mais sautillait d'un air anxieux dans sa minuscule prison. Benno eut une pensée attristée pour le frère Ieronimo dans sa cellule, à qui il restait si peu de temps à vivre ; du moins était-il probable qu'il ne ressentait pas d'anxiété.

Un petit chat orange et blanc les accompagna dans l'escalier et Biondello, que Benno fourra prestement dans son justaucorps, se mit à résonner comme une abeille en colère.

Ils gravirent l'escalier parmi des odeurs qui semblaient suggérer que certains des habitants faisaient un usage peu ragoûtant des lieux. Des portes, ouvertes pour rafraîchir les appartements, révélaient des lits délabrés jonchés de vêtements en désordre. Sur l'un d'eux, un couple était engagé dans une occupation généralement considérée comme privée. La fille leur fit un signe de la main quand ils passèrent. Le petit chat grimpait à toute allure devant eux tandis que le justaucorps de Benno s'agitait furieusement.

Il régnait une chaleur de four dans la chambre située sous le toit. Le chat bondit sur le rebord de la fenêtre afin de surveiller la rue ; le gros homme accrocha son tambourin au mur et se tourna vers Sigismondo. Les deux hommes s'étreignirent avec une vigoureuse affection réciproque — leur étreinte aurait brisé les côtes de tout autre.

— Espèce de gredin, Angelo m'a dit que tu étais en ville. Pour voir le pape, rien que ça... La dernière fois que je t'ai vu à Rocca, tu étais en train de dévaliser une nonne ; as-tu dérobé la pantoufle du Saint-Père quand tu lui as embrassé le pied ?

— Si c'était le cas, je suis sûr que tu aurais pu m'indiquer un bon receleur à qui la confier. Barley, espèce de brute, comment vas-tu ?

La pièce s'assombrissait à mesure qu'ils parlaient ; un roulement de tonnerre se fit entendre. Barley leva une des coupes qu'Angelo avait remplies et déclara :

— Aux cheveux que tu avais quand tu étais en Suisse, Martin !

Ils burent comme de vieux amis, dans cette petite pièce étouffante, allongés sur la paillasse. Benno, assis par terre, les jambes tendues devant lui, se demanda une fois de plus ce qu'avait été le passé de Sigismondo, au cours duquel il avait porté de nombreux noms, un nom différent, semblait-il, pour chacun des amis ou des compagnons d'armes qu'ils rencontraient. Il était heureux de revoir le visage familier de Barley après avoir côtoyé tant d'inconnus, et il espérait qu'il pourrait les aider. Sigismondo lui expliqua la situation pendant qu'Angelo, accoudé à la fenêtre en compagnie du chat, observait ce qui se passait dans la rue. Au-delà d'eux, une ligne d'étendage reliait les deux immeubles. Des taches sombres apparurent sur le rebord de la fenêtre, comme si la maison se mettait soudain à transpirer, et le chat se retira promptement en secouant ses poils. Angelo se retourna et, s'appuyant des deux coudes sur le rebord derrière lui, les yeux fermés, se pencha en arrière en présentant son visage à la pluie.

— Si cette croix possède les pouvoirs que tu dis, ce vieux renard de prêtre aurait pu demander un chapeau rouge, et pas seulement une mitre d'évêque. Combien de temps as-tu pour la lui reprendre ?

Sigismondo haussa les épaules.

— Qui sait ? À mon avis, Sa Sainteté aimerait avoir la croix en main avant la consécration du père Torquato prévue la semaine prochaine.

La pluie s'était mise à tomber avec plus de force, le tonnerre grondait, on entendait crier des femmes de l'autre côté de la rue et la ligne à linge se balançait violemment.

Des bruits de pas se firent entendre dans l'escalier. Barley, la tête penchée de côté, prêta l'oreille. Venait-on les déranger ? se demanda Benno, mais les pas s'arrêtèrent devant la porte voisine. Quelqu'un d'autre vivait donc sous ce toit, dans le tintamarre de la pluie.

— Crois-tu que le prêtre porte la croix autour du cou ? Supposons que je le bouscule dans la rue et, sous prétexte de baiser sa croix, que je la lui subtilise ? Supposons qu'Angelo lui lance un couteau — la croix est à nous. On est à Rome, Martin. Les prêtres ne manquent pas.

Benno faillit secouer la tête. Son maître était un combattant, pas un assassin.

— J'ignore s'il a tué l'abbé Bonifaccio, dit Sigismondo. Mais je pense qu'il a la croix. Trop de gens ont déjà péri pour elle. Je ne veux pas être responsable d'une mort de plus.

La sombre emphase avec laquelle il prononça ces mots rappela tellement à Benno l'attitude de son maître devant les frères Pantera, dans l'heure qui avait suivi la mort de leur oncle Bernabo, qu'il en frissonna. Barley n'avait pas entendu la remarque. Il écoutait quelque chose dans le fracas de la pluie et les roulements de tonnerre. Un choc bruyant de l'autre côté de la cloison fit tomber des éclats de plâtre dans la pièce. Barley alla chercher un gourdin appuyé contre le mur dans un coin. C'était une attaque à laquelle seul Barley paraissait s'attendre ; mais il s'y prépara d'étrange manière : il ouvrit la porte, se glissa dehors et referma doucement derrière lui. Sigismondo et Angelo sourirent. La pluie continuait à tomber si fort sur le toit que Benno se demanda comment Barley avait pu distinguer l'approche d'ennemis.

Et pourtant ils étaient bien là. On entendit des pas précipités montant bruyamment l'escalier et, alors que Benno s'étonnait de ne pas voir Sigismondo se préparer à l'assaut, la porte de la chambre voisine s'ouvrit à la volée, on entendit un rugissement et, simultanément, une exclamation et un hurlement. Le sourire d'Angelo s'élargit. Des pas crissèrent et dérapèrent sur le palier avant de battre précipitamment en retraite dans l'escalier pendant que Barley beuglait des obscénités et qu'une jeune fille poussait des lamentations pitoyables. Pendant un moment la voix de Barley parut atteindre une dimension surhumaine, mais soudain un énorme craquement venu du ciel les assourdit tous. Biondello alla se pelotonner contre les côtes de Benno.

Après ce coup de tonnerre, ils n'entendirent pas la porte s'ouvrir devant Barley, qui poussa à l'intérieur une jeune fille aux boucles blondes aussi en désordre que sa robe. Sa peau olivâtre et ses yeux noirs indiquaient que l'or de ses cheveux n'était que factice ; mais elle était très jolie. En souriant, Sigismondo se leva pour lui prendre la main, qu'elle lui tendit non sans coquetterie alors que sa manche déchirée glissait sur son bras.

— Gemmata, ma voisine, annonça Barley d'une voix forte qui domina le fracas de la pluie et du tonnerre. Alors, que s'est-il passé ? lui demanda-t-il.

Elle plongea la main dans son décolleté, se pencha en avant et y farfouilla. Benno avait les yeux qui lui sortaient de la tête et il dut déglutir. En retirant sa main, elle fit jaillir une rondeur qu'elle remit négligemment en place. Elle ouvrit la main et tendit à Barley une paume pleine de maillons d'or scintillants.

— Il ne s'apercevra pas de sa disparition, en tout cas pas avant d'être rentré chez lui et d'avoir cessé de transpirer. Voyons sa bourse.

Barley lui prit la chaîne et, l'orientant à la lumière, l'évalua d'un œil critique. La fille lui donna une tape de sa main ouverte et il sortit une bourse — en cuir florentin vert foncé gravé à l'or. Il en vida les pièces dans la paume de la fille et grogna.

— En tout cas il avait de quoi te payer, même si ton mari n'était pas rentré. Buvons aux imbéciles de ce monde grâce auxquels les débrouillards ne meurent pas de faim !

Benno apprécia la combine. Il leva sa coupe pour trinquer tandis que la fille vidait la sienne avec un tel enthousiasme que sa manche se détacha pour de bon de son corsage. Sigismondo la ramassa galamment et elle lui présenta son bras nu. Il y enfila la manche et se pencha pour passer le ruban effiloché dans les œillets.

Barley rangea son gourdin et se mit à partager l'argent avec Gemmata. Entre deux coups de tonnerre, et tandis que la pluie continuait à tambouriner sur le toit, il remarqua :

— Si tu as envie de faire équipe avec nous, Martin, tu n'as qu'à le dire. C'est plus drôle que d'aller embrasser le cul du pape, et mon gourdin pourrait prendre un peu de repos.

— Tu n'as jamais eu à t'en servir, observa Gemmata. Sitôt qu'ils te voient, ils se mettent à pisser l'argent. Quoique, ajouta-t-elle en glissant un regard en coin à Sigismondo, je sois sûre que ton ami ferait aussi bien l'affaire.

— Tu es généreux, Barley. Je ne l'oublierai pas. À

présent il nous faut sortir affronter la pluie, sinon nous serons en retard pour dîner au Palazzo Pantera, fit-il avant d'adresser un hochement de tête à Barley. Maintenant je sais où te trouver...

Un fracas épouvantable se fit entendre dehors, un bruit plus inquiétant que le tonnerre qui sembla ébranler jusqu'aux lattes du parquet. Gemmata se précipita vers la fenêtre pour voir ce qui se passait.

— Que Dieu et tous ses saints nous protègent ! J'ai cru que la ville s'était écroulée !

Le vacarme, une sorte de détonation métallique, leur résonnait encore aux oreilles.

— Un clocher a été touché, dit Sigismondo.

Barley décrocha un manteau du mur.

— Je vais jeter un coup d'œil. Il y a toujours quelque chose à récupérer dans une catastrophe.

Angelo prit sur le lit un manteau ocre rouge, s'en enveloppa en silence et, sans plus de cérémonie, se dirigea vers l'escalier qu'il commença à descendre. Ainsi la pièce se vida de tous ses occupants, à l'exception du chat qui s'installa sur la paillasse à la place laissée tiède par Sigismondo, et de Gemmata qui, après avoir déclaré qu'elle n'avait aucune envie de se mouiller, les regarda partir du haut de l'escalier. Dans les étages, les portes étaient encore entrouvertes. Le couple avait disparu et un petit enfant s'était pelotonné sous un châle pour se protéger des éclairs. D'une chambre leur parvint le son d'une prière énergique, un staccato verbal aussi rapide et furieux que le tambourinage de la pluie.

Lorsqu'ils parvinrent au bas de l'escalier, le son des gouttes sur les tuiles laissa place à un grésillement monotone venant de l'extérieur. Une fois dehors, ils s'aperçurent que la rue était presque inondée ; seules deux étroites bandes le long des murs étaient encore à sec, le reste s'étant transformé en un torrent impétueux qui, un peu plus loin, rejoignait en un jaillissement d'écume le flot dévalant la rue transversale, avec lequel il formait une véritable rivière qui s'engouffrait dans une ruelle latérale. Sigismondo remonta la rue transversale et déboucha sur une place. La pluie redoubla soudain de violence, dégoulinant sur la tête et les épaules de Sigismondo, dansant sur le sol où elle labourait la boue. L'extrémité opposée de la place disparut derrière un rideau liquide.

Benno renonça à vouloir garder au sec le pourpoint de son maître et trottina à la suite de la silhouette emmitouflée d'Angelo. Dans une autre rue inondée, l'eau débordait des caniveaux, et des détritus immondes venaient heurter leurs chevilles, parmi lesquels le cadavre d'un chien qui, ventre en l'air, tournoyait avec dignité. Benno s'assura que Biondello ne risquait pas de tomber de son justaucorps et de disparaître dans les flots.

Quelques autres passants affrontaient l'orage qui diminuait peu à peu d'intensité. Barley fut plus rapide que l'un d'eux pour mettre la main sur un luth flottant comme un petit bateau parmi ses rubans détrempés. Une brusque rafale l'avait probablement fait tomber d'un rebord de fenêtre. L'homme qui tenta de le récupérer y renonça vite en voyant la carrure et l'expression de Barley. Maculé de boue et sans doute d'autre chose, un garçon nu comme un ver avait eu plus de chance. Il serrait sous son bras une tête de porc et une poignée d'abats. Il disparut au milieu des gerbes d'eau qu'il soulevait en courant. Un panier dériva devant eux, puis quelques chiffons et même un banc, flottant sur le dos comme le chien. Barley vérifia le contenu du panier, fit la grimace et le jeta au loin.

Ils arrivèrent à une grande place tandis qu'au loin des éclairs aveuglants continuaient de temps à autre à déchirer le ciel noir. Sur la place, pourtant, la lumière du jour était revenue. Soudain Sigismondo s'immobilisa.

— Regardez, fit-il en tendant le bras.

Une foule nombreuse se pressait sur les marches de Saint-Pierre. Ce qui avait amené là tous ces gens n'était pas l'espoir du salut, car rien n'aurait pu sauver ce qu'ils avaient sous les yeux : une tour écroulée se dressait parmi des montagnes de gravats telle une gigantesque dent cassée.

Ils s'en approchèrent et virent un prêtre qui, la jupe relevée sur les mollets, sautillait au milieu des flaques. Il les accueillit avec l'air sombre du porteur de mauvaise nouvelle. Après être demeuré quelques instants silencieux, il hocha la tête en direction des ruines.

— Voilà une cloche qui ne sonnera plus jamais ! Je m'en vais avertir le sacristain de Saint-Jude, qui préviendra la ville par la bouche de la grosse cloche qu'il y a là-bas.

À nouveau il se tut d'un air hésitant, comme s'il n'avait pas tout dit.

— Si vous faites sonner la cloche, c'est que quelqu'un est mort, fit Barley. La foudre aurait-elle fait une victime ?

N'y tenant visiblement plus de garder la nouvelle pour lui, le prêtre lâcha sa robe et se mit à gesticuler.

— Ça devait être la foudre, car on dit qu'il s'est effondré comme un bœuf à l'abattoir. La prophétie s'est réalisée ! Exactement comme l'avait prédit le moine fou !

Sigismondo fit un pas en avant.

— Mais alors...

— Le pape est mort !

CHAPITRE XLI

Réunion de famille

Les choses allaient trop vite pour le chambellan du pape. Ce n'était pas la première fois qu'il devait procéder à la toilette mortuaire d'un souverain pontife, mais il s'attendait à ne pas recevoir beaucoup d'aide pour celui-ci. La vaste chambre s'était vidée de ses serviteurs et médecins — tous étaient partis en hâte trouver qui un nouveau patient, qui un nouveau maître. Et bien entendu, non seulement ils étaient partis, mais tout ce qu'ils avaient pu emporter était parti avec eux. Il n'y avait plus aucun rideau de lit, plus la moindre couverture, et même plus de draps. Le chambellan lava le cadavre mais il dut le sécher avec la chemise de nuit du pape que personne n'avait pris la peine de lui ôter dans la précipitation du pillage. La putain qui se trouvait au lit avec lui au moment de sa mort, et qui avait peut-être précipité son décès, lui avait retiré des doigts toutes les bagues qu'elle avait pu récupérer avant de s'enfuir. Elles avaient déjà disparu quand les autres étaient arrivés.

Le chambellan soupira et se demanda comment il allait habiller le pape maintenant que tous les coffres et commodes avaient été vidés. Les tapisseries avaient été décrochées et emportées. Sa voix résonna étrangement dans le silence lorsque, selon la coutume, il appela trois fois le pape par son nom, son nom de baptême, qu'on n'avait plus entendu depuis le jour de son intronisation. L'appeler ainsi était censé le faire revenir à lui au cas où il ne serait pas tout à fait mort, mais le chambellan savait qu'en l'espèce il n'y avait guère d'espoir.

Pendant que toutes les cloches de Rome annonçaient la nouvelle à la population, et que des messagers partaient déjà la faire connaître à toutes les villes du monde chrétien, le chambellan du pape se creusait la tête pour trouver un moyen de dénicher une paire de mules et une soutane.

S'il avait ses problèmes, le chambellan n'était pas le seul, car certaines autres personnes se trouvaient confrontées elles aussi à de sérieuses difficultés. Lorsque Sigismondo et Benno arrivèrent au Palazzo Pantera — après avoir promis de rester en contact, Angelo s'était évanoui dans les rues —, la plus grande confusion y régnait. Pour habiter tout près du Vatican, le cardinal Pantera avait appris très vite la nouvelle. Un serviteur avait couru sous l'averse et s'était présenté à la porte, tel un rat détrempé et hors d'haleine, pour annoncer une période d'intense activité. Lorsque Sigismondo entra dans le palais, il vit que des serviteurs vêtus de différentes livrées attendaient déjà dans l'antichambre, et que d'autres ne cessaient de venir grossir leur nombre. Benno trottinait derrière son maître en secouant la tête comme un chien, faisant tomber de ses cheveux une pluie de gouttes qui se mêlaient à la boue laissée par les visiteurs sur les dalles de marbre. Il espérait qu'il aurait le temps de faire sécher le pourpoint de Sigismondo avant le dîner prévu avec le cardinal.

Mais le cardinal ne parut pas au dîner. La ville était en effervescence et tous les regards tournés vers les cardinaux présents à Rome. Le cardinal Pantera, chez qui convergeait un flot incessant de sollicitations, de messages et de visites, adressa ses excuses les plus courtoises à ses invités et se retira dans son cabinet de travail afin d'y recevoir les nombreuses personnes demandant à lui parler. On avait dressé dans l'une des salles de réception une longue table pour le dîner, couverte de plats débordant de fruits, parmi le parfum des pêches qui flottait dans l'air et à la clarté des chandelles en cire d'abeille qu'on avait allumées pour dissiper la pénombre qui avait suivi l'orage. Les serviteurs, réunis en petits groupes, chuchotaient et discutaient entre eux avec excitation; une femme en larmes pressait son tablier sur son visage. Benno n'aperçut Olivero et Ferondo nulle part — pas plus que leurs épouses, qu'il n'avait encore jamais vues.

— Croyez-vous que Gian soit à l'agonie et qu'ils soient en train de se réconcilier autour de son lit de mort... ?

Benno hésita et se tut. Non seulement il recommençait à poser des questions, mais en plus il évoquait une hypothèse parfaitement fantaisiste. Sigismondo s'était occupé de la blessure de Gian et n'avait jamais dit qu'il risquait d'en mourir; quant à une éventuelle réconciliation, il faudrait plus que la simple intervention d'un cardinal pour l'imposer à des hommes dont les pères s'étaient entretués. Benno eut pourtant de la chance : Sigismondo ne lui prêta aucune attention, tout occupé qu'il était à s'incliner comme un véritable courtisan devant les deux femmes qui venaient d'entrer. Les épouses Pantera, enfin, avançaient dans un bruissement de soie d'excellente qualité puis, après s'être présentées, tendirent leurs mains à baiser à l'étranger intéressant qu'elles avaient aussitôt repéré.

— Nos époux nous ont beaucoup parlé de vous, messire. Je suis Elisavetta, épouse de Ferondo Pantera; et voici ma belle-sœur Lydia.

On aurait pu s'attendre à ce que la femme d'Olivero prenne les devants, mais c'était celle de Ferondo qui était la plus imposante, par le poids et la taille, avec ses cheveux noirs réunis en un haut chignon tressé, des sourcils noirs et des yeux scintillants; son allure était rendue plus impressionnante encore par sa robe de soie bordeaux aux manchons vert cendré avec des broderies d'or. C'était sans conteste une personne avec qui il fallait compter, et d'ailleurs elle jaugea Sigismondo d'un regard qui semblait signifier qu'elle décelait en lui la même qualité.

Lydia était très différente. Mince, les pommettes saillantes, elle était d'une beauté moins remarquable. Ses cheveux blond argenté tombaient en bouclettes des deux côtés de son visage, dissimulant à moitié des pendants d'oreilles en filigrane d'or avec lesquels ils se confondaient presque. Elle arborait pourtant l'expression amère et avide de quelqu'un que rien ne satisfait vraiment. Les plis volumineux de sa robe de soie bleue moirée proclamaient la richesse et la position de son époux.

— Vous avez amené à Rome ce moine fou qui a prédit la mort de Sa Sainteté, dit-elle en détaillant Sigismondo du regard. Que se passe-t-il donc dans cette ville ?

Sigismondo garda son impassibilité coutumière.

— L'orage a obligé les gens à rester chez eux, mais la nouvelle de la mort du Saint-Père va se propager rapidement.

Lydia fit la grimace.

— Nous devions le voir la semaine prochaine — Son Éminence notre cousin avait pu nous obtenir une audience. À présent Dieu sait combien de temps nous devrons patienter...

— Qu'à cela ne tienne, intervint Elisavetta avec une pointe d'humour. Nous aurons tout notre temps pour acheter des vêtements et des bijoux, ruiner nos époux et finir de visiter les églises de Rome.

— Vous êtes ici pour vous distraire, mesdames ?

Les femmes échangèrent un bref regard et Elisavetta allait ouvrir la bouche pour répondre lorsque trois nouvelles personnes firent leur entrée dans la pièce. La réunion de famille était désormais complète car, derrière Ferondo et soutenu d'un bras par Olivero, apparut, le visage livide, Gian Pantera.

CHAPITRE XLII

Verrouillons la porte et ne dormons que d'un œil

Benno tira la paillasse de sous le grand lit de Sigismondo et la prépara en y étendant son manteau et en roulant son justaucorps pour en faire un oreiller. Après quoi Biondello se jeta dessus et, après avoir tourné plusieurs fois sur lui-même, se coucha au beau milieu avec la désinvolture de quelqu'un qui passe toutes ses nuits dans un palais de cardinal.

Penché à la haute fenêtre, Sigismondo observait en silence la cour qui s'étendait en bas. Malgré ses muscles endoloris qui lui rappelaient que son maître et lui avaient vécu une longue journée, Benno le rejoignit et regarda à son tour le quadrilatère pavé éclairé par des torches et recouvert, même à cette heure tardive, d'une mosaïque de chevaux, de mules et de palefreniers. Les cris et le choc des sabots sur les pierres montaient vers eux dans l'air nocturne. Benno en sentit la fraîcheur, ainsi que l'odeur familière des bêtes.

— Rome ne dort jamais, n'est-ce pas? fit-il.

— Hum. Ça m'étonnerait en tout cas que notre hôte parvienne à dormir beaucoup cette nuit. Comme tous les autres cardinaux de la ville, d'ailleurs. Ils n'ont que dix jours pour négocier.

— Dix jours?

— C'est le temps qu'ils doivent attendre pour que

chaque cardinal reçoive la nouvelle de la mort du pape et prenne ses dispositions pour venir à Rome. Ensuite ils se réunissent en conclave afin de désigner un successeur au pape.

En bas un martèlement de sabots entrecoupé de cris annonça l'arrivée d'un convoi de mules qu'on poussa dans la lumière des torches sans prêter attention à leurs protestations contre le poids de leur fardeau, les palefreniers et la vie en général. Les serviteurs qui les accompagnaient commencèrent à défaire leurs charges avec l'aide d'hommes arborant la livrée du cardinal. L'un des paquets, mal assuré, bascula et tomba par terre avec un étrange cliquètement métallique.

— Ça fait le bruit d'un sac de casseroles, observa Benno.

Sigismondo fredonna en souriant.

— Tu n'as pas tort. Enfin, si ce n'est des casseroles, alors des plats. Je ne pense pas que le cardinal Pantera envisage de devenir pape.

Benno eut beau se gratter la tête, il ne saisit pas le sens de cette dernière remarque.

— J'aurais tendance à penser qu'il ne serait pas pire qu'un autre. Qu'il serait même meilleur que beaucoup, non ? En tout cas, je l'ai trouvé bien plus sympathique de Sa Sainteté.

Sigismondo observait la violente dispute qui se déroulait à la lueur des torches. Deux valets en étaient presque venus aux mains à la suite de la chute du paquet. Il haussa les épaules sans se retourner.

— Sympathique, Benno ? *Sympathique ?* Il s'agit du trône de Saint-Pierre, pas d'une mère choisissant une nourrice. On ne t'élit que si tu as, tout d'abord, de l'argent ; en deuxième lieu, de l'influence ; et enfin si les autres cardinaux sont capables de te supporter. Les dix jours qui viennent vont assister au versement de centaines de pots-de-vin.

Benno pencha la tête vers le chaos de la cour.

— Et ça, c'est un pot-de-vin, alors ? Un chargement de vaisselle ?

— Ce sont des plats précieux qui valent bien plus d'argent que tu n'en verras jamais, fit Sigismondo d'un ton détaché. Mais je doute qu'il s'agisse d'un pot-de-vin. Je suis prêt à parier que les armes d'un autre cardinal y sont gravées.

— Mais alors que font-ils ici ?

Benno suivit son maître à l'intérieur de la chambre et récupéra le pourpoint dont Sigismondo se débarrassa avant de le plier et de le poser sur le coffre au pied du lit.

— Le cardinal n'emprunterait tout de même pas de la vaisselle pour organiser une fête ? observa Benno.

— Il ne prévoira pas de fête tant que le conclave ne sera pas terminé. Non, le cardinal Pantera a déjà dû faire savoir qu'il ne se présenterait pas à l'élection et qu'il était prêt à entreposer l'argenterie de ses frères cardinaux dans ses caves — l'argenterie de ceux qui pensent avoir une chance d'être désignés.

Sigismondo s'allongea et croisa les mains sous sa nuque.

— On est à Rome. C'est une ville qui a ses propres coutumes, et l'une d'elles autorise la foule, quand un cardinal est nommé pape, à mettre à sac son palais. Une petite compensation, en quelque sorte. C'est comme si on lui disait : « Maintenant que tu es pape, tu n'en as plus besoin. » Hum... Dans certains cas, les pillards démontent même les portes et les fenêtres.

Abasourdi, Benno s'assit sur sa paillasse et fixa la flamme de la bougie. Il imagina mentalement une foule faisant irruption dans un palais tel que celui où ils se trouvaient, décrochant les rideaux de lit, arrachant les couvertures, emportant châlit, bidet, coffre, paillasse, panneaux de bois... Il lisait l'avidité sur les visages. L'image des épouses Pantera surgit dans son esprit. Il aurait bien vu ces deux-là prendre la tête d'une de ces foules romaines. Si la plus grande avait envie d'une porte sculptée trop lourde pour elle, elle trouverait bien moyen d'obliger quelqu'un à la lui transporter. Quant à l'épouse d'Olivero, Benno l'imaginait capable d'arracher n'importe quoi, y compris la peau du visage de celui qu'elle soupçonnerait d'être en possession de ce qu'elle convoitait. Ces deux femmes avaient entièrement modifié l'image qu'il se faisait des frères Pantera.

— Ces dames Pantera m'ont paru toutes douces et dociles. On aurait dit qu'elles s'attachaient à se comporter selon les instructions de leurs époux. On ne les a pas beaucoup entendues pendant le dîner, n'est-ce pas ?

Benno se pencha pour souffler les bougies et s'allongea. Biondello vint se nicher contre son épaule.

— Si ces dames sont venues à Rome pour avoir des fils, elles les auront, que leurs époux y soient pour quelque chose ou pas, fit la voix amusée de Sigismondo dans le noir. Je doute que La Feconda leur soit nécessaire.

Benno réfléchit quelques instants à cette remarque en repensant aux visages autour de la table du dîner. Debout derrière Sigismondo, il avait eu tout loisir de les observer.

— Leur cousin, Gian Pantera, il n'avait pas l'air d'être en trop mauvais termes avec eux, en définitive. Pensez-vous qu'il se soit rabiboché avec les deux frères ? En tout cas il n'avait pas l'air très en forme. A-t-il voulu leur pardonner en se disant qu'il était sur le point de mourir ?

— Moi, je crois qu'il a perdu la mémoire. J'ai déjà vu ça se produire après un coup à la tête. Il sera intéressant de voir si elle lui revient. C'est aussi ce qui arrive parfois.

— Il n'a pas l'air de se souvenir de leur différend, n'est-ce pas ? Olivero lui parlait de leur enfance, quand ils se poursuivaient dans la maison de leur grand-père ou qu'ils faisaient des concours à celui qui mangeait le plus de pruneaux et qu'ils tombaient malades... Tout de même, Olivero s'en souvient, de leur querelle. Pourquoi agit-il avec autant d'amabilité ? A-t-il l'intention de supprimer Gian à un moment où il ne s'y attend pas ? Je ne pense pas qu'il soit homme à s'abstenir de tuer son cousin pour la seule raison qu'il est malade.

Il y eut un moment de silence, pendant lequel on entendit Sigismondo frapper dans son oreiller et le remettre en place.

— Nous sommes hébergés chez le cardinal Pantera. Olivero attendra que Gian soit en état de sortir et que le cardinal soit occupé à son conclave.

— Et la croix, alors ?

— Peut-être continue-t-il de penser que c'est moi qui l'ai, c'est pourquoi nous devons verrouiller la porte et ne dormir que d'un œil. Quant à Torquato, qui, si je ne me trompe pas, est en possession de la croix, lui aussi doit attendre. Tout est en suspens à présent. Le prochain pape devra confirmer sa charge d'évêque, ce qui l'obligera à monnayer à nouveau La Feconda.

— Ce qui nous laisse donc le temps de la récupérer ?

Rien ne vint troubler le silence cette fois-ci, à part le léger ronflement qu'émit Biondello. Benno comprit qu'il n'obtiendrait de réponse ni à sa question, ni à celle qu'il avait prévu de poser ensuite : était-ce Torquato qui avait tué l'abbé ? Si tel était le cas, lui reprendre la croix n'irait pas sans risque.

CHAPITRE XLIII

Problèmes

Le frère portier était confronté à une situation délicate. Avant l'aube, des coups insistants l'avaient fait venir à la porte. En l'ouvrant il avait découvert non pas une mais quelque vingt personnes impatientes d'entrer. Bien entendu, c'était impossible — ne serait-ce que parce que plusieurs d'entre elles étaient des femmes — mais tous refusaient de s'en aller. À présent, c'était prime et il y en avait une vingtaine de plus. Personne ne montrait la moindre envie de partir.

C'était un problème pour le prieur.

Celui-ci, quoique originaire du Nord, était animé d'un respect déraisonnable pour les Romains. Il ordonna que l'on fasse sortir le frère Ieronimo. Le moine avait été confiné dans une cellule, chose qui lui était si familière qu'il ne l'avait probablement même pas remarquée, dans l'attente du tribunal consistorial qui déciderait, chacun en était convaincu, de le remettre au bras séculier ; lequel, à n'en pas douter, lui passerait la corde au cou. Si l'assassin d'un abbé suscitait à coup sûr une vive sympathie dans cette ville anticléricale où abondaient les libres penseurs, le spectacle de la pendaison d'un moine, ou peut-être de sa dislocation sur la roue, compenserait amplement le sentiment qu'un homme qui a rendu un tel service à la communauté méritait mieux. Beaucoup à Rome avaient maintenant entendu parler de l'abbé de Pietra en raison de la prophétie, et quoique ceux qui l'avaient vu de leurs propres yeux fussent rares, la plupart des gens s'étaient formé une image remarquablement exacte d'un religieux corpulent et autoritaire qu'une hache ne pouvait que bonifier.

Le problème du prieur provenait de cette célébrité. Un nombre croissant de Romains réclamaient à grands cris de voir le frère Ieronimo avant son exécution. Il avait prophétisé la mort du pape comme il avait prédit celle de l'abbé de Pietra ; le fait qu'il ait joué un rôle actif dans cette dernière prouvait qu'il était un instrument de la justice divine. On disait qu'il avait eu la chance d'avoir des visions de la Vierge de Scheggia qui, comme tout le monde le savait, pouvait procurer de nombreux bienfaits, dont des enfants, à ceux qui la priaient avec dévotion.

De simples paysans crédules auraient afflué pour simplement toucher la robe du frère Ieronimo ou le supplier de prier pour eux. Mais les gens plus sophistiqués qu'étaient les Romains souhaitaient un peu plus d'action. Une nouvelle vision, sous leurs yeux, les aurait comblés. Le frère Ieronimo leur apprendrait peut-être qui serait le prochain pape ; du fait que les paris sur cette nomination connaissaient alors un succès grandissant, l'intérêt de la révélation serait tout à fait concret. Et si d'autres décès étaient au programme, ces Romains auraient été ravis d'être les premiers à l'apprendre. Car comme le savaient fort bien le chambellan papal ou les cardinaux qui faisaient transporter de nuit leurs biens dans des lieux sûrs, il était plus facile de piller un palais quand son propriétaire était mort ou absent.

Pourtant, parmi la foule qui encombrait la rue, tous n'avaient pas des préoccupations aussi bassement matérielles. De nombreuses femmes qui n'avaient pas les moyens de se rendre à Scheggia espéraient que le moine visionnaire intercéderait pour elles auprès de la Vierge.

Le prieur réfléchit au fait que le frère Ieronimo ne demeurerait pas éternellement au monastère. Le tribunal qui le jugerait risquait de se réunir moins vite que l'avait espéré le pape défunt, puisqu'un événement plus pressant venait de repousser le procès du moine au second plan ; toutefois, une fois le nouveau pape élu, les choses pourraient avancer rapidement. C'est pourquoi il importait de profiter au mieux de cette période intérimaire.

Il avait donc été décidé de montrer le frère Ieronimo à la foule et de l'autoriser à dire quelques mots. Ce qu'il dirait n'avait aucune importance — chacun en ferait l'interprétation qui lui convenait —, et s'il avait une vision, ce serait encore mieux. L'intérêt essentiel était d'attirer, même brièvement, l'attention des fidèles et des curieux sur Santaporta, ce qui se traduirait par un afflux non négligeable de dons et d'offrandes. C'était peut-être la populace qui se pressait dehors pour l'instant, mais l'on était à Rome ; bientôt parviendraient au monastère des demandes en provenance des couches plus aisées de la population. Des cardinaux se renseigneraient discrètement pour savoir qui avait des chances de troquer à bref délai son chapeau rouge pour une triple tiare, et l'on ne pose pas ce genre de questions pour quelques sous. Et puis si le moine fou devait finalement être exécuté, la sentence pouvait être annulée quelques années plus tard et le condamné se voir sanctifié. Dès lors le monastère où il avait passé ses derniers jours pourrait devenir un sanctuaire, un lieu de pèlerinage... Quant à cette histoire de possession diabolique — ne pouvait-on supposer que c'était le père Bonifaccio qui était possédé ? Le prieur connaissait quelques abbés dont la vie rendait cette hypothèse tout à fait plausible.

Dans tous les cas, Santaporta serait visitée par des centaines, des milliers... Le prieur commença à faire des calculs. Le toit de la chapelle... le sol dangereux du réfectoire... ces fresques qui se trouvaient dans un état déplorable — on aurait peut-être même les moyens de s'offrir ce Brunelli.

Présent parmi la foule massée à l'extérieur du monastère, Goffo Puzzo était un homme animé d'un but dans l'existence. Il avait entendu parler du prophète halluciné mais ses propres préoccupations étaient plus immédiates. Il allait tuer quelqu'un. Comme il ne connaissait pas la personne et n'éprouvait aucune animosité envers elle, il avait demandé à être payé cher pour cette tâche.

Ses cinq acolytes et lui, car il n'était pas seul même s'il avait juré ne jamais avoir eu besoin de complices jusqu'ici, repérèrent leur proie lorsqu'elle émergea de l'entrée à colonnade de Santaporta. Ils attendirent avec nonchalance que l'homme les dépasse, puis se levèrent du banc où ils étaient assis et, sans hâte, lui emboîtèrent le pas. Leur feinte indifférence fut bientôt malaisée à préserver car ils s'aperçurent qu'ils ne pouvaient maintenir une allure traînante. Goffo considéra les épaules de leur proie, la colonne massive de son cou et son allure générale, et se dit que tout compte fait ils ne seraient pas trop de six.

— Ç'aurait été mieux de savoir où va ce porc, fit Zucco. On aurait pu poster quelqu'un devant lui pour le ralentir.

— Peut-être, mais on ne l'a pas fait, rétorqua Squalo Scorreggia, la voix grinçante et le souffle court.

Ils remontèrent à grands pas une rue populeuse, contournèrent un groupe de femmes en noir agenouillées devant un sanctuaire, repoussèrent un homme qui transportait sur le dos une pile de cages à pinsons, évitèrent une flaque entourant une fontaine et virent leur proie tourner dans une rue transversale.

— Ce blanc-bec est à nous, remarqua Goffo de manière inexacte.

L'homme avait en effet depuis longtemps dépassé l'adolescence. Ils accélérèrent l'allure et, quand ils atteignirent le coin, se retrouvèrent non loin derrière lui. À vrai dire, il avait dû ralentir, car il était plus proche que ce qu'ils attendaient. L'idiot qui lui collait aux talons devait l'avoir agacé car il était en train de le plaquer contre le mur ; mais l'homme prolongea son mouvement tournant et se retrouva face à Squalo.

Celui-ci, malgré sa corpulence, était vif. Il sortit sa dague et commença à jouer avec tandis que Goffo tournait autour de leur proie en ignorant le benêt qui, le dos au mur et la mâchoire pendante, observait la scène. Une seconde plus tard, pourtant, Squalo lâcha son couteau et, cassé en deux, se mit à gémir en s'empoignant les parties. L'idiot l'abattit d'un coup de gourdin à la nuque.

L'homme se tourna alors vers Goffo, qui pour la première fois croisa son calme et sombre regard, lequel ne détourna pourtant pas son attention du fauchon que son adversaire avait en main. Il fit un bond en arrière et tomba sur un chien mort gisant dans la boue.

Allongé sur le dos, se débattant, il assista au bref combat qui se déroula sous ses yeux. L'entrée de la ruelle était bloquée par un géant velu. Dans la mêlée, Goffo aperçut un tourbillon de cheveux dorés et un calme visage séraphique au-dessus d'un poignard. Quelqu'un enfonça du talon la tête de Squalo dans la boue. Zucco Pomello jaillit d'entre les mains du géant et effectua un vol plané à plus de quatre pieds au-dessus de Goffo avant de retomber à terre, où il demeura inerte. Otto Lancia trébucha, une main pressée sur le ventre, s'effondra et rougit le sol boueux à côté de Goffo.

Saisi de peur, Goffo réussit à se mettre à quatre pattes. Il lui fallait filer d'ici. On aurait dû prévoir deux fois plus de monde. Si seulement il parvenait à tuer cet homme et à s'en sortir, la totalité de l'argent serait pour lui. Pour se relever, il s'appuya d'une main à la carcasse du chien mort, mais celle-ci glissa dans la boue et Goffo aperçut le couteau qu'Otto avait lâché au moment de sa chute. À cet instant, un puissant coup de pied au derrière le propulsa en avant. Son crâne heurta le mur et il retomba dans la boue, inconscient.

Sigismondo balaya du regard la ruelle jonchée de détritus. À son extrémité, un enfant l'observait en suçant un chiffon. Un volet claqua au-dessus de sa tête. Déjà deux cochons, dont la ruelle était l'habituel territoire de prospection, arrivaient de la rue en quête d'un éventuel festin.

Barley et Angelo n'avaient pas perdu une minute pour fouiller les corps étendus dans la boue, mais il s'avéra que l'objet le plus précieux qu'ils récupérèrent était l'un des couteaux d'Angelo, qu'on retira du ventre d'Otto. Benno, fasciné, observait la scène, les doigts serrés autour de son gourdin.

— Dieu merci, vous êtes saufs !

Olivero, qui venait d'apparaître à l'entrée de la ruelle, chassa les porcs et rengaina son épée. Il regarda les silhouettes étendues avec une expression qui ressemblait à de l'admiration.

— Je vous ai vus tourner dans cette ruelle tandis qu'une bande de coupe-jarrets paraissait vous suivre. Je me suis dit que vous auriez besoin d'aide s'ils cherchaient à vous nuire, mais je vois que vous aviez déjà du renfort.

Il dévisagea le géant à la solide carrure ainsi que le mince individu au pourpoint multicolore délavé, dont le visage fut à moitié dissimulé par ses longs cheveux blonds lorsque, cessant de regarder la silhouette immobile de Zucco Pomello, il tourna la tête vers Olivero. Celui-ci lui jeta un regard appuyé de sous ses paupières tombantes.

— J'ai l'impression qu'on se connaît, non ? fit-il.

Angelo secoua la tête et si Olivero pensa un instant avoir reconnu le marchand respectable qui, en compagnie de Gian Pantera blessé, s'était joint à eux pendant leur voyage, il fut interloqué de le retrouver, contre toute logique, vêtu comme un vagabond. Barley arborait un air épanoui qui d'ailleurs ne le rendait pas moins inquiétant. Sigismondo, lui, était grave.

— Je vous suis grandement redevable, mon ami. Comment pourrai-je jamais m'acquitter de ma dette? Vous êtes mon ange gardien, toujours prêt à me protéger des individus mal intentionnés.

Il posa son bras sur les épaules d'Olivero et l'entraîna en direction de la rue.

— Vous m'aviez déjà sauvé de ce moine, et vous venez une fois de plus de me rendre un fier service. Ce sera bientôt votre tour, messire, j'en fais le serment.

Olivero ne sut que répondre et, après les avoir salués d'un geste, les quitta pour rejoindre Ferondo, qui, debout au coin de la rue, paraissait surpris de ce qu'il voyait. L'air perplexe, il répondit d'un geste au salut cordial de Sigismondo.

Benno regarda Barley et Angelo s'éloigner dans la ruelle, puis se tourna vers Sigismondo, qui le secoua par le bras et l'entraîna.

— Si tu veux avoir des anges gardiens, Benno, dis-leur quel chemin tu emprunteras, comme je l'ai fait. Avec un peu de chance, un seul battement de leurs ailes fera fuir ceux qui veulent t'expédier dans l'autre monde. Quant à Olivero, il attendait que sa bande ait terminé le travail avant de venir récupérer la croix. Crois-tu qu'il aurait fait confiance à ces individus pour me fouiller?

Dans la ruelle, Goffo reprit conscience lorsqu'un porc commença à lui mâchouiller l'orteil dépassant de sa botte. Un homme transportant sur son dos une pile de cages à oiseaux se pencha sur lui.

— Vous vous êtes battu, remarqua-t-il au milieu d'un raffut de battements d'ailes et de pépiements discordants.

CHAPITRE XLIV

Le prieur a de la chance

En quelques jours à peine, à force de chevaux fourbus, de fesses talées et de cuisses écorchées, la plus grande partie de l'Europe apprit la nouvelle de la mort du pape. Diverses choses furent mises en route, en particulier les cardinaux habilités à se rendre à Rome pour l'élection. Certains, trop âgés ou trop handicapés pour envisager le voyage, se résignaient à mourir là où ils se trouvaient plutôt que sur une route poussiéreuse ou dans la chaleur et la poussière de la grande ville. Les autres enfourchèrent une mule ou montèrent dans une litière, accompagnés de la suite seyant à leur dignité — dignité dont certains espéraient qu'elle triplerait à l'issue du conclave. Beaucoup d'autres, qui n'avaient aucun espoir d'être élus, misaient sur les possibilités d'enrichissement offertes par les différents pots-de-vin accompagnant les négociations entre factions. Quelques-uns accueillaient avec plaisir l'occasion de partir faire un tour loin de chez eux. Il est toujours intéressant d'observer la décadence de ses contemporains.

Des rois, des princes et des ducs formèrent des ambassades pour les représenter auprès du nouveau chef de la chrétienté après sa désignation et leur confièrent des lettres de félicitations — auxquelles il suffirait d'ajouter le nom de l'heureux élu — afin de les lui remettre après son intronisation. Dans l'ignorance des effets qu'avait eus son premier courrier, Ludovico de Rocca apposa sa signature tarabiscotée au bas d'une seconde lettre au pape. Le cardinal Pontano revint de Pietra où il avait enterré l'abbé Bonifaccio et se mit aussitôt en route pour Rome en emportant la lettre du duc. Dans la chaleur suffocante de cette fin d'été, nombreux furent ceux qui envièrent le cardinal anglais qui, trop éloigné de Rome pour arriver à temps, pourrait rester tranquillement chez lui.

Le cardinal Bufera, lui, n'avait pas une longue route à parcourir, et c'était heureux car sa mauvaise santé lui imposait de se déplacer en litière. Il habitait sa vieille villa nichée dans les fraîches collines d'Alba où, comme chacun s'y attendait, il risquait de mourir à tout moment. Personne ne savait de quoi il souffrait, mais chacun espérait que son mal n'était pas contagieux. On disait que sa demeure, où il vivait étendu au milieu des livres, était une bâtisse exiguë construite sur les ruines d'une villa antique. Son propriétaire n'avait certainement pas cherché à remiser son argenterie chez le cardinal Pantera. Bufera était à coup sûr celui qui avait le moins de chances d'être élu, d'une part parce qu'il était trop détaché de ce monde pour diriger la chrétienté — sa célèbre excentricité n'était pas considérée comme un obstacle, même si les histoires qui couraient à ce sujet la faisaient presque ressembler à de la démence —, et d'autre part parce qu'on lui accordait peu de chances de survivre au conclave, et encore moins à l'intronisation.

La vie du cardinal Pantera connut un certain répit après la frénésie d'activité qui l'avait saisi à la suite du décès du pape. Il put à nouveau se préoccuper de ses hôtes, et accueillit avec une sobre satisfaction l'apaisement de la querelle familiale. Toujours dans un état second, Gian acceptait d'accompagner les épouses de ses cousins dans les sorties quotidiennes qu'elles effectuaient pour dépenser l'argent de leurs moitiés. Comme il ne gardait aucun souvenir des raisons qui l'avaient fait venir à Rome, ni ses cousins ni lui n'y voyaient d'objection.

L'homme chez lequel il avait l'intention de se rendre était son oncle, ou plutôt le cousin de son père, Piero Pantera, qui dirigeait la très riche et très influente banque Pantera. Olivero et Ferondo y étaient déjà allés, et même à plusieurs reprises car leur cousin avait été trop occupé pour les recevoir les premières fois qu'ils vinrent. Ils lui expliquèrent que Gian passerait le voir quand il aurait renoncé à aller s'amuser en ville. Piero Pantera était encore plus occupé que son cousin le cardinal, et en grande partie pour la même raison. Les mouvements d'argent parmi les membres du futur conclave battaient déjà leur plein. Il balaya d'un geste les fausses excuses d'Olivero au sujet de Gian, préférant ne pas saisir, ou ignorant pour de bon leur objectif inavoué.

— Qu'il s'amuse, il est jeune et il a eu de grands chagrins. Comme vous tous. Quant à certaines sornettes superstitieuses... fit-il en tapotant une des grandes boîtes métalliques posées sur son bureau. Vous n'avez pas besoin de je ne sais quel bijou de pacotille pour faire de l'argent, quant à des fils, je vous conseille de persévérer dans vos efforts. Maintenant si vous voulez bien m'excuser, j'ai certaines personnes à voir.

L'une de ces personnes était un homme qu'ils eurent moins de mal à reconnaître qu'Angelo. Malgré la brève inclination de tête dont il les salua dans l'antichambre, l'allure générale d'Agostino Da Sangallo exprimait sans ambiguïté son désir de ne jamais plus les revoir. Il se souvenait sans aucun doute qu'à la faveur d'un coup de vent, Olivero avait pu jeter pendant leur voyage un regard brûlant sur les traits de son épouse. En vérité, s'il avait eu plus de chance auprès des banquiers qu'il avait déjà rencontrés, il n'aurait jamais pris rendez-vous avec un Pantera. L'argent dont Agostino avait besoin était difficile à obtenir à un moment où les hommes les plus riches cherchaient à préserver leurs biens des incertitudes liées à l'élection.

— Une chose que ce vieux renard ne fera jamais, déclara Olivero à son frère tandis qu'ils rentraient au Palazzo Pantera, c'est d'inviter le cousin Piero à dîner avec son appétissante épouse. Il va la tenir cachée sous un voile jusqu'à ce qu'il soit temps de lui passer un linceul.

La réplique de Ferondo, s'il y en eut une, se perdit dans la soudaine agitation qui saisit la foule qui les entourait, et dont le flot leur fit franchir l'arche de pierre conduisant au monastère de Santaporta. Il fallut toute la résistance d'Olivero et l'action des coudes pointus de Ferondo pour les extraire de la presse. Ferondo avait entendu des femmes crier des exhortations d'une voix aiguë.

— Elles cherchent le moine fou, expliqua-t-il à Olivero. Il n'est donc pas encore pendu.

— Maintenant que les gens savent qu'il a tué un abbé, ils vont lui coller une hache dans les mains et le lancer contre quelques cardinaux — pour éliminer la concurrence. Les chapeaux rouges arrivent à Rome d'heure en heure, telles des sangsues assoiffées de sang.

Épuisés et couverts de poussière, les princes de l'Église ignoraient évidemment combien, parmi ceux qui auraient pu se rassembler aux portes de la ville pour recevoir leur bénédiction, avaient préféré aller implorer celle d'un moine fou et meurtrier. Cependant, en tant que princes de l'Église, ils connaissaient de la nature humaine plus de choses qu'ils n'eussent sans doute souhaité, et le fait ne les aurait sans doute pas beaucoup surpris.

Avec l'aimable autorisation du prieur, le frère Ieronimo était donc d'abord apparu au balcon dominant la cour intérieure, pleine à craquer de fidèles et de curieux, mais au lieu d'avoir une nouvelle vision, ce qui aurait bien arrangé le prieur, le frère s'était contenté de promener un regard surpris sur tous ces visages levés vers lui. Le frère Filippo, chargé de le surveiller, lui avait expédié un coup de coude impatient dans les côtes, mais cela n'eut pour effet que de lui faire entonner un Ave Maria, que la foule reprit respectueusement en chœur. Mais si les spectateurs pensaient que c'était là le prélude à quelque chose de plus grisant, ils furent cruellement déçus car le frère Ieronimo, une fois sa prière terminée, adressa un signe bienveillant à la foule et se retira, suivi du frère Filippo qui rouspétait d'un air furieux.

Observant la scène derrière les volets entrebâillés d'une autre fenêtre, le prieur fut troublé par la réaction qu'eut alors la foule. Les Romains ont toujours voulu en avoir pour leur argent, et les dons que ces gens avaient faits pour être autorisés à pénétrer dans la cour du monastère valaient plus, estimaient-ils, qu'une simple prière et un geste d'adieu. La mauvaise humeur les saisit. La foule, d'abord murmurante, se mit à pousser des cris. Un moine qui traversait innocemment la galerie à arcades fut bousculé, frappé et projeté à l'intérieur afin qu'il fasse savoir que le frère Ieronimo devait ressortir pour bénir l'assistance, faute de quoi on l'y obligerait. Les femmes qui comptaient sur la Vierge de Scheggia pour leur donner des fils n'étaient pas moins véhémentes que les hommes.

Le prieur réfléchit. Si on lâchait le frère Ieronimo dans cette foule, il était en danger d'être chahuté ; on ne pouvait lui faire confiance pour donner satisfaction à la populace — et même s'il le faisait, celle-ci risquait de lui arracher les vêtements, voire même les membres, au cas où la fureur prendrait le dessus. Le prieur était responsable de sa personne mais, entendant les cris qui montaient de la cour, il se souvint que le moine avait déjà été condamné par le pape défunt et que s'il devait mourir entre les mains de cette foule, elle ne ferait qu'appliquer la sentence avec un peu d'avance. Mais d'un autre côté, s'il s'avérait qu'il était bien un saint... Il y aurait des pèlerinages sur les lieux de son martyre ; le seul problème était les reliques. Il serait dommage qu'il ne reste rien du moine... En tout cas il devait faire quelque chose.

— Faites-le sortir. Tout de suite. Que le père Torquato et le frère Filippo le montrent à ces gens.

Ni l'un ni l'autre ne fut ravi de cette tâche, mais à vrai dire la foule ne leur prêta aucune attention. Le frère Ieronimo leur fut aussitôt arraché et un groupe de solides matrones se le disputèrent sans ménagement pour obtenir sa bénédiction. On fit mettre le moine à genoux pendant que des dizaines de mains empoignaient ses vêtements et tiraient ses cheveux dressés comme des plumes blanches autour de sa tonsure. Une femme armée d'un couteau avait saisi l'ourlet de son habit et s'apprêtait à en trancher un morceau lorsque, repoussant ses assaillants avec un étonnant regain de vigueur, le frère Ieronimo se releva, leva les bras et, d'une voix qui couvrit le chahut environnant, s'écria :

— Elle est là ! Oh, Notre-Dame est là !

CHAPITRE XLV

La combine de l'époux

Le vacarme se tut. Un silence respectueux s'instaura, que troubla seulement le bruit de tous les participants s'agenouillant dans la cour. Un bébé éclata en pleurs ; toutes les têtes étaient tournées vers le ciel. Les bras levés, le frère Ieronimo présentait un visage transfiguré par le bonheur.

— Rome est bénie ! Voyez comme Notre-Dame baisse son regard sur la ville... Elle souhaite que chacun vive en paix avec son voisin. Que tout soit restitué à son légitime propriétaire et tout ira bien entre vous.

Tandis que tous cherchaient à voir ce que le moine voyait, des sanglots et des murmures craintifs emplirent peu à peu le silence. Un détrousseur de poches qui venait de soulager de sa bourse une femme placée devant lui se signa et reposa l'objet près du genou de sa propriétaire. Dans un coin, un jeune garçon avait une crise, mais les personnes proches de lui s'éloignèrent sans lui prêter attention, les yeux au ciel ou fixés sur le frère Ieronimo. D'autres, en pleurant, embrassèrent leurs voisins en les assurant de leur amitié. Un mendiant, qui avait décoré ses moignons pour l'occasion, faillit tomber du volet de bois sur lequel il se déplaçait lorsqu'il fut rattrapé par la plus belle putain qu'il ait jamais vue, laquelle lui laissa sur la joue, telle une plaie de plus, la marque de ses lèvres.

Car bien entendu, comme dans n'importe quelle foule, il y avait là des professionnels. Les gens qui viennent contempler un assassin ou un visionnaire sont sujets à des tentations de toutes sortes, et c'est bien ce qu'un professionnel d'un genre tout différent n'aurait pas dû oublier ; mais lorsque Torquato croisa le regard d'une jeune femme placée au premier rang de la foule, il ne se demanda pas quel genre de femme pouvait avoir assez de détermination pour venir se placer à un endroit aussi en vue, ni si c'était son affaire à lui que de lui prêter la moindre attention.

Quel visage ! Torquato avait l'impression de l'avoir déjà vue auparavant, en rêve peut-être. Ou alors dans l'un des manuscrits enluminés de l'abbaye. Les sourcils arqués, les grands yeux, le nez droit et la bouche finement dessinée, des traits parfaits encadrés de cheveux blonds bouclés, tout cela appartenait, ou aurait dû appartenir, à un ange ; pourtant, il ne s'agissait pas d'un ange asexué mais d'une femme, dotée d'une présence physique troublante, et le regard que ses yeux gris jetèrent à Torquato proclamait sans ambiguïté qu'elle s'intéressait plus au prêtre en tant qu'homme que n'importe quel ange aurait jamais osé. Torquato fut flatté que cette créature s'intéressât à lui et non aux cieux.

Ce fut le frère Filippo qui eut la présence d'esprit de faire rentrer en hâte le frère Ieronimo pendant que la foule était encore agenouillée et sous le choc. Le prieur, qui observait toujours la scène, fut ravi non seulement que le clou du spectacle fût préservé pour un autre jour, mais également que son apparition ait laissé la foule dans un état euphorique. La plupart des assistants étaient déjà persuadés d'avoir eu eux aussi la vision, et prêts à décrire en détail la robe de la Vierge et l'expression de son visage à ceux qui ne l'avaient pas vue. La promesse que tout irait bien était comprise à la fois au plan personnel et au plan de toute la ville, laquelle était donc assurée de voir élire un excellent pape. Les conditions mentionnées par le frère Ieronimo, et desquelles dépendait le bonheur annoncé, étaient déjà largement oubliées, même si une ou deux âmes plus sérieuses prenaient en privé de bonnes résolutions et qu'un homme décida de rendre visite sur-le-champ à son avocat afin de faire figurer dans son testament des réparations qui allaient consterner ses héritiers et susciter la surprise reconnaissante de ses ennemis.

Torquato se tint immobile au milieu de la foule qui s'égaillait, et lorsque le frère Filippo, après avoir raccompagné le frère Ieronimo dans sa cellule, revint dans la cour, il le trouva en conversation avec une grande et mince blonde dont la moitié des cheveux était arrangée en un charmant désordre autour du visage, tandis que le reste, presque certainement postiche et d'un blond plus clair, retombait dans son dos en nattes épaisses fixées avec le ruban jaune qui désignait les prostituées. Sans doute ne présentait-elle pas un de ces répugnants décolletés qu'elles affectionnaient, mais le frère Filippo tremblait de révulsion en observant la fille. Son collègue allait-il se détourner d'elle, se souvenir qu'il était impossible, même par charité, d'échanger le moindre mot avec une personne si vile que sa seule présence pouvait vous souiller ? Et pourtant, sous ses yeux, Torquato laissa la putain lui saisir la manche et l'entraîner parmi la foule qui s'en allait par la grande arche de pierre.

Sans doute y avait-il des explications — elle l'emmenait peut-être auprès d'un agonisant qui voulait se confesser et, surtout, obtenir l'absolution de ses péchés : mais les derniers sacrements requéraient certains objets que ne détenait pas Torquato. Après avoir trouvé une explication, l'esprit de frère Filippo se refusa à en chercher d'autres, car il avait vu le regard que Torquato avait jeté à la chose qui lui tirait la manche. Se faire moine n'avait jamais empêché la luxure — embrasser la chasteté ne voulait pas dire que vous oubliiez ce que signifiait embrasser autre chose. En dépit de la discipline qu'il s'imposait, le frère Filippo éprouvait lui-même suffisamment de feu intérieur pour ne pas reconnaître ce qu'il avait perçu dans le regard de Torquato.

Celui-ci, ignorant qu'il était observé, incapable à vrai dire de voir quoi que ce soit en dehors de la charmante créature qui le guidait, la suivait de si près que même parmi l'odeur des caniveaux et des ordures qui flottait dans les ruelles écrasées de soleil, il ne sentait que le fort parfum du musc qu'elle portait, aussi enivrant que les coups d'œil qu'elle lui jetait de temps à autre pour l'inciter à la suivre.

Le frère Filippo avait vu juste en supposant qu'un mourant devait avoir besoin d'un prêtre ; c'est précisément cette raison que la blonde avait avancée pour convaincre Torquato de l'accompagner à travers un lacis de ruelles et d'immeubles délabrés. Mais quels que fussent les prétextes que Torquato invoquait en lui-même, il ne s'attendait pas à trouver un homme à l'article de la mort au sommet de l'escalier branlant qu'il dut gravir. Il chassa du bout de son soulier un petit chat orange et blanc qui somnolait sur le palier. Il suait, et ce n'était pas parce que la pièce dans laquelle la fille était entrée se trouvait juste sous les toits et qu'il y régnait une chaleur de four malgré les volets fermés.

Dans la pénombre, même s'il l'avait voulu ou si elle lui en avait laissé le temps, il était difficile de distinguer quoi que ce fût. Les bras de la jeune fille l'enserrèrent prestement tandis qu'elle refermait la porte d'un coup de pied habile. Elle l'attira sur le lit. S'il y avait jamais eu un mourant sur cette couche, il ne s'en trouvait certainement aucun à ce moment-là, sauf à considérer que Torquato, succombant aux griffes du désir, puisse être ainsi qualifié. Comme les bras de la fille étaient forts et durs ! Comme sa bouche était ferme et insistante ! Haletant, Torquato sentit ses doigts lui explorer les cheveux, lui caresser la nuque et serrer son visage contre le sien tandis qu'il s'efforçait de dénouer sa jupe. Tout occupé à se démener, sa propre robe remontée plus haut que celle de la fille, le cœur battant à tout rompre, son visage effleuré par le souffle brûlant de sa partenaire qu'il suppliait de remonter ses jupons, il n'entendit pas les pas qui montaient bruyamment l'escalier.

Mais il ne put faire autrement qu'entendre la porte qui s'ouvrit à la volée et le cri assourdissant que poussa la fille qui le serrait si fort.

— Mon époux ! Il va te tuer !

La probabilité que le lit soit occupé par un agonisant s'accrut brusquement. Repoussé par deux bras vigoureux, Torquato tomba du lit sur le sol, d'où il découvrit l'homme qui se tenait sur le seuil ; et bien que, regardé sous cet angle, celui-ci parût encore plus grand et plus costaud qu'en réalité, Torquato vit dans cet homme tonitruant au visage encadré d'une barbe rousse un véritable géant. Le pire était qu'il tenait un gourdin dont il le menaçait, et qu'il abattit lourdement à quelques centimètres des orteils de Torquato, ce qui incita ce dernier à se redresser avec une précipitation honteuse. Il ne pouvait jeter un regard à la blonde, mais du coin de l'œil il la devinait en train d'arranger ses vêtements tout en se plaquant contre le mur.

— Espèce de fumier de prêtre ! Tu vas payer pour ça !

Le gourdin s'abattit une nouvelle fois, manquant de peu le crâne de Torquato avant d'ébrécher le rebord de la fenêtre.

Et, bien entendu, il paya. Par bonheur il avait encore la plus grande partie de l'argent que l'abbaye lui avait confié pour ses frais de séjour à Rocca. Toujours hors d'haleine, le visage brûlant, il fouilla dans ses habits comme une lavandière, trouva sa bourse, en dénoua le lacet et en vida le contenu dans l'énorme paume du géant. Puis on l'autorisa à se lever et à s'en aller. Il trébucha sur le chat allongé sur le palier et, alors qu'il atteignait la rue, entendit la linotte en cage entonner un chant de triomphe. Il s'éloigna en toute hâte, marmonnant non des prières mais des jurons, puis, voyant que les gens se retournaient sur son passage, s'efforça de se recomposer un visage normal.

Dans la chambre sous les toits, Angelo, toujours revêtu de la robe de Gemmata, admirait La Feconda.

CHAPITRE XLVI

Préparatifs et invitations

Une grande excitation s'empara de Rome à la veille du conclave. Les cardinaux étaient sur le point de s'enfermer jusqu'au terme de l'élection, et beaucoup avaient envie de fêter leur dernière soirée de liberté. Certains passèrent la nuit à prier, ou même à dormir, mais cette façon d'occuper le temps était loin d'être majoritaire. Le cardinal Tartaruga, qui habitait en ville, était le mieux placé pour distraire ses collègues, et son objectif était de montrer que, de tous ceux qui allaient se retrouver confinés à partir du lendemain, il était le mieux à même d'être présenté à la foule comme le nouveau pape à l'issue de la réunion.

Il souhaitait en particulier impressionner et conquérir le cardinal Lepre, son concurrent le plus direct au trône de saint Pierre.

On avait fait parvenir des invitations à tous ceux que Son Éminence considérait comme influents ou utiles : on avait contacté des relations familiales, comme son cousin par alliance Agostino Da Sangallo (lequel voulait un prêt qu'il obtiendrait certainement lorsque Tartaruga aurait à sa disposition le trésor papal), mais le cardinal désirait avant tout que le plus grand nombre de cardinaux assistent à sa fête. Le cardinal Pantera serait présent, avec ses hôtes et parents, les trois neveux et les épouses. Un autre invité était un certain Sigismondo, originaire d'on ne savait où, puisque aucune ville n'était attachée à son nom, mais qui avait été reçu en audience par le précédent pape en qualité d'envoyé du duc de Rocca. Le cardinal Tartaruga se promit d'avoir une petite conversation avec lui avant la fin de la soirée.

Tous ses collègues ne purent toutefois répondre à son invitation. Le cardinal français venait d'arriver le jour même d'Avignon et, comme c'était un vieillard, il était trop las pour participer à la fête. Le cardinal Bufera n'avait effectué que le court trajet depuis sa villa des collines d'Alba, mais l'inviter n'était dans son cas qu'une formalité — chacun savait qu'il ne viendrait pas ; c'était déjà un miracle qu'il ait survécu au voyage. Tartaruga n'avait certes pas envie qu'un de ses hôtes meure en plein dîner et coupe l'appétit aux autres convives.

Le dîner avait été conçu dans le même esprit que le reste : afin d'impressionner. Les cuisiniers du cardinal avaient failli se battre à coups de couteau et ce n'est qu'avec difficulté qu'on les avait contraints à conclure une trêve et à discuter de façon rationnelle des plats qu'il convenait de servir. Les cygnes, apprêtés comme s'ils étaient en train de nager, étaient meilleurs que les paons mais moins impressionnants dans leur présentation ; il y avait du sanglier sauvage avec des raisins de Smyrne et des pignons ; il y avait des oies rôties farcies aux herbes, coings, poires, poivre et raisins. Et bien sûr il y avait les amuse-gueule préférés du cardinal, des petits pâtés de foie de poulet frit accompagnés d'œufs durs et de gingembre. Le cuisinier dont c'était la spécialité avait sombré dans la mélancolie à force d'en préparer sans cesse.

Le faisan aux truffes blanches et à la crème était en général un mets apprécié, mais le plat principal serait une recette subtile qu'on servirait à la fin du repas pour susciter l'admiration générale. Un des maîtres cuisiniers du cardinal avait été affecté à sa seule préparation, pour laquelle on avait réservé une petite salle, un peu comme une chapelle privée. Puisqu'il était impératif que le blason du cardinal y apparaisse de manière évidente, la pièce maîtresse du plat était donc constituée d'une tortue, reposant sur une base de gaufrette et faite de pâte sucrée et de gelée, la carapace étant composée de dragées plates et dorées, saupoudrées de sucre, le tout étant recouvert de sucre et d'eau de rose afin de le faire briller comme de la glace. Entre les pattes antérieures de la tortue, le cuisinier avait réussi à dresser un long bâton doré surmonté d'un crucifix, un objet religieux parfaitement approprié, alors que la tiare qu'on avait d'abord envisagé de placer avait été écartée comme susceptible de porter malheur. Il était certain que le plat serait applaudi poliment lorsqu'il serait servi, même si le cardinal Lepre, dont le blason représentait un rencontre de lièvre — la gueule de face, sous son chapeau rouge — saisirait sans aucun doute le message selon lequel dans la course au pouvoir, la tortue l'emportait.

En plus de la frénésie qui régnait dans les cuisines, un brouhaha avait envahi la grande salle à manger. Des tables à tréteaux, recouvertes de lin damassé, étaient décorées de rameaux de laurier et de buis ; les guirlandes — composées, luxe inouï, de fleurs véritables — seraient apportées plus tard afin de préserver leur fraîcheur. Sur la crédence étaient soigneusement rangés les plats en argent où figurait le blason familial à la tortue, et qui étaient sans doute destinés à être transportés sous peu dans les caves du cardinal Pantera. Tout ce travail avait été effectué parmi les coups de marteau et les bruits de scie d'un groupe de charpentiers œuvrant à une extrémité de la salle, où les tapisseries, décrochées et roulées avec soin, étaient à présent appuyées contre le mur. Cette confusion et ce tintamarre étaient supervisés par le *maestro di casa* du cardinal, qui faisait de son mieux, sachant fort bien que s'il y avait le moindre problème dans le déroulement de la soirée, des têtes tomberaient, et en premier lieu la sienne. Le cardinal avait prévu plus d'une surprise pour ses invités, mais pas celle qu'il allait lui-même connaître.

Agostino était heureux de son invitation et content de lui. Il avait annoncé à son épouse que l'invitation ne concernait pas les femmes, qu'il s'agissait d'une réunion politique au cours de laquelle seraient débattues les modalités du conclave, et où la présence des femmes serait parfaitement déplacée. À sa grande satisfaction, Felicia avait pris la chose avec compréhension. Il n'avait pas la moindre intention de l'autoriser à participer à un dîner rassemblant un si grand nombre de religieux réputés pour leur goût de la chair — féminine, dans la plupart des cas. Imaginons, comme cela était déjà arrivé dans le passé, qu'un prince de l'Église la remarque ! Agostino n'avait pas oublié l'abbé. Il savait très bien que plus un homme a du pouvoir, plus il lui est facile de séduire.

Même un prêtre avait des avantages déloyaux : Agostino avait encore à l'esprit ce à quoi il avait assisté la veille. Ç'avait été un moment pénible. Il avait accompagné son épouse et sa servante à l'église et, en sortant, s'était mis à bavarder avec quelques marchands de sa connaissance. En se retournant, et alors qu'il s'attendait à ce que Felicia ait obéi à ses ordres et l'attende patiemment, le visage recouvert d'un voile, il découvrit avec rage et consternation qu'elle était tête nue et parlait avec animation avec un prêtre qu'il identifia sans le moindre plaisir comme étant le père Torquato ; lequel avait sans aucun doute, à l'instar d'Olivero Pantera, aperçu à l'occasion d'une rafale de vent les traits de Felicia au cours du voyage. Il se précipitait déjà vers elle lorsqu'elle baisa la main du prêtre, rabattit son voile et vint à sa rencontre tandis que le religieux se fondait dans la foule. Agostino avait attendu d'être rentré à la maison pour lui montrer quelle grave erreur elle avait commise, et à présent elle n'aurait plus l'occasion d'en commettre de nouvelle.

Certains vont dans une fête parce qu'ils y sont invités, d'autres parce qu'ils accompagnent les participants. Benno avait un goût immodéré des fêtes, et il était certain qu'une soirée romaine serait une expérience spéciale. Il était d'autant plus impatient d'y participer que Sigismondo, même si Torquato était toujours en possession de la croix, semblait de bonne humeur. Il imagina son maître saisissant le prêtre à la gorge et la lui serrant jusqu'à ce qu'il la lui remette, mais il se dit que pénétrer dans un monastère pour y étrangler un des pensionnaires ne serait peut-être pas très bien accueilli, même dans une ville aussi furieusement séculière que Rome.

— Vous croyez qu'il sera là ce soir ? Torquato, je veux dire ?

C'était sûrement une question sans risque, et Sigismondo ne parut pas s'en agacer. Il baissa la tête vers Benno, occupé à lacer les cordons dorés de son pourpoint de velours noir.

— En tant que simple secrétaire d'un abbé défunt...

Ou *meurtrier* d'un abbé défunt ? songea Benno.

— ... je doute qu'il soit suffisamment important pour le cardinal Tartaruga. Pourtant quelque chose me dit qu'il sera présent.

— Quelque chose ? osa Benno en arrangeant les cordons dorés pour qu'ils retombent correctement sur la large poitrine.

— Hé, que veux-tu que je te dise ? Que j'ai vu un oisillon avec du sang sur le bec ? Il y a des choses que j'ignore, Benno, mais je les *sens*. Comme un souffle d'air sur la peau. Je porterai cette chaîne ce soir.

Le collier était un cadeau du duc Ippolyto d'Altamura, qui l'avait donné à Sigismondo pour le remercier des services qu'il lui avait rendus. C'était une lourde chaîne à la fois massive et délicate dont les maillons étaient ornés de feuilles en filigrane d'or et de fleurs d'émeraude. C'était une chaîne, songea Benno, qui allait sans aucun doute attirer le regard du cardinal Tartaruga et lui faire en tout cas comprendre l'importance de son invité.

CHAPITRE XLVII

Magnificence d'un hôte

Pourtant, l'invitée qui attira l'attention était loin d'être une personnalité importante. Elle devait sa présence en ces lieux au fait que son époux était un cousin par alliance du cardinal, ainsi qu'à sa rencontre récente, à l'église, avec les épouses des frères Pantera. C'est en effet Elisavetta Pantera qui avait appris à Felicia Da Sangallo que la fête du cardinal n'était en rien interdite aux femmes. Connaissant bien son mari, Felicia attendit que celui-ci, richement vêtu, s'en aille, puis se débarrassa de son peignoir, ôta son turban, mit ses plus beaux atours et le suivit.

Elle arriva donc quand tous les invités étaient déjà là, et tous les regards se tournèrent aussitôt vers elle. Felicia s'était teint les cheveux avec l'aide de Perpetua et les avait arrangés en nattes mêlées de rubans lilas frangés d'or, tandis que de longues boucles venaient reposer sur le velours couleur mûre aux crevés de satin lilas qui lui couvrait la poitrine. Elle ne portait pas de voile, à moins qu'on puisse définir ainsi la gaze lilas qui s'enroulait autour des nattes réunies au sommet de sa tête. Ses fossettes, tandis qu'elle s'inclinait devant son hôte en s'excusant de son retard, suffirent à faire fondre le cœur de tous les présents, sauf celui de son époux, qui demeura muet de rage et de frustration.

Le cardinal Tartaruga, dont on pensait généralement qu'il considérait les femmes comme un mal nécessaire devant être maintenu à sa place — le lit —, s'avança avec sur son visage austère une expression qui ressemblait beaucoup à un sourire. C'était la première fois, réalisa-t-il, qu'il voyait l'épouse de son cousin Agostino. Il se déclara enchanté qu'elle se soit remise aussi vite de la maladie dont son époux avait assuré qu'elle était souffrante.

Par bonheur pour Felicia, arrivée si tard et de façon si inattendue, le *maestro di casa* ne put lui trouver une place à côté de son époux mais, peut-être de façon regrettable, à côté de Torquato qui, comme l'avait prédit Sigismondo, était bien présent. Elle n'aurait pu trouver personne qui fût aussi disposé à lui consacrer toute son attention, car il était encore piqué au vif par l'expérience malheureuse que lui avaient fait subir ce qu'il croyait être une putain et son maquereau. Il était venu directement au dîner du cardinal, qui lui avait promis de le recevoir quelques instants en privé à la fin du repas. Ses vêtements étaient encore imprégnés du parfum de la fille et le frère Filippo, qui était assis à l'extrémité de la table, l'avait fui comme s'il puait la porcherie.

Quoique Torquato fût trop absorbé par les fossettes de Felicia pour le remarquer, le frère Filippo ne mangeait rien et les fixait tous les deux d'un air furieux. Le frère n'était pas de l'avis du cardinal quand celui-ci assurait que les femmes étaient nécessaires; sans Ève, Adam serait encore au paradis. Si l'on voulait bien se hasarder à attribuer une erreur au Tout-Puissant, c'était bien Sa création de la femme, qui avait signé la perte de tant d'hommes.

La plupart des invités du cardinal étaient trop occupés à apprécier la nourriture et l'ambiance cordiale qui régnait pour ruminer des pensées amères, mais le cardinal Lepre faisait sans doute exception. Tout comme son rival

Tartaruga ressemblait curieusement à la tortue de son blason, avec son crâne chauve, son cou noueux et son regard de reptile, beaucoup de gens affectaient de voir dans le cardinal Lepre des traits similaires à ceux du lapin figurant sur son propre blason. Peut-être ce nom[1] avait-il été donné, autrefois, à un membre de la famille qui avait transmis ses traits jusqu'à lui, mais le fait est qu'il avait des yeux protubérants et de grandes incisives au-dessus de sa barbiche grise.

Ce soir le lièvre paraissait tracassé. La tortue avait donné une réception bien trop éclatante juste avant l'ouverture du conclave. La nourriture était délicieuse, la salle de banquet de dimensions considérables, l'argenterie si abondante que c'en était révoltant — n'y avait-il donc rien à critiquer? Si cette créature devenait pape, sa tête exploserait. Ce serait simple charité chrétienne que de dévoiler tout de suite sa vanité. Le cardinal Lepre prononça donc en souriant, et assez fort pour qu'on l'entende, une remarque au sujet de l'état des tapisseries suspendues à l'extrémité de la salle.

— Je vois qu'Hercule est en train de nettoyer les écuries d'Augias, dit-il. Mais n'aurait-on pas pu d'abord laver Hercule lui-même? Il est vrai que, d'après ce qu'on dit, ces vieilles tapisseries décolorées sont difficiles à entretenir. Vous devriez me laisser vous recommander un atelier de tisseurs auquel je fais appel — ils sont chers, mais ce sont les meilleurs —, à moins bien sûr que vous n'attachiez pas d'importance à ces choses.

C'était habilement formulé. Assis à la table d'honneur en raison de sa chaîne, de sa position d'envoyé du duc de Rocca et d'hôte du cardinal Pantera, Sigismondo sourit. Debout derrière lui, Benno comprit que le cardinal Lepre insinuait que leur hôte prêtait si peu d'attention aux détails qu'il laissait au mur une vieille tapisserie salie

1. *Lepre* signifie « lièvre » en italien. *(N.d.T.)*

pendant une réception — et qu'en dépit de cet étalage d'argenterie et de cygnes, il était trop avare pour remplacer une antiquité. Le cardinal Pantera, désireux de dissiper tout malaise, lui répondit :

— Il est vrai que ce qui est ancien gagne à être vu comme tel. Nous prêtons une grande valeur aux objets antiques. Et cette salle n'a pas d'égale pour la taille et la splendeur. Je n'ai pas vu de plus belle pièce au Vatican lui-même.

Le cardinal Tartaruga saisit l'occasion qu'il attendait depuis le début de la soirée. Il appela le *maestro di casa*.

— Son Éminence le cardinal Lepre n'aime pas la tapisserie d'Hercule, lui dit-il. Faites-la décrocher.

Le *maestro di casa* s'éloigna en hâte et rameuta des serviteurs porteurs de perches destinées à ôter la tapisserie de ses crochets.

— Pardonnez-moi, dit alors le cardinal Tartaruga à ses invités, de ne pas vous recevoir dans mon plus beau salon.

La tapisserie fut prestement descendue et emportée.

— Cette salle, comme vous le voyez, fait partie de mes écuries.

Une rangée de box, avec chacun sa mangeoire pleine de foin, ses brides suspendues, ses seaux et ses balais, mais dépourvus de tout cheval, venait d'apparaître. Le silence des invités abasourdis fut bientôt brisé par un tonnerre d'applaudissements en l'honneur d'un hôte dont la magnificence désinvolte lui permettait de loger ses chevaux dans des quartiers qui pouvaient à l'occasion servir de salle de réception pour des princes de l'Église. Quelques rares convives constatèrent que la paille éparpillée sur le sol ne présentait pas la moindre trace de sabots, et décelèrent l'odeur de bois frais parmi les effluves de parfum que les serviteurs épandaient partout, et parmi la fumée des grosses chandelles de cire brûlant dans leurs énormes appliques d'argent doré et sur les hauts chandeliers. Mais la plupart apprécièrent la plaisanterie du cardinal.

Le cardinal Lepre, pour sa part, avait applaudi avec une lenteur douloureuse, et plusieurs de ses partisans marmonnaient sur un ton affecté leur indignation d'être invités à dîner dans une écurie. Le cardinal Pantera joua une fois de plus les modérateurs et rappela à l'assistance que le Sauveur Lui-même n'avait pas dédaigné une étable, et que le cardinal Tartaruga avait sans doute voulu le rappeler à l'esprit de tous avant que chacun assume la responsabilité sacrée du conclave prévu le lendemain. La remarque fit malheureusement penser à beaucoup que le cardinal Pantera avait déjà dû recevoir de gros pots-de-vin de la part du cardinal Tartaruga, et que les chargements d'argenterie ornée du blason à la tortue arrivant à dos de mule dans les caves de Pantera n'en ressortiraient pas.

Le clou du festin fut alors apporté au milieu des applaudissements. La tortue à la carapace de dragées, avec le bâton doré surmonté d'un crucifix, semblait esquisser un petit sourire narquois sur ses traits grossiers, et beaucoup d'invités se demandèrent dans combien de temps ils seraient conviés à fêter un pape du nom de Tartaruga. La tortue fut découpée et consommée tandis que le crucifix gisait sur un plat doré posé sur une desserte au milieu de fragments de pâte et de morceaux de gelée. On enleva les nappes, on démonta et emporta les tables, puis on servit des friandises et du vin. La prédominance du pourpre dans la salle — les cardinaux avaient revêtu leur robe de deuil à la mémoire du pape défunt — devint plus perceptible à mesure que les gens se dispersaient en petits groupes pour bavarder ou passaient sur la loggia, que rafraîchissait une légère brise, à peine un souffle d'air frais, venue de la rivière — l'odeur qui l'accompagnait étant aussitôt noyée par des aspersions d'eau parfumée et les volutes d'encens. Le siège du cardinal était dressé sur une estrade à l'extrémité de la salle. Il n'était utilisé que lorsque le trône de saint Pierre était vide ; le cardinal Tartaruga, qui n'était pas homme à dissimuler ses intentions, y avait pris place.

Il eut quelques entretiens privés, d'abord avec un prêtre puis avec l'homme mystérieux au crâne rasé dont l'allure et le comportement avaient donné lieu aux spéculations habituelles. Parmi ceux qui ne connaissaient rien du personnage, la théorie la plus répandue voyait en lui un membre important du schisme oriental — cette chaîne en était la preuve — venu là sous une fausse identité afin d'espionner la procédure la plus intime de l'Église catholique, ou même d'user de son influence pour favoriser l'élection d'un pape qui aurait les faveurs du patriarche de Constantinople. En tout cas, si c'était un prêtre, il n'avait pas l'air d'un célibataire.

Le célibat fut un des points abordés au cours de l'entretien que Tartaruga eut avec Torquato, qui, lorsqu'il fut congédié, baisa l'anneau du cardinal avec la rage au cœur. L'entrevue avec Sigismondo se passa à pas lents, d'un bout à l'autre de la salle, mais l'expression de ce dernier ne trahit aucune émotion particulière lorsqu'il releva le visage après avoir baisé l'anneau du cardinal. Une assiette de restes de viande à la main, Benno l'observait depuis une embrasure de porte où s'étaient rassemblés les serviteurs des autres invités, et n'aurait pas résisté à l'envie de lui poser une question s'il n'avait pas été aussi loin. C'est alors que fut présenté le clou de la soirée.

Le *maestro di casa* était habitué à engager des bouffons, des acrobates et des jongleurs ; il lui était même arrivé de montrer des prestidigitateurs, des nains et des putains danseuses. Mais c'était bien la première fois qu'il lui fallait présenter un moine entravé. Son bâton de fonction lui permit de maintenir le frère Ieronimo à une distance prudente tandis que les gardes le poussaient en avant. Il avait toutefois reçu des ordres et, rassuré de voir les menottes avant que le moine enfonce ses mains dans ses manches, le *maestro di casa* laissa le moine fou s'avancer dans la salle.

L'orchestre, modeste mais talentueux, qui exécutait jusque-là des morceaux paisibles à la flûte et à la harpe se mit à jouer un air plus entraînant auquel un tambourin conféra un effet théâtral. Les conversations se turent tandis que tous les regards se tournaient vers la grande silhouette dégingandée coiffée du halo blanc des cheveux autour de la tonsure. Les gens qui étaient sortis sur la loggia rentrèrent et, entre les rideaux mouvants de batiste, observèrent la scène.

Rares étaient désormais à Rome ceux qui n'avaient pas entendu parler du moine prophète et assassin. La justesse de sa prédiction concernant le décès du pape lui avait valu aussitôt une immense notoriété, et plusieurs des cardinaux présents avaient secrètement fait porter des dons à Santaporta afin de connaître leur avenir. Les dons avaient été acceptés, mais les demandes de prédiction étaient demeurées sans réponse. Le frère Ieronimo, expliquait le prieur, n'avait pas eu de nouvelles d'en haut.

Des nouvelles d'en haut, tout le monde en désirait, et la confiance du cardinal Tartaruga était telle qu'il pensait obtenir par cette voie une réponse favorable. Au cas où la prophétie serait négative, ou ambiguë, il avait décidé de faire comme les prêtres de Delphes qui interprétaient les divagations de la sibylle ; il peaufinerait une interprétation qui convaincrait ses invités du Sacré Collège qu'en votant pour lui dans les jours prochains, ils obéiraient à la volonté de Dieu.

Le problème, pour l'instant, était d'inciter le frère Ieronimo à faire son numéro. Le moine se tenait debout, regardant autour de lui avec un vif intérêt et souriant aux visages de sa connaissance, mais il gardait le silence et ne paraissait en rien être au bord d'une crise mystique.

Le cardinal Tartaruga prit donc les devants. Il fit signe

à un serviteur porteur d'une cruche de vin, emplit lui-même un gobelet et avança en direction du frère Ieronimo. Quelque chose avait cependant attiré l'attention du moine : le petit bâton doré avec le crucifix à son extrémité, abandonné sur un plat. Il s'en approcha et le saisit d'un air plein de déférence. Après quoi il se retourna et le brandit devant le cardinal Tartaruga comme pour l'exorciser. Le frère Ieronimo avait trouvé son inspiration.

CHAPITRE XLVIII

Pêcheur d'hommes

L'aube était presque fraîche. Benno, la chemise ouverte et Biondello trottinant sur ses talons, s'éventait avec son chapeau tout en marchant à côté de Sigismondo. Sous le dôme du ciel, la lumière nacrée, qui virait au rose à l'horizon oriental, ne se reflétait pas dans les flots jaunâtres du fleuve coulant paresseusement à leurs pieds. À l'autre bout du pont, les crânes fichés au sommet des piques étaient devenus pour ainsi dire de vieux amis. Benno jeta un coup d'œil à leurs traits, qui parurent lui adresser un signe de reconnaissance sous les mouches bourdonnantes qui les recouvraient. Son esprit était encore occupé par les événements survenus au cours du dîner dont ils sortaient.

— Le frère Ieronimo a été excellent, pas vrai ? La future gloire de Rome et tout ça, et la Sainte Vierge qui veut que les gens s'amendent.

— J'ai l'impression que le cardinal a moins apprécié cette partie que celle concernant le prochain pape.

Sigismondo tenait d'un doigt son pourpoint qu'il avait jeté sur son épaule. Il se pencha par-dessus le parapet et observa le lent courant du Tibre. Un pêcheur solitaire se tenait immobile dans sa barque, comme si le fleuve lui avait communiqué sa léthargie. Peut-être doutait-il qu'un seul poisson valût l'intérêt d'être pêché.

— Cette partie-là lui aura sans aucun doute beaucoup plu.

— Qu'a dit exactement le frère Ieronimo ? Les gens qui étaient autour de moi traduisaient le latin au fur et à mesure, mais je n'ai pas compris ce qu'il voulait dire quand il a annoncé que le prochain pape serait heureux. Il me semble que ça va sans dire, non ?

Sigismondo secoua doucement la tête et répéta les paroles du moine :

— Je vois l'homme qui sera fait pape. Heureux sera.

Benno se tritura la barbe.

— Très bien, très bien ; mais il ne m'a pas semblé qu'il regardait le cardinal Tartaruga. J'ai eu l'impression qu'il regardait *à travers* lui. Et s'il a eu une vision, personne n'a su ce qu'il voyait.

Sans répondre, Sigismondo donna un coup de coude à Benno, qui se tourna pour regarder ce que son maître lui indiquait. À gauche, sur la berge où le Palazzo Tartaruga dominait le fleuve, on apercevait plusieurs silhouettes sur le quai de pierre situé sous la loggia.

— Vous croyez qu'ils vont encore balancer de la vaisselle ? Je n'en croyais pas mes yeux, et vous ?

Benno se remémorait la stupéfaction qui l'avait saisi lorsque les serviteurs du cardinal avaient empilé tous les plats en argent dans des paniers et, se faufilant parmi les invités restés sur la loggia, avaient jeté le tout dans le Tibre. C'était là un geste destiné à impressionner, encore plus que lorsqu'on avait dévoilé les écuries. Le cardinal faisait la démonstration qu'il avait les moyens de dresser une nouvelle table aussi riche, ou de commander de nouveaux couverts. C'était un geste de magnificence insouciante, mis en scène avec soin.

— Hum... Peut-être suis-je moins crédule que toi quand il s'agit de cardinaux.

Sigismondo hocha la tête en direction des silhouettes occupées à détacher les cordes nouées à des pieux enfoncés à fleur d'eau.

— Non, ils ne jetteront plus rien. Plus personne d'important ne les observe.

Les serviteurs avaient en effet regardé avec désinvolture autour d'eux avant de se mettre au travail. Rome était déserte à cette heure; un pêcheur moribond et deux personnes accoudées au parapet ne comptaient guère. Sigismondo entendit crier l'homme qui se trouvait au centre du groupe et qui semblait coordonner les opérations; alors tous se mirent à tirer sur les cordes. Voulaient-ils attraper des poissons pour le petit déjeuner du cardinal? Leur prise apparut, scintillante, par bancs entiers, mais soudain Benno se plia en deux et éclata d'un rire silencieux.

— C'est son argenterie! fit-il lorsque son hilarité se fut apaisée. Il avait pris la précaution de faire poser des filets. Le rusé coquin...

Benno se tut. Il avait gardé ce sentiment provincial qu'il pouvait être blasphématoire de parler d'un cardinal en termes insultants. Mais une idée toute pratique lui fit aussitôt ajouter :

— Les plats vont être tout sales et cabossés. Ce fleuve charrie sans doute des tas d'ordures, vous pensez.

C'était en effet le cas. Après les avoir à moitié sortis de l'eau, les serviteurs tirèrent les filets sur le quai et préparaient déjà leurs paniers pour y ranger les plats. Soudain un cri retentit et un des coins du filet commença à replonger dans l'eau. On le récupéra au milieu des insultes et des justifications, puis un silence brutal s'instaura.

Sigismondo siffla entre ses dents et se redressa. Un long objet noir avec des extrémités pâles, et dégouttant comme un paquet d'algues, était pris dans le filet au milieu d'un amoncellement de plats d'argent.

— Je vois que le cardinal Tartaruga s'entraîne déjà à être pape, fit-il. Il agit déjà en pêcheur d'hommes.

Benno déglutit. Maintenant que les serviteurs examinaient l'objet noir dont les membres pris dans les mailles ballaient mollement, il comprit à son tour de quoi il s'agissait. Une telle trouvaille devait être fréquente. Le pêcheur dans sa barque, en tout cas, n'en fut pas ému, habitué qu'il était aux cadavres comme aux poissons.

Sigismondo, toutefois, revint à grands pas à l'entrée du pont et, Biondello sur les talons, descendit l'escalier menant sur la berge.

Les serviteurs du cardinal discutaient encore lorsque Sigismondo les rejoignit. Devait-on porter le cadavre au palais ou le rejeter à l'eau ? Levant les yeux, un serviteur reconnut dans le nouveau venu, avec ce visage et ce crâne qu'on n'oubliait pas facilement, l'un des invités de la veille. Même s'ils l'avaient voulu, il était trop tard pour dissimuler la supercherie du cardinal, et l'homme parut en fait soulagé de voir Sigismondo.

— Messire, que devons-nous faire ? Son Éminence doit se rendre dans quelques heures au conclave. Il va assister sous peu à la messe. Nous ne pouvons pas l'embêter avec ça.

Ça, c'était le cadavre dont, vu de près, on pouvait remarquer qu'il avait une couronne de cheveux noirs — à moins qu'ils aient été noircis par leur séjour dans l'eau — entourant un crâne chauve. La robe, également noire mais maculée de boue, était longue et serrée à la taille par une cordelière. Un rosaire qui y était fixé s'était accroché dans une maille du filet. Sigismondo aida les serviteurs à tirer le corps à plat ventre sur le quai et, tandis que ces derniers reculaient, il retourna la tête du cadavre pour voir son visage.

La bouche était ouverte, les traits adoucis et blanchis par l'immersion prolongée. La peau du cou était percée de petites entailles. Il était heureux que l'homme n'ait plus besoin de ses yeux, car les poissons s'en étaient nourris. Pourtant le visage était familier. Le sommet du crâne n'était pas chauve, mais tonsuré. C'était Torquato.

Prenant le cadavre sous les épaules, Sigismondo le

libéra du filet et l'étendit, dégoulinant d'eau, sur les dalles de pierre. La plupart des serviteurs, se souvenant qu'ils devaient rendre des comptes au *maestro di casa*, et peut-être habitués à la vue d'un cadavre dans une ville où plus d'une douzaine de meurtres étaient commis chaque jour, se remirent en tremblant à rassembler les plats et à les entasser dans leurs paniers. Les autres regardèrent avec fascination Sigismondo écarter la cape et le scapulaire du prêtre, puis ouvrir sa robe déchirée. Benno savait qu'il ne cherchait pas La Feconda, qu'Angelo leur avait remise moins d'une demi-heure auparavant.

La raison de la curiosité de Sigismondo fut bientôt éclaircie. Les lèvres ourlées et boursouflées de plusieurs profondes entailles apparaissant dans la chair livide de la poitrine et du ventre de Torquato montraient qu'il ne s'était pas noyé en tombant par mégarde dans le Tibre.

CHAPITRE XLIX

L'embarras du choix

L'assistance se signa et Sigismondo récita une prière, puis Benno et les serviteurs dirent Amen. À présent qu'il était clair que l'homme ramené dans le filet avec les plats avait été assassiné, la discussion redoubla sur la question de savoir s'il fallait, au risque de le perturber, en informer le cardinal. Benno remarqua que lorsque tous se tournèrent vers Sigismondo pour lui demander son avis, il n'hésita pas un instant.

— Emmenez-moi auprès du *maestro di casa*, dit-il.

Ils n'eurent pas à se donner cette peine, car celui-ci venait justement d'apparaître à la porte utilisée en cas d'inondation, et exigeait de savoir où l'on en était de la récupération des plats. Il considéra le cadavre avec un dégoût blasé, mais sans surprise. On était à Rome. Les prêtres y étaient aussi nombreux que les assassins, et parfois moins bien considérés. Il était hors de question d'aller déranger Son Éminence pour ça. Le *maestro di casa*, que sa fonction avait rendu physionomiste, avait aussitôt reconnu dans le cadavre le prêtre qu'il avait introduit auprès de Son Éminence juste après le dîner pour un entretien privé. Il avait bien entendu reconnu également le convive au crâne rasé et à l'allure imposante qui s'était lui aussi entretenu avec le cardinal. Il acquiesça aussitôt à la suggestion de ce dernier et ordonna à deux serviteurs de soulever le corps dégoulinant d'eau, de l'envelopper dans un tissu noir qu'il leur fournirait — et qui figurerait de façon anonyme dans les dépenses du mois suivant — et de le transporter à Santaporta sur l'un des brancards dont on se servait pour apporter les mets pendant un banquet. Si seulement tous ses problèmes pouvaient se régler aussi facilement ! Il s'inclina bas devant Sigismondo et regarda la petite procession s'éloigner dans le jour levant.

Les rares personnes déjà debout ne prêtèrent guère attention au fardeau trimbalé sur le brancard. Sigismondo attirait les regards, mais la plupart des passants ignoraient ses compagnons.

À Santaporta, les moines étaient à laudes, mais le portier, horrifié devant ce retour si peu orthodoxe du père Torquato, les fit entrer dans la cour et envoya son assistant intercepter le père prieur à la porte de la chapelle. Les serviteurs du cardinal déposèrent leur charge sur un banc de pierre installé sous l'une des arcades entourant la cour puis repartirent en se félicitant bruyamment de la générosité du pourboire de Sigismondo. Ce dernier s'adossa à une colonne et observa le ciel où quelques oiseaux volaient vers l'est, Biondello s'assit sur les dalles et Benno regarda l'eau s'égoutter sous le tissu noir et former une flaque sur le sol. De nombreuses questions le démangeaient, mais il n'osait pas encore les poser.

Informé du malheur, le prieur avança sous les arcades du pas mesuré de celui qui possède la philosophie avec laquelle il convient de l'aborder. Pourtant, lorsque Sigismondo ordonna d'un signe de tête à Benno d'ôter le tissu du visage de Torquato, le prieur ne put s'empêcher d'avoir un mouvement de recul tandis que le frère Filippo qui l'accompagnait se signait en lâchant un grognement. Profitant de l'occasion de produire un effet, Benno écarta un peu plus le tissu, révélant les blessures portées au cou, à la poitrine et au ventre de Torquato.

— Poignardé ! Que le Seigneur ait pitié de son âme ! Qui a pu faire une chose pareille, et pourquoi ?

— Demandez-vous plutôt qui cela peut surprendre ! intervint le frère Filippo avec véhémence. Je dois vous dire, en toute charité, père prieur, que notre frère ici présent était un être infâme au regard de Dieu. Espérons qu'il a fait pénitence au moment de sa mort, sinon je crains fort qu'il ait déjà été précipité dans les flammes de l'Enfer !

— Un être infâme, dites-vous ? fit le prieur d'un air dubitatif en glissant les mains dans ses manches. Qui d'entre nous n'est pas un pécheur aux yeux de Dieu ? Savez-vous, messire, comment il a reçu ces blessures ?

Le prieur dévisageait Sigismondo comme s'il réalisait subitement que ce genre d'homme devait s'y connaître en matière de blessures ; et qu'il avait même dû en causer plus d'une au cours de son existence. Peut-être songea-t-il aussi qu'il était rare que les assassins viennent livrer eux-mêmes leur victime et attendent tranquillement qu'on les châtie.

— Je n'en sais pas plus que vous, mon père. Comme le père Torquato, j'ai dîné hier soir au Palazzo Tartaruga ; comme vous-même, si je ne me trompe, mon frère, fit Sigismondo qui, tandis que le frère Filippo inclinait la tête, poursuivit : Dans ce cas, peut-être pouvez-vous nous dire ce qui s'est passé ensuite. N'avez-vous pas raccompagné le père Torquato ici ?

Le fin visage de Filippo vira à l'écarlate.

— Je n'aurais pas accepté, de peur de souiller mon âme, de faire un pas de plus en compagnie de cet homme. J'ignore où il est allé — sans doute chez quelque putain.

— Ne dites pas de mal des morts, mon fils. Et évitez les spéculations qui risquent de leur porter atteinte.

Le prieur maintenait les moines de Santaporta sous un strict contrôle, mais Torquato ne relevait pas de son autorité.

— Notre premier souci doit être de faire la toilette du cadavre et de dire une messe. Messire, nous vous remercions de l'avoir amené ici. Nous informerons le préfet de police du quartier. Je crains fort que le scélérat qui l'a tué ne soit jamais retrouvé ; cette ville est mauvaise. On l'aura tué pour voler le peu d'argent que devait contenir sa bourse. Frère, savez-vous s'il transportait de l'argent sur lui ?

Le frère Filippo, peu soucieux d'argent, haussa les épaules.

— Il avait emporté de l'argent de l'abbaye pour ses dépenses à Rocca. Il lui en restait.

Il regarda le prieur palper le scapulaire de Torquato et en extraire une bourse détrempée. Pour en avoir été informés par Barley qui avait vidé les poches du moine après avoir fait irruption dans la petite chambre où Angelo l'avait piégé, Sigismondo et Benno savaient déjà qu'elle était vide. Le frère Filippo fit la grimace.

— Il a tout dépensé dans un bordel, dit-il. Que Dieu lui pardonne.

Le frère Filippo, quant à lui, n'avait pas l'air d'y être disposé.

— C'est donc la preuve, intervint le prieur, qu'il a été assassiné pour son argent.

Sigismondo s'abstint de lui faire remarquer que ceux qui tuent pour de l'argent ne remettent pas la bourse dans la poche de leur victime.

— Si seulement il l'avait confiée à ma garde... regretta le prieur.

Apercevant deux moines qui passaient sous les arcades, il frappa dans ses mains et les deux religieux accoururent.

Sigismondo les laissa prendre soin du cadavre de Torquato. Dans les rues, les gens vaquaient à leurs occupations. Quelques femmes attendaient patiemment à la porte du monastère dans l'espoir de voir le frère Ieronimo. Un mendiant aveugle appuyé contre le mur sursauta lorsque

Sigismondo déposa une pièce dans sa main tendue, puis l'homme le bénit avec ferveur. Quelqu'un jeta un seau d'eau par la porte d'une boutique et, plus loin, un vase de nuit fut vidé d'une fenêtre du premier étage dans la rue. Une des cloches de Santaporta se mit à sonner derrière eux et Benno songea à Torquato. Avait-il vraiment été tué par un détrousseur déçu de ne trouver sur lui qu'une bourse vide ? Par un voleur ayant découvert trop tard que sa bourse était vide ? Les gens pouvaient être saisis d'un extrême ressentiment lorsque leur forfait ne leur procurait pas les résultats escomptés.

— Je suppose qu'on ne saura jamais qui l'a tué, fit-il.

Benno était convaincu que son maître possédait le pouvoir miraculeux de connaître les choses, et il espérait l'inciter à répondre sans que lui-même ait à l'interroger. Sigismondo rit.

— Et tu crois que je vais te répondre ? fit-il. Combien de centaines d'individus capables de l'attaquer à coups de couteau notre ami a-t-il pu rencontrer hier soir ?

Sigismondo se tut, son expression se fit pensive, son visage s'assombrit et il poursuivit sur un ton grave :

— Mais il a peut-être été malchanceux pour une raison que nous connaissons. À la façon dont il a parlé au cardinal Tartaruga hier soir, je pense qu'il voulait lui faire la même proposition que celle qu'il avait soumise au pape défunt. Un bijou tel que La Feconda, qu'il remplisse ou pas les coffres et les greniers à grain pontificaux, ferait excellent effet sur le prochain Saint-Père ; et le malheureux Torquato aurait pu obtenir sa mitre.

Sigismondo s'arrêta pour acheter une poignée de figues à une fille assise près d'une corbeille qui en était pleine, et, après en avoir donné quelques-unes à Benno, mordit dans la sienne avant d'emprunter une petite rue formée d'une succession de larges marches pavées. Benno plongea la main dans sa chemise dont, à la suite d'une longue habitude acquise en des temps de privations, il se servait comme d'un garde-manger, et en sortit un bout de fromage qu'il mangea avec la figue tout en écoutant son maître.

— J'ai vu Torquato au moment où il a réalisé qu'il n'avait plus la croix sur lui et ne pouvait donc pas la montrer au cardinal. Il s'est tâté le cou, puis la poitrine, puis l'estomac au cas où elle se serait décrochée, dit Sigismondo en esquissant un sourire, puis il s'est frappé la poitrine comme pour un *mea culpa* et fit mine, c'est en tout cas ce qu'il m'a paru, de l'avoir oubliée quelque part.

— Il a dû se trouver idiot ! Mais qu'avait-il l'intention de faire ? Demander l'arrestation d'Angelo ?

L'idée même était dérisoire, c'était comme essayer d'arrêter le vent.

— Peu importe à présent. Il aurait pu se faire tuer pour La Feconda, comme tant d'autres avant lui.

Au ton de la voix de Sigismondo, Benno aurait pu jurer qu'il songeait à Bernabo.

— De là où j'étais, je voyais parfaitement le cardinal et Torquato, mais des gens moins bien placés ont pu penser qu'il avait toujours la croix sur lui.

— Qui, par exemple ?

— Quelqu'un qui se trouvait à côté du pape défunt le jour où il a reçu Torquato en audience. Quelqu'un se trouvant peut-être assez près pour surprendre leur conversation.

Benno s'immobilisa pour se remémorer la scène, et Sigismondo attendit en le regardant d'un air grave. Benno vit le visage gras du pape, qui écoutait, la tête penchée. Le profil d'un autre visage, à côté du pape, lui revint en mémoire et il poussa une exclamation. Il venait de reconnaître en lui les sourcils sombres et l'œil attristé du cardinal Pantera.

— Pensez-vous qu'il a entendu Torquato dire qu'il avait la croix ?

— Il était tout près et nous n'avons pas remarqué qu'il était sourd, fit observer Sigismondo.

Il était arrivé au bas des marches et regardait autour de lui, comme indécis quant à la direction à prendre.

— Et nous savons qu'il aime voir régner l'harmonie. Il a pu informer ses cousins que la croix allait être remise sous peu au pape, pensant qu'ainsi la dispute serait réglée une fois pour toutes.

— Alors c'est qu'il ne connaît pas bien ses cousins, rétorqua Benno en se précipitant pour soustraire Biondello à l'agressivité d'un gros porc qui entendait faire valoir ses droits sur le caniveau.

Puis il se tourna, serrant contre lui une boule laineuse plutôt malodorante, et leva les yeux vers Sigismondo.

— Serait-ce Olivero qui a tué Torquato ?

Sigismondo haussa les épaules et pénétra dans une ruelle latérale traversée par des lignes d'étendage tendues d'une façade à l'autre. La venelle donnait sur une place où était assemblée une foule de gens.

— Quand il a cru que j'avais la croix, il a essayé de me tuer. Torquato aurait été pour lui une proie facile. Olivero assistait lui aussi au dîner chez Tartaruga. Il connaissait Torquato pour avoir voyagé avec lui, de sorte qu'il pouvait assurément l'aborder et entamer la conversation avec lui. Et n'oublions pas Ferondo. C'est bien utile d'avoir avec soi une deuxième paire de mains quand on veut balancer un cadavre dans une rivière.

— Mais... fit Benno qui avait quelque mal à trottiner à côté de Sigismondo en raison de l'étroitesse de la ruelle. Si c'était Olivero, il sait à présent que Torquato n'avait pas la croix. Ne va-t-il pas s'imaginer que c'est vous qui l'avez ?

Le problème était précisément que Sigismondo était en possession de La Feconda, et qu'il constituait donc une cible possible pour un homme qui venait de démontrer sa brutalité.

— Ou alors serait-ce quelqu'un persuadé que Torquato a tué l'abbé, et qui l'a en quelque sorte rattrapé ?

— Essaie un peu de compter le nombre de gens qui d'après toi aimaient l'abbé Bonifaccio au point de tuer pour lui.

Sigismondo monta sur une marche de seuil pour laisser le passage à un âne chargé de deux grands paniers de légumes, mené par un homme juché sur son dos et dont les orteils touchaient le sol. Lorsque Benno eut à son tour laissé passer l'animal, Sigismondo ajouta :

— Il y avait quelqu'un d'autre, hier soir, qui, si les regards étaient des dagues, aurait tué Torquato longtemps avant qu'on apporte la tortue.

Benno estima inutile de demander des précisions. Agostino Da Sangallo n'avait pas dissimulé ses sentiments.

— C'est étonnant de voir comment son épouse a osé paraître à la soirée alors qu'il venait d'assurer qu'elle était souffrante. Il est vrai que le soir où vous êtes allé chez elle, il l'avait battue parce qu'il lui avait semblé voir un homme s'enfuir de la maison.

— On aurait dit qu'elle le mettait au défi de recommencer, fit Sigismondo avant de secouer la tête. Je ne comprends pas pourquoi elle a agi ainsi.

— Et en plus, Torquato lui a fait la cour pendant tout le dîner.

Si Agostino avait tué Torquato parce que celui-ci ne cherchait pas à cacher qu'il trouvait sa femme séduisante, c'était sans doute heureux qu'il n'ait pas appris qui lui avait rendu visite cette nuit-là. Si Agostino n'était certainement pas de taille à affronter Sigismondo, il avait assez d'argent pour engager des spadassins et était assez têtu pour persévérer. Les fous ont parfois de la chance.

Arrivés sur la place, ils furent arrêtés par une procession. Un dais écarlate au bord frangé oscillait au-dessus des têtes, abritant un homme vêtu de soie écarlate dont un assistant portait devant lui le chapeau rouge de cardinal. Il montait une mule blanche harnachée de pourpre et d'or, et dont les glands du tapis de selle s'agitaient au rythme de son pas. Des prêtres entouraient le personnage sous le dais, des choristes chantaient une hymne processionnelle, les encensoirs balancés à bout de bras exhalaient des volutes de fumée bleue, les badauds applaudissaient. Lorsque la procession passa devant Sigismondo et Benno, l'homme cheminant sur la mule tourna la tête, le gant écarlate levé en un geste de bénédiction. Apercevant les deux hommes, son regard s'illumina et il leur sourit. C'était le cardinal Pantera.

— J'aimerais bien qu'il soit élu, dit Benno en soulevant Biondello pour qu'il profite de la bénédiction. Cet affreux vieillard de Tartaruga est persuadé qu'il sera le prochain pape, pas vrai? De quoi vous a-t-il parlé pendant que vous arpentiez avec lui ses luxueuses écuries?

Sigismondo lui frappa le côté de la tête.

— Des questions! Tu en poses trop pour une seule matinée, non? Le cardinal Tartaruga s'entraîne à être pape, alors il demande la même chose que le précédent.

— Il veut tuer quelqu'un, vous voulez dire?

Benno, qui dépassait son quota de questions, reçut une claque sur l'autre côté de la tête, ce qui fit aboyer Biondello.

Sigismondo rit.

— Le temps n'est plus aux devinettes. Le cardinal Lepre ne va pas tarder à s'enfermer avec ses pairs, et j'ai raté l'occasion de lui parler.

CHAPITRE L

« Il la tuera »

Tandis que les cardinaux se réunissaient en conclave, Rome se mit à bouillonner sous la chaleur, impatiente de connaître l'issue de la réunion. Le conclave ayant peu de chances de dégager l'unanimité et de nommer un pape dès le premier jour, on n'en escomptait pas de résultats immédiats. Mais il était souhaitable qu'un résultat soit annoncé aussi tôt que possible, car tant qu'un nouveau pape n'aurait pas été consacré, la ville serait livrée à l'anarchie du fait qu'aucune autorité ne s'exerçait plus pendant la période transitoire. Les criminels profiteraient de l'occasion, les querelles se poursuivraient librement et les meurtres connaîtraient une explosion.

Dans le passé, il était arrivé que les divergences entre cardinaux se poursuivent interminablement. Deux siècles plus tôt, avait raconté Sigismondo à Benno, un conclave s'était prolongé pendant près de deux ans dans la ville de Viterbe, où les cardinaux s'étaient douillettement installés, et il avait fallu, pour sortir de l'impasse, que les magistrats de la ville les enferment dans le palais de l'évêque dont toutes les issues furent bloquées. Mais même alors les cardinaux avaient profité du confort du palais et avaient tellement pris l'habitude de tergiverser qu'ils n'arrivèrent pas à désigner un pape ; la population avait alors pris les choses en main et imposé aux bavards un strict régime de pain et d'eau. Ainsi encouragé, le conclave avait fini par choisir un pape ; l'heureux élu avait compris le message. Une fois investi de sa fonction, il édicta que les futurs conclaves se tiendraient en un lieu clos, dépourvu des tentations du luxe, privé de visites de l'extérieur et sans possibilité de recevoir des agents d'influence étrangers. Chaque matin et chaque soir, la foule se rassemblait devant Saint-Pierre et une procession de prêtres demandait : « *Habemus Pontificem ?* » Tout retard excessif risquait d'entraîner la mise au régime sec.

Du fait que, quel que fût celui qui s'assiérait sur le trône pontifical, sa profession n'en pâtirait pas, Gemmata était indifférente à l'issue de l'élection. Assise sur le lit de sa petite chambre sous le toit, elle était occupée à recoudre une manche qu'un de ses clients avait déchirée dans un moment d'excitation, lorsqu'elle reçut un visiteur inattendu.

Il s'était arrêté dans la rue afin de s'assurer que c'était bien la maison qu'il cherchait, juste en face d'une bâtisse à la façade rose et au balcon sculpté. Au-dessus de sa tête la linotte somnolait dans sa cage et, quoique personne ne lui eût parlé du petit chat orange et blanc, celui-ci vint naturellement l'examiner. L'homme ne connaissait pas l'escalier mais savait que ce qu'il cherchait se trouvait tout en haut.

Entendant un bruit de pas qui ne ressemblait pas à la lourde démarche de Barley ni aux pas presque inaudibles d'Angelo, Gemmata posa son ouvrage et alla sur le palier pour voir qui montait. À peine essoufflé, l'homme l'observa à son tour d'un regard sombre qui la rendit nerveuse. Barley était parti à la taverne et Angelo essayait de gagner quelques sous en chantant ou en prédisant l'avenir sur une place ou dans une boutique de vin. S'il avait cherché à connaître l'avenir de Gemmata avant de partir, celui-ci n'aurait sans doute pas paru très brillant. Gemmata recula tandis que l'homme gravissait les dernières marches, puis rentra dans sa chambre et se rapprocha insensiblement de son couteau posé parmi son nécessaire à couture. Elle avait compris à son allure que l'homme n'était pas un client ordinaire et qu'il était dangereux.

Barley, lui, se sentait en paix avec le monde. Gemmata et lui vivaient encore confortablement grâce à l'argent de Torquato. L'excellent dîner qu'ils s'étaient offert la veille au soir les avait autant comblés qu'une réception chez Tartaruga pour un cardinal ; et ils pourraient s'en payer encore d'innombrables, sans compter une nouvelle robe et des boucles d'oreilles pour Gemmata. Ce matin-là, Barley avait également gagné un pari sur un combat de chiens, et un individu à la mine renfrognée qui traçait des esquisses des deux chiens en action lui avait demandé de passer le voir le lendemain à son atelier afin de poser pour un tableau de Goliath que l'artiste comptait réaliser. Ce dernier lui avait proposé une rémunération satisfaisante, assortie d'une petite avance, de sorte que Barley avait aussitôt acheté deux bouteilles de vin et, à cet instant, se hâtait de rentrer afin d'en informer Gemmata.

S'il était arrivé une minute plus tard, il n'aurait sans doute rien pu raconter à Gemmata, à moins qu'il ait eu envie de se confier à un cadavre. Heureusement pour elle, le bruit de leur lutte, les cris de la jeune femme, étouffés par la paume de l'inconnu, et les grognements menaçants de celui-ci alertèrent Barley et couvrirent le bruit de ses pas. Lorsqu'il devenait suspicieux, il pouvait se faire aussi discret qu'un chat, et la première chose que connut de Barley l'homme qui tenait un couteau sous la gorge de Gemmata, ce furent ses mains, qui lui enserrèrent le cou en l'étranglant à moitié. Il lâcha son couteau qui tomba par terre et sur lequel Gemmata posa le pied, Barley le tira en arrière par la chaîne qu'il portait au cou tout en le frappant à la tête jusqu'à ce que la chaîne se rompe et que l'homme débaroule dans l'escalier. Si la chaîne n'avait pas été en or, ce qui retarda Barley le temps de l'évaluer, les choses auraient pu tourner encore plus mal pour lui, mais en tout état de cause l'homme atteignit le bas des marches tout contusionné, provisoirement sourd, avec un cou douloureux et une forte envie de filer avant que le géant le rattrape.

C'est de fort méchante humeur qu'Olivero entra en boitillant dans la cour du Palazzo Pantera. Il ne put raconter son échec à Ferondo ni se concerter avec lui car sa belle-sœur avait demandé que son mari les accompagne, elle et Lydia, pour voir la procession des cardinaux qui se rendaient au conclave. Elisavetta, déçue de ce qu'en raison du peu de goût qu'avait le cardinal Pantera pour le tourbillon de la politique, elle n'eût guère de chance de se retrouver proche parente du nouveau pape, n'entendait pas se voir privée de la moindre occasion de s'amuser. L'espace d'un instant, en voyant la jeune femme traverser en hâte la cour du palais, Olivero se dit que la petite troupe était revenue de son expédition. Il se jeta derrière un pilier; il n'avait aucune envie d'entendre les remarques de sa belle-sœur concernant son allure. Son épouse Lydia remarquerait peut-être la disparition de sa chaîne. Même en taisant ce qui était réellement arrivé, Olivero avait trop d'amour-propre pour admettre s'être fait dévaliser en plein jour.

La jeune femme tourna la tête et émergea dans le soleil. Elle portait en fait les vêtements ternes d'une servante, et Olivero distingua à ce moment un long visage chevalin et désespérément banal qu'il connaissait bien. Que venait donc faire ici la servante de la très appétissante épouse d'Agostino Da Sangallo? Olivero caressa avec audace l'espoir que ladite appétissante épouse l'avait peut-être remarqué chez Tartaruga et désirait un rendez-vous; il s'apprêtait même à sortir de sa cachette lorsqu'il aperçut, noyé dans l'ombre d'une colonne, l'homme avec qui la servante parlait. Tout en observant Perpetua, Olivero oublia les contusions qui continuaient à le picoter aux hanches et à la tête, oublia son cou qui le brûlait et ses oreilles qui émettaient un sifflement assourdissant. Le vol de la croix par Sigismondo était la cause de toutes ces douleurs, et chez un Pantera, la revanche était le remède souverain à tous les maux.

Il se trouvait justement que Perpetua était elle aussi en train de parler de contusions à Sigismondo, qui l'écoutait en silence.

— Elle en est couverte. Et cette fois, elle a les *deux* yeux au beurre noir. Je savais bien ce qui allait se passer. Je lui avais dit que ça n'en valait pas la peine. Je l'avais prévenue de ce qu'il allait lui faire ! Vous croyez qu'elle m'a écoutée ? Elle voulait absolument aller à cette fête, aussi resplendissante qu'une princesse, et au diable les conséquences ! Mais...

Perpetua hésita. Le long visage chevalin se moucheta d'écarlate. Elle serra les mains.

— Mais ce n'est pas pour cela qu'elle m'envoie. C'est une chose qu'elle n'ose pas lui dire. Il la punit, voyez-vous, depuis la nuit où il vous a aperçu en train de sortir de la maison. Oh, il ne sait pas que c'était vous, il a cru reconnaître quelqu'un d'autre, mais il est persuadé qu'elle lui a été infidèle. Ma pauvre maîtresse ! s'exclama Perpetua avec la même indignation que si celle-ci avait été innocente. Pour la punir, il a cessé de se comporter en époux avec elle.

La servante baissa les paupières d'un air modeste.

— Ma maîtresse a été ravie de cette décision, je vous assure, mais à présent, eh bien... elle a eu confirmation.

— Confirmation ?

— Elle est enceinte. Il la tuera pour ça.

CHAPITRE LI

En l'absence de l'époux

À l'intérieur du palais du Vatican, où était réuni le conclave, l'ambiance était encore plus agitée qu'en ville. Clément V, le pape issu du conclave interminable de Viterbe, avait interdit que les cardinaux vivent séparément durant le temps de la session, de sorte que ces princes de l'Église étaient contraints de subir les horreurs de la vie collective ; quoique habitués, comme tout le monde, à ne guère bénéficier d'intimité, il était rare qu'ils doivent prendre en compte les souhaits d'autrui. Ici on ne les autorisait à avoir auprès d'eux qu'un secrétaire et un serviteur — sauf pour ceux qui, comme le cardinal Bufera, étaient malades, auquel cas ils avaient droit à un second serviteur.

Le cardinal Bufera avait été amené au palais dans une chaise à porteurs. En le voyant arriver, ses collègues s'étaient dit qu'il en ressortirait probablement dans un cercueil. Il avait quitté à contrecœur son médecin, maître Valentino, dont on disait les honoraires aussi stupéfiants que ses traitements, mais le règlement ne souffrait aucune exception. On avait confié à son secrétaire les médicaments dont maître Valentino avait dit qu'ils étaient indispensables, ainsi qu'un parchemin sur lequel figuraient les instructions du médecin, et le secrétaire jonglait désormais avec les flacons et les décoctions pendant que les deux serviteurs tour à tour redressaient puis allongeaient leur maître. Si le cardinal

Lepre et le cardinal Tartaruga passaient beaucoup de temps à le servir et à discourir avec lui, c'est le cardinal Pantera qui venait s'asseoir et prier à ses côtés.

Tout se déroulait selon les règles : chaque matin et chaque soir, le vote dans la chapelle Sixtine, le décompte des voix par les scrutateurs, l'incinération des papiers avec un peu de paille le premier soir, afin que la quantité de fumée dégagée apprenne à la foule qu'un pape n'avait pas encore été choisi. La foule, qui de toute façon ne s'attendait pas à une réponse positive, écouta le chœur chanter le *Veni Creator* ; on avait posé la question : « *Habemus Pontificem ?* », et devant la réponse négative, on s'était dispersé. Plus les jours passeraient, plus ces cérémonials seraient marqués d'impatience, mais pour l'instant rien ne pressait.

Sigismondo, lui, était très pressé. Benno avait vu Perpetua quitter le Palazzo Pantera, mais quoiqu'il se doutât qu'elle était venue voir Sigismondo, il jugea préférable, en raison de l'air absorbé de son maître, de ne pas lui en demander confirmation. Il ne saisissait vraiment pas ce que Sigismondo avait l'intention de faire. Maintenant qu'il avait la croix, pourquoi ne se rendait-il pas tout de suite à Scheggia afin d'accomplir le vœu de Bernabo Pantera ? Bernabo voulait mettre un terme à la querelle familiale, faire cesser toutes ces morts provoquées par la lutte pour la possession de la croix. Si Sigismondo traînait trop, il y en aurait d'autres, cela ne faisait aucun doute, parce que même si les épouses de ses cousins promenaient pour l'instant Gian Pantera comme un agneau innocent, Benno était persuadé que lorsque Olivero et Ferondo seraient prêts, ça ne serait pas seulement de mémoire dont Gian se trouverait privé. La protection que lui assurait la présence du cardinal avait sans doute refréné l'ardeur des deux frères, mais à présent, dans cette période d'intérim où plus aucune loi ne prévalait, qui pouvait savoir ce qu'ils tramaient ? Benno était hanté par le visage sans yeux et les profondes plaies marquant le corps de Torquato.

Ils devraient partir pour Scheggia ! Une fois assuré que Torquato n'avait pas la croix, Olivero soupçonnerait à nouveau Sigismondo, à qui il en voulait déjà pour l'avoir volée une première fois. Il était probable que, sous peu, Olivero lancerait à ses trousses quelque chose de plus efficace qu'une bande de coupe-jarrets minables.

Sigismondo était venu à Rome au nom du duc de Rocca pour assurer à Sa Sainteté que la mort de l'abbé sous son toit n'était en rien de la responsabilité du duc ; Benno se disait maintenant que Sigismondo s'était douté dès le départ que Torquato était en possession de la croix, et que c'est pour cette raison qu'il avait saisi l'occasion de faire le voyage avec lui. Sigismondo s'était-il engagé auprès du duc à trouver l'assassin de l'abbé ? Est-ce pour cela qu'il prolongeait son séjour à Rome ? Si Torquato avait tué l'abbé, comment Sigismondo le prouverait-il désormais ?

Il y avait beaucoup trop de questions.

Plusieurs événements se produisirent au deuxième jour du conclave. Au Vatican, les cardinaux Lepre et Tartaruga se querellèrent violemment devant le Sacré Collège, et l'état du cardinal Bufera se dégrada subitement pour avoir trop bu de l'eau que son serviteur lui apportait en raison de la canicule.

Dans la ville, Barley se querella lui aussi avec l'artiste Brunelli parce qu'il attrapait des crampes et changeait de position pendant que l'artiste le dessinait. Brunelli le mit dehors au milieu d'un chapelet d'injures.

Elisavetta et Lydia Pantera firent enfin ce qu'elles repoussaient depuis qu'elles étaient arrivées à Rome : après s'être mutuellement encouragées, elles rassemblèrent leur courage et gravirent à genoux les marches de l'escalier montant à l'église Santa Maria d'Aracoeli afin de demander à la Vierge, comme les anciennes Romaines le faisaient auprès de leur reine du ciel, Junon, qu'elles honoraient en ce lieu, de leur donner les fils que leurs époux désiraient si fort.

Gian Pantera alla se confesser, mais fut incapable de se souvenir des péchés qu'il aurait pu commettre.

Le banquier Piero Pantera donna un dîner auquel fut convié le seul Agostino Da Sangallo. Le même soir, Sigismondo sortit.

Felicia le reçut dans une petite chambre aux volets presque clos, avec les fenêtres grandes ouvertes pour laisser entrer la légère brise d'ouest qui, à cette heure de l'après-midi, rafraîchissait l'atmosphère. Elle était assise dans la pénombre, tournant le dos à la faible clarté provenant de la fenêtre, embarrassée par ses yeux tuméfiés et par l'ecchymose sur sa joue, que la poudre de riz n'était pas parvenue à dissimuler entièrement. Mais elle avait conservé sa voix enjouée et, de la même façon qu'une fleur exhale son parfum, toute sa personne dégageait une forte présence. Sigismondo s'assit tout près d'elle et prit ses mains dans l'une des siennes.

— Que puis-je lui dire ? Je n'ai pas dormi avec lui depuis plus de deux mois, depuis la fois où nous nous sommes vus. Il a déjà promis de me tuer. À présent il a un prétexte tout trouvé. Que puis-je faire ?

— Que veux-tu faire ? Je t'aiderai de mon mieux.

Felicia fut réconfortée par la voix grave et calme de Sigismondo. Elle serra sa main.

— Un couvent, peut-être ? Je veux garder cet enfant, et les nonnes veilleront sur moi jusqu'à sa naissance. Mais Agostino doit ignorer où je suis, sinon il trouvera le moyen de nous détruire tous les deux.

Mais le moyen était déjà trouvé. Un cri dans l'escalier l'annonça, une seconde avant qu'Agostino en personne fasse irruption dans la pièce.

CHAPITRE LII

Dans quel pétrin ?

Agostino n'était pas seul — deux voyous le suivaient. Sigismondo avait dégainé et s'était placé devant Felicia, mais Agostino se dirigea d'abord vers le lit. Malgré la pénombre, il vit que sa surface était lisse, alors qu'il s'attendait à y découvrir une femme en compagnie d'un homme nu et désarmé ; il aperçut alors le reflet luisant de l'épée de Sigismondo et se tourna dans sa direction. Il était sous l'empire d'une rage meurtrière et attaqua avec fureur, mais ce n'était pas un homme d'armes ; en quelques instants il fut touché à l'avant-bras et lâcha son épée. Voyant qu'il titubait, les deux voyous entrèrent à leur tour dans la petite chambre et attaquèrent Sigismondo en criant pour l'intimider. Dans la mêlée, Felicia comprit qu'elle pouvait atteindre la porte dérobée pour appeler à l'aide, mais Agostino lâcha son bras blessé et bondit vers elle avant de la frapper violemment. Elle trébucha contre l'estrade et tomba entre le montant du lit et le mur.

Sigismondo recula et pivota pour la protéger d'une nouvelle attaque ; les voyous suivaient chacun de ses gestes, mais ils étaient gênés par le manque de lumière et d'espace. L'un d'eux repoussa un volet, et la lumière éclaira Sigismondo, l'épée pointée devant lui. L'autre voyou s'avéra être Goffo, qui fut horriblement contrarié de se trouver une nouvelle fois devant Sigismondo ; il hésita mais son comparse ne faiblit pas.

Et voici que, de façon inattendue, Olivero fit son apparition ; le peu de lumière lui permit de découvrir la scène : les deux voyous jurant et attaquant comme ils pouvaient, même si seul l'un d'entre eux semblait le faire avec conviction ; Agostino penché sur son bras ; aucune trace de la dame. On entendit des pas et des bruits de voix dans l'escalier. Si Agostino avait été Olivero, il aurait saisi son épée et attaqué Sigismondo sur son flanc, mais ce n'était pas le cas et il se contenta de resté plié en deux et de geindre lorsque l'arrivée de plusieurs hommes força Goffo à avancer vers son compagnon, lequel était déjà trop près de l'épée de Sigismondo. Olivero était dans l'ombre, penché au-dessus d'Agostino dont les geignements avaient cessé.

— Lâchez vos armes.

La voix et l'allure de l'homme de haute taille et à la barbe grise qui se tenait dans l'embrasure étaient empreintes d'autorité.

— Je suis le propriétaire. Qui trouble la paix de ma maisonnée ? Je vous avertis, messires, que je suis magistrat — enfin, que je l'étais jusqu'à la mort de Sa Sainteté — et que je témoignerai, une fois le nouveau pape élu, que vous vous êtes introduits chez moi comme des voleurs. Qui sont ces individus ?

Ce fut Olivero qui répondit.

— Lui, c'est Sigismondo, un assassin notoire. Il est venu tromper mon ami Agostino avec son épouse. Agostino les a surpris.

Olivero montra Agostino qu'il tenait contre lui, flageolant, un filet de sang s'écoulant de sa bouche ouverte.

— Et voyez, il l'a payé de sa vie.

— D'après ce que je comprends, fit Angelo en déclinant de la tête l'assiette de friandises multicolores que

Gemmata lui proposait, vous vous êtes engagé par serment à vous présenter devant le nouveau pape pour répondre d'un meurtre que vous n'avez pas commis.

Occupé à mordre dans une andouille, Sigismondo leva la main pour refuser à son tour les friandises.

— Je ne suis pas assez stupide pour te contredire, Angelo. C'est vrai que je n'ai pas tué Da Sangallo, à moins qu'il ait succombé au choc en nous découvrant, son épouse et moi ; et il est également vrai que j'entends me présenter devant le nouveau pape pour le clamer.

Barley prit une poignée de bonbons et en enfourna plusieurs dans sa bouche.

— Et s'il ne te croit pas ? fit-il avant de mâchonner quelques instants pour rendre ses paroles plus intelligibles et de poursuivre : Tu rends une petite visite à l'épouse de cet homme, il fait irruption avec deux coupe-jarrets et un de ses amis et te saute dessus avec son épée. Jamais personne ne croira que c'est son ami qui l'a tué, n'est-ce pas ?

— Comment pourrait-on vous croire ? Ces gens ne connaissent pas Olivero Pantera.

— Et n'oublie pas, ajouta Barley en se penchant en avant, la barbe scintillante de sucre, qu'il a un cardinal pour cousin, d'après ce que tu nous as dit. Or un cardinal peut avoir sans difficulté l'oreille du pape, et, conclut-il avec un geste de torsion qui souligna avec force ses propos, tu finis sur le gibet.

— Et je ne peux pas garantir une opération de sauvetage, fit Angelo. Même si, bien sûr, nous viendrons vous voir.

Entendant des cris dans la rue, Gemmata alla à la fenêtre, poussa le volet et se pencha au-dehors. Des hurlements succédèrent aux cris et elle applaudit comme devant un bon spectacle.

— Vas-y ! Vas-y ! Tue-le !

Lorsque Benno se leva du tabouret où il était assis, ses

ecchymoses le firent grogner. Agostino l'avait balancé dans l'escalier et il avait mal aux côtes et aux reins; il portait un cataplasme mais pas de pourpoint. Gemmata se poussa pour le laisser jeter un coup d'œil dans la rue. En bas, bien qu'il soit minuit passé, des gens allaient et venaient en brandissant des torches, et un groupe s'était formé autour de deux personnes qui se battaient. Une femme vigoureuse à la robe déchirée et aux longs cheveux noirs s'en prenait à un homme qui se défendait à coups de poing. Lorsque Barley avait jugé préférable de changer de logement au cas où Olivero reviendrait avec des renforts, il n'avait pas choisi un meilleur quartier.

Il s'étendit sur le matelas.

— Nous devrions nous occuper de ce sac de viande avant qu'il essaie autre chose, fit-il avec conviction. Si je n'étais pas tombé sur cet intéressant bijou qu'il portait quand il est venu rendre visite à Gemmata, je lui aurais écrabouillé la tête. Ou alors Gemmata lui aurait enfoncé son couteau dans le lard, pas vrai, ma mignonne?

Gemmata se retourna en hochant vigoureusement la tête.

— Pour sûr, je lui aurais mis les tripes à l'air. Il menaçait de me trancher la gorge si je ne lui donnais pas votre satanée croix; mais la Sainte Vierge m'a protégée.

Elle contourna Benno pour aller plier le genou devant une figurine en terre de la Vierge, drapée d'une robe bleu vif, placée dans une niche du mur. Devant la statuette brillait l'unique lumière de la pièce, une lampe dont la mèche de chiffon dégageait une odeur d'huile d'olive chaude. Cela raviva la faim de Benno, qui avait pourtant mangé une bonne part d'andouille et un grand bol de soupe au chou. Dans un coin, Biondello rongeait son os avec application, sans quitter de l'œil le chat orange et blanc, lequel s'était adapté avec philosophie à leurs nouveaux locaux et trouvait les cuisses de Sigismondo très confortables.

Angelo glissa un doigt sous une des pattes de l'animal et demanda :

— Vous pensez que c'est Olivero qui a balancé Torquato dans le Tibre ? Après lui avoir extorqué notre adresse ?

— Hé, comment veux-tu que je le sache ? Qui pourra jamais le savoir ? Mais c'est probable. Olivero voulait la croix, Torquato ne l'avait pas mais pensait que c'était la jolie fille qui l'avait prise. Olivero a peut-être tué Torquato en cherchant à connaître votre adresse, ou bien par rage de ne pouvoir remettre la main sur la croix.

— Pauvre petit prêtre, il n'était pas né sous une bonne étoile, fit Gemmata.

Elle s'assit sur le matelas auprès de Barley puis se pencha au-dessus de lui pour gratter le chat sous le menton.

— Et d'ailleurs, comment avait-il mis la main sur un tel joyau ? ajouta-t-elle.

Sigismondo lui adressa un sourire chaleureux.

— C'est une longue histoire dont nous ne connaissons pas encore tous les détails. Il a peut-être tué un abbé pour s'en emparer...

— Lui ? Tuer un abbé ? fit Gemmata tandis que les coins de sa bouche s'abaissaient. Il donnait l'impression de ne pas savoir comment tuer une mouche. Comment s'y est-il pris ? Avec du poison ?

— Avec une hache, dans le dos, pendant que l'abbé priait.

Choquée, Gemmata se signa.

— Dans ce cas, il doit se trouver dans un endroit très chaud en ce moment... Non, c'est impossible, il n'aurait jamais eu le cran de faire ça. Je l'ai observé à travers une fente de la cloison pendant que Barley s'en occupait. Il tremblait de peur. Je vous assure, je connais les hommes.

C'était là la remarque d'une professionnelle qu'il était difficile de mettre en doute, et le silence s'instaura quelques instants dans la petite pièce. Ce fut Angelo qui le brisa.

— Aurait-il subtilisé la croix à l'abbé après que le meurtrier eut filé ? Ça lui ressemblerait plus ; pourtant, j'avais cru comprendre qu'on avait tué l'abbé pour lui prendre cette croix.

— Et alors ? fit Barley qui, le menton rabattu sur la poitrine, cherchait dans les plis de sa tunique un bonbon qui y était tombé. C'est lui qui a la croix, à présent, fit-il en désignant d'un geste Sigismondo. La Feconda apporte richesse et enfants mâles, n'est-ce pas ? Est-ce ce que tu souhaites ?

Sigismondo remua les lèvres d'un air pensif mais ne répondit pas tout de suite. Benno songea aux magnifiques chaînes d'or et de pierres précieuses, aux pleins sacs d'or que des employeurs reconnaissants donnaient de temps à autre à Sigismondo. Dans nombre de villes, ils étaient déposés chez des banquiers, afin que Sigismondo puisse disposer de fonds à sa guise. Quant aux enfants mâles, Sigismondo avait peut-être des fils dans différentes villes. Puis une pensée lui vint et il eut un hoquet, ce qui raviva la douleur dans ses côtes.

Il repensa au domicile d'Agostino, où il se trouvait une heure auparavant. Il avait gravi l'escalier et, jetant un coup d'œil à l'intérieur de la chambre, avait aperçu Felicia, devenue subitement veuve, qui sanglotait par terre à côté du lit, et Perpetua qui gémissait et se lamentait — non sur la mort de son maître mais sur les malheurs de sa maîtresse. Le propriétaire de la maison avait envoyé chercher son épouse et ses servantes pour l'aider, et Felicia avait été emmenée avec toute l'agitation et tout le secret dont font preuve les personnes du sexe quand des affaires de femmes sont exposées à la vue des hommes. Mais Benno avait cru comprendre que Felicia venait de faire une fausse couche.

Sigismondo, lorsqu'il avait passé la nuit avec elle à Pietra, portait sur lui La Feconda.

— J'ai l'intention de rapporter la croix à l'endroit où elle doit être.

— Et où est-ce ? Je croyais qu'elle appartenait aux Pantera.

— À ce qu'on m'a dit, un pèlerin l'a apportée de Germanie afin d'en faire don à la Vierge de Scheggia pour la remercier de la prospérité et des enfants qu'elle lui avait donnés.

— Mais alors comment les Pantera l'ont-ils récupérée ? demanda Barley en mettant dans sa bouche le bonbon qu'il avait retrouvé. Ont-ils dévalisé le pèlerin ?

— D'une certaine manière, oui. Il est tombé malade au cours de son voyage. Ils l'ont ramené chez eux et ont écouté son histoire, mais lorsqu'il finit par mourir sous leur toit, eh bien, ils ont oublié d'obéir à ses souhaits, fit Sigismondo en émettant un fredonnement cynique. La tante d'Olivero, Donna Irina, m'a raconté que son père, qui avait eu la bonté de s'occuper du pèlerin et de lui payer un médecin, venait de perdre son fils unique et que son affaire était au bord de la faillite. Peut-être a-t-il pensé que le pèlerin avait une dette envers lui ; peut-être avait-il l'intention d'emporter la croix à Scheggia une fois qu'elle aurait accompli ses bienfaits...

— Et peut-être que... hein ? On n'a jamais trop d'argent ni trop de fils.

— Ce qui est étrange, c'est qu'il a bien eu trois fils par la suite, mais qu'ils sont tous morts à cause de la croix.

Pendant un moment, chacun s'absorba dans ses pensées. Dans la rue, un flûtiste passa en égrenant un air mélancolique qui mourut peu à peu.

— Moi, dit alors Angelo, je voudrais savoir ce qu'est devenu le Pantera que je vous ai amené avec une grosse bosse à la tête et qui nous a accompagnés jusqu'à Rome ? À en juger par ce que vous dites de cette querelle autour de la croix, il est probablement mort à l'heure qu'il est, n'est-ce pas ?

Sigismondo fronça les sourcils et le ronronnement du chat, qui avait accompagné la conversation, s'interrompit lorsque sa main cessa de le caresser.

— C'est l'une des raisons pour lesquelles j'ai regretté d'avoir à quitter le Palazzo Pantera. Si Olivero est notre homme, il va sans doute s'en prendre à lui maintenant que le cardinal est en conclave.

— Et pourquoi ce Gian ne s'en va-t-il pas s'il est en danger ?

— Hé, il a reçu un coup sur la tête. Il a perdu la mémoire. Espérons qu'il la retrouve avant de perdre toute la tête. Pour l'instant, il vit avec la conviction que ses cousins sont des amis et qu'ils l'ont toujours été.

Benno remua sur son siège.

— Je ne comprends toujours pas comment il a pu oublier que son père a été tué par leur père à eux, dit-il. Ce n'est pas le genre de chose qu'on oublie.

— Penche-toi un peu par ici, répliqua Angelo, et tu verras ce qu'un coup sur le crâne peut faire, d'accord ? Je le donnerai à l'endroit exact où il a été frappé. Je m'en souviens parfaitement.

Sigismondo leva la main.

— J'ai besoin de cette tête. Si Benno n'avait pas crié, Agostino aurait pu me transpercer de son épée.

Benno savait que Sigismondo disait cela par pure gentillesse. Penser que son maître aurait pu être pris par surprise était démenti par le fait qu'il avait jusqu'ici survécu. Mais Benno ne s'en rengorgea pas moins. Il n'avait eu le temps que de pousser un cri avant qu'Agostino le pousse violemment dans l'escalier, mais maintenant qu'il y repensait, il fut heureux qu'Agostino n'ait pas d'abord essayé son épée sur lui. Ce qu'aurait fait n'importe lequel des experts réunis dans cette pièce.

Gemmata bâilla en étirant les bras.

— Je suis impatiente que nous ayons un nouveau pape, dit-elle. Il se passe des choses inquiétantes dans les rues. Vous pouvez vous faire couper la gorge simplement pour avoir regardé quelqu'un. Il faut que l'ordre soit rétabli.

Quand des gens qui gagnent leur vie par le vol et la prostitution commencent à réclamer le retour de l'ordre et l'application de la loi, c'est que la situation a sérieusement dégénéré. Benno était tout à fait d'accord avec Gemmata ; l'anarchie qui régnait à Rome l'effrayait. Et pourtant, si le nouveau pape s'avérait être le cardinal Tartaruga, comme semblait l'avoir prédit le frère Ieronimo, dans quel pétrin serait alors Sigismondo ?

CHAPITRE LIII

« Nous sommes pape ! »

Le conclave en était à son dixième jour. À l'intérieur du bâtiment, dont toutes les portes étaient verrouillées et où seuls de faibles courants d'air circulaient par la partie supérieure des hautes fenêtres, l'atmosphère était suffocante. Quoique la chapelle fût vaste, l'ambiance était celle d'un grand nombre d'hommes vivant les uns sur les autres, suant sous leurs robes épaisses et se nourrissant des plats qu'on leur faisait passer chaque jour par une fenêtre surveillée. Un cardinal, plus obèse encore que le pape défunt, en était tellement affecté qu'il demeurait étendu sur le dos, éventé en permanence par l'unique serviteur auquel il avait droit. Il avait à peine la force de se soumettre au rituel du vote qui avait lieu deux fois par jour. Cependant l'autre invalide, le cardinal Bufera, dont l'état était pourtant plus grave à son arrivée, avait repris assez d'énergie pour qu'on puisse l'asseoir contre des coussins, et il était en mesure, même si c'était avec langueur, de participer aux débats. Les cardinaux Lepre et Tartaruga, qui paraissaient à présent les meilleurs amis du monde, passaient leurs journées à tenter chacun de son côté d'influencer leurs collègues afin de s'assurer des voix. La situation était bloquée.

La mort subite du pape avait pris tout le monde au dépourvu. Il leur aurait fallu plus de temps, mais les cardinaux étaient conscients qu'à l'extérieur la population s'impatientait. La chaleur, les orages soudains et violents qui ne procuraient qu'un réconfort passager et le désordre généralisé conféraient une note menaçante au brouhaha de la foule. Si les cardinaux ne parvenaient pas très vite à un accord, il n'y aurait peut-être pas que le palais du futur pape pour être mis à sac.

Même si l'idée n'était pas très originale, c'est le cardinal Pantera qui fut le premier à l'avoir ; le cardinal Pontano de Rocca s'était déclaré d'emblée son allié, et ensemble ils proposèrent leur plan aux autres, en prenant soin de l'expliquer à chacun d'entre eux en particulier, sauf au cardinal Bufera. Vu qu'il n'avait guère de chance de survivre à sa maladie, on pouvait supposer qu'il n'attachait qu'un intérêt relatif aux discussions.

Tout d'abord, le cardinal Lepre et le cardinal Tartaruga refusèrent de prendre le plan en considération, mais le cardinal Pantera leur en fit sentir les avantages pour tous deux, et, non sans poser moult conditions et afficher une feinte modestie, ils finirent par céder. C'était le moment, convinrent-ils, de souffler un peu afin de mobiliser leurs partisans avec un soin accru, de réunir plus de fonds qu'ils n'avaient eu le temps de le faire, et de remettre la partie à une date ultérieure.

De toute façon, ce jour était proche.

Au soir de la dixième journée, la procession habituelle de prêtres se présenta sur la place qui s'étend devant le palais du Vatican aux accents du *Veni, Creator*, bousculée par une populace qui tenait plus de la foule d'émeutiers que d'un rassemblement de pieux fidèles. À l'intérieur, les trois scrutateurs, qui se trouvaient être les cardinaux Lepre et Pontano, ainsi qu'un petit cardinal de Naples qui avait l'air d'une fouine vêtue de pourpre, jetèrent solennellement les papiers au feu, la fumée s'éleva en formant contre le ciel des volutes semblables à des fantômes et la foule poussa un long rugissement. Le prêtre en tête de la procession avança d'un air plein d'espoir vers la fenêtre et, chuchotant presque, demanda : « *Habemus Pontificem ?* »

La réponse déclencha dans la population un nouveau rugissement encore plus puissant, semblable à celui qui devait s'élever du Colisée lorsque la vie des gladiateurs dépendait de la faveur dont ils jouissaient auprès de la foule romaine. On lança des chapeaux en l'air, les gens embrassèrent des inconnus, on se signa, on éclatait en sanglots en hissant les enfants à bout de bras afin qu'ils puissent mieux voir.

Ce qu'ils virent était une porte-fenêtre de la loggia du palais qu'on venait enfin d'ouvrir, et d'où sortirent trois personnes ; ou plutôt deux, soutenant entre elles une troisième silhouette qui leva avec hésitation une main gantée en signe de bénédiction. Pendant quelques instants, on ne le reconnut pas, car il venait rarement à Rome plus d'une fois par an, et juste pour dire une messe dans son église titulaire, où ses armoiries étaient sculptées au-dessus de la porte et son portrait accroché, selon la coutume, à l'intérieur. Seuls les yeux les plus perçants auraient pu reconnaître l'original du portrait dans l'homme qui se tenait debout derrière la balustrade de la loggia, soutenu sous les aisselles par deux autres princes de l'Église. Le cardinal Pantera, que chacun, en revanche, reconnut aussitôt, avança d'un pas pour annoncer l'élection du nouveau pape. On lui avait respectueusement demandé sous quel nom il souhaitait être annoncé, et maintenant que la foule avait fait silence et tendait le cou pour mieux entendre, le cardinal Pantera l'annonça d'une voix étonnamment forte.

Le nouveau pape était le cardinal Bufera. Le nom qu'il avait choisi pour régner était Felix. Dans la pièce au-delà de la loggia, beaucoup de cardinaux échangèrent des regards. La plupart d'entre eux avaient participé au banquet chez Tartaruga et entendu la prédiction du frère Ieronimo : *Heureux sera.* Le cardinal Bufera n'était pas présent à cette soirée, personne ne lui en avait rapporté les péripéties ni la prédiction dont elle avait été témoin, et pourtant il avait décidé de s'appeler « Heureux ».

Curieusement, Tartaruga en fut rasséréné. Certes, il avait bien cru que le frère Ieronimo le fixait du regard et qu'il pouvait croire à sa chance, mais si le moine fou avait vu juste cette fois-ci en raison de quelque extravagance du vieux Bufera, cela ne pouvait que conforter ses espoirs pour que soit opéré la prochaine fois un choix plus heureux. Ses collègues et lui n'avaient-ils pas prié chaque jour pour être touchés par l'inspiration divine ? Dieu avait choisi, par l'intermédiaire de Ses serviteurs dévoués, un invalide excentrique dont on espérait bien qu'il n'assurerait pas plus de quelques mois de règne — en admettant qu'il survive à son intronisation.

Écoutant en souriant les vivats de la foule, Tartaruga oublia l'histoire de la papauté, oublia les exemples où l'élection avait eu un tel effet stimulant sur des cardinaux vieillissants et épuisés, et en particulier ceux élus comme bouche-trous, ainsi Bufera, qu'elle avait prolongé de façon appréciable leur existence — accordant même à l'un d'eux pas moins de deux interminables décennies de survie.

Comme s'il entendait attester cette propension, le cardinal Bufera, qui avait accédé à grand-peine à la loggia grâce au soutien de Pontano de Rocca et de la sainte fouine napolitaine, déclina poliment leur aide et, devenu le pape Felix, rentra dans le bâtiment avec lenteur mais par ses propres moyens. Comme il était grand ! Il adressa de tous côtés des sourires joyeux, leva ses deux bras, et Tartaruga se demanda s'ils avaient bien fait de choisir un pape qui avait l'air, inutile de se voiler la face, irrémédiablement idiot. Il avait les yeux d'une chouette démente et un sourire hérissé de trop nombreuses dents. Rome eût été mieux lotie avec la dignité d'un Tartaruga. Mais la créature se mit à glousser. Que disait-elle ?

— Nous sommes pape ! Et de par la volonté du Seigneur, nous comptons nous amuser !

Dans la rue, les gens étaient perplexes. Aussi décidés à prendre du bon temps que l'était leur nouveau pape, ils devaient à présent obéir à la tradition et piller le palais de l'heureux élu. Pourtant ils furent confrontés à un problème : où se trouvait-il ? Rares étaient ceux qui avaient entendu parler du cardinal Bufera. Mais bientôt quelques-uns, qui avaient eu l'occasion d'entendre prononcer son nom, diffusèrent la mauvaise nouvelle : elle se propagea de bouche à oreille avec une fureur croissante.

Il n'y avait aucun Palazzo Bufera à Rome. Le nouveau pape habitait une méchante villa au sommet d'une colline des environs de Rome, ce qui représentait un long et ennuyeux trajet, suivi d'une ascension décourageante.

D'un seul élan, ils décidèrent donc qu'il était légitime d'aller piller le palais du candidat qu'on s'était attendu à voir élire, l'homme sur lequel la plupart avaient parié — et à cause duquel ils avaient perdu leur argent. Et c'est ainsi qu'au milieu des cris joyeux de sa bonne humeur retrouvée, la foule se précipita à travers les rues en direction du Palazzo Tartaruga.

CHAPITRE LIV

« Trop de meurtres ! »

Bien que la ferme intention affichée par le nouveau pape de profiter de sa fonction fût bientôt connue de tous, il n'en eut d'abord guère le loisir. Une fois la consécration terminée — cérémonie que Sa Sainteté suivit avec une verve étonnante — il se trouva confronté à de nombreuses tâches urgentes. En dépit des efforts des secrétaires papaux, son prédécesseur avait laissé les affaires en grand désordre. Lorsqu'ils réussirent à le convaincre de se mettre au travail, il s'attacha d'abord à régler les questions susceptibles de rapporter de l'argent au Trésor ; une bonne partie, par exemple, de l'argent rentré dans les coffres avait été versé afin d'obtenir des pardons pour les diverses catégories de meurtres où seule une absolution papale pouvait épargner à leur auteur de nombreux milliers d'années au Purgatoire, sinon dans les flammes éternelles de l'Enfer lui-même.

C'est le cardinal Pantera qui, à la demande pressante de ses cousins, soumit presque aussitôt une certaine affaire au nouveau pape. Le cardinal connaissait trop le monde pour en être surpris, mais il fut blessé d'apprendre qu'un hôte qu'il avait apprécié dès la première rencontre et à qui il avait d'emblée accordé sa confiance s'avérait un adultère et un assassin. Olivero, que le cardinal, bien qu'il fût de sa famille, n'aimait pas et en qui il n'avait aucune confiance, lui avait également assuré que Sigismondo ne se contentait pas de tromper les époux, mais qu'il avait aussi volé la croix, cause de cette malheureuse querelle qui avait entraîné la mort de tant de Pantera.

Le compte rendu que fit Olivero de ce vol ainsi que de la mort de Bernabo était curieusement spécieux ; et le cardinal n'avait aucune hâte de voir la croix restituée à Olivero et Ferondo. Pourtant il fut heureux de constater l'apparente amitié qui régnait entre ses neveux, et ce fut ce signe de grâce qui l'incita à entretenir le pape à la fois du meurtre de Sangallo et de la disparition de la croix.

Olivero lui avait dit aussi que celui qui avait dérobé la croix était probablement l'assassin de l'abbé Bonifaccio de Pietra, sacrilège qui ne pouvait pas demeurer impuni. Le problème était de savoir comment mettre la main sur Sigismondo. Le cardinal n'avait aucunement été surpris que ce dernier renonce à l'hospitalité de sa maison avant qu'il ait à le lui demander lui-même ; la seule chose qui le surprit fut d'entendre Olivero lui annoncer que l'homme avait promis de se présenter devant le pape afin de répondre de ces accusations. S'il était coupable, il aurait profité de l'intérim pour prendre le large — à moins qu'il ne comptât sur des personnages influents tels que le duc de Rocca pour le sauver d'une sentence de mort. Pourtant il est difficile de trouver du réconfort à l'arrivée d'un courrier ducal en votre faveur quand votre tête gît déjà dans le panier.

Le pape Felix était en train d'apposer avec application son ancien nom, Teodoro, au bas d'une bulle papale, seul cas où il serait désormais utilisé jusqu'à ce que le chambellan papal ait à le prononcer solennellement une dernière fois afin de s'assurer que son propriétaire était mort, perspective qui paraissait à présent plus lointaine que ce que tout le monde avait prévu. Un secrétaire vint annoncer que le Sigismondo dont lui avait parlé le cardinal Pantera attendait de voir Sa Sainteté. Était-elle disposée à lui accorder audience ? Le pape Felix posa sa plume — que le secrétaire se hâta de récupérer tout en examinant le vélin pour s'assurer qu'il ne comportait pas de tache — et frotta ses mains l'une contre l'autre.

— Convoquez les témoins, nous allons éclaircir cette affaire sur-le-champ.

Toutes les personnes concernées furent rassemblées avec la célérité et l'efficacité dont peuvent faire preuve des fonctionnaires désireux de plaire à un nouveau pontife. Les différents témoins se retrouvèrent dans l'antichambre. Certains, nerveux, jetaient d'incessants regards autour d'eux ; mais l'accusé se tenait immobile, à la fois calme et imposant, son crâne rasé présentant un étrange contraste avec le splendide brocart or et vert des tapisseries. Olivero, presque aussi immobile, le dévisageait de son sombre regard fixe, tandis que Ferondo, à côté de lui, paraissait plus embarrassé. Gian, convoqué par son cousin le cardinal parce que le pape avait annoncé son intention de proposer une solution à la querelle familiale, était pâle et semblait encore se mouvoir comme dans un rêve. Benno se trouvait là par permission de son maître ; il n'était pas un témoin, vu que, pendant les minutes cruciales, il gisait commotionné et le souffle coupé au bas de l'escalier. Nuto le valet se tenait près de Perpetua, aussi prêt, à vrai dire, qu'il le pouvait, les doigts enfoncés dans sa ceinture, se balançant d'avant en arrière, regardant tour à tour le plafond doré à caissons, les tapisseries et les portraits, et reniflant bruyamment comme pour commenter la richesse du décor. La veuve, toujours alitée, n'était pas présente. Benno se dit qu'au moins elle ne se ferait plus battre par sa brute d'époux.

Une agitation derrière la porte mobilisa l'attention de tous, y compris d'Olivero. Des pages ouvrirent les battants pour laisser entrer de nouvelles personnes convoquées. Le prieur de Santaporta apparut en premier, les mains enfilées dans les manches, les yeux baissés, et derrière lui, flanqué d'un garde d'un côté et du frère Filippo de l'autre, arriva le frère Ieronimo avec sur le visage son habituelle expression d'intérêt joyeux. Son visage s'épanouit en découvrant Sigismondo, mais aussi, plus curieusement, lorsqu'il aperçut les frères Pantera. Voyant cela, Benno s'absorba dans une grave réflexion sur la charité chrétienne tandis que le chambellan faisait entrer le magistrat qui avait loué un étage de sa maison à Agostino Da Sangallo et était présent lorsqu'il était mort.

Ensuite tous furent invités à entrer dans la pièce voisine et se retrouvèrent en présence du pape.

Un grand nombre de personnes étaient déjà présentes dans la pièce où Sa Sainteté était assise sur un grand fauteuil de velours violet frangé d'or et surmonté d'un dais. Benno aperçut le cardinal Pantera parmi le groupe rassemblé derrière le pape, ainsi qu'un autre individu qu'il connaissait pour l'avoir croisé dans le passé, maître Valentino, le docteur; mais il se concentra sur l'homme assis dans le fauteuil. Tandis que, l'un après autre, les nouveaux venus étaient appelés par leur nom, s'avançaient et s'agenouillaient pour baiser la mule de velours rouge reposant sur la marche de brocart rouge du trône papal, Benno put constater les différences entre ce pape et le précédent. Le destin de son maître dépendait du caprice de cet homme.

La rumeur s'était désormais répandue que l'on ne s'attendait pas à ce que le pape Felix vive longtemps. Le souhait qu'il avait exprimé de jouir de sa papauté avait été interprété comme le désir de profiter au mieux du peu de temps qui lui restait. Pourtant, on ne remarquait aucun signe d'une mort imminente sur son visage solidement bâti, avec son nez busqué, ses grands yeux ronds et sa large bouche qui dévoilait, chaque fois qu'il saluait un des nouveaux venus, une quantité de dents qu'on eût jugée de bon augure chez un cheval. Le pape Felix, pour tout dire, paraissait moins malade qu'un peu fou.

Les symptômes de son dérangement mental n'apparurent pas aussitôt. Le pape savait à l'évidence en détail ce qui s'était passé. :

— Montrez-moi la croix, fit-il après avoir jeté un long regard pensif à Sigismondo.

Celui-ci porta la main à son cou — au vu de quoi Olivero eut un mouvement convulsif qu'il maîtrisa aussitôt — et peu après déposa une Feconda scintillante dans la paume gantée d'écarlate qu'on lui présentait. Le pape la rapprocha de son visage avant de la tendre à bout de bras.

— Très jolie, dit-il avant de la faire disparaître en refermant ses doigts dessus. À présent, parlons un peu de ce meurtre.

Il promena son regard sur les visages attentifs qui l'entouraient et esquissa soudain un ricanement plein de bienveillance maniaque.

— Qui y a assisté ? s'enquit-il.

Le magistrat s'était spontanément désigné pour faire paraître au fur et à mesure les personnes concernées. Il poussa en avant Olivero, qui s'agenouilla avant de parler.

— De mes propres yeux, Votre Sainteté, je l'ai vu tuer mon malheureux ami Agostino devant l'épouse qu'il avait séduite.

Le pape dévisagea un moment Sigismondo avant de jeter un nouveau regard circulaire.

— Qui d'autre a vu mourir la victime ?

— Moi, Saint-Père, fit Perpetua en tombant à genoux.

Son évidente simplicité de visage et d'esprit lui conférait l'immense avantage de paraître honnête.

— Moi, j'ai vu mourir mon maître. C'est lui qui l'a tué ! s'exclama-t-elle en pointant le doigt sur Olivero. J'arrivais par la porte dérobée lorsque j'ai entendu ma maîtresse hurler et j'ai vu cet homme transpercer mon maître de son épée.

— Que répondez-vous à cela ? demanda le pape à Olivero sur le ton d'une simple curiosité.

— Je dis que c'est absurde, Votre Sainteté. Cette vaurienne est de mèche avec sa maîtresse pour protéger l'amant.

Comme si le personnage lui plaisait, le pape gratifia Olivero d'un sourire radieux.

— Quelqu'un d'autre a-t-il vu ce qui s'est passé? s'enquit-il.

— J'ai assisté à tout, Votre Sainteté, fit Nuto en se jetant à son tour à genoux.

Comme il était dans sa nature de ne jamais se laisser impressionner, il parlait d'un ton presque amical.

— Voilà ce qui est arrivé. Comme j'avais entendu des bruits d'épée, et que ma maîtresse hurlait, eh bien, je suis venu aider mon maître, et c'est là que je l'ai vu enfoncer son épée dans la victime, exactement comme elle vient de le dire.

Sur quoi il se releva, ébaucha un petit geste à la fois évocateur et vigoureux et, la bouche ouverte sur des dents écartées, sourit au pape. La grossièreté aussi pouvait être convaincante. Le pape hocha lentement la tête.

— Deux contre un, Pantera. Deux contre un.

— Saint-Père, ce sont des serviteurs. Un valet, une servante. On peut les soudoyer ou les forcer à dire n'importe quoi.

— Et pas les autres? Allons, allons.

Le pape promena son regard sur l'assemblée, qui émit un petit rire servile. Dans n'importe quelle cour, la corruption est trop présente pour faire l'objet d'une hilarité spontanée. Le pape parut toutefois satisfait de cette réaction et se tourna à nouveau vers Olivero.

— La croix. À ce que nous savons, vous prétendez qu'elle vous a été volée par cet homme. L'avez-vous vu la subtiliser?

— Votre Sainteté! s'écria Olivero. Vous avez constaté vous-même qu'elle était en sa possession! Quelle autre preuve faudrait-il?

— Vous, messire, fit le pape en dirigeant ses grands yeux sur Sigismondo. Vous restez silencieux alors qu'on vous accuse de meurtre et de vol. Parlez.

Sigismondo mit un genou à terre à côté d'Olivero et répondit sans précipitation ni emportement.

— J'ai pris la croix, Saint-Père, mais je n'ai pas tué Agostino Da Sangallo. On est en droit de dire que cette croix a causé beaucoup de morts, mais pas celle-ci.

Olivero tourna la tête et posa son sombre regard sur Sigismondo.

— Et l'abbé de Pietra? Vous l'avez assassiné pour lui reprendre la croix qu'on vous avait volée.

— Vous avez assassiné l'abbé de Pietra? fit le pape avec un intérêt candide. Je croyais que c'était quelqu'un d'autre. N'est-ce pas vous, mon fils, qui avez avoué ce terrible forfait?

Le doigt enserré de velours désigna le frère Ieronimo, qui assistait à la scène avec la même attention qu'il eût portée à une pièce de théâtre. Il se porta en avant avec une obéissance empressée, entraînant son garde par la chaîne reliée aux menottes qui lui emprisonnaient les poignets et le déséquilibrant lorsqu'il s'agenouilla à son tour.

— Oui. Le Diable a pris possession de moi, Très Saint-Père, et j'ai tué le père abbé.

Le pape le considéra avec un intérêt amusé.

— Le Diable? À quoi ressemblait-il?

On aurait dit qu'il prenait des nouvelles de la santé du Malin, et le frère Ieronimo lui répondit à peu près sur le même ton. Il écarta brusquement les mains, faisant tressauter le bras du garde.

— Il avait des ailes de chauve-souris, Saint-Père! Il s'est envolé du belvédère du château de Rocca.

— On m'a dit que vous aviez tué l'abbé Bonifaccio d'un coup de hache. Est-ce le Diable qui vous avait mis cette hache entre les mains?

Tandis que le pape l'observait, le frère Ieronimo resta

un instant silencieux, comme s'il cherchait à rassembler ses souvenirs.

— Je ne sais pas, Saint-Père. J'ai trouvé mes mains sur la hache, et la hache dans le dos du père abbé, donc ça doit être le Diable qui me l'a donnée. C'est le père Torquato et le frère Filippo qui m'ont découvert ainsi.

— Et où sont-ils ?

Le cardinal Pantera fit un pas en avant et murmura quelques mots à l'oreille du pape tandis que le frère Filippo tombait à genoux en se présentant d'une voix humble. En écoutant le cardinal Pantera, le pape se mit à secouer la tête avec une soudaine tristesse.

— Trop de meurtres, que Dieu ait pitié de nous. Notre Sauveur donne Sa vie pour nous et nous continuons à nous entre-tuer tous les jours. Il existe un proverbe disant que le Diable est propriétaire de Rome et qu'il réclame tant de milliers d'âmes en guise de loyer. Un proverbe bien amer ! Mais tant que nous régnerons, nous nous efforcerons de soustraire le plus grand nombre d'hommes possible à ses griffes.

Puis il se tut, les yeux clos ; soudain il les rouvrit, si écarquillés que ses pupilles apparurent dans deux cercles blancs, et les braqua sur Olivero.

— Vous, mon fils. Que feriez-vous de ce magnifique objet ? demanda-t-il en ouvrant sa paume où étincelait La Feconda.

— Mon frère et moi la remporterons dans la maison familiale, Votre Sainteté, où elle trônera à la place d'honneur et nous protégera tous.

Le sourire maniaque réapparut sur les lèvres du pape.

— Elle protège les richesses, à ce qu'on dit. Êtes-vous pauvre ?

Olivero parut décontenancé.

— Saint-Père, répliqua-t-il au bout d'un moment, je possède suffisamment pour faire un don au Saint-Siège, afin de marquer ma gratitude pour la restitution de notre trésor familial.

— Et vos fils. Si La Feconda vous procure des fils, en ferez-vous également don à notre sainte mère l'Église? s'enquit le pape en se penchant en avant avec un air de grand sérieux.

Pendant qu'Olivero tentait de trouver une réponse, le pape se tourna vers Sigismondo.

— Et vous, mon fils? Que feriez-vous de cet objet?

Des éclats multicolores brillèrent dans la pièce lorsque la main gantée leva haut La Feconda.

— J'emporterai cette croix à l'endroit où elle doit être, Saint-Père. J'ai fait le vœu de l'y déposer.

Avant que le pape puisse répondre, le frère Ieronimo se remit sur ses pieds en bousculant son garde qui se retrouva à quatre pattes. La main levée du pape arrêta les gardes postés devant les portes et qui préparaient déjà leurs piques pour intervenir. Le frère Ieronimo leva vers le ciel ses deux bras ainsi qu'un des bras de son gardien et, à voir son visage, il était clair qu'il contemplait plus que le plafond peint et ses poutres damasquinées d'or.

— À Scheggia! Voyez où Notre-Dame tend ses mains... Béni soit celui qui lui rendra ce qui lui appartient, et béni sera chacun de vos jours.

Puis, lentement, le frère Ieronimo abaissa ses bras et ses yeux avant de se tourner vers le pape, qui cessa de scruter le plafond.

Toute la question était de savoir si ce pape excentrique estimait que le moine fou avait effectivement vu la Vierge ou s'il ne s'agissait que d'une chimère diabolique; et s'il croirait un homme qui, selon ses propres dires, était un assassin.

CHAPITRE LV

Adieu pour toujours

— Scheggia, fit le pape en considérant La Feconda.

Il remua sur son siège et adressa un sourire à Olivero.

— Comme il serait préférable qu'elle soit là-bas plutôt que de ne profiter qu'à quelques-uns ! Réjouissez-vous de la bénédiction de Notre-Dame. Vous, mon fils, poursuivit-il en tournant un visage radieux vers Sigismondo, vous accomplirez votre vœu en pénitence du sang que vous avez versé. Olivero Pantera, votre frère et vous...

Le cardinal se pencha à nouveau à l'oreille du pape pour lui glisser quelques mots auxquels le Saint-Père répondit en acquiesçant de la tête.

— ... ainsi que votre cousin Gian irez avec Sigismondo de Rocca faire don de cette croix au sanctuaire de Notre-Dame à Scheggia. Vous vous y rendrez en pèlerinage et endurerez les mortifications nécessaires au salut de vos âmes.

Ses yeux ronds dévisagèrent tour à tour chacun des deux frères comme s'il tentait de percer leur âme à jour afin d'en connaître les besoins.

— Nous acceptons, Olivero Pantera, un don de vingt mille ducats d'or au Saint-Siège, poursuivit-il en souriant d'un air candide devant l'expression choquée d'Olivero. Ce don vous permettra d'expier le péché de cupidité qui vous a conduit à commettre le péché plus grave de meurtre. Frère Ieronimo !

Le moine serra les mains en souriant comme s'il s'apprêtait à entendre avec joie prononcer une sentence de mort à son encontre, et le pape se tapota les lèvres du bout de l'index d'un air songeur.

— Le Diable ne saurait induire en tentation si Dieu ne le lui permet pas. Je sais quel genre d'homme était l'abbé Bonifaccio ; il est possible que vous ayez été choisi comme l'instrument du châtiment que Dieu entendait infliger à un berger corrompu par le péché. Vous vous rendrez donc à Scheggia et y resterez pour y servir Notre-Dame jusqu'à la fin de vos jours, sans jamais revenir à Pietra. Et à présent, mes enfants, embrassez-vous pour témoigner de l'amour que Notre Sauveur porte à chacun d'entre vous et dont Il souhaite que vous soyez animés les uns envers les autres.

Sigismondo et Olivero se relevèrent et, sous les yeux attentifs du pape, s'étreignirent avec froideur en s'embrassant les joues. Benno aperçut le visage d'Olivero par-dessus l'épaule de son maître ; il était évident qu'il attendait la première occasion de mordre le cou de Sigismondo plutôt que de l'embrasser.

Le pape s'était levé. Deux pages se proposèrent de l'aider, mais il les congédia d'un geste, descendit les marches et s'approcha des deux hommes qui lui firent face. Son visage était empreint d'une grave autorité, comme si jamais aucun sourire ne s'y était dessiné. Il leva la main droite.

— Préservez la paix que nous avons instaurée entre vous. La croix doit être portée au sanctuaire de la Vierge de Scheggia, et vous, mes fils, serez frappés d'excommunication si vous l'empêchez.

Sa main traça dans l'air le signe de la croix au-dessus de leurs têtes. Ensuite il porta son autre main à ses lèvres et baisa la croix où était sertie La Feconda, puis la tendit à Sigismondo.

— Elle est sous votre responsabilité. Maintenant, allez, vous tous, et que Notre-Dame vous protège dans votre mission.

L'audience était terminée.

Tout en suivant l'assistance que les pages raccompagnaient à la porte, Benno se dit que si son maître ne risquait plus d'être condamné à mort pour un meurtre qu'il n'avait pas commis, on lui avait en revanche imposé d'effectuer, en compagnie d'un homme qui le haïssait, un voyage destiné à soustraire pour l'éternité La Feconda au véritable assassin, lequel estimait qu'elle lui appartenait. Olivero, certes, craignait l'excommunication, sinon il n'aurait pas piégé Sigismondo afin qu'il tue celui des Pantera qui voulait s'approprier la croix. En étendant cette interdiction d'assassiner à Sigismondo, le pape avait relevé d'un cran la barre. Mais à bien y réfléchir, il existait des manières d'ourdir un meurtre en donnant les apparences d'un accident ou, comme l'avaient illustré les événements récents, de le faire commettre par quelqu'un d'autre ; et si Olivero devait ne pas récupérer La Feconda, il n'aurait de cesse de se venger de l'homme responsable de ce préjudice.

Ce serait le second voyage que Benno et son maître effectueraient en compagnie des Pantera, et il promettait d'être encore plus réjouissant.

Tout d'abord, il faudrait s'occuper des femmes.

Elisavetta et Lydia étaient déjà contrariées que leurs époux aient obtenu une audience avec le nouveau pape alors qu'elles-mêmes, dotées pourtant d'un cousin cardinal, avaient attendu plus d'un mois pour que le pape précédent la leur accorde. Lorsqu'elles apprirent que la fameuse croix leur avait définitivement échappé sitôt après avoir été retrouvée, elles exprimèrent leurs sentiments avec passion. La querelle familiale avait depuis toujours menacé la vie de leurs époux, et par voie de conséquence leurs propres statut et prospérité. Elisavetta était d'avis, et elle l'exprima ainsi, que si Ferondo passait plus de temps à s'occuper de ses affaires, la fortune qu'ils attendaient de La Feconda leur aurait été procurée par ses efforts. Plus intimidée par son époux qu'Elisavetta ne l'était par Ferondo, Lydia n'escomptait pas d'Olivero qu'il devînt plus accommodant, qu'elle lui donne ou non des enfants mâles. À ce propos d'ailleurs, maintenant qu'elles avaient prié dans toutes les églises de Rome pour avoir des fils, le mieux ne serait-il pas qu'elles accompagnent leurs époux afin de porter leur supplique à Notre-Dame de Scheggia ? Parce que, après tout, on allait lui faire cadeau du trésor de la famille — que pourrait-elle leur refuser ? Elisavetta et Lydia entreprirent aussitôt de faire leurs bagages.

On évoqua la possibilité que Felicia, toujours affaiblie, fasse elle aussi ses préparatifs en vue du voyage. Craignant pour sa vie après la perte de son enfant et la mort de son mari, le magistrat l'avait envoyée dans un couvent proche tenu par des sœurs aptes à la soigner. C'est là que Benno entendit son maître se présenter à la sœur portière comme étant Sigismondo Minola, frère de dame Felicia. On les informa que la dame en question le recevrait dans le parloir réservé aux visiteurs. Benno dut attendre dans la loge, où Biondello gagna la sympathie de la sœur portière et reçut beaucoup plus de baisers qu'il n'aurait souhaité.

Felicia était pâle, Sigismondo plein de gravité. C'était là la femme qu'il avait, par la main d'autrui, rendue veuve ; et dont il avait failli faire une mère. Ce n'était pas le moment d'exprimer des regrets superficiels.

— Vous allez mieux.

Elle hocha la tête, mais sans pouvoir sourire. Il se tenait contre la fenêtre, immobile, et l'observait.

— Qu'allez-vous faire ? Connaissez-vous les termes de son testament ?

Elle fit la grimace.

— Oh, oui. Il me les avait précisés quand il l'avait rédigé. Son affaire doit revenir à un de ses neveux établi à Montesacro... Je ne l'ai jamais vu. Quant à moi...

Elle se tut et jeta par la fenêtre grillagée un coup d'œil dans le couloir, d'où leur parvenait le bruit d'une nonne agenouillée occupée à récurer patiemment le dallage de pierre.

— ... je dois trouver un couvent qui accepte de me recevoir en échange de ma dot.

— A-t-il le droit de faire ça? Les lois de Pietra l'autorisent-elles?

Elle tourna les yeux vers lui et il remarqua les cercles sombres qui les entouraient.

— Il est allé voir le meilleur avocat de Pietra. Pour ça, il n'a pas regardé à la dépense. Je suis certaine qu'il aurait informé Agostino si cela avait été impossible.

Sigismondo demeura quelques instants silencieux, puis s'approcha d'elle et lui prit la main.

— Vous aurez tout ce qu'il vous faudra. Où voulez-vous aller?

Elle le regarda d'un air grave avant de répondre :

— À Pietra, aussi curieux que cela paraisse. Comme je n'y avais pas d'amis — Agostino y avait veillé —, je n'en perdrai aucun. Peut-être m'en ferai-je, à présent; et puis, j'aime cette ville. Je voudrais reprendre son affaire. Je connais beaucoup de choses en matière de tissu, la façon dont on le fabrique et comment on le vend; les endroits où il est produit et ses diverses qualités. Cela m'intéresse. Certains de ceux qui travaillaient pour Agostino seraient prêts, il me semble, à travailler pour moi. Le neveu de Montesacro est peut-être disposé à vendre.

Pour la première fois, Sigismondo sourit. Il pencha la tête et lui embrassa les doigts.

— Vous aurez ce que vous désirez.

Un coup à la porte les fit se retourner. La vieille nonne

chargée des visiteurs, qui avait accompagné Sigismondo depuis la loge de la portière, souriait de toutes ses rides dans l'embrasure.

— Une surprise, mes enfants ! Une vraie réunion de famille ! Votre autre frère, ma fille, est également venu vous rendre visite.

Sur quoi elle recula, enfila ses mains dans ses manches et disparut.

Le regard flamboyant, le frère Filippo s'immobilisa sur le seuil.

— Adultère ! Tu oses profaner un lieu sacré par tes luxures ! articula le moine en avançant, un doigt pointé sur Felicia. Et vous ! N'en avez-vous pas fini avec vos manières honteuses ? Il assassine ton époux et tu l'autorises — tu *l'incites* — à te toucher. Ces mains sont souillées du sang d'Agostino !

Felicia rejeta en arrière les pans du voile qui masquaient en partie son visage et, sans ciller, fit face au frère Filippo. La clarté provenant de la fenêtre éclaira sa pommette enflée ainsi que les ecchymoses jaunes et vertes qu'elle portait autour des yeux.

— Tu n'as plus le droit de me parler ainsi. Tu as renoncé à ta famille quand tu es entré dans les ordres. Tu as renoncé à moi et à présent tu ne peux plus rien exiger de moi. Agostino aurait pu me tuer, mais tu ne lui fais aucun reproche pour cela.

Le visage du frère Filippo trembla comme s'il éprouvait une douleur physique.

— Il aurait dû te tuer depuis longtemps. C'était son droit de te châtier pour parader devant les hommes. Il a fait tout son possible pour t'empêcher de te vautrer plus encore dans le vice, espèce de putain !

Sur quoi il fit volte-face et cracha au visage de Sigismondo.

— Démon ! Sa Sainteté aurait dû vous faire pendre ; vous polluez la terre. La mère supérieure sera mise au courant de votre conduite en ces lieux...

— C’est vous qui devriez partir, fit Sigismondo d’un ton posé.

Il s’essuya la joue et avança, obligeant le frère Filippo à reculer et à s’éloigner de Felicia.

— Votre sœur a besoin de repos pour se rétablir après ce qui s’est passé. Vous ne lui apportez que colère et absence de charité.

Le frère Filippo serra les mains sous ses manches ; ses yeux étincelaient d’un air triomphant.

— Je suis venu ici avec de bonnes nouvelles. Ma sœur doit quitter cette maison sur-le-champ. J’ai trouvé un couvent ici à Rome qui est disposé à l’accueillir en échange de sa dot.

Parvenu à la porte, il se retourna.

— Vous pouvez lui dire adieu pour toujours, adultère. C’est un ordre cloîtré.

CHAPITRE LVI

La plus jolie des pèlerins

— Vous voulez dire que c'est *réellement* son frère ? Il ne lui a pas adressé une parole aimable de tout le voyage.

— Le frère Filippo a du mal à être aimable avec qui que ce soit, Benno. Et il ne parle pas à une femme à moins d'y être obligé.

— Je suppose que la mère supérieure ne compte pas comme une femme. Mais que lui a-t-il donc dit ? Les nonnes auraient eu du mal à vous faire sortir si vous vous y étiez opposé.

Benno était en train d'enrouler le meilleur pourpoint de son maître sur le matelas de Barley avant de le ranger dans un sac, mais Gemmata le lui prit des mains, le déroula, en aplanit avec soin le tissu, le plia et l'enroula à nouveau.

Adossé à l'enduit grossier du mur, les pieds dépassant de l'extrémité du lit, et occupé à tailler un morceau de bois, Barley éclata de rire.

— Je les vois bien s'y mettre à dix pour te tirer par les manches sans arriver à te faire bouger d'un pouce. Alors, qu'a-t-elle dit ? J'espère que tu lui as annoncé que tu étais en mission pour le compte du pape.

— Hum... Tu es très diplomate, Barley. Au début elle ne voulait rien entendre. Elle était furieuse parce que le frère Filippo lui avait déclaré que son couvent était utilisé comme maison de rendez-vous. Mais avant de prononcer ses vœux, elle était une femme du monde, et après tout on est à Rome. Elle n'a pas apprécié que je me fasse passer pour le frère de Felicia, mais je lui ai juré que ma motivation était celle d'un frère envers une femme dont je savais qu'elle n'avait pas d'amis. Et quand, comme tu l'as deviné, j'ai parlé de Sa Sainteté et de mon départ en pèlerinage pour Scheggia, les choses se sont un peu calmées.

— Que va devenir cette pauvre femme ? s'enquit Gemmata en évitant avec délicatesse de citer son nom.

Elle décrocha du mur le manteau de Sigismondo et le secoua.

— La mère supérieure a accepté de lui offrir le gîte jusqu'à notre départ. Malgré la tirade du frère Filippo, elle m'a cru quand je lui ai assuré que je n'avais pas tué Agostino Da Sangallo. Elle n'est pas d'accord pour qu'on force une femme à embrasser la vie de couvent et je ne pense pas qu'elle soit disposée à ce qu'on lui dicte ce qu'elle doit faire dans sa propre maison.

— Vous avez dû avoir une sacrée conversation, elle et toi, fit Barley. Que va-t-il advenir de la charmante veuve quand nous quitterons Rome ? D'après ce que je comprends, son frère ne pourra pas l'emmurer vivante comme il le souhaitait.

— Il n'a aucun pouvoir pour faire ça. Non, répliqua Sigismondo en tendant à Benno un sac d'herbes afin qu'il le roule dans la chemise de batiste qu'il était en train de mettre dans un sac. Elle vient avec nous.

— À Scheggia ? s'étonna Benno.

Il ne parvenait pas à croire que Felicia puisse vouloir un second enfant quand le précédent lui avait causé tant de mal. Surtout maintenant qu'elle était veuve.

— Pietra est le port à partir duquel on peut atteindre Scheggia. Nous l'escorterons jusque-là. Elle a l'intention d'y reprendre l'affaire commerciale de son mari et je pense qu'elle s'en tirera très bien.

— Nous. Vous avez dit qu'elle venait « avec nous », fit la voix tranchante d'Angelo adossé au chambranle de la porte. Qui est ce « nous » ?

— En tout cas, je n'en serai pas, dit Barley en soufflant sur son bout de bois pour en chasser les copeaux. Je me sens bien ici, ajouta-t-il en touchant du pied la jambe de Gemmata. Rome me plaît. Quand j'en aurai assez, j'irai ailleurs, mais en attendant, je reste. En plus, trop de gens meurent autour de cette croix. Il y aura d'autres cadavres avant que vous arriviez à Scheggia.

— Donc vous voulez que je vous accompagne, intervint Angelo d'un ton posé. Il faut que je me fasse pèlerin, c'est ça ?

Sigismondo fit mine de le jauger du regard.

— Tu seras la plus jolie du lot. Olivero t'a déjà vu deux fois, la première pendant le voyage, ensuite dans une bagarre de rue. La prochaine fois, il pourrait même te reconnaître, et je préférerais te garder comme atout dans ma manche plutôt que de te mettre tout de suite sur la table.

Angelo attira Gemmata à lui.

— Peux-tu me trouver une autre robe ? Mais pas une des tiennes : il faut que j'aie l'air respectable, cette fois. Avec une guimpe et tout ce qu'il faut pour se coiffer.

De sa main libre il rabattit ses cheveux en arrière et eut un petit sourire affecté.

— Ça doit être Rome. Je me sens très religieux, tout à coup.

Benno fut tout surpris de constater qu'il était heureux de quitter Rome. Leur séjour avait été excitant, peut-être même trop, et il était heureux d'en voir la fin.

Il y avait de nouveaux visages fichés au bout des piques à l'entrée du pont, preuves de l'efficacité avec laquelle le pape Felix avait restauré la loi et l'ordre après le chaos — désormais les exécutions n'étaient plus privées, mais publiques. La petite troupe qui sortit de Rome en passant devant ces trophées n'était guère différente de celle qui y était arrivée quelques semaines auparavant. Le frère Ieronimo, débarrassé de ses menottes, cheminait à dos d'âne à côté du frère Filippo, qui affichait un air plus morose que jamais.

L'une des raisons de cette morosité était certainement la présence de sa sœur Felicia au sein du groupe, vêtue d'un sobre habit noir, mais la tête entourée d'un voile qui ne dissimulait en rien son visage. Le frère Filippo avait insisté en vain pour qu'elle respecte le souhait de son époux défunt. Felicia retournait à présent à Pietra, où il espérait qu'elle allait se découvrir sans ressources et se retrouverait à la rue. Mais le pire était qu'elle voyageait en compagnie de l'homme qui l'avait rendue veuve, que celui-ci fût Olivero Pantera, comme sa servante et elle-même le soutenaient, ou Sigismondo, qui n'avait échappé à la condamnation que parce que le pape avait cru à toutes ces sornettes concernant la maudite croix et le sanctuaire de Scheggia.

La troupe s'était de surcroît encombrée d'une femme acariâtre en la personne de Lydia Pantera et, plus regrettable encore, d'une détestable mégère qui incarnait tous les aspects les plus répugnants de son sexe, Elisavetta Pantera — péremptoire, élégamment vêtue et séduisante. Une seule des femmes présentes se conduisait de manière correcte, une créature pâle et paisible, habillée sans recherche, qui disparaissait derrière son capuchon et sa guimpe et qui, souhaitant accomplir le pèlerinage à Scheggia, avait sollicité leur protection.

Nul ou presque ne pensait à la seule personne qui avait participé au premier voyage et était absente de celui-ci. Le père Torquato avait été inhumé au cimetière de Santaporta. Alors qu'ils laissaient derrière eux le bruit et la puanteur de la ville, il n'y eut en effet que Benno pour se demander si c'était l'assassin de l'abbé Bonifaccio qu'on avait enterré à cette occasion, et si Sigismondo en avait suffisamment appris pour pouvoir laver le duc de Rocca de tout soupçon d'implication dans ce crime. Olivero avait-il tué Torquato ? C'était probable. Il n'aurait pas hésité devant un tel forfait. Il était possible qu'il ait tué aussi l'abbé mais qu'avant de pouvoir s'approprier la croix il ait été obligé de s'enfuir à cause de l'irruption du frère Ieronimo, qui, avec la gaieté d'une alouette, était arrivé en chantant comme il le faisait justement à ce moment-là. Le malheureux frère Ieronimo avait sans doute saisi la hache dans la vague idée que le père abbé se sentirait mieux sans elle.

Bien entendu, Torquato aurait pu mettre la main sur la croix à tout moment après la mort de l'abbé. Le frère Filippo, qui se trouvait lui aussi sur les lieux, n'était pas homme à se préoccuper de bijoux. Sigismondo réussirait sans doute à emporter La Feconda à Scheggia, mais Benno était persuadé que quelqu'un essaierait de la lui reprendre avant qu'ils y parviennent.

CHAPITRE LVII

Sombres avertissements héraldiques

Aussi incroyable que cela paraisse, le voyage jusqu'à Scheggia se déroula sans le moindre incident. En dépit des appréhensions bruyamment formulées par les dames Pantera, aucun voleur ne les attaqua; aucune querelle n'éclata — même le frère Filippo, qui ne mangeait pas avec elles et veillait à ce que le frère Ieronimo s'en tienne à distance, s'abstint de chapitrer les femmes. Chacun prenait très au sérieux l'injonction du pape à considérer ce voyage comme un pèlerinage. Personne ne joua ni ne jura — de toute façon, Olivero exprimait autant en prenant un air furieux qu'en proférant des grossièretés. Une chasteté complète régna, même entre époux; ce qui, au vu de l'impatience à avoir des héritiers qu'avaient manifestée les deux frères depuis leur arrivée à Rome, dut être un soulagement pour Lydia et Elisavetta. Quand ils étaient arrivés à Pietra, Felicia avait décidé de poursuivre jusqu'à Scheggia en manière de pèlerinage pour l'âme de son époux, générosité que ce dernier n'aurait certainement pas eue envers son épouse.

Les autres groupes de pèlerins, comme ceux qu'ils rencontraient dans les auberges et les hospices, consacraient leurs soirées soit à des occupations religieuses telles que les prières ou les saintes légendes, soit, s'ils prenaient leur pèlerinage comme des vacances assorties d'une prime à la fin, à se raconter des blagues et à faire réjouissance. Benno les enviait. Il adorait les bonnes histoires et collait aux basques de n'importe quel groupe où on en racontait. Le frère Filippo se proposa de conter la vie des saints à ses compagnons de voyage, mais après avoir écouté celle d'Agathe, qu'on avait martyrisée en lui tranchant les seins, Elisavetta décréta qu'elle ne voulait plus en entendre ; tous les autres s'étant déclarés d'accord avec elle, le frère Filippo devint encore plus austère et taciturne. Angelo, qui, horrifié, avait croisé les bras sur sa poitrine en entendant le supplice de la sainte, était déjà très lié à Felicia, à qui il avait confié qu'il espérait surprendre son époux volage en tombant enceinte afin de se l'attacher. Lorsque, comme il arrivait souvent, les voyageurs devaient partager un lit, Felicia dormait en général avec Angelo, ce qui faisait songer à Benno que si Angelo n'avait pas été aussi loyal, il aurait pu en résulter un autre enfant, qui aurait surpris tout le monde.

Cependant, quand ils parvinrent à Scheggia, ils eurent toute la place nécessaire ; non pas dans l'auberge du village, ni à l'intérieur des terres, qui leur était apparu, dans l'état d'hébétude où les avait plongés la rude traversée depuis Pietra, comme un paysage de montagnes vertigineuses aux contours hérissés de genévriers et d'oliviers sauvages — on y apercevait çà et là un sentier sinueux et escarpé qui montait jusqu'à un sommet coiffé d'une bâtisse indistincte qui devait être le sanctuaire. Non, ils trouvèrent de la place en abondance dans un château dressé près du rivage, château qui fournissait l'hospitalité aux pèlerins ayant besoin de repos après la traversée et avant l'ascension difficile qui les attendait, et dans lequel la duchesse de Rocca avait séjourné.

Les jambes agitées d'un tremblement incontrôlable et l'estomac retourné, Benno leva la tête vers le château lorsque le petit groupe se mit en marche dans sa direction au crépuscule. Ils y pénétrèrent avec gratitude tandis que sa belle-sœur soutenait une Lydia à moitié évanouie. Sigismondo, qui fermait la marche, resta dehors pendant que les autres entraient à l'intérieur. Benno remarqua qu'il regardait le blason, sculpté dans une pierre usée et patinée par la mer, qui surmontait la grande arche de l'entrée. Comme toujours, Benno s'émerveilla de la façon dont son maître pouvait comprendre certaines choses, telle l'écriture. Ensuite ils franchirent la haute porte et rejoignirent les autres.

Leur hôte les accueillit dans le grand hall tandis que ses serviteurs s'occupaient des bagages, puis on leur offrit du vin et de la nourriture pour les restaurer après le voyage. Dans l'immense cheminée semblable à la gueule d'un géant, un feu brûlait avec des flammes vertes et bleues, car à l'intérieur l'air était glacial. On sentait une odeur de sel venue de la mer, de pierre humide et de romarin, en raison des rameaux qu'on jetait sur les bûches pour parfumer la salle. De grandes tapisseries décolorées étaient accrochées aux murs, et dans un coin un escalier de pierre bâti selon des proportions tout aussi monstrueuses s'élevait et se perdait dans l'obscurité.

L'homme qui possédait tout cela était grand et mince. Il présentait un long visage à l'expression réservée et des cheveux bruns apparaissaient sous le chapeau de velours noir qu'il ôta pour saluer les nouveaux venus.

— Mesdames et messires, vous êtes ici chez vous. J'ai l'honneur d'accueillir des pèlerins sous mon toit, ajouta-t-il avant de s'interrompre et de les considérer d'un regard sombre et mélancolique. Avant que la Vierge de Scheggia ne m'ouvre les yeux, je vivais dans le péché. Elle m'a permis d'espérer que je pourrais faire pénitence pour cette vie. Au sommet de ce château, aussi près qu'il est possible du sanctuaire lui-même, j'ai fait édifier une chapelle abritant une statue de Notre-Dame qui a été bénie par le dernier pape en personne. Nous irons y entendre la messe avant le souper, quand vous vous serez reposés.

Il se recoiffa de son chapeau puis vint saluer l'un après l'autre les arrivants, s'enquérant de la santé et des souhaits de chacun. Benno constata qu'il passa plus de temps avec la belle Lydia, qui se tenait presque prostrée dans son fauteuil à haut dossier sculpté, qu'avec aucun autre, et Olivero, comme s'il était jaloux, l'entraîna à l'écart pour lui parler seul à seul. Les pèlerins envers qui l'hôte manifesta le plus grand respect furent toutefois les deux moines, à qui il parla et baisa la main après avoir retiré son chapeau.

— Il a l'air tellement pieux aujourd'hui qu'on se demande comment il devait être avant, marmonna Benno à l'adresse de Sigismondo. Dommage qu'il ne puisse pas nous raconter quelques bons petits contes moraux après le souper, je parie qu'il battrait à plate couture les histoires de saints de frère Filippo.

Sigismondo sourit et Benno se demanda s'il n'arriverait pas à apprendre quelques anecdotes de l'ancienne vie de leur maître en écoutant les serviteurs bavarder dans la cuisine.

Lydia s'était levée et les voyageurs allaient gagner leurs chambres respectives quand leur hôte arrêta d'un geste les serviteurs et, à nouveau, demanda l'attention de tous.

— Après le souper, j'espère que vous me ferez l'honneur de partager une coupe d'amour afin de signifier que vous venez dans cette île dans un esprit de charité à l'égard de tous les membres de votre groupe. C'est une tradition ici de rappeler à tous que la miséricorde de Notre-Dame va à ceux qui ont le cœur en paix et qui sont dépourvus de toute méchanceté envers une autre âme.

Une fois de plus son regard se posa sur chacun d'entre eux avec une insistance qui semblait indiquer qu'il était informé du différend qui les opposait. Ce n'était certainement pas Olivero qui l'avait mis au courant ; et ce n'est certainement pas lui non plus qui partagerait de gaieté de cœur une coupe d'amour avec son cousin Gian et avec Sigismondo. Benno n'imaginait pas non plus que le frère Filippo puisse boire à la santé d'un adultère et meurtrier. Pourtant, si c'était là la tradition du château, il lui faudrait s'y plier, faute de quoi il risquerait d'apparaître bien peu chrétien.

Il y avait dans ce château quelque chose qui rendait tout le monde mal à l'aise : c'était son aspect immense et glacial, les perspectives de pièces se succédant à l'infini, les escaliers en colimaçon, les sols et les murs de pierre, les recoins d'ombre et le bruit de la mer dont on entendait la respiration incessante contre les rochers du rivage. Benno se sentait menacé, de cette curieuse et inexplicable façon dont il l'était dans ses cauchemars. Et puis, si personne n'avait tenté jusque-là de soustraire la croix à Sigismondo, il ne restait plus beaucoup de temps pour qu'on essaie.

La cheminée de la cuisine était assez grande pour qu'un ogre puisse y faire rôtir toute une famille ; bouche bée, Perpetua, Nuto et les valets écoutaient une anecdote de la vie de leur hôte, mais Benno, tout en affichant son habituelle expression de profonde idiotie, entendit autre chose, une remarque qui lui fit aussitôt oublier l'histoire, ramasser Biondello et la viande qu'il mâchait, et se précipiter dans des escaliers aux marches usées, à travers des pièces et des paliers, dans des escaliers en colimaçon où l'on percevait le bruit du ressac entrant par d'étroites meurtrières. Il parvint à la chambre qu'on avait allouée à son maître, et où il trouva Sigismondo assis sur le lit, entre des rideaux sombres si minces qu'on aurait dit des toiles d'araignée, et qui donnèrent à Benno l'impression horrible que l'insecte qui les avait tissés était tapi sous le haut plafond dominant le lit. Tandis que Benno, dans sa précipitation, manquait d'éteindre la lampe, Sigismondo leva les yeux et sourit.

— Hé, tu as retrouvé ton chemin. Et qu'as-tu trouvé d'autre ?

— Ce n'est pas du tout une tradition, la coupe d'amour. Les serviteurs du château ont dit que c'était la première fois qu'ils en entendaient parler, et l'un d'eux grommelait parce qu'il lui fallait nettoyer la chose, un récipient en argent de la taille d'un petit chaudron, avec les armoiries du château dessus.

— Hum. J'ai examiné ces armoiries en arrivant tout à l'heure. Notre hôte s'appelle Giovanni Falcone, et bien entendu son blason comporte un faucon aux ailes déployées, mais il présente aussi des écartelures intéressantes. Passons sur l'abeille figurant d'un côté, et qui traduit un caractère industrieux, ce qui paraît confirmé par la constance avec laquelle notre hôte a mené une vie de péché. Penchons-nous plutôt sur une autre écartelure que tu as peut-être déjà vue.

Sigismondo se leva et porta la lampe vers le renfoncement de la fenêtre, où elle éclaira une pierre sculptée.

— Tu vois ?

Benno y fixa son regard. L'humidité avait rongé la pierre et, bien qu'il distinguât la silhouette d'un oiseau aux ailes déployées vers l'arrière, ainsi qu'une bosse qui pouvait figurer une abeille, la mince forme que désignait Sigismondo au bas du blason ressemblait à un chien courant. La main de son maître s'abaissa et vint lui tapoter le côté du crâne.

— Je savais que tu la reconnaîtrais. Une panthère, Benno. Une panthère.

— Ainsi...

— Notre hôte est un parent des Pantera, oui. Ils pouvaient se permettre d'attendre que nous soyons arrivés ici.

— Mais pourquoi avoir accepté de loger ici si vous le saviez ? Et Olivero qui le prend en aparté — et cette coupe d'amour ! Il va vous empoisonner !

Sigismondo enroula ses doigts dans les cheveux de Benno et lui secoua la tête.

— Réfléchis, l'ami. *Tout le monde* devra boire. C'est-à-dire aussi bien Olivero que Gian ou moi. À moins que notre hôte soit résolu à se suicider, ou qu'il soit prêt à salir sa réputation en devant enterrer tout un groupe de pèlerins, je ne crois pas qu'il y aura du poison dans la coupe d'amour ce soir. Non... fit Sigismondo en s'accoudant au rebord de la fenêtre et en regardant la mer s'acharner sur les rochers. Je pense qu'elle contiendra une potion somnifère que nous boirons tous. Ensuite chacun dormira si profondément que personne ne sentira qu'on le fouille.

Benno en resta abasourdi. Les ombres s'épaississaient dans la chambre. Il ne s'était pas trompé en songeant à une énorme araignée aux aguets.

— Qu'allez-vous faire ?

— Je boirai.

CHAPITRE LVIII

« Au feu ! »

Située loin au-dessus des vagues, la chapelle, à laquelle on accédait par une dernière volée de marches abruptes, était assez vaste pour contenir une assemblée beaucoup plus grande de pèlerins que ce petit groupe. Giovanni Falcone l'avait décorée de tapisseries splendides entre toutes et, dans la chaleur dégagée par de nombreuses bougies, elle paraissait beaucoup plus accueillante que les vastes pièces et escaliers balayés de courants d'air du château lui-même.

Un crucifix finement sculpté était accroché sur le mur de marbre derrière l'autel. Près de la porte, juchée sur un piédestal, se dressait une statue de la Vierge, presque grandeur nature, avec les mains tendues, paumes en haut, comme pour demander au Ciel de bénir les arrivants à mesure qu'ils passaient devant elle. La statue était peinte avec goût, et vêtue d'un voile de tissu doré et d'une robe de velours bleu brodée de perles. Falcone, à moins que ce fussent les pèlerins qui les avaient précédés, avait montré sa déférence et sa gratitude en ornant la statue de colliers, de chaînes et de médailles placés autour de son cou ou de ses bras, ou accrochés à sa robe. Un collier de perles et de grenats était entrelacé aux doigts d'une main tandis que les yeux de la statue, fixés vers le ciel, semblaient offrir au Seigneur les offrandes qu'on lui avait faites.

Le frère Ieronimo entra presque en transe alors qu'il arriva devant elle, et le frère Filippo dut le pousser en avant car il gênait le passage de leurs compagnons qui parvenaient au sommet de l'escalier. Un par un, les pèlerins baisaient le bas de la robe de velours bleu et tendaient le bras pour toucher les mains qui imploraient pardon pour eux. Angelo se distingua en éclatant en sanglots étouffés, et Felicia dut l'accompagner jusqu'à la chapelle.

Benno suait d'angoisse. Imaginer que Sigismondo puisse ingurgiter une boisson qui allait le rendre inconscient pendant que des inconnus le fouilleraient le choquait profondément. Même si Olivero, qui boirait la même décoction, serait tout aussi impuissant que son maître, qui pouvait savoir de quoi était capable son sinistre parent ? Et où Sigismondo allait-il pouvoir cacher La Feconda puisque sa chambre et ses bagages seraient fouillés ? Alors qu'il fixait d'un regard vide le crucifix doré en écoutant réciter ce latin qui lui était aussi familier qu'incompréhensible, Benno se consola en remarquant que son maître ne paraissait pas le moins du monde inquiet.

Mais Benno était également préoccupé par le fait qu'Angelo devrait lui aussi boire la potion. Benno avait été chargé de l'avertir, mais si Falcone, ne parvenant pas à trouver la croix, décidait de fouiller tout le monde dans l'hypothèse où Sigismondo aurait confié la croix à quelqu'un d'autre, alors on découvrirait le véritable sexe d'Angelo et leur situation deviendrait très délicate.

Le chapelain de Falcone resta un moment en conversation avec le frère Filippo, mais la plupart des pèlerins, impatients de dîner et bavardant gaiement entre eux, quittèrent rapidement la chapelle. Cette fois, ce fut Felicia qui, avec bonne humeur, raccompagna le frère Ieronimo jusqu'à la porte lorsque celui-ci fit à nouveau mine d'entrer en transe en passant devant la statue.

Elle s'était depuis peu instituée la protectrice de Gian,

qui traversait de temps à autre des périodes pendant lesquelles son regard se perdait dans le vague et où il avait besoin qu'une main amicale le fasse revenir à la réalité présente. Il lui avait dit que, d'après le frère Ieronimo, la Vierge lui rendrait la mémoire. Une fois elle l'avait surpris à terre, les membres agités de soubresauts incontrôlables ; quand il eut repris ses esprits, elle lui demanda ce qui était arrivé et il lui répondit que son crâne avait dû recevoir un choc lorsque les voleurs l'avaient blessé. Il pensait être atteint du haut mal, et il la supplia de n'en rien dire à personne de peur qu'on le prenne pour fou. Elle atteignit le palier de la seconde volée de marches et, en observant le groupe qui la précédait, elle s'aperçut que Gian n'était pas parmi eux, et qu'il n'était pas non plus derrière elle. Elle se demanda s'il était resté dans la chapelle, ou même s'il n'était pas en ce moment même victime d'une crise dans quelque recoin, incapable de se relever.

Elle fit demi-tour et, relevant ses jupes, remonta l'escalier. Elle s'immobilisa au pied de la volée de marches abruptes menant à la chapelle. En haut elle aperçut le panneau entrebâillé de la grande porte en bois. Elle prêta l'oreille, essayant de distinguer des bruits ou des gémissements signifiant qu'on avait besoin d'elle.

Une autre personne, qu'elle ne voyait pas parce qu'elle se trouvait en dessous d'elle, dans l'ombre de l'escalier, s'était également immobilisée et l'observait. Bien qu'elle ne distinguât aucun bruit particulier, Felicia se décida brusquement, gravit les marches et poussa la porte.

S'attendant à voir Gian, elle fut surprise de découvrir Sigismondo. Il se trouvait devant la statue de la Vierge, la tête levée vers elle, touchant de sa main la main de la statue, les traits puissants de son visage modelés par la lueur des bougies, l'air grave et concentré.

Elle se figea pour ne pas le heurter, et il tournait vivement la tête pour la regarder lorsqu'un hurlement horrifié leur parvint d'en bas.

— Au feu ! *Au feu !* Sortez ! Sortez vite avant qu'il soit trop tard !

Paniquée, elle se tourna vers la porte, mais Sigismondo lui saisit le bras et l'entraîna du côté opposé. Ils laissèrent la statue et sortirent dans la nuit embaumant le thym et le pin, et pleine du fracas de la mer. Elle n'avait pas remarqué la petite porte donnant sur la terrasse ; elle trébucha sur les dalles, soutenue par le bras puissant qui la tenait, et s'écria :

— Gian ! Je crois qu'il est dans la chapelle ! Il faut aller voir...

— Restez ici.

Sans même l'interroger sur la raison de son étrange demande, Sigismondo disparut aussitôt et rentra dans le château, peut-être dans les flammes.

La chapelle était envahie de fumée qui pénétrait en volutes fantomatiques par la porte ouverte de l'escalier. Sigismondo ne s'arrêta pas ; il se laissa guider par ses oreilles, non par ses yeux. Au moment où il entra dans la chapelle, un cri résonna dans l'escalier, suivi d'une série de chocs sourds. Sigismondo rejoignit la porte en une enjambée. La fumée était épaisse mais grâce à un courant d'air qui la dissipa un instant, il aperçut au pied de l'escalier une silhouette effondrée parmi les plis d'une tapisserie qu'un seul crochet retenait encore au mur.

Le bruit fit accourir les autres. Absorbé dans une conversation intime avec Elisavetta pendant qu'ils se rendaient au dîner, Angelo avait remarqué aussitôt que Felicia n'était plus avec eux et, s'excusant, était revenu sur ses pas. En entendant le cri *Au feu !* il s'était précipité et avait rejoint Sigismondo au moment où celui-ci dégageait des plis de la tapisserie le corps effondré au pied de l'escalier.

— Que s'est-il passé ? fit Gian.

Le visage émergeant du lourd tissu, il leva la tête et les considéra. L'instant d'après, il se redressait, écartant d'une main la fumée de son visage et se tâtant le crâne de l'autre.

— C'est un incendie ? Où suis-je ?

Sigismondo chuchota rapidement quelques mots à Angelo, qui rassembla ses jupes avec une aisance éprouvée et gravit l'escalier montant à la chapelle pour gagner la terrasse où attendait Felicia. Sigismondo palpa les membres de Gian, constata qu'à part quelques vilaines ecchymoses il n'était pas blessé, puis chercha à déterminer la provenance de la fumée. Il avait vu, en montant l'escalier de la chapelle, qu'une torche fichée dans une patère léchait la végétation qui poussait dans les interstices de la muraille. Il s'en empara et éteignit les tiges rougeoyantes jusqu'à ce qu'elles cessent de fumer. Non sans grimaces et grognements, Gian s'était relevé. Voyant Sigismondo remettre la torche en place, il étrécit les yeux et s'exclama :

— Vous êtes Sigismondo ! Vous m'avez fait fouiller à Rocca.

Ayant prouvé que sa mémoire était en train de lui revenir, Gian se tourna vers les autres qui accouraient sur les lieux. La fumée avait progressé également vers le bas de l'escalier, tout comme le cri *Au feu !* qu'on entendit répéter dans les étages inférieurs ; Giovanni Falcone arriva, suivi de serviteurs portant des seaux d'eau qui s'étaient à moitié vidés dans la précipitation. Benno était avec eux, les jambes inondées et inquiet pour son maître. Derrière se pressaient les autres membres de leur groupe, Olivero en tête.

Sitôt qu'il l'aperçut, Gian bouscula un serviteur, dont le seau se vida incontinent sur les pieds de Falcone, et saisit à la gorge un Olivero abasourdi.

— Assassin ! Tu as tué mon père ! Dieu ne te laissera pas vivre...

Gian était décidé à ne laisser aucun choix à Dieu sur cette question ; Olivero s'efforçait en vain de dégager les doigts qui lui enserraient la gorge, et Gian avait violemment repoussé Olivero contre le mur lorsque Sigismondo et Ferondo parvinrent à séparer les deux cousins. Ferondo protesta, mais ce fut le frère Ieronimo qui, les cheveux blancs ébouriffés, les bras écartés et le visage béat, s'avança vers Gian qui se débattait pour libérer ses poignets de l'étreinte de Sigismondo.

— Réjouis-toi, mon fils ! La Vierge t'a béni.

À voir son expression pendant que le frère Ieronimo l'étreignait avec une fougue impétueuse, Gian ne se souvenait absolument pas du moine ; et le baiser enthousiaste que lui colla ce religieux dément ne fut pas du tout de son goût.

Constatant que la menace d'incendie était passée, Falcone congédia ses serviteurs, qui repartirent en grommelant et en faisant rejaillir de l'eau sur les marches, et se tourna vers ses hôtes ; l'un d'eux au moins semblait saisi d'incertitude quant à sa vocation de pèlerin. Sans lâcher celui-ci, le moine adressa un sourire radieux aux visages attentifs qui l'entouraient.

— Notre-Dame est venue me visiter il y a deux nuits et m'a promis qu'elle bénirait ce jeune homme. Il s'est rendu à la chapelle, il a prié, et voyez : il a recouvré la mémoire !

Benno, qui assistait bouche bée à la scène, se dit que le frère Ieronimo, dans son innocence, n'avait pas la moindre idée de ce que signifiait le retour de la mémoire chez Gian. N'avait-il pas remarqué l'attaque à laquelle ce dernier s'était livré sur Olivero ?

Sigismondo relâcha Gian, totalement déconcerté, mais resta derrière lui lorsque le frère Ieronimo lui saisit la main droite et la tendit en direction d'Olivero, qui se massait la gorge d'un air furieux.

— Notre-Dame a fait cela afin que vous n'oubliiez pas. Elle veut que vous vous souveniez et que vous pardonniez, dit-il à Gian sur un ton affectueux. Si vous vous étiez présenté devant son sanctuaire avec de la haine au cœur, quelle que soit la façon dont le Diable ait pu la dissimuler à vos propres yeux, elle ne vous aurait rien donné.

Puis il saisit la main d'Olivero et la plaça dans celle de son cousin.

— Faites la paix, mes enfants, avant que Dieu ne vous ôte la chance qu'il vous offre en ce monde. Du sang, hélas, a coulé. N'en répandez plus.

Il serra dans ses mains celles des deux cousins, qui se considéraient en silence.

— Si Notre-Seigneur doit pardonner les péchés de vos pères, vous devez pardonner à leurs fils.

Angelo, qui était apparu en haut de l'escalier, flanqué de Felicia, joignit les mains en entendant ces paroles et, de sa meilleure voix de contre, entonna les premiers vers d'un hymne fort populaire parmi les pèlerins qu'ils avaient rencontrés sur leur chemin.

Oh, comme aucune âme n'est sans péché,
Vous devez compter sur le pardon du Seigneur.
Sœur pèlerin, frère pèlerin,
Pardonnez-vous d'abord les uns les autres.

Lorsque le chant, repris avec enthousiasme par le frère Ieronimo, le chaud contralto de Felicia et le meuglement de Perpetua, fut terminé, Falcone prit par les épaules les deux cousins qui, bien à contrecœur, se tenaient toujours par la main.

— À table, chers amis. Après cela, vous vous demanderez pardon les uns aux autres et boirez à la coupe d'amour pour sceller votre réconciliation. Je suis ravi que la Vierge ait choisi mon toit pour apaiser votre différend. Et à présent, descendons dîner.

Olivero et Gian subirent les attentions de Falcone comme ils avaient laissé le frère Ieronimo leur joindre les mains, avec un air plus ahuri et rancunier que réconcilié.

Tout le monde les suivit en bas, Angelo les yeux modestement baissés lorsqu'il passa devant Benno, lequel serrait Biondello pour qu'on ne remarque pas qu'il agitait la queue. Inutile de vouloir dissimuler l'imminence d'un repas au petit chien. Sigismondo, qui s'était attardé en haut de l'escalier de la chapelle, en descendit les marches, un fin cordon entre les doigts.

— Vous avez l'intention d'étrangler quelqu'un ?

— Hum... J'ai l'impression que ce cordon a déjà accompli son œuvre funeste.

Benno s'empressa de regarder autour de lui pour voir si quelque recoin d'ombre ne dissimulait pas un cadavre, mais le rire paisible et grave de Sigismondo le rassura.

— Personne n'est mort pour l'instant. J'ai trouvé ce cordon à mi-hauteur de l'escalier, fixé à l'extrémité de cette applique en fer.

La mâchoire tombante, Benno se retourna pour examiner la volée de marches abruptes.

— Comme un collet ?

— On a crié *Au feu !* pour que quelqu'un se brise le cou.

— Mais, fit Benno en se remémorant la scène, ce n'était pas Olivero ; il était déjà en bas quand on a crié à l'incendie. Je le sais parce qu'il m'a bousculé. Ferondo aussi était déjà descendu. Quant à Gian, qui voudrait le tuer à part ses cousins ?

Sigismondo considéra d'un air songeur l'escalier et la porte en bois de la chapelle d'où filtrait une lueur dorée.

— Nous étions trois personnes là-haut quand on a crié *Au feu !* Demande-toi qui savait qui était là-haut, et qui souhaite la mort de qui.

— Pourtant, les gens qui en ont après vous étaient en bas, comme je vous dis... Dame Felicia ? Qui voudrait tuer dame Felicia ?

La seule personne qui paraissait la haïr était son propre frère ; il avait essayé de la faire enfermer dans un couvent, la condamnant ainsi à devenir une sorte de morte-vivante, mais ça n'avait rien à voir avec la tentative de lui briser le cou.

— À part son frère, peut-être ? ajouta Benno.

Mais Sigismondo se contenta de secouer la tête en élevant le cordon à la lumière de la torche et en suivant son contour du bout des doigts.

— Il comporte en son milieu une partie noircie par de la sueur et de la graisse, et ses deux extrémités sont entortillées là où on l'a noué. Les hommes qui veulent mortifier leur propre chair s'attachent un cordon semblable autour de la taille. Cela fonctionne comme un cilice qui leur rappelle constamment qu'ils doivent purifier leurs pensées.

Et il conclut d'une voix douce :

— Le problème, c'est que ça ne marche pas toujours.

CHAPITRE LIX

Au grand jour

Benno se réveilla, la tête affreusement lourde, en sentant Biondello lui lécher le visage avec véhémence. Sigismondo était déjà levé et, torse nu, s'aspergeait le crâne en puisant de l'eau dans une cuvette de terre cuite.

— Hé, viens te plonger la tête là-dedans, ça t'éclaircira les idées.

Benno roula de côté et se leva laborieusement de sa paillasse. Il n'y avait que son maître, ainsi qu'Angelo, pour le créditer d'un cerveau capable d'avoir des idées, et au moment où il plongea sa tête dans l'eau froide, il éprouva en effet un choc qui lui éclaircit l'esprit. Si le fait de perdre la mémoire vous embrumait autant la cervelle, il est douteux que le pauvre Gian ait apprécié l'épreuve. Mais Benno sentit lui revenir peu à peu les souvenirs de la veille.

La coupe d'amour... l'appréhension lui avait presque coupé l'appétit pendant le dîner. Si Benno n'avait pas été animé de ce bon sens paysan pour lequel c'était une obligation sacrée que de profiter de toute nourriture passant à sa portée, il n'aurait pu faire un bon repas, même avec le reste du gros pâté fourré de poires cuites au vin, de saumon bouilli, de figues et de pommes, et même avec le gâteau recouvert de dattes — repas que les domestiques se partagèrent à la cuisine pendant que les convives finissaient leur dessert à l'étage. Il avait espéré que les serviteurs des pèlerins seraient épargnés, et que Sigismondo lui confierait peut-être au dernier moment La Feconda pour qu'il la cache — quoiqu'il n'eût sans doute pas su où la mettre... Il avait à peine eu le temps de s'essuyer la barbe après une ultime bouchée débordante de sauce que l'ordre leur parvint du maître des lieux de se rassembler dans le grand hall, où tous les pèlerins, quel que fût leur rang, qui devaient se rendre le lendemain au sanctuaire boiraient à la coupe d'amour. Benno avait donc suivi Nuto, Perpetua et les autres, le ventre plein mais le cœur défaillant.

— Que s'est-il passé hier soir ?

Sigismondo était en train de se raser le crâne parmi les volutes de vapeur qui s'élevaient de la bassine d'eau chaude qu'un des serviteurs de Falcone avait apportée avant que Benno reprenne conscience. La longue lame du rasoir scintilla quand Sigismondo l'appliqua au-dessus d'une de ses oreilles.

— C'est à toi de me le dire. J'ai bu la coupe avant toi. La potion était puissante — il le fallait bien, après un tel repas.

Ç'avait été le pire moment : regarder Sigismondo prendre la grande coupe d'argent martelé, ornée du maudit faucon et de la panthère sournoise, la saisir par ses deux anses et avancer la tête pour y boire tout en sachant qu'il se mettait ainsi à la merci de quiconque lui voulait du mal. Benno récitait un *Ave* lorsque son tour arriva. Des herbes flottaient dans le reste de vin, cela sentait le thym et avait un goût amer. Benno faillit s'étouffer en buvant.

Une seule chose lui avait donné de l'espoir. Angelo avait refusé de boire à la coupe. Il semblait d'ailleurs qu'il n'eût rien mangé non plus à table. Lorsque Falcone porta la coupe à cette femme pâle et timide, à ce point dissimulée derrière sa guimpe qu'il était difficile de dire si elle était digne ou pas de l'attention d'un homme, elle avait levé une main fine et refusé tout net.

— Je ne peux pas. Je dois jeûner jusqu'à ce que j'aie accompli mes dévotions au sanctuaire. J'ai fait le vœu de veiller toute la nuit dans la chapelle.

À cet instant les choses étaient devenues merveilleusement claires aux yeux de Benno : Angelo avait trouvé le moyen parfait d'échapper à la fois à la drogue et à la fouille. Et comme Falcone n'aurait pu se permettre de laisser un des membres de leur petit groupe assister à ce qui allait se dérouler, Angelo avait de lui-même songé à se mettre à l'écart dans la chapelle, tout en haut du château. Et du fait que Sigismondo et Angelo avaient pris soin de faire comme s'ils ne se connaissaient pas tout au long du voyage, Olivero n'avait aucune raison de se méfier de la jeune femme. Il était donc clair que Sigismondo avait confié La Feconda à Angelo, et qu'elle serait en parfaite sécurité dans la chapelle pendant qu'on passait en revue les effets des autres pèlerins. Et même s'il était frustré de ne rien trouver, Falcone ne songerait jamais à perturber les dévotions d'une pieuse femme et à insister pour la fouiller.

Après le dîner et la scène de la coupe, Benno avait suivi son maître dans l'escalier avec le cœur plus léger, même s'il n'appréciait guère l'idée de se trouver à la merci d'un inconnu pendant son sommeil. Tout en retirant les bottes de son maître, il avait senti la torpeur l'envahir. Sigismondo, appuyé contre les traversins, ferma les yeux et sa tête ballotta légèrement sur son cou puissant comme s'il n'était plus capable de la soutenir. Et lorsque Benno s'était jeté de tout son long sur sa paillasse, Biondello n'avait eu que le temps de s'écarter.

À présent Benno, assis sur son lit, se séchait le visage et la barbe avec une serviette et recouvrait peu à peu ses esprits.

— Comment allez-vous reprendre la croix à Angelo ?

— Il ne l'a pas.

Benno le regarda fixement.

— Mais alors, où... ?

Le plan de Sigismondo avait-il échoué ? Pourtant son maître continuait à lacer son pourpoint sans laisser paraître la moindre inquiétude.

— Dépêchons-nous. Nous allons arriver en retard à la messe.

Biondello émit un bref aboiement de reproche avant de suivre Sigismondo, et Benno, perplexe, dut se hâter de les rattraper.

La messe célébrée dans la chapelle fut plus courte que celle de la veille ; le chapelain savait que les pèlerins étaient impatients de se mettre en route, même s'il fut sans doute surpris de voir tant de bâillements, réprimés ou non, parmi l'assistance, tandis que Lydia dut être réveillée deux fois par Elisavetta. Ce matin-là les fidèles étaient particulièrement lents à réagir, à l'exception d'Angelo, qui, à l'arrivée des autres, était encore agenouillé devant l'autel.

On distinguait par-dessus les chants en latin un autre son, qui n'était pas le bruit de la mer, mais une sorte de grondement lointain et insistant. Leur hôte leur avait à nouveau parlé la veille de ces orages soudains contre lesquels on les avait déjà mis en garde à Pietra et qui étaient assez courants à Scheggia en cette saison. Comme surgis de nulle part, de gros nuages noirs se rassemblaient dans un ciel jusque-là dégagé, et il tombait une averse aussi brève que torrentielle. Des pèlerins s'étaient blessés en dérapant sur des pierres que l'eau avait rendues glissantes ; depuis que le sanctuaire existait, plusieurs avaient été entraînés au bas de la pente, et l'un était même tombé à la mer et n'avait jamais été retrouvé. Il était donc indispensable d'effectuer l'ascension vers le sanctuaire avec un esprit parfaitement clair.

Tandis que le grondement se faisait de nouveau entendre et que Biondello se serrait contre sa jambe, Benno espérait n'avoir pas commis sans le vouloir une mauvaise action. Il n'avait aucune envie d'être précipité dans la mer du haut d'une falaise. Les Pantera feraient mieux d'être prudents — si Olivero avait effectivement tué l'abbé, il risquait d'avoir une bien mauvaise surprise ; tout comme le frère Filippo, qui avait tenté de briser le cou de sa sœur dans l'escalier de la chapelle.

Benno attendit respectueusement que ses compagnons de meilleure extraction aient quitté la chapelle, après avoir chacun à leur tour baisé le bas de la robe et touché les doigts de la statue dressée près de la porte. Les serviteurs sortirent ensuite. Sigismondo, lui, était toujours agenouillé, la tête inclinée. Il se leva, ploya le genou et avança vers la porte, suivi de Benno qui étouffait des bâillements.

Sigismondo porta à ses lèvres le coin de la robe bleue, puis tendit le bras pour toucher la main de la Vierge. Le collier de grenats entortillé dans les doigts de la statue oscilla lorsqu'il l'effleura puis Benno aperçut La Feconda qui scintilla brièvement avant de disparaître dans la paume de Sigismondo.

Il en resta bouche bée. Sigismondo lui avait pourtant souvent répété que pour cacher quelque chose, le mieux était de l'exposer au grand jour. Les gens avaient défilé devant la statue, chacun l'avait touchée, et toute la nuit la Vierge avait gardé La Feconda dans sa main ouverte.

CHAPITRE LX

« *Toi*, ici ? »

Après que Falcone, pendant que le petit groupe déjeunait de pain et de vin, leur eut renouvelé sa mise en garde, ils eurent en sortant la surprise de découvrir qu'il faisait un temps splendide. Ils eurent beau détailler le ciel, les seuls nuages visibles étaient blancs et inoffensifs, tel un troupeau de moutons sur un pâturage vert. Pourtant, lorsque Elisavetta demanda à Falcone si cela leur garantissait du beau temps, il secoua la tête.

— C'est Dieu qui décide. À Scheggia, le temps est souvent capricieux.

Ils n'étaient pas les seuls pèlerins sur le chemin. En dépit de l'heure matinale, un groupe qui était resté la nuit dans la lugubre auberge du petit port était déjà en route et ses membres se criaient des encouragements au moment d'attaquer la pente, tandis que d'autres profitaient qu'ils avaient encore du souffle pour chanter des hymnes à la Vierge.

Après avoir remercié Falcone pour l'excellente nuit qu'ils avaient passée, leur propre groupe, en revanche, fit penser à une bande de somnambules quand il se présenta au pied de la montagne.

Sigismondo avait recommandé à Benno de garder un œil sur Gian, qui ce matin boitillait et se sentait un peu raide après sa chute dans l'escalier de la chapelle. Les pèlerins invalides qui venaient implorer la Vierge de les guérir plutôt que de leur donner des enfants, ainsi que les plus faibles parmi les femmes, pouvaient opter pour un chemin moins escarpé qui contournait la colline en évitant les zigzags abrupts du sentier coupant au plus court. Le sentier était praticable par les ânes, et Benno y aperçut même, avant que les deux routes se séparent, une vieille femme juchée à califourchon sur un vieillard tout desséché ; ils allaient sans doute prier pour avoir des petits-enfants.

Les femmes de leur propre groupe se montrèrent plus courageuses, même si aucune n'imita celles qui s'enroulaient des chiffons autour des jambes avant de monter jusqu'au sanctuaire sur les genoux. À présent tout à fait rétablie de l'indisposition consécutive à la perte de son enfant dont elle avait souffert à Rome, Felicia, les jupes relevées et s'appuyant sur un bâton, se mit en route avec détermination. Angelo l'accompagna en veillant à ne pas faire de trop grandes enjambées. Benno espérait qu'il avait usé de ses talents de prestidigitateur pour subtiliser un peu de nourriture pendant le dîner de la veille, car il avait pieusement refusé d'ingurgiter quoi que ce soit au petit déjeuner.

En regardant le frère Filippo marcher à leurs côtés, Benno eut une nouvelle révélation : Sigismondo, qui s'était méfié depuis le départ des intentions du moine, n'avait pas du tout fait venir Angelo pour qu'il protège ses arrières ; avec Angelo constamment à son côté, les chances pour que le frère pousse sa sœur dans le précipice étaient négligeables. Benno avait du mal à croire à une haine aussi farouche.

Après le moine venaient Perpetua et Nuto. Celui-ci proposait déjà son bras à la servante, mais elle le refusa d'un haussement d'épaules sans accompagner son geste des bordées de remontrances dont elle l'avait accablé au cours du voyage à Rome. Dans ce voyage-ci, elle s'était montrée presque enjôleuse à son égard, en tout cas jusqu'à présent, et elle estimait peut-être que le moment était mal choisi pour songer à des distractions terrestres.

Lydia et Elisavetta avaient elles aussi choisi le sentier escarpé, qui, après un virage, se mit à monter abruptement parmi les genévriers et les pins rabougris dont le parfum se mêlait à l'odeur salée de la mer. Elisavetta déclara que rien ne serait aussi ardu que ce qu'elles avaient accompli à Rome — à savoir l'ascension, sur les genoux, de l'escalier montant à l'église Santa Maria d'Aracoeli. Lydia somnolait trop pour la contredire. Leurs époux, étrangement, leur avaient suggéré de prendre l'autre chemin, plus facile. Olivero avait déjà loué des ânes au village par l'intermédiaire d'un des serviteurs de Falcone lorsque Elisavetta les avait refusés. Ce matin-là, les deux frères semblaient en grande forme, presque insouciants. Benno n'arrivait pas à comprendre pourquoi ; ils devaient pourtant être furieux que Falcone n'ait pas pu mettre la main sur La Feconda. Avaient-ils fini par renoncer ? Scheggia les avait-elle touchés de son esprit de réconciliation ?

En avant de leur colonne, pieds nus sur les pierres et chantant joyeusement, marchait le frère Ieronimo. Condamné par le pape à rester vivre sur l'île de Scheggia, il se rendait à la rencontre de son destin avec gaieté et gratitude. Il allait enfin voir dans son propre sanctuaire la Vierge de Scheggia, celle qui l'avait béni de ses visions et qu'il allait servir ici pendant le restant de sa vie.

Parmi les derniers se trouvait Sigismondo, attentif mais silencieux. Benno, qui veillait sur Gian, songea à son maître qui apportait enfin La Feconda, après nombre de combats et de péripéties, en une sorte de pénitence pour avoir tué Bernabo Pantera ; ou peut-être comme pénitence pour n'avoir pas compris ce que mijotaient les frères Pantera.

Constatant que Gian, qui avait retrouvé sa souplesse,

n'avait pas besoin de son aide, Benno s'immobilisa au pied d'un nouvel escarpement et contempla le paysage alentour. La mer scintillait à ses pieds et la ligne bleuâtre de la côte se distinguait à l'horizon. Ses jambes étaient déjà douloureuses. Biondello, qui jusque-là avait trottiné vaillamment à son côté, se laissa tomber sur son postérieur, langue pendante et hors d'haleine, et Benno le prit dans ses bras avant d'attaquer la pente.

Ici une volée de marches abruptes et inégales avait été taillée dans le roc. Il apercevait le dos de ses compagnons gravissant lentement le chemin et il se mit en route à leur suite. Quelqu'un, peut-être le frère Ieronimo, venait d'entonner un Ave ; Benno le reprit machinalement, puis il s'aperçut que chanter l'aidait à marcher. Au virage suivant, on avait érigé des piquets et une rambarde, car le flanc de colline descendait vertigineusement jusqu'à la mer. Benno y jeta un coup d'œil puis détourna aussitôt le regard. Tout le groupe avait ralenti et Olivero aidait tendrement Lydia — ce qui surprit Benno, car il ne lui avait jamais montré la moindre considération jusqu'ici. L'influence de l'endroit semblait n'avoir aucune limite...

Benno se massa les jambes et leva la tête vers le sentier qui s'étirait devant lui. Des séries de marches alternaient avec des passages caillouteux ; on disait que le chemin devenait de plus en plus escarpé à mesure que l'on se rapprochait du sommet. Des pins rabougris, tous penchés dans la même direction et déformés par le vent dominant, le dissimulaient ; le sanctuaire était resté mystérieusement caché à la vue pendant toute l'ascension, aucune partie du chemin n'offrant de meilleure perspective qu'une autre. Au-dessous de Benno, Sigismondo marchait d'un pas régulier parmi d'autres pèlerins. Benno reposa Biondello à terre, redressa le dos et suivit Gian.

Ils arrivèrent à un petit replat ménagé à flanc de colline, et jonché de paires de chaussures, de sandales et de bottes. À partir de là, la plupart des pèlerins gravissaient pieds nus la dernière volée de marches conduisant au sanctuaire. Benno retira ses bottes et posa ses pieds brûlants sur la pierre rugueuse. Devant, il aperçut les dos courbés de ses compagnons et le frère Filippo qui était assis sur un rocher bordant le chemin, la tête affaissée entre les épaules, haletant et marmottant ce qui, vu son expression, n'était sans doute pas les prières qui convenaient. Lorsque Benno le dépassa, le moine s'était pris la tête entre les mains et oscillait d'avant en arrière. Biondello fit un large détour.

Au terme de ce dernier passage, beaucoup de pèlerins avançaient à quatre pattes. Benno, qui rampait presque, leva les yeux vers le sanctuaire. Il s'était imaginé un endroit semblable à la chapelle de Falcone, avec une statue, mais en plus vaste, un endroit tout en marbre, avec des offrandes scintillant dans la clarté des bougies, des feuilles d'or partout et la somptuosité d'une église qu'il avait visitée à Rome.

Or le sanctuaire de Scheggia n'était guère plus qu'une grotte.

La falaise comportait un large orifice semblable à une bouche ouverte à son sommet. Loin d'être obscure, l'anfractuosité était illuminée par des dizaines de bougies. Un moine contrôlait le flot des pèlerins entrant dans le sanctuaire intérieur; ils franchissaient l'antichambre encombrée de centaines d'objets posés contre les murs ou suspendus au plafond : images, sculptures en bois ou en cire, moulages en plâtre de membres, de bateaux et de bébés. Partout on voyait des petites figurines et des images de bébés. De minuscules berceaux en osier ou en bois pendaient du plafond, des papiers portant des prières battaient dans les courants d'air et tandis que les bougies, plantées dans des flaques de cire sur toutes les surfaces disponibles, tremblaient au passage des pèlerins, les traits de cette multitude de bébés semblaient sourire.

Ils durent attendre qu'un autre groupe de pèlerins ressorte avant d'être autorisés à entrer à leur tour.

L'entrée de la petite grotte intérieure était si étroite que l'on ne pouvait pas y pénétrer à plus de deux de front, et qu'Elisavetta dut y entrer seule. À l'intérieur, toutes les bougies étaient regroupées au fond, et leurs ombres se projetaient au plafond qui, noirci par la fumée, donnait l'impression d'être couvert de chauves-souris. L'air était brouillé par la fumée et l'encens, et Benno ne distinguait que la silhouette de son maître. Lorsque Sigismondo s'agenouilla sur la marche de l'autel, Benno l'imita et leva les yeux vers la peinture qui ornait le panneau. Il s'attendait à voir une statue. C'était une peinture, presque trop sombre pour qu'on puisse la détailler, et vibrant dans la chaleur des bougies. La Vierge et l'Enfant se reconnaissaient à leur auréole dorée et à leurs robes également couleur d'or. Ce n'était qu'un petit tableau, et il n'était même pas accroché droit, mais Benno ne pouvait en détacher le regard. Au bout d'un moment il distingua les visages sombres, mystérieux, exprimant tous deux quelque pouvoir indéfinissable.

Autour du tableau étaient suspendues des offrandes : colliers, chaînes, broches, et tous ces bijoux lançaient des éclairs multicolores à chaque oscillation des bougies.

Après la messe, le prêtre s'avança — il n'avait qu'un pas à faire pour pouvoir toucher les pèlerins du premier rang — et attendit leurs offrandes. Elisavetta et Lydia baisèrent les colliers qu'elles lui donnèrent, tandis que leurs époux lui remettaient le contenu des bourses qu'ils avaient apportées. Benno se défit d'un anneau d'argent dont il était très fier mais qu'il n'avait jamais aimé porter ; entre deux reniflements, Perpetua fit don d'un foulard en dentelle. Felicia tendit la main par-dessus l'épaule de Lydia pour donner une paire de boucles d'oreilles, et Angelo offrit une fine chaîne d'or.

Lorsque le prêtre arriva à Sigismondo agenouillé près du mur, celui-ci lui remit La Feconda qui brilla de tous ses feux. Avec révérence et d'un geste lent, comme s'il sentait ce que représentait cette croix, le long et sanglant voyage qu'elle avait effectué pour parvenir jusqu'ici, le prêtre la reçut dans ses deux mains tendues ; l'air admiratif, comprenant aussitôt qu'elle était d'une valeur exceptionnelle, il se tourna, s'inclina devant le tableau de l'autel et suspendit la croix au bas du cadre. La Feconda se trouvait là où, un siècle auparavant peut-être, on avait voulu qu'elle fût.

Benno avait avec discrétion observé les trois hommes qui devaient ressentir le plus profondément le sacrifice que cela impliquait. Gian, soudain troublé et furieux, faillit se lever. Quant aux deux frères, ils arboraient des mines satisfaites comme si toute l'affaire les réjouissait. Scheggia avait à l'évidence un effet des plus salutaires sur eux.

Mais où était le frère Ieronimo qui, comme la croix, devait rester ici ? Benno ne vit ni l'un ni l'autre des deux moines. Le frère Filippo était peut-être encore assis au bord du sentier, mais Ieronimo avait précédé tout le monde. Où donc était-il ? La chapelle se vidait. Perpetua en ressortit le visage inondé de larmes tandis que Nuto arborait un air impressionné. Le groupe suivant attendait sous le porche, examinant les poupées, les berceaux et les feuilles de prières. La vieille femme qui était montée à dos d'homme était accroupie par terre ; elle paraissait aussi légère qu'un sac de plumes. Une jeune femme, qui, vu son habit de beau tissu et sa coiffe de lin brodée d'or, n'était pas une paysanne, regarda le prêtre suspendre un petit berceau d'osier qu'elle avait acheté à l'endroit où les pèlerins se déchaussaient.

Soudain Gian Pantera bouscula Benno et Lydia et saisit la jeune femme par les bras.

— Elena... Pourquoi... Qu'est-ce que... *Toi*, ici ?

Tous deux demeurèrent stupéfaits. Puis elle sourit en rougissant d'une façon qui lui seyait beaucoup et pointa le doigt en direction du petit berceau qui se balançait au-dessus de leurs têtes.

— Nous allons avoir un enfant au printemps. Je voulais te prévenir, mais personne ne savait où tu étais.

Elle regarda, par-dessus son épaule, les cousins qu'elle connaissait de vue mais à qui, en raison de la querelle de famille, elle n'avait jamais adressé la parole. Elle répondit poliment à leurs salutations pendant que son époux lui couvrait le bras de baisers. Un Pantera au moins avait donc réussi à avoir un enfant sans l'aide de La Feconda. Mais la véritable surprise fut que les deux frères manifestèrent un plaisir sincère devant cette rencontre. On eût dit que les cousins s'étaient entendus toute leur vie. On s'embrassa et se complimenta tant que le prêtre dut presque les pousser dehors. Lorsqu'ils se retrouvèrent à l'extérieur, le ciel résonna d'un roulement de tonnerre beaucoup plus fort et plus proche que ceux qu'ils avaient entendus le matin.

Le temps capricieux de Scheggia avait changé.

CHAPITRE LXI

La réponse du Diable

Ils examinèrent le ciel et se mirent en route, pressés de redescendre avant que l'orage atteigne son paroxysme; on rabattit les capuchons et on resserra autour de soi les manteaux pour se protéger du vent qui s'était levé brusquement. Le ciel était maintenant obscurci par de gros nuages noirs dont l'un en forme d'enclume semblait fourbir ses éclairs. Sans perdre de temps, les femmes redescendirent récupérer leurs chaussures en fendant le flot des pèlerins qui continuaient d'affluer. Elles se chaussèrent et eurent un petit cri paniqué lorsqu'un éclair éclata; les ânes de location attachés à leur longe s'agitèrent.

Il y avait, sous un promontoire rocheux, un étal où un moine vendait des statues de la Vierge en plomb ou en terre, des sceaux et des broches ornés du dessin de la grotte de Scheggia, des berceaux tressés en osier, de petits bébés d'argile et de mauvaises reproductions du tableau accroché dans le sanctuaire. Elisavetta hésita un moment à acheter quelque chose, mais Lydia l'entraîna avec nervosité.

La descente se fit par un large sentier contournant la montagne, et loin devant, Benno aperçut un âne portant Felicia et mené par Angelo, derrière lequel marchaient Perpetua et Nuto, qui avait encore ses chaussures à la main. Non loin derrière, Lydia poussa un hurlement à l'instant où un éclair blanc aveuglant descendit du ciel, suivi d'un coup de tonnerre assourdissant.

Les premières gouttes de pluie, énormes, tombèrent, noircissant le sol. Benno enfila ses bottes, remonta son capuchon et fourra Biondello dans son justaucorps. Avait-il le temps d'acheter un sceau de pèlerinage ? Sigismondo était resté à l'entrée du sanctuaire, où il bavardait avec Gian et son épouse. Lorsque le couple fit demi-tour et rentra dans le sanctuaire, Sigismondo descendit les marches de pierre. Benno acheta en hâte son souvenir tandis que Biondello, sortant son museau, examinait les articles proposés avant de rentrer brusquement la tête au coup de tonnerre suivant. La pluie dégoulinait de l'avancée rocheuse qui abritait l'étal.

Sigismondo arriva en souriant, le crâne mouillé ; il arracha un brin de romarin à un buisson qui poussait en haut des marches de pierre et il le glissa soigneusement dans sa sacoche. Cela, semblait-il, serait son seul souvenir de Scheggia — il passa devant l'étal sans s'arrêter. Il retrouva ses bottes, se dépoussiéra les pieds et les enfila. Aussitôt il se mit en route — en empruntant non la large piste, mais le sentier par lequel ils étaient montés.

Quand Benno l'eut rejoint, aussi vite que le lui permettaient ses jambes douloureuses et la boue qui commençait à envahir le chemin, il découvrit qu'il était plus ardu encore de descendre que de gravir une côte, et se félicita que les pèlerins qui montaient n'encombrent pas sa route, puisqu'ils étaient réfugiés sous les rochers, sous des buissons ou toute autre espèce d'abri. Au-delà s'étendait une mer sombre, presque invisible à travers les épais rideaux de pluie. Sigismondo marchait sans effort apparent, comme si la pluie était un élément dans lequel il pouvait nager, son crâne détrempé luisant. Un zigzag de la piste le cacha quelques instants à la vue et Benno, qui glissa et dut se retenir au tronc d'un pin, atteignit le tournant en catastrophe.

Là il découvrit trois personnes qu'un éclair découpa sur un fond spectaculaire de mer et de rocher.

Le frère Ieronimo criait après le frère Filippo, qui hurlait lui-même à l'adresse du ciel, mais on n'entendait ni l'un ni l'autre dans le fracas du tonnerre. Sigismondo les observait. La pluie tombait parmi les éclairs comme des rayons d'argent, on eût dit que le ciel entendait châtier les pécheurs.

Le frère Filippo leva vers les nuées un visage déformé par la fureur. Il gambadait comme un dément, ses pieds soulevant des gerbes de boue et délogeant des pierres.

Un bref répit du tonnerre permit à Benno d'entendre ce que le frère Filippo criait, mais cela lui parut incompréhensible — c'était une violente diatribe contre le Diable qu'il accusait d'avoir fomenté cette tempête. Le frère Ieronimo semblait lui aussi s'adresser au Diable — mais en la personne du frère Filippo. Benno les regardait tour à tour, la mâchoire pendante, tandis que des gouttes de pluie lui entraient dans la bouche.

— Dieu te met en garde ! s'écria le frère Ieronimo qui, glissant dans la boue, réussit à attraper la manche de l'habit mouillé du frère Filippo. Ne t'approche pas du sanctuaire ! Notre-Dame interdit à ceux qui ont du sang sur les mains d'y prier !

Le frère Filippo repoussa le frère Ieronimo avec une telle force que celui-ci vacilla un instant sur l'arête de l'abîme. Sigismondo le rattrapa et le ramena au bord du sentier, parmi les fougères et les pierres. La pluie continuait de tomber, un éclair frissonna longuement et l'explosion du tonnerre noya les hurlements du frère Filippo, même si l'on voyait les postillons qu'il crachait dans sa rage. Il tenait à deux mains le crucifix accroché à son cou comme s'il défiait le Diable.

Le Diable répondit. Un éclair abattit son épée d'un blanc lumineux tandis qu'éclatait simultanément un coup de tonnerre qui sembla ébranler le monde. Aveuglé,

Benno tomba dans la boue en serrant Biondello, persuadé que leur dernière heure était arrivée.

Il crut se réveiller en Enfer car il sentit une odeur de brûlé plus écœurante que toutes celles qu'il avait eu l'occasion de sentir. Il ouvrit les yeux. Il ne vit aucun démon. Le frère Filippo s'était apparemment volatilisé. Benno cligna des paupières tandis que ses yeux revoyaient tomber l'éclair, et aperçut Sigismondo qui se penchait sur quelque chose pendant que le frère Ieronimo se redressait sur les genoux et joignait les mains pour prier. La pluie continuait. Benno s'approcha péniblement — assis sur les fesses, s'appuyant d'une main par terre, serrant de l'autre un Biondello frissonnant — de la chose près de laquelle son maître était agenouillé.

C'était le frère Filippo, mais presque méconnaissable. Benno eut un haut-le-cœur en découvrant son visage tordu et carbonisé et en sentant l'odeur de la chair grillée. Le plus horrible fut toutefois lorsque Sigismondo voulut soulever le moine par les épaules, que sa bouche s'ouvrit et que de la fumée, visible malgré la pluie, s'en échappa. Benno se signa plusieurs fois.

Sigismondo fit alors quelque chose qui aurait pu paraître blasphématoire. Il ôta le crucifix métallique du cou du frère Filippo et jeta l'objet tordu dans la mer, puis il rejoignit le frère Ieronimo et lui enleva son crucifix, auquel il fit prendre le même chemin que le premier.

Comme si ce geste était le signal qu'attendait l'orage pour se calmer, la pluie perdit de sa violence et le tonnerre s'éloigna. Les nuages noirs commencèrent à se désagréger et un pâle doigt lumineux vint toucher ce qui avait été le frère Filippo.

Le frère Ieronimo sanglotait. Il s'était levé et les avait rejoints.

— La miséricorde de Dieu est infinie. Peut-être s'est-il repenti avant d'être frappé.

— Oui, espérons-le.

— Vous m'avez pris mon crucifix.

— Le métal est dangereux pendant un orage ; j'en ai déjà été témoin. Il y a de bonnes raisons pour qu'on nous demande de laisser nos armes en bas avant de monter au sanctuaire. Voulez-vous être frappé par la foudre, vous aussi ?

Le frère Ieronimo, le visage inondé de pluie et de larmes, parut décontenancé.

— Mais... il a été puni. Dieu l'a puni. J'ai fait pénitence et désormais je dois vivre pour servir Notre-Dame. Pourquoi la foudre me frapperait-elle ?

Sigismondo se contenta de secouer la tête, puis il hissa le corps carbonisé du frère Filippo sur son épaule et reprit sa descente le long du sentier.

CHAPITRE LXII

Tentation pour un saint

Ils étaient assis dans la lumière du début de soirée devant une table installée à l'extérieur d'une taverne. En bas dans la vallée, la rivière traversait la petite ville dont les maisons arrivaient presque jusqu'à l'endroit où ils se trouvaient. La taverne était bien placée pour désaltérer ceux qui s'apprêtaient à entrer dans la ville ou qui venaient d'en sortir.

Ils avaient terminé ce qu'ils avaient à faire et ils pouvaient se permettre de se détendre, d'apprécier l'excellent vin de la région et d'exposer leur visage aux rayons du soleil d'automne ; l'astre n'était plus brûlant, mais il était encore assez chaud pour chasser de leur corps les derniers souvenirs du froid qu'ils avaient enduré pendant l'orage à Scheggia, et presque assez chaud pour leur faire oublier les pluies inhabituelles de cet été-là.

— Ainsi, c'est fini, fit Angelo qui, éclairé par la lumière dorée, était accoudé au parapet et regardait les maisons qui s'accrochaient au flanc de la colline. Vous pensez qu'il est satisfait à présent ? Qu'il se trouve bien au Purgatoire ?

Une heure auparavant, Sigismondo avait déposé le rameau de romarin de Scheggia sur la tombe de Bernabo Pantera. Donna Irina avait ouvert le caveau et, au moment de partir, avait étreint Sigismondo avec brusquerie et passion. Sigismondo allongea les jambes et poussa sa coupe vers Benno pour qu'il le resserve.

— J'ignore s'il est satisfait. Tout ce que je sais, c'est que je le suis.

Benno trouvait en effet que Sigismondo avait retrouvé sa gaieté coutumière. Il s'était débarrassé de l'ombre qui s'était abattue sur lui depuis plusieurs mois, depuis que Benno l'avait vu avec le bras droit couvert du sang de Bernabo. Il avait nettoyé cette tache aussi vite qu'il l'avait pu, mais la tache imprimée dans son esprit avait été plus difficile à effacer.

— Vous êtes peut-être satisfait, mais pas moi, fit Angelo en se détournant du paysage pour planter son regard dans celui de Sigismondo. Il vous reste certaines choses à expliquer. Vous avez fait don de La Feconda au sanctuaire comme vous le vouliez. Mais pourquoi ces deux frères avaient-ils l'air aussi ravis? N'importe qui aurait pu croire que c'était eux qui avaient la croix, et pas vous.

Sigismondo émit un rire qui se termina par un fredonnement satisfait.

— Ils ont cru qu'ils l'avaient.

La mâchoire d'Angelo s'affaissa de la même façon que celle de Benno le faisait souvent.

— Tu te souviens quand je t'avais demandé de les garder à l'œil lorsque nous étions à Rome? poursuivit Sigismondo. Tu m'avais dit que Ferondo s'était rendu plusieurs fois chez cet orfèvre après que le pape nous eut ordonnés de nous rendre à Scheggia, et alors que nous nous préparions au voyage. Je pense qu'il a fait faire une reproduction de La Feconda en vue de je ne sais quel plan qu'ils avaient mis au point.

Angelo avait refermé la bouche sur ses dents tordues qui faisaient un diable de cet ange et il hochait lentement la tête.

— C'est donc pour ça qu'ils n'ont même pas essayé de

vous trancher la gorge pendant le voyage à Scheggia. Ils avaient l'intention de tromper le pape et la Vierge, rien que ça, en comptant sur Falcone et sur sa potion somnifère pour procéder à l'échange.

Il s'interrompit, hocha à nouveau la tête et pointa un long index sur Sigismondo.

— Or il n'y a pas eu d'échange. Falcone n'a pas trouvé La Feconda là où vous l'aviez laissée. Qu'a-t-il fait ?

Sigismondo eut un large sourire, prit un morceau de pain et le trempa dans son vin, puis versa de l'huile dessus, le sala et mangea le tout avec gourmandise.

— Hé, ce n'est pas un imbécile. Il est de la famille et il s'occupe de ses parents. C'est également un Pantera. Il ne trouve pas la croix : est-ce qu'il va leur annoncer qu'il a échoué ? Est-ce qu'il va déclencher avec eux une querelle qui lui empoisonnera le reste de l'existence ? Non, il leur remet la croix le lendemain matin — celle qu'ils lui ont donnée, mais ça, il ne le précise pas. Et tout le monde est content.

Angelo considéra Sigismondo d'un air pensif.

— Et d'après Falcone, que se serait-il passé au sanctuaire si vous n'aviez pas eu de croix à offrir ?

Sigismondo haussa les épaules. Il avait à demi fermé les yeux en raison du soleil et ses cils projetaient leur ombre sur ses joues.

— Je ne pense pas qu'il ait cru que je ne l'avais pas, mais plutôt que je l'avais mieux cachée qu'il ne le prévoyait.

— Il a pourtant cherché partout, remarqua Benno. Dans ma chemise propre, partout.

— Il n'aurait sans doute pas pu supporter l'odeur de celle que tu portais, fit Angelo en baissant les yeux sur Benno. C'est étonnant qu'il n'ait pas découpé les ourlets des pourpoints et la doublure des sacs.

— Si c'est le cas, il les a fait recoudre après. Il a eu toute la nuit pour ça.

— Biondello lui a donné une bonne leçon, pas vrai ? dit Benno en tendant au petit chien une grosse croûte de pain.

Les deux pattes sur la table, Biondello dut batailler pour l'avaler d'un seul coup.

— Le lendemain au petit déjeuner, notre hôte avait les doigts bandés et il nous a jeté plusieurs regards noirs, à Biondello et moi, ajouta Benno en caressant le petit chien. Ces Pantera devaient avoir envie d'éclater de rire quand ils vous ont vu faire don au sanctuaire d'une croix qu'ils pensaient fausse. Ils ne pourront jamais exposer celle qu'ils ont récupérée, hein ? Imaginez un peu que le pape apprenne qu'ils montrent la croix à qui veut ! Je parie qu'ils n'en parleront même pas à leurs épouses.

— Est-ce que tu irais raconter à Elisavetta Pantera qu'elle est montée à Scheggia pour rien, et que pendant ce temps-là tu détenais La Feconda... fit Sigismondo avec un geste élégant du poignet avant de lever les yeux au ciel. Et qu'elle aurait de toute façon des fils ?

— Mais ce n'est pas vrai, la croix ne lui apportera rien du tout. D'ailleurs, Gian n'en a pas eu besoin.

— Ce n'est peut-être pas un garçon qu'ils attendent. Et les enfants meurent si facilement... Mais, hé ! la foi peut déplacer des montagnes. Ils *croient* avoir récupéré La Feconda.

Sigismondo but une gorgée et plongea son regard dans la vallée où les ombres commençaient à se rassembler. La rivière reflétait encore la lumière du ciel et les oiseaux pourchassaient les insectes, tournoyaient au-dessus de la tête des trois hommes et filaient en gazouillant. Une des cloches de l'église se mit à sonner vêpres, et son écho résonna avec douceur dans le silence.

— Au moins, comme le voulait Bernabo, ils pourront vivre ensemble dans la paix. Pour l'instant.

Biondello reçut un nouveau morceau de pain et, ne voulant pas risquer de s'étouffer comme avec le précédent, il descendit du banc et le mangea à terre. Sigismondo commanda du vin et Benno, une fois de plus, fut reconnaissant à Angelo de poser les questions que lui-même n'aurait jamais pensé à formuler, et auxquelles il n'aurait même pas espéré obtenir de réponse. Il restait encore beaucoup trop de choses qu'il aurait souhaité savoir et ne s'était pas risqué à demander, même si l'humeur de Sigismondo avait changé du tout au tout. Il attendit que la serveuse de la taverne, dont l'attention était partagée entre la beauté d'Angelo et le crâne de Sigismondo, ait posé devant eux une nouvelle carafe de vin et une assiette de châtaignes.

— Est-ce le frère Filippo qui a tué l'abbé ? s'enquit-il alors. Parce que le frère Ieronimo lui a dit qu'il avait du sang sur les mains et qu'il ne devait pas monter au sanctuaire. Et pendant l'ascension, quelque chose avait l'air de le turlupiner. Et puis il était avec Torquato quand ils ont trouvé le cadavre, et on peut penser qu'il ne l'a pas trouvé, mais que c'est lui qui l'a tué, avant de courir annoncer la nouvelle au duc. Et c'est en revenant qu'ils ont appris qu'on avait trouvé le frère Ieronimo en train d'essayer d'extraire la hache...

— Ce qui est *très* vraisemblable, intervint Angelo. Tu fiches une hache dans quelqu'un, tu vas faire un tour et puis tu te dis, mince, il faut que je la récupère sinon je ne pourrai plus me tailler les ongles...

— Pourtant on peut comprendre que le frère Ieronimo ait essayé. C'est vrai, quoi, la moitié du temps il ne sait pas ce qu'il fait. Je me demande comment il va se débrouiller à Scheggia ; peut-être s'en tirera-t-il bien parce qu'il sait que c'est pour la Vierge.

— Je pense, fit la voix grave de Sigismondo, qu'il en a toujours su beaucoup plus que ce qu'on imaginait. Mais ce n'est pas quelqu'un qui ira dénoncer un autre homme, même pour un meurtre. Il préfère prendre le châtiment pour lui. Je pense aussi qu'il ne savait pas très bien lequel des deux avait tué l'abbé.

— Lequel des deux? s'étonna Benno en mettant sa main en visière au-dessus de ses yeux.

— Torquato ou le frère Filippo. Mais Torquato n'en aurait pas eu le courage. Il préférait observer la violence de loin. Et il n'avait pas non plus de mobile pour le faire. L'abbé se comportait en tyran aussi bien avec son secrétaire qu'avec d'autres, mais ça n'était pas une raison pour le supprimer. En fait, c'est *moi* qui l'ai tué.

Benno s'étouffa et postillonna du vin sur la table.

— Hum... quel gaspillage! Angelo va te raconter comment j'ai procédé.

Angelo haussa un sourcil.

— Parce que je devrais être au courant?

— Répète-nous ce que Felicia t'a raconté au sujet de la jalousie d'Agostino.

— Ah, oui. J'y suis, fit Angelo avec un rire rauque. Nos petites confidences de femmes. Nous bavardions des heures dans notre lit.

Il jeta un coup d'œil à Sigismondo et poursuivit d'un ton plus rapide.

— Il semble qu'en rentrant chez lui un soir, il ait aperçu un homme qui s'enfuyait par la porte de derrière. Il a cru apercevoir une tonsure, poursuivit Angelo en effleurant du regard le crâne de Sigismondo auquel la lumière conférait des reflets dorés, ainsi qu'un manteau dissimulant un physique corpulent — un homme obèse, à vrai dire, mais il ne s'est pas demandé si cette corpulence n'était qu'apparente, en raison du manteau, ou si elle était réelle, parce qu'il croyait savoir qui était cet homme. Felicia lui avait imprudemment raconté qu'elle avait brodé un drap d'autel et l'avait porté à l'abbaye, et qu'à cette occasion l'abbé avait essayé de la séduire. Agostino était donc persuadé que c'est l'abbé qui se trouvait avec elle ce soir-là.

Benno se souvint : c'était la nuit où Perpetua avait fait sortir Sigismondo sous une pluie battante, ce qui lui avait redonné la fièvre et, pire encore, l'avait terrassé sur la place du marché, d'où on l'avait transporté à l'infirmerie de l'abbaye.

— Ce n'est pourtant pas Agostino qui a tué l'abbé, n'est-ce pas ?

Angelo tapota la table de sa coupe vide et Benno poussa la carafe dans sa direction.

— Tu oublies, face de lune, qu'Agostino avait un beau-frère qui voudrait peut-être venger l'honneur de la famille. Je suppose qu'il s'est rendu en toute hâte à l'abbaye pour faire part de ses soupçons. Le frère Filippo n'était pas homme à penser du bien de quelqu'un, et ne va pas me dire que les moines ignorent ce qui se raconte au sujet de leur supérieur.

— Mais le frère Filippo était si strict sur la religion...

— Tellement strict qu'il n'y a pas si longtemps, il a essayé de tuer sa propre sœur. Il était scandalisé que les hommes ne se comportent pas comme ils le devraient ; tout comme les femmes, mais cela le surprenait moins, car les femmes lui répugnaient. Si on ne pouvait les juger ici, alors il convenait de les faire juger ailleurs.

Benno garda le silence. Quel jugement avait donc été prononcé à l'encontre du frère Filippo, dont on avait l'impression que les flammes de l'Enfer étaient accourues pour lui dévorer le corps ?

Sigismondo garda lui aussi quelques instants le silence avant de reprendre la parole :

— Comme je vois les choses, Olivero et le frère Filippo ont suivi ensemble Torquato après le banquet chez le cardinal Tartaruga. Olivero avait dû voir, comme moi, Torquato arborer un sourire confiant en se touchant la poitrine, puis la panique se peindre sur son visage en constatant que ce qu'il comptait y trouver, c'est-à-dire La Feconda suspendue à son cou, n'y était plus. Il a donc rattrapé Torquato et l'a menacé : vous vous souvenez des piqûres de dague sur son cou ? C'est ainsi qu'Olivero a découvert où vivait Gemmata et que Torquato s'est mis dans l'idée qu'elle avait la croix en sa possession. Mais c'est le frère Filippo qui a retrouvé et achevé Torquato.

— Simplement pour avoir fait de l'œil à sa sœur pendant le banquet? dit Benno d'un air stupéfait.

— Non, pour avoir fréquenté des putains, précisa Angelo. N'as-tu pas senti sur toi l'odeur du parfum de Gemmata quand nous sommes partis de chez elle? Un putois ne sent pas plus fort. J'empestais son parfum, et Torquato devait puer comme un bordel aux narines du frère Filippo. Torquato pouvait donc débarrasser le plancher et aller s'expliquer avec Dieu.

— De plus, l'ascendant qu'avait le frère Filippo sur Torquato avait disparu, intervint Sigismondo en écartant les mains. Disons que ça s'est passé comme ça : quand l'époux de sa sœur vient lui annoncer que l'abbé a séduit Felicia, le frère Filippo décide d'attendre son heure. Ma hache m'a été dérobée à ce moment-là, quand l'abbé a décidé que j'avais volé la croix; donc la hache était dans sa chambre. On ordonne au frère Ieronimo d'emporter à Rocca tout ce qui se trouve dans le cabinet de travail de l'abbé. Toujours très obéissant, le frère Ieronimo aurait emporté jusqu'aux murs si l'idée lui en était venue. À Rocca, la hache devient la tentation du frère Filippo; et quand l'abbé se retrouve seul à l'heure de la prière...

— Mauvaise idée, intervint Angelo. Ça donne une nouvelle chance à l'abbé dans l'autre monde.

— Hum... Il ne peut pas se permettre de jouer les difficiles. À ce moment-là, d'après moi, Torquato fait irruption. Il veut cette croix pour lui permettre de satisfaire ses ambitions. Avec un tel bijou en sa possession, il peut espérer tracer son chemin à Rome.

— Alors c'était un marché, en quelque sorte? Moi qui croyais qu'ils étaient en froid au cours de ce voyage à Rome... Ensuite, tuer Torquato pour avoir fréquenté les putains permettait d'éliminer l'unique témoin du meurtre.

— Et sans la croix, Torquato aurait pu dénoncer le frère Filippo !

— Le marché ne tenait plus, fit Angelo en hochant la tête. Le frère Filippo n'était pas un imbécile.

— Celui qu'ils prenaient pour un imbécile, le frère Ieronimo, reprit Sigismondo, était en fait le seul à avoir compris dès le départ ce qui s'était passé...

— Mais pourquoi, fit Benno sans s'apercevoir qu'il coupait la parole à Sigismondo, pourquoi a-t-il tout pris sur lui ? Pourquoi a-t-il raconté que le Diable était entré en lui ?

Dans la vallée, la cloche avait fini de sonner et Sigismondo, levant la tête vers un oiseau qui passait, examina le ciel.

— Je peux me mettre à la place d'une canaille, mais j'ai du mal à entrer dans la peau d'un saint. Peut-être voulait-il laisser au frère Filippo le temps de se repentir. Ou — qui sait ? — a-t-il été réellement tenté. La voie du martyre serait alors l'ultime tentation pour un saint.

— Ce qui veut dire que je n'aurai jamais de halo, remarqua Angelo en prenant la dernière châtaigne.

Cet ouvrage a été réalisé par la
SOCIÉTÉ NOUVELLE FIRMIN-DIDOT
Mesnil-sur-l'Estrée
pour le compte des Éditions 10/18
en avril 2002

Imprimé en France
Dépôt légal : mai 2002
N° d'édition : 3372 – N° d'impression : 59387